火之山

火の山

富士山下的女人们（上）

［日］津岛佑子 著

郭丽 译

贵州出版集团
贵州人民出版社

HI NO YAMA-YAMAZARUKI (JO)
HI NO YAMA-YAMAZARUKI (GE)
Copyright © Yuko Tsushima 2006
Chinese translation rights in simplified characters arranged with the Estate of Yuko Tsushima through Japan UNI Agency, Inc., Tokyo

本书中文简体版权归属于银杏树下（上海）图书有限责任公司
著作权合同登记号　图字：22-2024-068

图书在版编目（CIP）数据

火之山：富士山下的女人们：全2册 /（日）津岛佑子著；郭丽译. —— 贵阳：贵州人民出版社，2025.
2. —— ISBN 978-7-221-18708-6

Ⅰ. I313.45

中国国家版本馆CIP数据核字第2024BG4720号

HUO ZHI SHAN: FUSHISHAN XIA DE NÜRENMEN

火之山：富士山下的女人们
[日]津岛佑子　著
郭丽　译

出 版 人：朱文迅	选题策划：后浪出版公司
出版统筹：吴兴元	编辑统筹：尚　飞
责任编辑：黄　伟	特约编辑：陈怡萍
营销统筹：陈高蒙	营销编辑：陈子晨
装帧设计：Yichen	内文排版：严静雅
责任印制：常会杰	

出版发行：贵州出版集团　贵州人民出版社
地　　址：贵阳市观山湖区会展东路SOHO办公区A座
印　　刷：北京盛通印刷股份有限公司
经　　销：全国新华书店
版　　次：2025年2月第1版
印　　次：2025年2月第1次印刷
开　　本：889毫米×1194毫米　1/32
印　　张：24.875
字　　数：620千字
书　　号：ISBN 978-7-221-18708-6
定　　价：158.00元（全2册）

后浪出版咨询（北京）有限责任公司　版权所有，侵权必究
投诉信箱：editor@hinabook.com　fawu@hinabook.com
未经许可，不得以任何方式复制或抄袭本书部分或全部内容
本书若有印、装质量问题，请与本公司联系调换，电话：010-64072633

贵州人民出版社微信

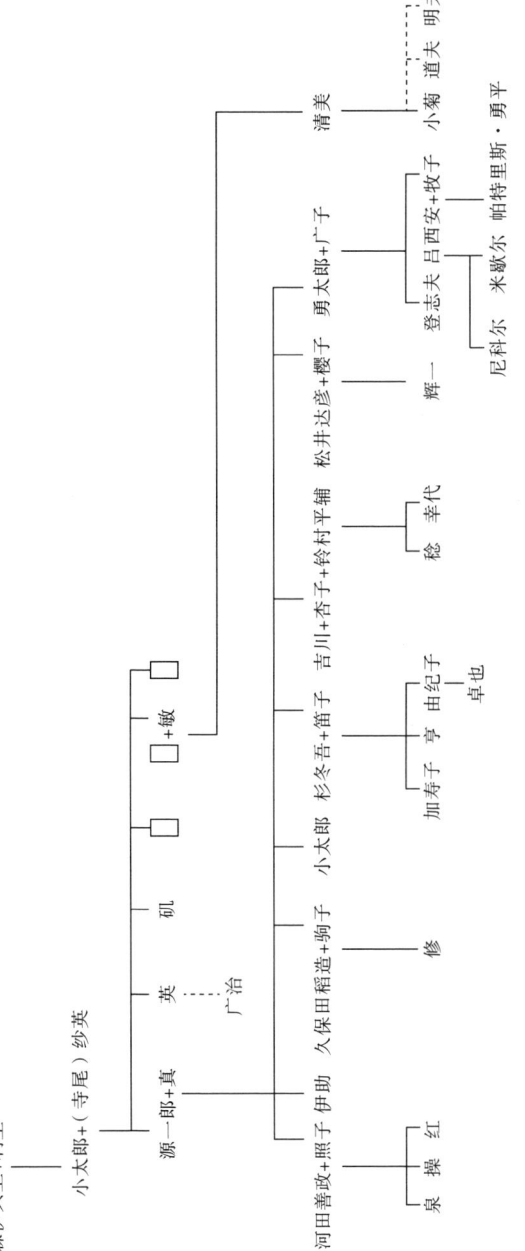

目录（上）

0-1 5

0-2 9

1-1 用打字机打印的B5开书信 13

2-1 用圆珠笔手写的A4开『回忆录』淡蓝色纸夹里装订成五册的、 33

致由纪子和牧子——有森勇太郎 38

1 杏子的病房——山姥 41

2 信玄堤的小太郎 57

3 有森小太郎小传 65

4 勇太郎出生的时候——窝囊废与外来人 82

5 勇太郎的幼年时期——大菩萨岭 95

6 勇太郎的幼年结束 112

0-4	3-1		2-3	1-2		2-2	0-3
B4开的复印件（手写旧日记本的放大版）	10 有（勇）太郎的中学时代——三味线与钢琴	9 送葬	『回忆录』继续	用打字机打印的B4开附记（1）	8 黄金时代	7 Addio, del Passato!	『回忆录』继续
287	241	223	199	193	185	154 132	131 127

2-4	『回忆录』继续	
	11 樱子的罗曼史	294
	12 笛子的罗曼史	314
1-3	用打字机打印的 B4 开附记（2）	331
2-5	『回忆录』继续	341
	13 厌倦战争	360
	14 去东京	383
0-5	……	
	15 前夜——石之声	407

毋庸置疑，当今的富士山自然并非火山一朝一夕喷发而形成的。如前人所述，其最早的爆发时间可追溯至远超人类历史的冰河世纪。在我国的历史或相关资料记载中，其最古老的记录也不过是富士山漫长爆发过程中距今不太久远的历史。有人认为，冰河世纪始于距今十九万年前。其实，这个时间还算离现在比较近的——更有甚者认为，冰河世纪始于四十万年前，或者一百万年前，抑或是一百五十万年前。我国正史中关于富士山最早的爆发记载，则是出现在天应元年（781）的《续日本纪》①中。而彼时富士山的山体已形成，且与今日并无二致。

（注）富士山形成于两千四百万年前绿色凝灰岩变动期带来的海底火山活动，在距今约两百万年前的冰河世纪完全形成为陆地火山。远古时代的富士山作为现在富士山的前身，其活动始于冰河世纪末期约两万年前至一万五千年前，而新富士山的活动则被认为始

---

① 平安时代初期编撰的官方史书，是继《日本书纪》之后"六国史"的第二部，记录了文武天皇元年（697）至桓武天皇延历十年（791）共95年的历史。全书共计40卷，由菅野真道等在延历十六年（797）完成，为奈良时代之基本史料。（本书的脚注如未标"译者注"，均为编者注）

于距今约六千五百年前的全新世①时期。

（勇太郎记）

（略）

距今最近的"宝永大喷发"（1707），因距幕府所在地江户较近，留下了不少文献，故记载比较详尽，不过这次喷发仅限于富士山东南侧的部分区域，其主要喷出物是沙石。而"贞观大喷发"（864）则与其正好相反，在富士山西北侧，喷出了大量岩浆，其强度与大正三年（1914）的樱岛②火山爆发大致相当。然而在"延历大喷发"（800）时，不仅富士山的中央火山口发生喷发，山体周围也发生了侧面喷发，岩浆喷出，飞沙走石。据记载，这是迄今为止富士山整个山体最为激烈的一次大喷发。

（略）

虽然富士山的确为活火山，但在"宝永大喷发"后日渐沉寂。不过，火山的喷发往往出现在火山活动的末期。宝永四年（1707）的大喷发应该是那一时期以来的第一次喷发，此后的火山运动应该是在为后面的喷发积蓄力量。很多地质学家都认为，对于如今的情况绝不可大意。我国历经延历、贞观两个时代发展到现在，国运昌隆，文化繁荣，交通发达，人口更加稠密，作为帝国首府的东京与其门户横滨近在咫尺，而且近来又有以富士山为中心建立国家公园

---

① 全新世（Holocene）是地质年代中的最新阶段，被定义为从1.17万年前开始。
② 日本九州鹿儿岛县的著名景点，也是一座活火山。

之议论。因此,本人为了帝国,愿向浅间大神①全心全意祈祷,祈求浅间大神保佑这座世界名山能够永远平安、祥和地耸立于此。

摘自有森源一郎作品

---

① 日本人为了祈求富士山不再喷发,以"浅间大神"为名祭祀富士山上的神明,属于一种山岳信仰。

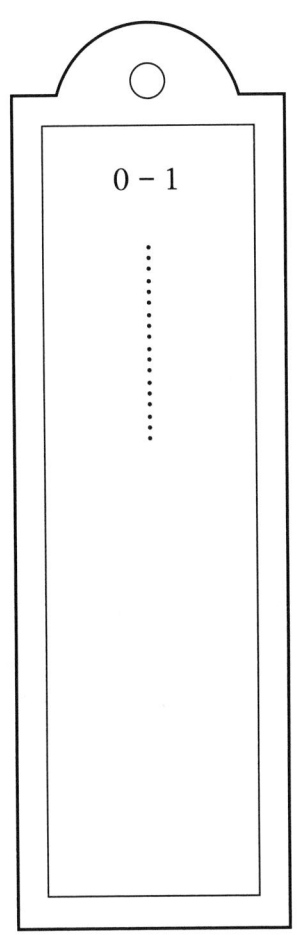

……嗨，我是帕特里斯。……你还没起床吧？是不是太早了？我最近总是醒得很早。……对了，我想问你一下，明天或是后天，你有没有时间来我这儿一趟？……我有一个东西想请你帮我看看，是一篇很难的日语文章，对我来说太难了。你是日本人，所以我想请你帮我看一下。……你知道，我父亲他三个月前走了。谢谢你，那段时间那么记挂我。……我母亲还是没什么精神，住了一个月的院。父亲的病让她太累了。虽然我认为，父亲已经年过八十，其实不必太过悲伤……父亲一走，母亲便成了孤孤单单的一个人。于是，我们商量后决定让她住到哥哥家中去了，因为我哥哥米歇尔在蒙彼利埃①的房子很大。哥哥是父亲与前妻的孩子，所以父亲的房子一直都是哥哥和他的家人在打理。因此，那个大大地写着我的名字"帕特里斯·勇平"的旧包裹就是他们发现的。哥哥一周前把它给我寄了过来。……包裹里面是信和长长的回忆录。包裹上确确实实写着我的名字。信也是写给我的。不过，回忆录好像是我外公写给一个叫"杉由纪子"的人和我母亲的。我觉得回忆录还是由母亲拿着为好，便去问她，以前有一个叫"杉由纪子"的人从日本寄过来外公

---

① 法国南部主要城市。——译者注

6

的回忆录，这件事她是否有印象。包裹上我的名字写得很大，不过看起来像是母亲的字迹。杉由纪子这个人好像是母亲亲戚家的一个姐妹。……被我这么一问，母亲回想了起来。……在这之前母亲好像确实是忘记了。母亲与父亲结婚生下我后，杉由纪子把这本回忆录寄给了母亲。杉由纪子是从她的舅舅，也就是我母亲的父亲那里拿到这本回忆录的，一直由她保管着。……与我母亲结婚之前，我父亲已经有两个孩子了。前妻去世后，父亲处境非常艰难，杉由纪子担心我母亲跟这样的人结婚会十分辛苦。……事实上，母亲确实非常操劳。尼科尔得了 autism，我不知道用日语应该怎么说……自闭症？对，就是这个病。尽管如此，母亲依然很爱尼科尔。虽然很辛苦，但是她说，此生能与尼科尔有缘相遇，已经很幸福了。……是的，我母亲的字典里没有"不幸"这两个字。尼科尔四十岁时，患上了和他亲生母亲一样的癌症去世了。母亲因此悲伤了很长一段时间，好在父亲在身边，她挺了过来。……据说，当时她一收到杉由纪子寄来的回忆录，马上就想读，然而因为是日语，她自己看不懂。杉由纪子在电话里对母亲说："帕特里斯如果学日语的话，让帕特里斯读给你听不就好了吗？"当然她是开玩笑说的。不过，因为这句话，母亲不再急于了解外公的这本回忆录了。母亲的生活实在太繁忙了，她把这件事彻底忘了。无论是外公走的时候，还是外婆走的时候，母亲都悲痛万分，完全没有想起这本日语回忆录。……不，也许想起来过，不过大概她认为很多重要的事早就听说并知道了，因此也就不觉得有必要急着看回忆录了吧。母亲永远都是那么忙碌。……可是，让我学日语这件事，母亲却从来不曾忘记过。……过去的事情，母亲现在都想起来了。比如杉由纪子在接受癌症手术前曾经给母亲写过信；一年又或是三年之后，杉由纪子去世了，母亲因此非常难过。……母亲之所以现在想了解这本回忆录的内容，是因为我懂日语了。……信，我可以看懂，可是这本回忆录我却读不懂，而且影印出来的东西尤其难懂。若是我读不懂，就不能用法语翻译给母亲听了。……是的，通篇全都是日语。杉由纪子写给母亲的信已经找不到了。回忆录是手写的，而且是以前的日语文字，就凭我现在的这点日语水平远远不够。总之，我想请你帮我一起看看。……越快越好。……嗯，比如明天？……嗯，Merci①，我五点等你。……

---

① 法语中的"谢谢"。——译者注

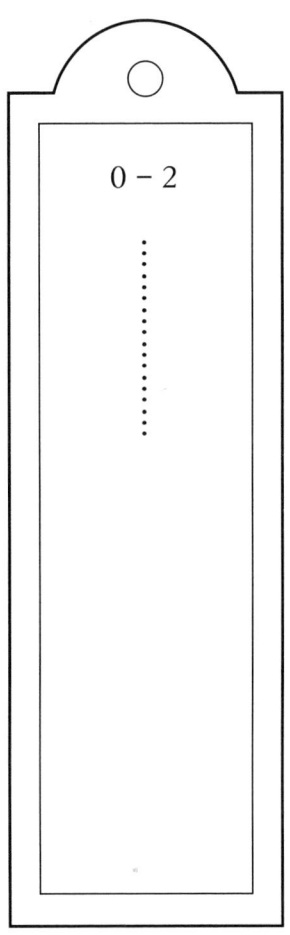

……喂，我是久仁子。不好意思，昨天我不在家。……对了，你说你的朋友帕特里斯收到了一本旧回忆录，对吗？好像说回忆录是他外公写的？……嗯嗯，你的愿望我了解，不过这件事做起来似乎不太容易哦。……当然，大家一起读的话，总归是有法子解决的，我也正好可以解解闷呢。……帕特里斯和我应该没见过面吧，毕竟他跟日本人联谊会毫无关系，他母亲我也不认识。那个人是美国人，不是吗？……对了，年龄应该跟我差不多大。我一直在巴黎的日本人学校教书，想来想去，我应该是从来没有机会认识那个人。那会儿，如果大家彼此都是日本人的话，同在巴黎，总该是有机会认识的。……是啊，说起来，我在巴黎待了这么久，而且一直在教日语，但是我对日语却并非无所不通，真是惭愧。比如日语的最新流行表达，我就一窍不通。……所以，难得你请我帮忙，我却能力有限，帮不上什么大忙。……当然，比起你来，我对日语的古文稍微了解一些，毕竟我年长你这么多。不过，也正因如此，我的脑袋也就没那么好用啦。……谢谢你还记得整天待在养老院里的我这个老太婆，真让我开心。我也很想和你一起读一读那本回忆录呢。人一上了年纪呀，看看以前的东西，可比读些什么新的小说要有意思得多，尤其是日本的。再说，我父母的年龄也跟帕特里斯的外公相差不大。……是啊，说实话，我好想赶快读读那本回忆录呢，待在法国，很少有机会能接触到这样的东西。……虽然如今我是一个人，可是我从来没想过要回日本去，也不觉得日本有什么好的。不过，毕竟自己是在那儿出生的。对于现在的自己，我们可以自行把握，可是，出生以前的事儿，只有听过去在那儿生活过的人讲才能知道，不是吗？……你那么年轻，来巴黎也已经有五年了？想来，你也是抱着和我差不多的想法待在巴黎的吧。……总之，咱们三个人要赶快把那本回忆录给读起来。……帕特里斯的母亲也想尽快了解里面的内容，不是吗？要是因为这件事做成了，他母亲能够振作起来，那真是再好不过了。这样，帕特里斯每次去蒙彼利埃，都能跟他母亲讲一讲了。……你说，帕特里斯好不容易找到你，然而单靠你自己的话会力不从心？确实，生于明治或大正时代的日本人写的东西，对你来说的确像古文一样。……欸，有那么长啊？不过这样的话，我们不是恰恰发现了一个宝藏吗？听你说，帕特里斯的母亲之前也完全不记得有这回事了？……嗯，那么，这个周日，对，也就是后天，你和帕特里斯能到我这儿来一趟吗？……我周日不用做机能训练，也不用去医院，一整天都有空。……能有年轻人来，我太开心了。每天实在无聊，一本《徒然草》①被我恨不得翻烂了。有时候，我也把它翻译给我周围的法国老奶奶们听。话虽如此，其实就好像我抓住她们，非要让人家听似的。也只有那会儿，心情才稍微愉悦些。当然，代价是必须听人家讲帕斯卡和蒙田什么的。……周日两点？嗯，好呀。那么长的话，全部读完可能要花一年多呢。不过，现在的我呀，完全是闲人一个，花上几年都没关系。有意思的事情可以持续这么长时间，对我来说倒是再开心不过了。你们呢？能坚

---

① "日本三大随笔"之一，作者为日本南北朝时代的歌人吉田兼好（约1283—约1352）。——译者注

持到最后吗？不过，为了让帕特里斯可以尽一份孝心，我们一定要坚持下去。……以后的每个周日，我都会留给帕特里斯外公的这本回忆录。我先把日语的文章读一遍，为了让帕特里斯好懂，把必要的部分进行补充说明，你看这样可以吗？……那我们暂且就这样试试看吧。……嗯，周日两点，我在这个别墅一楼的会客室等你们。天气好的话，咱们也可以去院子里。……好，今天就到这里吧。谢谢你，谢谢你还记得我……

1-1 用打字机打印的 B5 开书信

勇平，又或者应该称呼你帕特里斯，初次见面，请多关照。

你的母亲终于把这封信交给你啦。

你总算读到这封信了，真是太好了！不知道距离我写下这封信已经过去多久了。二十年？二十五年？抑或是更久？

你现在何处？仍在巴黎？这封信是用日语写的，你现在是自己在读吗？

在你还非常小的时候，我就对你母亲说过，衷心希望你能学日语。也正是因为这个愿望，你才有了"勇平"这个日本名字，它是根据你外公勇太郎的名字起的。虽说你的外公外婆都是日本人，可你的母亲从小在美国生活，与日语基本没有交集，这也是她一直以来的遗憾。在美国的时候，你母亲总因为这件事跟你外公吵架，所以才逃离日本和美国，移居到法国去了。也正因为如此，她在还怀着你的时候，就下定决心要让你学日语。所以，我现在才想问问你，你是自己在读这封信吗？

勇平，或者叫你帕特里斯。这两个名字对你来说，哪个叫起来比较亲切呢？"帕特里斯"当然是个好名字，不过对于日本人的我来说，还是"勇平"叫起来更顺口。

正在读这封信的勇平，你现在多大了呢？我写这封信的当下，你才两岁。别说会日语了，你还不怎么会说话呢，想笑的时候就笑，想哭的时候就哭，用自己稚嫩的手脚探索着这个奇妙的世界。

对不起，差点忘了介绍自己。我是你妈妈在日本的表姊妹，勇太郎是我母亲的弟弟。我们姐妹分别在日本和美国出生长大，相见机会很少。不过，有一次因为个人私事，我在巴黎住了一年。当时你的母亲MAKIKO（此处也许应该写你母亲名字的汉字"牧子"比较好，然而当时我们的交流语言只有英语或者法语，所以我对MAKIKO这个发音印象特别深刻。当然，为了表示对我舅舅勇太郎的尊重，这里还是应该写"牧子"吧。）也已经住在巴黎，见面接触后我们姐妹的感情越来越深厚。后来，我们虽然身在两地，但一直互通书信。此后的三年里，牧子与你父亲吕西安相遇、结婚，然后生下了你，一连串的变化简直不可思议。牧子一个人开办了儿童体态律动[①]班，又跟大她十七岁、已经有两个孩子（其中一个孩子有自闭症）的吕西安相识，生了你之后，她一下子就成了三个孩子的妈妈。可是她为什么偏偏要跟那样的人结婚呢？我百思不得其解。当时反对这桩婚事的人也有很多。大家都觉得，她和吕西安只做朋友就好了。事实是，牧子先在体态律动班认识了尼科尔，喜欢上了这个孩子，随后又认识了孩子的父亲吕西安并爱上了他。当然，她也非常喜欢你父亲的另外一个孩子米歇尔，于是就跟这家人一刻都不能分开了。这段爱情故事非常符合你母亲一贯的作风。总之，在你母亲的爱情观里，没有所谓的为自己着想，她从自己所爱的人那里得到的只有困难与苦痛，而之前她早已经历过数次了。

不过，这又是多么奇妙啊！

[①] 体态律动（rythmique）教学法是由瑞士音乐教育家埃米尔·雅克－达尔克罗兹（Émile Jaques-Dalcroze，1865—1950）于十九世纪末二十世纪初开发的一种音乐教育方法，旨在发展人们对音乐的感受力、表现力和展示情感的能力，促进身心的和谐。

对正在读这封信的你而言，你母亲当年结婚的故事，是否感觉只是一段古老的传说呢？

勇平，帕特里斯，你现在会是一位怎样的青年呢？个子高吗？头发一定是黑的吧。仅凭我手里的两张照片，完全无法想象青年的你会是什么模样。今后恐怕也不会有机会见到你了。我一直记得你睡着时的可爱模样：埋在枕巾里的小圆脸染着桃色的红晕，小嘴微微张开，有时睡着了睫毛还一抖一抖的，绵软而又温暖。

我仔细数了一下，手里还有十多张牧子的照片。其中一张是勇太郎舅舅作为圣诞节卡片寄给我母亲的，照片上三岁的牧子和哥哥登志夫坐在一起。也有牧子十岁的照片。还有她十八岁时考上音乐学校的照片。还有一张是十七年后我们姐妹在巴黎相见，一起去美国的勇太郎舅舅那里探亲时的照片。而最后一张，就是牧子结婚时的照片。

还记得那是五月初的一天，风特别大。

结婚注册登记和宣誓仪式结束后，在市政府前面以吕西安和牧子为中心，两个家族三十人左右的亲朋好友一起拍了一张纪念照。春风料峭，牧子用左手压着头上白色的帽子，吕西安闭着眼睛面朝一边，从美国赶来的牧子的父母勇太郎和广子分别弓着身子，登志夫则张着嘴要往前跑，好像要去追被风刮跑的什么东西一样。牧子右手紧紧牵着尼科尔的手，吕西安牵着米歇尔的手。吕西安八十岁高龄的母亲双手遮着脸，还有与她年龄相仿的吕西安的叔叔婶婶，还有吕西安的妹妹夫妇、堂表兄弟姐妹以及已过世前妻的父亲和弟弟，没有一个人看镜头。唯有牧子一人迎风面朝前方，笑靥如花，仿佛凝聚了人世间所有的光彩。我听说，她为了婚礼，下血本买了一套雪白的婚纱和一顶帽子，虽然此时的她肚子已经微微隆起。

对如今的你而言，这都是好久好久以前的事了。

现在的你，是不是也和牧子一样，总是用爽朗的笑容感染身边的人呢？在我的心里面，你一直都是笑着的，在家里、在广场上、在公园里、在海边、在森林里。你总是开心地笑着，凝视云朵，听鸟儿歌唱，在风中呼吸，在雨中奔跑。

勇平，帕特里斯，在这封信到达你的手里之前，你们将会在这个地球上经历怎样的变化呢？

就在我写这封信的年初，日本发生了一次非常大的地震，很多人因此而丧命。无数的房屋与高楼被夷为平地，炙热的熔岩不断翻滚蔓延。面对这种悲惨景象，所有人都瑟瑟发抖，脸颊上的泪水在寒风中仿佛被冻结了一般。大家重新凝视这座朝夕相处的火山群岛，只是茫然地伫立着，不知道自己究竟做错了什么，要受到如此惩罚。七十二年前，发生在东京的那次大地震造成了十多万人员伤亡，从那以后，日本再也没有发生过类似的大灾难。

在东京附近，也就是我出生的故乡，有座形状非常美丽的层状火山，名叫富士山。它是全日本海拔最高的活火山，在它的北侧就是勇太郎和我的母亲从小居住的盆地。跟这封信一起寄到你手里的应该还有我舅舅勇太郎的一份"回忆录"，里面有勇太郎和我母亲的父亲，也就是你的外曾祖父写的文章——这份资料是用正儿八经的古文写的，肯定非常晦涩难懂，不过你也不要轻言放弃，要努力地读读看。因为你的外曾祖父源一郎从出生开始就一直在那个盆地里生活，一年四季眺望着富士山等崇山峻岭，直到逝世。他喜欢收集石块，调查树木，潜入熔岩构成的洞穴，恨不得与群山融为一体，与山共生长。也许在不久的将来，真会如源一郎所记载的那样，出现一场新的大地震引起富士山的大喷发。或许就在来年，或许是十年后，抑或三十年后，很多人都在为此担忧，但结果到底会如何，谁也不知道。此时正在读这封信的你，也许已经在报纸或电视上看到了灼热的石块漫天飞舞，富士山换上了新颜。这并非不可能发生。

地球上每年都会在某处有火山爆发，还会发生地震。降雨量过大就会引发洪水，降雨量太少则会造成植被枯萎，动物和人类都难以生存。死于各种疾病、事故或者战争的人更是不计其数。你两岁那年，几乎日日如此。

也有人觉得，如果再这样过五十年，因为人类引发的自然环境的变异，海平面将会急剧上升，大部分人类将失去赖以生息的家园。不过，这一天真的会到来吗？现在人类仍然秉持近乎盲目的乐观精神，继续生存着。新生儿还在不断诞生。虽说大海遭受了严重污染，如今也还是有鱼儿在遨游。太阳的光辉依旧，未被遮蔽。也许无论出现多少问题，我们总能想办法生存下去。

冬季发生了一场大地震，开春我便收到了广子舅妈寄来的信。信中说，勇太郎舅舅因为脑梗死而瘫倒，意识恢复极为困难。同年十月，我自己也在医院做了手术。虽然是恶性肿瘤，但也未必会没命，不管怎么说，我已经做好了死亡的心理准备。这一连串的事情接踵而来，让我不由得感到，是时候该把保留至今的勇太郎舅舅的"回忆录"交给牧子了。

你哥哥尼科尔有自闭症，而我的哥哥患有唐氏综合征，他的智商始终停留在幼儿水平。读中学的时候，我永远地失去了他（也正因为如此，我能够理解牧子的艰辛以及其中独特的喜悦。我对牧子的情感很矛盾，既想祝福她，又有点儿担心她，而为她担心之余，还是想祝福她）。我成年以后又失去了自己的孩子，自那以后，我便开始对未来不抱任何希望。然而，如今八年过去了，不知不觉间我又觉得今天过后还有明天，日子会一直延续下去。在做手术之前，我不由得再次深切领悟到了这一点。

勇太郎舅舅给我的这本"回忆录"厚达五厘米（正反面都密密麻麻地写满了很小的字！），全都是用日语写的。因为牧子看不懂，勇太郎舅舅也还健在，所以当时我觉得先由我保管着也可以。勇太郎舅舅把它交给我的时候，我曾想过立马把它翻译成英语或者法语交给牧子，可眼下没时间了。于是我向牧子说明情况，把这份用日语写的"回忆录"原封不动地寄给了她。但我心里始终有些过意不去，就在电话中跟牧子打趣："等勇平长大以后能看懂日语了，就叫他来读给你听。你之前不也一直打算让勇平学日语吗？"牧子也开玩笑似的答道："这个主意不错，就这么定了。"

接着她的话，我继续说道："等勇平读到我勇太郎舅舅的这份'回忆录'时，他也已经长大成人了，不如我也给他写封信好了。也不知道是过个二十年，还是二十五年他才会读到，这听起来有些遥遥无期，但我一想到自己能在这世间留下那样一封信，就感觉随时都能安心瞑目了。这不是什么遗书，我只是单纯想给勇平写封信。此刻在我心里，我自己的孩子和勇平已经融为一体，我的孩子就是勇平，勇平就是我的孩子，哪怕我从来没有抱过勇平，也请允许我像爱自己的孩子那样爱他。我希望我走之后，勇平能替我好好地活下去。我会在写给勇平的信里，向他介绍我眼中的牧子和勇太郎舅舅。"

听我这么说，电话那边牧子的反应和一般美国人一样，语气非常激烈，哽咽着说："No，No，由纪子你不会死，也不可能死，你不要说这种傻话！"尽管如此，她还是很真诚地听取了我的愿望。所以，现在我是怀着幸福的心情在写这封信的。当然，我并不想死。和普通人一样，我也有对生的执着。只是很遗憾，按照现在的医学水平，我这种病的死亡率实在太高了。

这封信本应该是我写给牧子的，但那实在太痛苦了，我做不到。因为那样的话，这封信不就真成我的"遗书"了吗？

勇平，我只在照片上见过你，现在的你也只有两岁。给二十年后或者二十五年后的你写信，这是我现在能想到的最好的办法了。

话虽如此，勇平，我还是非常想亲眼见到你啊。

帕特里斯，如果我能见到你，该有多么高兴呀！

你读了"回忆录"后就会明白，我必须将勇太郎舅舅的"回忆录"寄给牧子，原因在于他在封面上并排写了"致由纪子和牧子"。也就是说，这本"回忆录"原本就是写给我们姐妹俩的。

勇太郎舅舅之所以写这本"回忆录"，是因为我在巴黎的时候写信给他，希望他能告诉我许多过去的事。他想着反正都要写，就在活页纸上写下了自己的记忆。那时候，他唯一的女儿牧子已经离开美国的父母，只身一人跑到了法国。我想，勇太郎舅舅每晚在写这本"回忆录"的时候，一定也非常思念远在巴黎的女儿吧。那段时期，我和牧子两个人都在巴黎，我俩决定去美国看望勇太郎舅舅和广子舅妈，于是告诉了勇太郎舅舅我们的计划。

勇太郎舅舅以前在日本的时候，还是一位不到三十岁的单身青年。年纪虽小，但他那时已经像父亲一样，照顾我们这些早早失去父亲的外甥和外甥女们。二十年之后，他又担心我一个人生养孩子会非常辛苦，说等孩子长到十岁，就让我把孩子送到美国去，他们帮忙带。不过，孩子八岁就夭折了，也就不用劳烦他照顾了。或许正是出于这样的缘由，勇太郎舅舅才会同样挂念远在异国他乡唯一的女儿和我这个外甥女吧。

包裹里除了"回忆录"以外，还有一些复印的旧日记，其中一份旧日记是勇太郎舅舅的第五个姐姐樱子写的。樱子很早就去世了，她的东西一直是我母亲在好好地保管。此外，还有一份是我母亲年轻时写的东西，她两年前离开了这个世界。

尽管这些文章都不完整，但对牧子来说，这两位都是她的姑妈，所以我非常想让她多了解一些。尤其是我曾经听勇太郎舅舅说过，牧子和樱子姨妈有许多相似之处。

原件没法寄到巴黎，所以我就寄了复印件。

四年前的九月份，牧子和我从巴黎跨越大西洋，到达北美大陆海边的城镇波特兰①。

广子舅妈从南部城镇纳什维尔出发，比我们早一步到达，在机场等候我们。我们乘着她租来的车径直掠过波特兰市一路向北，驶向勇太郎舅舅退休后在海边林地新购置的房子。

海边的林地无比静谧，树木强壮，树叶摇动的簌簌声令人沉醉，海面波光粼粼。那片海色天光让人怀念。在欧洲，每天都有幻影2000战斗机飞向内战爆发的亚得里亚海沿岸国家，轰鸣声不时传到我们的耳朵里。政治、宗教、民族，无论发动战争的理由是什么，如今在这地球上到处蔓延的也只是仇恨的旋涡和无止境的杀戮。当时的巴黎也持续发生暗杀事件，外国人越来越遭受排挤。

在巴黎的处境越来越艰难，我只好动身回日本。途中，我生平第一次去到美国。对牧子而言，则是回到了她阔别已久的家乡。那时，牧子也很纠结是继续留在法国好，还是回美国好。当时她自作主张去了法国，并在那里居住了近十年，不知不觉现在也三十多岁了。时代在变，如今法国的种种做派让她感到备受排斥，好像撞上

---

① 波特兰，美国俄勒冈州的港口城市。——译者注

了一堵墙。自己在巴黎永远都会被视作"外国人",于是她开始思念起养育了自己、能令自己心安的故乡。

而我自从孩子去世以后,已是孑然一人。到了四十多岁的年纪,遵从自己的内心离开日本,一边上法语课,一边在巴黎开始了新生活。不过,和牧子不同,我并不打算在法国定居,而是想着过个两三年就回日本。

就这样,我们姐妹两人在巴黎第一次见了面,而且一见如故。这实在是太神奇了。虽然我听说她很久以前就移居到了巴黎,但没想到能在巴黎和出生在美国的妹妹如此畅聊各自的父母、生活、故乡,还有恋爱(也是讲混着法语的奇怪英语!),这实在太出乎意料了。本来我们相距遥远,此刻却并肩漫步在巴黎街头。彼此身后的影子越拉越长,笼罩在小小日本群岛上空的光,环绕着群岛的朦胧海涛声,就像那古老的旋律在两人心头回响。因为我们两人在巴黎都是无依无靠的黑发"外国女人"。

时间的脚步从秋天迈向冬季。我们两人时常一起去看电影,一起去购物,彼此到对方家里做饭。就在这么愉快的日子里,传来了我在日本的母亲身体抱恙、住进医院的消息。我第一次预感到母亲已时日无多,因此决定在法国待一年后就离开巴黎。然后还想,一定要去见一下住在美国的勇太郎舅舅。我很担心,毕竟他七十多岁了,如果这次不去美国的话,下次什么时候能去就不知道了。我心想,到那时,勇太郎舅舅还健在吗?我问了下牧子,她也说想回故乡休假,我们便决定一起去美国。

我把勇太郎舅舅当作父亲一样看待。于我而言,这个舅舅很是特别。

父亲去世以后,勇太郎舅舅和我们母女二人一起生活的时间虽然只有两年，但对年幼的我来说，却终生难忘。我是家里最小的，那时也就在一岁到三岁之间，和我写这封信时的你一样大呢。我不记得自己父亲的模样与声音，却对笨拙地抱着我的勇太郎舅舅的手、膝盖，以及他的声音、表情记忆犹新，仿佛他就是我的父亲一样。

那之后，勇太郎舅舅结了婚，夫妇俩移居到美国。因此，那段经历于我们而言也就越发特别。

"美国舅舅"，现在你所在时代的法语中还有这个说法吗？某一天，前往那个名为美国的遥远国度，后来终于带着许多珍贵礼物重回故乡的有钱舅舅。勇太郎，就是那样一个"美国舅舅"。勇太郎舅舅寄来很多张照片——巨大的冰箱，气派的沙发，孩子们精致的洋装，铺有草坪的院子以及如同花饰蛋糕般华丽的房子。因为工作关系，勇太郎舅舅时常回日本，他带来的每件礼物都闪闪发光。以下物品大概都是我母亲要的：玻璃锅、不锈钢平底锅、妈妈的雨衣、女士手提包……

我上了高中以后，也就是日本在太平洋战争中战败以后二十年左右，美国对于在日本的我们而言，完全就是一个梦幻之国。后来，不知何时起，生活在日本的我们身边也出现了越来越多的世界各地的物品，勇太郎舅舅依然会从美国挑选一些礼物，不过此时他往往为选择而烦恼。

我母亲一直牵挂着远渡美国的弟弟勇太郎，一直在等他回国，也曾担心过他在美国生养的孩子们情况如何。在她眼中，美国仿佛就是一片寸草不生的沙漠，到处都是毒蛇和秃鹫。

母亲的担心可以说是合理的，也可以说是完全不着边际的。勇太郎和广子夫妇已经加入了美国国籍，两人的孩子也是完全不懂日语的"美国人"。你母亲牧子从音乐学校毕业以后就移居到了法国，如同勇太郎舅舅他们在美国时一样，牧子在巴黎也过起了完完全全的"外国人"的生活。而且就像我母亲等待我那样，勇太郎舅舅也一直在美国等待牧子回去，可牧子偏偏和一个五十多岁，还有两个孩子的法国人结婚并生下了你。要知道，勇太郎舅舅可是一直都希望牧子能跟一个日本人结婚。

我和牧子在巴黎第一次见面便熟络起来，她走路的样子大步流星，实在是朝气蓬勃！一起回到美国之后，我不由得感叹，牧子的一举一动，完完全全就是属于她的故乡美国的。天空、海洋、河流、森林、湖泊，美国真是什么都很大，而且很富有！

你也应该早就知道母亲的故乡是怎样的了吧？

牧子穿梭在宽广的大海、静穆的森林间，就像从狭小的笼中飞出的鸟儿一般，脸庞洋溢着喜悦与骄傲，轻快地冲上云霄。"这才是属于我的地方！"她的声音在山海间回响。无论在巴黎居住多久，牧子都是这偌大天空的孩子，是在林间光着脚来回穿梭的活泼的孩子。

故乡，是多么奇妙啊！

对于等待牧子回归的勇太郎舅舅而言，日本才是他的故乡。而对于你，帕特里斯·勇平，你是在法国出生长大的，你的故乡自然不是日本也不是美国，而是法国。不过，我们也不必为此而嗟叹。生而为人，能有故乡这样遥寄相思之处，便是最值得庆幸的事情。

虽然我与勇太郎舅舅在日本早已见过无数次，但是在美国还是第一次相见。对勇太郎舅舅来说，怀念故乡已经成为一件感伤的事。看着回到美国的牧子容光焕发的样子，勇太郎舅舅却倍感惆怅。因为他打心底认为自己是日本人，就算定居美国、在美国去世，就算自己的孩子一出生就是美国人，自己终究还是日本人，而自己的孩子们也本该都是日本人。尽管在我看来，孩子们从小就没有系统学习日语的机会，如今这般局面也是不得已，但对勇太郎舅舅来说，身为父亲，孩子们对自己的母语只能理解只言片语，想要和他们沟通交流也不得不用英语，这又是怎样的一种孤独啊。

在我们到达波特兰郊外的海边森林五天后的一个周末，勇太郎舅舅从纳什维尔赶来了。虽已年逾七十，他却仍被各种工作缠身。在等待他的那些天里，我们和广子舅妈一起，三个女人悠然地在海边散步，出门购买食品，收拾林中家里的地下室。这段安闲的日子令人多么快乐又难忘呀，我和你母亲在巴黎那种大城市早已待得身心俱疲。

五天后，勇太郎舅舅来了，女人们专属的恬静时光戛然而止。他一来就马上和牧子大吵了一架！

"为什么不回美国？法国有什么好去的，你给我去日本！从现在起就给我好好学日语！你本来就是日本人！为什么一个劲地逃避日本？为什么还要逃离美国？"

牧子边哭边指责父亲对日本过于执念。广子舅妈听后也忆起往事：自己从小就在美国生活，十岁后才回到日本，结果学校根本不把她当日本人对待。她又想起自己跟勇太郎舅舅结婚后没多久，便千里迢迢来到美国，其间吃了种种苦头，个中滋味转为悲愤，一股脑地倾倒向勇太郎舅舅。于是这场本来是父女之间的吵架激化成了一家三口的争吵。他们完全不管我还待在一旁，这场争吵持续到半夜，又是大声叫嚷，又是砸桌掀椅。表面上看是在吵架，实则是一场关于"日本"的辩论。勇太郎舅舅执着于日语，始终怀念自己的故乡日本，以至于他一直试图把日本的礼仪和习惯迁移到自己的家庭中来。而我认识的人的那些父亲，他们在日本家庭中都宛如影子般可有可无。因此，在我看来，勇太郎舅舅操着一口美式英语同妻女争论的姿态，活脱脱就是一位美国父亲的模样，他早就是个"美国人"了。

这场争吵毁了我宝贵的一晚。第二天,按勇太郎舅舅的提议,我们沿着海岸线开车兜风了一整天,我也就没时间问他过去的事了。其实我一直想了解我母亲的少女时代,还有她和我父亲结婚那会儿的事。不过,这些都无关紧要了。毕竟,我总算在美国见到了想念已久的勇太郎舅舅,也了解了他的心境。

第三天,勇太郎舅舅因为工作要回纳什维尔,航班是下午第一班。提前吃过午饭后,勇太郎舅舅立马起身去客厅,他的波士顿手提包也放在那里。换好上衣后,他对在厨房里的我说:"由纪子,来一下。"

勇太郎舅舅在沙发前站好,递给我一包用茶色纸张包着的东西,他看着我,有些难为情地笑了。勇太郎舅舅生性腼腆,平时连对自己的孩子都会害羞,他甚至从没有像美国人那样和人拥抱打招呼。对这样的他来说,和自己已经长大成人的外甥女单独面对面地说话,想必特别难为情。好在广子舅妈和牧子也在旁边的厨房里,也就算不上是只有我们两个人了。不过,为了勇太郎舅舅,我在这里插一句,像这种难为情,或者说拘束,至少在我所处时代的日本完全司空见惯,尤其是日本男人。

勇太郎舅舅嘟囔着飞快地说:"我觉得,我们即使见了面也不可能坐下来好好聊,所以就写了这个东西。从今年春天开始,我每天都写,足足写了六个月。我也很惊讶,都这么久以前的事了,自己还记得这么清楚。我一提笔就停不下来,不知不觉写了这么多。我就当是图个开心随便写写的,自己留着也没什么用,里面写了什么我也不记得了,反正都是很久以前的事。所以就想着交给你,可能你读着会觉得有点无聊,不过也可以当作消遣随便看看。就当作是纪念曾经有过这样一个时代吧。连我自己都不太相信,居然真的有过这样一个时代……"

就这样,勇太郎舅舅的"回忆录"到了我的手中。这份"回忆录"是用勇太郎舅舅的母语日语写的,它记录了勇太郎舅舅尚在日本时,身为一个日本人度过的时代,以及他移居美国,和自己的孩子都成为美国人后所处的时代。这中间翻天覆地的变化,勇太郎舅舅做梦都没想到过。也许就像勇太郎舅舅所说的,他写这本"回忆录"不仅仅是为了我和牧子,更是为了让他自己开心。只是,当他醉心于写这本"回忆录"时,那些过去的喜悦与悲伤也会接踵而至,他越是沉迷于此,也就越发陷入怀念过去的忧郁中。既然如此,为何自己如今还在美国?为何想回日本却不回去呢?勇太郎舅舅无法在自己的日语世界中找到答案。当初日本在那场愚蠢的战争中被美国彻底击溃后,自己抛下它,移居到了美国这个强大富足的国家,并且扎根下来,可为什么自己对此丝毫不引以为傲呢?为什么自己的亲生骨肉会听不懂日语?为什么如今的自己远渡重洋已四十余年,却还是忘不掉自己的母语呢?……

我也觉得勇太郎舅舅不必留着这本"回忆录",他该"忘掉"才对。可勇太郎舅舅亲手把它交给我后,我才发觉不是想忘就能忘的。而且这也实在不是什么可有可无的东西。

"回忆录"的封面上写着我和你母亲的名字,不过勇太郎舅舅对此一句话也没有说。"给牧子"——这是勇太郎舅舅的字迹,他用日语一笔一画写着。写给离开美国、移居到法国的牧子;写给对日语完全陌生,甚至正在淡忘英语,在法语世界开启新生活的牧子。

"给牧子"——我决不会"忘记"这三个字。

帕特里斯·勇平,你是牧子的孩子,所以无论如何,我都希望你能够读一读这本"回忆录"。带着对勇太郎舅舅的思念,带着对牧子的思念,我暗暗地期待着,期待有一天你能读懂日语。

收下"回忆录",又目送勇太郎舅舅乘出租车去机场后,我的航班也在当天傍晚出发了。途经西雅图,我终于要回到日本了。广子舅妈和牧子在海边的家里多住了一晚,第二天早上牧子那位住在纽约的哥哥登志夫会来访。牧子把我送到机场,自那以后我们就再未相见。一声简单的再见,竟成了永别。

但我至今也忘不了,在波特兰机场,我正往护照审查处走,牧子从道路的隔断探出上半身拼命朝我挥手的样子。作为一个日本人,我这副面孔在美国和法国显得比实际年龄年轻得多,即便如此,牧子在我眼中还是和小孩子一样。也许是因为她回到了自己成长的国家,待在自己母亲的身边,因此由内而外都好像回到了小孩子的状态。

牧子长得很像她妈妈:黑色的娃娃头,剪得整齐而干净,长着一双杏仁一样的眼睛和圆圆的小鼻子,但她跟勇太郎舅舅就哪里都不太像了。不过,一头乌黑浓密的头发倒是遗传了勇太郎舅舅。这样想来,我这头浓密的头发也是随我母亲。那么,勇平,帕特里斯,你也有着一头光泽饱满、乌黑浓密的头发吗?我手里只有你一岁时的照片,你头上还只有一撮茶色的细软头发呢。

因为彼此的父母或者彼此的祖父母而联系到一起的人,互相之间竟然会害羞,这多么奇妙啊。就比如我和牧子,我们从小相隔两地被抚养长大,理应毫无半点关联,可我们一见到对方就有一种亲切感,好像从小一起长大似的,比朋友、比任何人都了解彼此。人就是这样,只要发现对方身上有与自己共通的地方,哪怕只有一丁点,便能让自己安心。也许正因如此,我从未把牧子当作生活在异国他乡的陌生人。其实，我一直都不能理解牧子。尽管如此，她就像我身体的一部分一样令我怀念。我们凭着一副肉身活在这世上，理所当然会怀念相似的肉身。自然，勇平，帕特里斯，我也怀着同样的喜悦和亲切感想象着你的成长。

"巴黎的生活又开始了。你猜我做的第一件事是什么？我把房间里家具的位置都换了。原先的厨房又挤又不方便，我安置了一个新柜子，又换了浴室的镜子。看到这儿，你是不是以为我已经决心留在巴黎啦？其实不然，我大概率会回美国。不过那应该是两三年以后的事情，如今我必须在巴黎干出一番事业……"

那时，牧子把在自己的小房间里创办的儿童体态律动班进行了扩张，打算与朋友一起在维也纳、纽约开设分店。她用全新的概念总结了教授方法，跟我夸下海口说一定会成功，而这件事究竟有多么划时代，我是一点儿都没听懂。

牧子这项宏伟的扩张计划，结果怎样了呢？我相信牧子，不管她家里情况多糟糕，她都不会轻易放弃。

半年后的春天，大概复活节那会儿，我在东京收到了牧子的来信。

"多么美好的春天啊！对我来说，世界正在闪闪发光。我的爱人吕西安是米歇尔和尼科尔的父亲。尼科尔已经十五岁了，他几乎不和人讲话，个头已经比我高了。不过，这孩子的内心是个小天使，伴着音乐，他就能活着。一直以来，他是我的学生，今后就是我的孩子了！米歇尔十二岁了，也是个非常可爱的孩子。没错，我们已经在一起生活了，我不能忍受和他们分开生活！每天早上，我都带上尼科尔去我原来的房间，在体态律动班里过上一天，然后两个人一起回吕西安家。现在我所担心的，只有父亲的反对。一想到父亲为我担心、难过，我也会难过起来。但我心想，我和吕西安还有两个孩子，我们是多么爱彼此呀！我们在一起这么幸福，我相信总有一天父亲会理解我的。哪怕是为了两个孩子，我也希望得到父亲的祝福……"

在这之后，勇太郎舅舅与牧子之间有过怎样的交流，我并不清楚。不过第二年，勇太郎和广子夫妇俩从美国坐飞机赶去巴黎，吕西安和牧子的"古典"婚礼终于成真了。紧接着，你出生了！对勇太郎和广子来说，他们一直挂念的唯一的女儿平安无事地把孩子生了下来，这多么令人欣慰呀。收到你刚出生不久的照片时，就连我（可能你听起来感觉有些荒唐）都满心欢喜，开心得要哭出来了。我们全都沉浸在新生命到来的喜悦中。

你出生之后，可能牧子为了照顾你忙得不可开交，信很少寄来了。我最后一次收到她的信，里面还附着一张你一岁生日宴的照片。牧子知道我的处境，也许这就是为什么她每年至少一次跟我分享你的成长吧。我的孩子不在了，她希望同我分享孩子成长的喜悦。（你两岁的生日刚过，牧子给我寄照片前，我给她打过电话，说了那本"回忆录"的事情，让她有些担心。不过，过些日子她还是会寄照片来的吧。我在写给牧子的信里反复叮嘱，情况再差，我一时半会儿也不会死，所以勇平的照片还是要寄过来。）

"……勇平一岁了！才一年，怎么就长这么大了呀。他已经能自己站起来了，虽然马上又会摔倒。而且他一直会发出各种奇妙的声音，像是要诉说什么似的。我能听出他提要求的声音，不满的、开心的、生气的、难过的声音……这些声音会慢慢地演变成语言，我忍不住设想，吕西安、我、米歇尔还有尼科尔都是讲法语的，所以他最先开口说的肯定也是法语。我并没有什么不满意，只是我希望也能从他口中听到我的母语英语。这个念头太强烈了，强烈到我自己都吓了一跳，不由得想起我的父亲过去也是这么期待我的。

"从前，我并不理解父亲为什么从不肯和我们讲他在日本时的事。来到美国以后发生的事，不管多琐碎，他都很乐意讲给我们听，可当我们一谈到日本，他就立刻背过脸去，或是转移话题，或是直接走到院子里去。

"我们问过他，那是一段很不堪的回忆吗？他答道：'是的，艰辛到你无法想象！'也许他说的是事实，可在我们看来，他似乎是在炫耀一段他自己独享的回忆。他深深地爱着从前在日本的家，那个养育了自己的家，并且一个人独自守护着这份爱意。我们都觉得，父亲这样实在是太孤独了。

"然而，如今我却因为勇平，第一次发觉对父亲而言，在日本的那段记忆只有用日语才能表达。因此，他才会把自己那段日本的记忆留给懂日语的你。同时他也盼望着，有朝一日他的女儿，也就是我，能够学会日语，抵达他的记忆深处。

"我当然想学日语，可是我没有自信呀！我现在太忙了！当上了妈妈才开始学习，太晚了！就让勇平替我学吧，勇平的人生才刚刚开始。

"由纪子，你觉得我的这个想法怎么样？

"我好想让父母听到勇平讲日语啊！也许这个愿望不太现实，但也绝非不可能实现。我的勇平，你可要学会日语、英语和法语呀！"

勇平，帕特里斯。

你母亲的愿望是否会实现，我现在并不知道。如果你能学会日语，我当然很高兴。可即便不会，也没什么关系。你只需要知道，在日语的世界中曾经有过那么一个时代，在那个时代有过这样一群人，这就足够了。二十年后，或是三十年后，你也会在我们想象不到的时代,在法语的世界或是别的语言的世界里,每天一步一个脚印,成为一个大写的人生活下去。

就在此刻,战争还在继续。

现在,我要把这封信,还有"回忆录"一并交给牧子。我不知道这封信会在何时、以怎样的方式寄到怎样的你手里。

勇平,帕特里斯。

希望两岁的你一直到未来都能受到庇佑!

希望所有会威胁到你的恶,永远都不会在这个地球上发生!

希望就算法国、日本消失,这片海,这块大地,一切的植物、动物,都会在你身边富饶延展,给予你永远的欣喜!

2－1

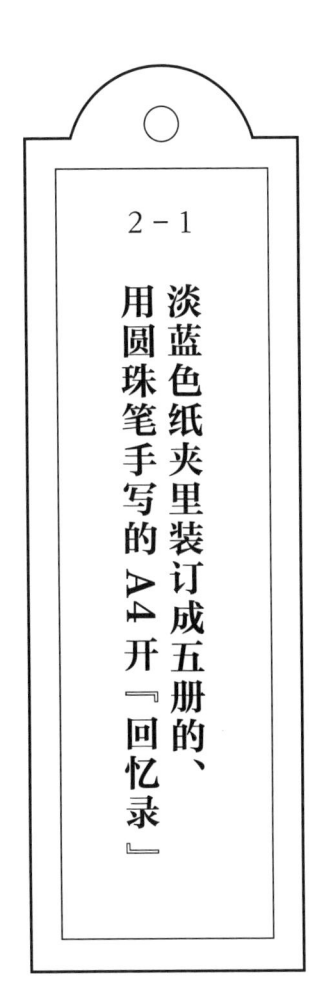

淡蓝色纸夹里装订成五册的、用圆珠笔手写的Ａ4开『回忆录』

(帕特里斯·勇平改订版)

580年左右,富士山山顶的喷烟因《义楚六帖》①流传。

"有山名富士,亦名蓬莱,其山峻,三面是海,一朵上耸,顶上有火烟。"

700年左右,山顶的喷烟因《万叶集》②流传。

781年(天应元年)小喷火。

"富士山下雨灰,灰之所及木叶彫萎。"——《续日本纪》

800年(延历十九年)全山大喷火,熔岩四处流出,生小富士山。

"富士山巅自烧,昼则烟气暗冥,夜则火光照天,其声若雷,灰下如雨,山下川水皆红色也。"——《日本纪略》③

---

① 亦名《释氏六帖》,后周显德元年(954)齐州开元寺高僧义楚所撰佛学辞典,后传入日本。其对日本的记载与580年无关,疑似作者有误。——译者注
② 《万叶集》是日本最早的诗歌总集。——译者注
③ 平安时代编撰的史书,内容为"六国史"的摘录,并记录到"六国史"之后后一条天皇时期(1008—1036),时间跨度为神话时代至长元九年(1036)。全书34卷,编者不详。

826年（天长三年）小喷火。

864年（贞观六年）西北侧熔岩大喷发。

"富士大山忽有暴火，烧碎岗峦，草木焦热，土砾石流，埋八代郡本栖并划两水海，水热如汤，鱼鳖皆死……"——《三代实录》①

870年（同十二年）中央火山口喷火。
（在此期间，山顶的喷烟一时停止）。

932年（承平二年）中央火山口喷火。

937年（同七年）北侧喷火。

952年（天历六年）东北侧喷火。

993年（正历四年）东北侧喷火。

999年（长保元年）喷火（南侧？）。
"此顷不字御山②焚。"——《本朝世纪》③

1017年（宽仁元年）北侧喷火。

---
① "六国史"的第六部，共50卷，内容时间跨度为天安二年（858）至仁和三年（887）。
② 不字御山即指富士山。
③ 继"六国史"之后的史书，由平安时代后期的贵族、僧侣藤原通宪（法号"信西"）1150—1159年编撰，全书计20卷。

1032年（长元五年）喷火（南侧？）。

1083年（永保三年）三月至十月 侧喷火（个处不明）。
"有富士山烧燃怪焉。"——《扶桑略记》[1]

（1200年前后，山顶喷烟停止）。

1511年（永正八年）东北侧镰岩喷火。

1560年（永禄三年）喷火（个处不明）。
（在此期间，山顶又喷烟）。

1700年（元禄十三年）喷火（个处不明）。
（在此期间，山顶无喷烟）。

1707年（宝永四年）东南侧爆发。
"十一月廿四日夜半，江户中地震且降砂。廿五日傍晚又地震。箱根小田原雷声大作，燃石雨下。自相州至江户赤云骤现，藤泽上方降下年糕大小的燃石……"——《月堂见闻集》[2]

---

[1] 平安时代的私撰史书，全书30卷，也是一部综合性日本佛教文化史。
[2] 《月堂见闻集》由江户时代的本岛知辰所写，记载了其1697—1734年在日本诸地的见闻。

（略）距今最近的一次火山喷发是宝永四年（1707），东南侧约两千五百米处形成裂口，一部分山体突然因此而消失。这种作用被称为"爆发"（explosion），与不定时从固定的喷火口进行的"喷发/喷火"（eruption）作用有所区别。通常而言，火山爆发都在火山活力的临终之际发生，其带来的灾害往往较大。明治二十一年（1888）七月十五日磐梯山①的火山活动，以及明治十六年（1883）苏门答腊岛与爪哇岛之间的巽他海峡上的喀拉喀托火山大爆发，便是此类。如浅间山②、大岛的爆发，迄今为止多次发生，称之为喷发、喷火或火山破裂，这些都是"eruption"而不是"explosion"。

这次宝永大喷发导致了山体部分消失，留下了巨大的洞穴。这个洞被称为"新内院"，山腹的道路横穿洞底。其东侧出现了一座寄生火山，标高为两千七百零二点三米，称之为宝永山，由宝永大喷发的喷出物——沙砾及熔岩的碎片等堆积而成。

自宝永四年爆发以来，富士山已经沉寂了二百二十余年，但人们并不认为它会就此休眠。

---

① 日本福岛县的一座活火山，日本百名山之一。
② 位于日本长野县与群马县接壤处的安山岩层状火山，日本百名山之一，属于活火山。

今后若还有火山活动，可能会发生在山顶的火山口，但在山体侧面发生的概率更大，因为相较于从山顶高处的火山口喷出，内部积压的力量更容易从侧面迸发，大正三年（1914）樱岛的喷火就是从侧面发生的。富士山从远古时期开始便如此反复，宝永的喷发、贞观的熔岩流都属于发生在山体侧面的火山活动。

富士山无论哪个方位的山体侧面都或多或少存在一些喷发现象，不过西北侧最多，进而沿着精进口登山道①，人们发现了最多的火山活动痕迹。再沿着东南侧须山口②方向，许多侧火山便映入眼帘，宝永火山口也在这个方向上。西北侧御庭、奥庭③上的火山口排布方向，沿着登山道的气孔方向都是由西向东南。基于这些客观事实可以推测出，富士山的山体会沿着这个方向延伸出一道"一"字形的裂缝。日后如果会发生喷火，最有可能发生在西北侧与东南侧。

致由纪子和牧子——有森勇太郎

今年春天，外甥女由纪子突然从巴黎寄信来。故借此机会于书房伏案执笔，将我记忆中的过去用文字写下来。为此我买了许多纸张。书房里的这张桌子，还是二十年前住在华盛顿特区的时候买的，相当气派。在古董商店相中这张桌子时，店家吹嘘说这可是殖民地时代的值钱货，不过我觉得大概率是假的，因为它看起来一点也不像是有年代的物件。但它的风格确实有年代感，价格也贵。广子觉

---

① 以精进湖附近的赤池为基点，通往富士斯巴鲁线五合目。富士五湖之一的精进湖在富士山北麓。
② 以富士山东南麓的须山浅间神社为起点，通往山顶东南部的登山道，现名为"御殿场口"。
③ 御庭与奥庭区域在山梨县，靠近富士斯巴鲁线五合目。

得价格实在是太贵了，极力反对，但最后我还是买了下来。牧子那时已经十二岁，随着生活逐渐安定，她也开始时不时想着给自己添置些闲碎的东西。我很想说买了这张桌子以后它派上了大用场，但很遗憾，它其实一直都在吃灰而已。而我固执地不让广子和孩子们用这张桌子，无论她们怎么求我也不行。我不能允许我的桌子被孩子拿去当写作业的台子，或者被广子拿去当缝纫台用。然而，此时此刻，我终于坐在这张气派的橡木桌前，要把我的过去书写下来。我仔细掸去桌上的灰尘。我的桌子终于要派上用场了。

要说有什么困扰，那就是我不知从何写起是好。想写的话纵然有许多，这也想写，那也想写。这也发生过，那也出现过。可任凭种种记忆涌上心头，却迟迟没能动笔，桌上仍是白纸一张，我有些灰心。其实，要写些什么倒不是问题，但既然要写，就一定要想好该怎么写。现如今我也终于体验到世上文人墨客的一份苦恼了——这么说虽然有些愚蠢，但我真这么想。

虽说往事倾吐不尽，可我从来没有写日记的习惯，也不喜欢保存什么过去的信件和笔记。还在日本的时候，也就是四十年前，手里仅有的一点点杂七杂八的书籍，也在出发来美国之前全都扔掉了，只留下了和我自己的研究内容相关的。那场战争原本就烧毁了我的家，属于我的东西也都已经从世上消失了，所以六年后我离开日本时，现在想来也是可笑，几乎就是一无所有。因此，现在我手头已经没有和旧时相关的资料了，就算去城里的图书馆找，美国的图书馆也不会保存日本的旧报纸。而且，我在日本的姑姑和姐姐们也大多已经不在了，只剩下笛子一人，可她如今身患阿尔茨海默病，也无法回答我的问题。我只能凭借自己的记忆，把过去的事情写下来了。

首先，我试着把脑海中想到的事一件件罗列在草稿纸上，可问题又来了：我厘不清每件事的先后顺序，而且有许多事情我已经不记得是真实发生过的，还是我臆想的。有时终于想起一件重要的事，偏偏细节全忘了。就这样，我懊恼得很，夜里失眠，还会做噩梦。有一次，我梦见早已过世的母亲躺在病床上大哭，还梦见哥哥掉进大海淹死了……

由纪子在信中说想听一听以前的故事，但她想听什么，又想听到什么程度呢？我知道她想了解自己母亲过去的家和环境，但我实在没法回忆周全。不过我想，她应该也并不会指望我每件事都写得和法庭记录一样精确吧？这样一想，我就又有勇气动笔了。所以，在此事先声明一下，不要过于相信我的记忆。

不知在我几岁的时候，我记得那时父亲已经过世了，那么应该是我十一二岁时。我不知从哪里听说有家谱这么个东西，又恰好爸爸最大的妹妹英姑姑来家里拜访，我便问她："爷爷的爸爸叫什么名字？爷爷的妈妈是什么时候出生的，又是什么时候去世的？"我原本想问来这些信息以后自己画一张家谱，借此向朋友炫耀，没想到英姑姑听后狠狠地瞪着我这个小光头，说："你这个小家伙想在我死前打听过去的事呢！"我低下头，英姑姑看了开怀大笑，开始讲起她记忆中关于曾祖父母的事，不单单是说给我听，好像也是说给在场的我母亲听的。但我现在已经忘了她那时都说了些什么。曾祖父母二人都去世得早，实在没什么记忆点。我只记得当时英姑姑的大眼睛，还有她那像男人一样浑厚的声音，以及我被她的话吓到又松了口气的心情。虽说是不起眼的小事，但我如今已年过七十，收到由纪子从巴黎寄来的信后，不由得想起此情此景。不知那时英姑姑可曾体会到我的心情？

1 杏子的病房——山姥

最后一次同四姐杏子和三姐笛子回忆过往,是在九年前的冬天。那次我在日本短暂停留了一周,因为工作关系五天都在札幌,剩下两天便住在东京的笛子家。

刚到美国的头十三年,我一直没回过日本,后来回日本的机会慢慢变多,从大学辞职后,每两三年就回一次日本。不过,我的研究所合作的公司开设在札幌,日程繁忙时很难有机会去东京。那年冬天与杏子和笛子二人会面之后不久,杏子就去世了,我的兄弟姐妹便只剩笛子一人。可笛子也因为杏子的去世深受打击,身体日渐衰弱,又没过多久,由纪子八岁的孩子卓也也去世了,笛子的精神状态更是急转直下,甚至不愿意见我了。从那以后,我们有九年没见过面。卓也年幼丧父,身为外婆的笛子对他格外关爱,不仅是因为思念自己十五岁去世的儿子,还因为卓也身上有我这个和她年龄差不少的弟弟小时候的影子。笛子大我七岁,她和比我大一点点的两个姐姐杏子和樱子不同。我能感受到,她对我有父母一般的责任感。笛子总是很耐心地读书给我听,并教我识字,还会在元旦那天深夜带我去下町①赶集(每年新年的第一个热闹集市。——帕特里斯注),每次我受伤也都带我去医院。大概对笛子来说,也是头一回带小弟弟,一切都很新奇,所以才事事都想着我吧。

"这孩子和你多像呀。你看看卓也的脸,你自己不觉得像吗?"

那年冬天,笛子握着三岁的卓也的手,对我说道。

"听你这么一说,感觉确实有点像,不过反正我自己看不太出来。既然笛子姐觉得像,那就是像吧。"

---

① 商人、手工业者居住区。——译者注

卓也紧缩着身子，走过东京站的地下通道。我看着他略微发白的脸，笑着回答道。还记得笛子那个十五岁就去世的儿子亨还在世时，笛子也总说亨长得和我一模一样，笑起来就像是一个人。

　　发现没有？笛子对于自己的儿子和外孙的评价是一样的。从前她这么说的时候，我并不懂亨哪里像自己，甚至心情有些复杂。亨是唐氏综合征患儿，长相自然也符合唐氏综合征患者的脸部特征：鼻子塌、眼睛上翘。由纪子从小跟亨一起长大，一定明白我在说什么。总之，我一想到笛子说我和一个染色体异常的人长得很像，难免会有一瞬间感到不快。广子和牧子最近批判我，说我傲慢，总是自以为比谁都聪明，把别人都当成白痴。从某种程度上来讲，她们的批评也许没错。因为我凭借自己的努力不断磨炼头脑，并一直将智慧视作自己的财富，可笛子偏偏说我长得像得了唐氏综合征的亨，真是让我哭笑不得。笛子爱着亨，养育亨，我打心底想成为她的精神支柱，当然我也有我的界限。

　　诚然，在笛子眼中，亨才不是什么唐氏综合征患者。她所看到的是亨原本那张清澈的、熠熠生辉的脸。和我相像的，也正是她一直强调的这张熠熠生辉的脸庞。

　　亨与卓也都是很可爱的孩子。眼睛炯炯有神，笑得阳光灿烂，脸颊上有酒窝。我自认实在不如他们惹人怜爱，笛子却毫不难为情地说："这世上哪还有像勇太郎你一样帅的男孩子，你可是自带光环的天使。"这些话一般人可说不出口。或许笛子主观上真是这样认为的，我也应该接受她这番心意，可她实在说了太多次我与亨和卓也很相像，久而久之，当我回忆往事时，自己也分不清我们三个人到底谁是谁了。一会儿撒娇吵着嚷着要笛子吹纸气球的我变成了嘴角挂着口水的亨；一会儿被流动的河水吓哭的我又变成了卓也。九年前那个冬天，我从东京站坐东海道线去真鹤的养老院看望杏子的时候，笛子带着卓也一起来了，他的身影就像是幼时的我，又好像亨。不过，这种记忆上的模糊并没有给现实带来什么麻烦，因而也无须烦恼。

"这孩子跟你真的很像呀。你俩这么像，你自己却感觉不到，哎哟，这多奇怪呀。不只是脸长得像，性格也一样。稍微有点敏感，淘气又惹人喜爱……"

到真鹤后，我们叫了出租车，车子行驶在冬天荒凉的山路上，就快要看见养老院白色的主楼时，笛子又一次像叮嘱一般对我这样说道。卓也把额头贴在出租车的玻璃车窗上，入神地看着窗外那些城市中见不到的风景，他已经来过三四回了。也许是因为杏子到老都没能有个一儿半女，因此特别喜欢看见小孩子的脸，听听小孩子的声音。笛子每次都会带上卓也来看杏子，她说这么做是想让杏子开心一点，可事实果真如此吗？我觉得，她是不忍心看着由纪子一个人既要工作又要养育孩子太辛苦，所以没事就找个理由把卓也接过去。卓也过去每天都被托管在日间托儿所，笛子这样做也是想带他多见识各种地方，哄他开心。

再次听到笛子关于卓也的这番话，我不耐烦地点了点头，回道："不管你说多少遍，我不觉得像就是不觉得。如果你这么说是怕我不守约定的话，就放一百个心好了！我也很喜欢卓也这孩子，我在纳什维尔的房子大得很，周围又没什么人烟，如果他愿意来的话，广子也会很开心的。由纪子也可以把我那儿当自己家一样，时不时来放松一下。家里对着郊外的湖水，风景好极了。最好由纪子也搬来纳什维尔，这样她就更安心了。这个问题我们已经谈过好多次了，可是一直都没有进展，不是吗？笛子姐，毕竟你还在日本。"

笛子横眼瞪了我一下，故意长长地叹了一口气。

"这件事确实得拜托你，但我刚才话里并没有这意思，只是单纯想说卓也跟你长得像而已。你还是老样子,自命不凡的'自大狂'。"

"自大狂"这个词,笛子是用我们老家方言说的,形容人轻率、看不起别人。她这么说,我无法再默不作声。

"笛子姐,亏你能把别人的一片心意用这么过分的词践踏!你这样由纪子和卓也太可怜了。你自己不知道跟广子说了多少次,由纪子没有父亲也没有哥哥,我是他唯一的舅舅,而我们每次都心甘情愿地帮忙了,不是吗?现在又把别人的好意像泼水一样泼掉,你这样真让人觉得别扭。"

笛子正想要回话的时候,出租车到达了目的地。车门一开,她用力哼了一声,背过脸去,带着卓也头也不回地下车了。车里只剩我一个,我只好自掏腰包付了上千日元的出租车费。不过,回去时她又心情好转,把出租车费给我了。

我们进入主楼的玄关,乘上电梯,走过长廊。"我要给杏子奶奶唱歌!杏子奶奶还会送我橘子吗?杏子奶奶不是小气鬼,只要我说想要,她什么都会给我的!"我和笛子都板着脸不说话,听卓也扯着嗓子闹腾。笛子那时也许满脑子都想着我这个弟弟多么自大、任性。我也像小孩子赌气似的,回想过去那些早该忘了的、对笛子的"仇恨"。

有一次,已经上女子学校(日本直到二战战败之前,青少年从十二岁开始,男女分开上不同的五年制学校,男子上的叫作中学校。——帕特里斯注)的笛子说我是猴年生的(从中国传到日本的风俗,每年对应不同的动物,十二年一轮回。——帕特里斯注),所以我是一只猴子。当时三四岁的我对此深信不疑,甚至有段时间自信满满地到处说我是山里的猴子,还爬上家旁边的松树,学猴子大叫:"我是猴子!"看见笛子在家里笑出声,我喊得更起劲了。

事后想起笛子开怀大笑的样子，我感觉自己完全被当成了玩具，然而在那之后过了很久，我才感到屈辱。

也差不多是同一个时候，笛子板着脸吓唬我说："等你长大了，就会被撵出这里，虽然可怜，但是没有办法哦。"我听了难过极了，有一天就问妈妈："我长大以后还能住在家里吗？"妈妈一脸疑惑，说："你哥哥在，你当然也能一直住在家里啦。你现在年纪还小，不用担心这些事。有谁这么说你了吗？"我就回答是笛子姐。那是我头一次看见妈妈发火。不过，那时我还不明白笛子姐是在拿我开心。

这大概是因为我们年龄差了七岁，而且她脑子又出奇地好。笛子当时正值十几岁，头脑又灵活，不管是戏弄或是疼爱我这个小毛孩，都是信手拈来。可是笛子并没有想过，她独特的取乐方式无形中会给弱者带来多大的伤害。

我读中学的时候，笛子到另一座城镇的女子学校里当老师，从家坐电车到那里要花一个半小时。每逢周末回到家，她就要检查我的成绩单和卷面，然后一定会骂我一顿。大概笛子也充满干劲，责任感十足，认为在父亲过世、哥哥也刚死后不久，她必须担起责任，教育好我这个家中唯一的男丁。可我觉得自己的成绩没有那么差，笛子过于严苛的批评让我心中隐隐作痛。她总认为考年级第一是理所应当的。

母亲对我们的学习并不关心，因此一直是笛子在盯着我学习。我虽然怕她，但她对教育过分的热衷也不尽是坏事。比如，有时她会帮我做地理作业，字迹干净整洁。在学习方面不管我说需要什么，她都会慷慨解囊，我大部分的书就是她用工资给我买的。我看穿了笛子在学习方面对我的百依百顺，并很好地利用了这点。笛子明明比谁都聪明，不，就是因为她太聪明了，所以才不会和人打交道，只能自甘寂寞。到了中学四年级，我突然觉得数学特别有意思，其他科目的成绩也开始提高，于是顺利考入了高中（与 Lycée[①] 不同，是进入大学前的预备学校，日本战败后被并入 Université[②]。——帕特里斯注），并顺利进入大学（类似 Grandes Écoles[③] 的以前的大学，日本战败后变成了国立 Université。——帕特里斯注），后来又转到美国的大学，充分利用研究成果，才有了如今这一番事业。我不得不承认，所有这一切都是笛子过去鼓励式教育的结果。

中学时的我，考虑事情总是以自我为中心。然而，当时家庭连遭不幸，身为家中最年长的姐姐，笛子在为自己的前途感到不安的同时，还要一个人担起整个家庭未来的责任，是多么煎熬啊。所以她才会把无路可逃、在山路上强行前进般强烈的求生欲，全部寄托在我身上。如今想来，我对她的感谢太不够了。虽然我自以为在那之后一直在好好保护她，全力支持她。

我原以为杏子会待在一个黑暗的房间里，没想到她的病房很明亮，这令我倍感意外。透过窗户，可以看到波光粼粼的大海。我本想说"这儿的风景真好啊"来替代寒暄，可还没说出口，笛子就带着卓也进入病房，把视线投向了床上的人。那是我的四姐杏子。我急忙闭嘴，走到床边，握着已经被笛子握紧的杏子的手，用再平常不过的语气对杏子姐姐说："好久不见，看到你这么精神，我就放心了。"虽说是自己的姐姐，但换作其他场合，我也会不好意思握她的手。可是，面对眼睛看不见的人，唯有通过触感才能让对方确认自己的存在。大约两年前，杏子的糖尿病恶化，完全丧失了视力。

[①] 法语单词，指公立高中。——译者注
[②] 法语单词，指综合性大学。——译者注
[③] 法语，指重点高等院校，围绕特定专业开设，不同于 Université，门槛更高。——译者注

窗外波光粼粼的大海，与杏子的喜悦无缘。

"小勇，你的声音还和以前一样呢。"

杏子背靠在倾斜的床上，笑了起来。她用双手握住我的手，然后又从胳膊摸到肩膀上，轻轻地拍了一下，才终于放开了我的手。杏子最有魅力的地方就是那双可爱的、圆圆的大眼睛，正因如此，那双眼睛失去光芒后，眼睑内侧暗沉的样子才显得格外凄惨。六十过半就丧失了视力，日常生活该多么无助和悲伤啊！然而，杏子却意外地豁达，对不知该说什么的我风趣地说道："反正我的腿脚早就走不动了，现在反而没什么不方便了，我这一生已经领略过太多事物，每天光是一件件回忆就已经很有意思了。"大概是受到她丈夫的影响，不知何时起，杏子说话变得风趣了，虽然措辞还是一如既往。她除了身形比以前消瘦，脸也稍微瘦了点以外，没有我想象中的变化那么大。笛子向我解释道："杏子的丈夫铃村平辅比她早住进这家养老院，之后她搬进了医疗楼，铃村就每天来探望杏子。但两个月前铃村发病，也搬进了这栋医疗楼，此后两人便没法再见面了。"又过了四个月，平辅去世了，一年半以后，杏子也走了。

杏子的病房非常明亮干净，暖气也很舒适。窗外的景色很美，虽然这对杏子来说有些多余。尽管如此，我还是有点不满。因为杏子的房间不是单间，四张床被奶油色的窗帘隔开，能听到其他床位传来的不知是歌声还是呻吟的声音，还能听到电视的声响。这不禁让我联想到那些专门为支付不起住院费的患者建造的慈善医院。不过，杏子生性开朗，即使在这种环境下，也没有任何受苦的样子。而且在日本，光是这种病房的价格就已经高得离谱，更不要说单间了。当然，既然负担不起，我自然也不该有什么不满。毕竟这里不是美国。杏子夫妇没有孩子，只能卖了房子，每天靠这笔钱过活。虽然普遍认为日本富裕了，许多日本人的生活之奢侈也令人咋舌，然而只有医疗设施却明显还是很寒酸。我不禁想，这是因为即便是现在，日本社会也还没有形成足够重视每个人的人格的良好氛围。我至今仍在为日本那毫无意义的集团主义忧心，当初日本与美国开战，人们不被允许有不同的想法，甚至不能穿不同的服装。

我把在美国和广子的生活以及孩子们的情况详细讲给杏子听的时候，话题自然而然谈到过去。我们尽兴地聊了三个小时。

我坐在杏子的右边，笛子坐在左边，我们时不时地交替抚摸杏子的手和手臂。其间，卓也时而爬到笛子的脚边，时而坐在我的膝盖上，或是攀爬杏子的床沿，在三个大人的谈话里不断穿插自己的声音，听腻了，就跑到房间的其他一个个床位那边，吃别人给的东西，唱唱歌，然后又回到我们这里。后来他索性直接躺在床上看拿来的绘本，看着看着就睡着了。我回过神来，抱起卓也，让他睡在杏子床上的角落。

躺在白色病床上的老女人与左右两边的老男人和老女人靠在一起，一边任由小家伙热乎乎的身体在三人之间来回爬动，忽近忽远，一边聊着天。要是小家伙睡着了，三个老人就放缓节奏继续聊天。当然，这三个老人就是笛子、杏子和勇太郎我。但如果换作是我们的祖父母和父母，或是英姑姑和矶姑姑好像也不奇怪。我想起自己小时候也这样，大人们在聊天时，虽然听不懂他们在讲什么，但也会莫名开心，跟着他们一起笑，或是皱眉。想到这里，不禁莞尔。

（我怀卓也的时候，母亲一直对卓也没有父亲这件事耿耿于怀，极力劝我堕胎。孩子生下来以后，她也经常颤抖着声音劝我把卓也当作养子送出去。有一次母亲哭着说："不能让你姐姐、勇太郎舅舅还有杏子姨妈她们知道这件事。"我生气地回敬她："好啊，那你就瞒着他们好了，反正我也不会告诉他们的，这样安心了吧！"

我和卓也的父亲情投意合，且不说在卓也出生之前，自他出生以来，我也一滴眼泪都没有流过，可母亲到底在担心什么呢？我真想不通。我一直觉得母亲不是那种"好面子"的人，想到这里就更生气了。现在回想起来，母亲大概只是没想到事情会发展成这样，一时脑子太混乱了吧。既然母亲说不把卓也的事情告诉其他家人，全然当他不存在，那我便照做，从此不再见母亲，也不去找姐姐了。自那以后，就变成母亲来我的公寓，用婴儿澡盆给卓也洗澡，给他喂牛奶。她把旧浴衣拆了做尿布，给卓也编遮阳帽，织毛线背心和毛衫。卓也一岁之后，我就开始带卓也回母亲家了。我不知道母亲是什么时候，又是以什么样的方式告诉我的姐姐和杏子姨妈她们的，总之不知从何时开始，卓也不再秘密地活着了。不仅如此，母亲还开始向姐姐和杏子姨妈她们炫耀卓也，甚至对着我夸奖卓也，说他是个头脑聪明的孩子，很快就能记住绘本内容，连电车和汽车的种类都懂。卓也两岁后，母亲说我把卓也放在托儿所不方便，不如让她来带孩子。然而我还没有忘记卓也出生时母亲说的话，也不指望母亲能帮我到这个地步，所以依然每天都送卓也去托儿所。母亲有时会替我去托儿所接卓也回来，然后带他回家住个两三天，说是让卓也好好"休养"。说实话，当时我每天都忙得不可开交，疲累至极，因此卓也的"休养"其实也是我的休养。时间充裕的母亲不辞辛劳地陪卓也玩，还带他去公园和动物园，所以卓也在母亲的身边总是很开心。而我在那期间可以踏实睡觉，还能在公司加班，也能看一些卓也在身边时没法看的电影。卓也三岁的时候，母亲去探望住在真鹤养老院的杏子姨妈时也开始带上卓也。杏子姨妈确实喜欢孩子，我猜她会很开心。但我想，母亲的本意一定是想让杏子姨妈夸奖卓也。勇太郎舅舅回日本的时候，母亲为了让他见证卓也的成长，特意带卓也去了真鹤。他们从真鹤回来的晚上，我去了母亲家，见到了勇太郎舅舅。因为白天的疲惫，卓也已经睡着了。母亲一边抚摸着他的头发，一边说："今天同个病房的人都很开心，大家都夸卓也可爱得不得了，说我有这么可爱的孙子实在是太幸福啦。是呀，大家的眼神都从这孩子身上离不开了呢。"母亲说完，又急切地征求勇太郎舅舅的赞同。勇太郎舅舅边笑边看着母亲的侧脸。我一边听母亲高兴地说话，一边也想象着母亲所说的病房里的情形，并为此感到喜悦，甚至为卓也觉得骄傲，他得到大家的夸奖是理所当然的。勇太郎舅舅一定觉得这两个女人的举止很滑稽，但他也没有否定卓也在病房里的"明星"形象，而是开始认真地向我和母亲讲起了等卓也十岁以后让他在美国接受教育的好处。——由纪子记）

我们三人继续说着话。我和笛子效仿看不见东西的杏子，半闭着眼，三人一起聊着谁也未曾回忆起的遥远过去。

我们都很不理解，祖父母应该是经历过那场叫作"明治维新"的日本变革，可不管是他们还是父母都未曾对我们提起过此事。不，准确来讲，是我自己一直都很不解，并为此困惑了很久，正好与杏子和笛子久别重逢，便把她们也带入到这个疑问中来。当我进一步谈起祖父母和之前的事，发现杏子和笛子两人也并非对自己的家族变迁毫不关心。她们两人积极地参与讨论，"不是那样的"，"不是这样的"，你一言我一语地开始讲述自己的见解，然后一发不可收拾。由于话题本身就没有明确的答案，自然也厘不清谈话中的各种混乱。终于，不知是笛子还是杏子叹了口气，像把东西随手扔进垃圾箱一样粗暴地结束了对话。那个冬天，我们三个人最后见面的时候也是这样。

"不过，既然是过去的事，倒也无所谓了。"

杏子这么一说，笛子也应和道：

"是的,过去怎么样都无所谓了。为什么小勇你这么想知道呢?如此执着于过去的事情,对你有什么好处吗?我听说因为美国人的历史底蕴很浅薄,所以他们拘泥于自己的祖先过去如何,在外人看来很无聊的事也会如数家珍地记录下来传给后世。这样看来,小勇你也真成了不折不扣的美国人啊。"

"跟那没关系,我只是单纯好奇。你不是也感到很好奇吗?"

我失望地答道。笛子总是话里有刺。

"我确实好奇,可要想那么多的话,那还不如多聊聊睡在那边的孩子以后如何成长、你的孩子们以后会找怎样的对象结婚之类的开心事呢。你说是吧,杏子?"

杏子听了笛子的话,连连点头。

"你别扯开话题呀。我只是想确切了解从前的事,然后告诉孩子们。"

听我这么一说,杏子像是拿我寻开心一样笑着问道:

"为什么?"

"要说为什么……大概是为了有森家吧。"

我这句话刚说出口,两位老姐姐就一起笑话我了。

"你还在惦记那个年代的事啊?真不可思议。"

"你说的有森家现在在哪儿呢?"

笛子和杏子哈哈大笑地这么说道。说实话,我自己也不太好意思,只能小声回答:

"所以,我不算是有森家的人,是吗?"

两位姐姐再次毫不留情地取笑我说:

"要是让小勇你可怜巴巴地继承有森家,我们不得被人议论死呀。这种事情你就不要放在心上了。"

"时代变了呀。而且,你已经去美国了。你孩子的姓也已经变成'ARIMORI'①了，不是吗？"

"……不是这样，我也不想这样的。……"

我含含糊糊地回答道。这个问题一下就戳中了我久居美国感受到的痛苦。我一直都觉得，无论住在哪里，我自己都不会改变，所以孩子们也理应属于有森家。

"但是，当年送你去美国的时候，对我们来说，有森家就已经散了呀。当时觉得这样也好，一身轻。"

笛子刚说话，杏子也说道："那个时候笛子姐姐还哭了呢。"

"嗯，你不也哭了嘛。"

笛子也反击道。杏子又笑着对我说：

"但是，小勇这么认真地为有森家着想，实在难能可贵。你一直都是个努力奋斗的人，我们很放心。至于我们呢，早就不是有森家的人了，所以话才说得这么轻松。"

"……嗯，这么说也有道理。"

我还是不开心地嘟囔着。笛子摸着杏子的手说：

"过去究竟发生了什么，有过什么样的人，以后都会被淡忘的，所以我觉得就这样吧。大家都不在了，回忆也只是徒增痛苦而已。忘掉的话会比较轻松，以后我不在了，也请把我忘了吧。……"

"每个人都不一样嘛。小勇真想查的话，就查查看好了。"

听了杏子的话，我冲她点了点头，突然想起她什么也看不见，便对她说道：

"可惜再怎么查也查不出来了。像我这样离开了日本，也没有办法去查。没有想到要好好保护这片土地，每年都为此感到缺憾。如今我想弥补这份缺憾。"

---

① ARIMORI，"有森"的日语读音。此处是想强调勇太郎的孩子已经变成美国人了。——译者注

笛子对我微笑了一下。

"你嘴上说着这片土地如何如何，可是有森家自古传下来的土地，爷爷早就卖出去了。在那之后买下的城里的土地，只是为了让我们几个剩下的人能有个住处，所以这不是你的责任。硬要说是谁的责任，那也是爷爷的责任。小勇你似乎一直都觉得爷爷当年有一种了不起的烦恼，但我还是觉得他只不过是一个连自我思考都要逃避的无能的人。"

杏子也笑嘻嘻地说：

"爷爷嘛，总是很平和，是个好人。这就足够了。……他给我们讲过马的故事。很久很久以前，山腹一带有许多跑得飞快的马，身体还闪闪发光。有一个人驯服了所有的马，可以随心所欲地骑着它们转来转去。据说那种闪闪发光的马只需一天就能越过富士山，叼着山上燃烧的石头安然回来。……我经常梦见自己骑在那种马上。虽然它们和天马不同，但是可以像天马一样轻快地越过那些山岭，我还能感受到风吹在脸上很舒服。我总觉得，这些远古时代闪闪发光的马现在还在某处继续奔跑着。我一直都能看见驹山（指甲斐驹岳[①]，海拔2967米，它和以下山峰都包含在日本的南阿尔卑斯国立公园[②]中。——帕特里斯注）、北岳[③]（海拔3192米）、间之岳[④]（海拔3189米），还有南边的富士山……有那么多的山在保护着我们呢。"

接着，笛子说道：

"没错，无论时代如何变迁，山都永远不会改变。我最喜欢驹山。说起来，关于山的故事，有一个叫作'山姥'的妖怪，我的耳

[①] 日本百名山之一。
[②] 位于山梨县、长野县和静冈县的日本国立公园。
[③] 日本第二高的山峰，仅次于富士山。
[④] 日本第三高峰。

畔至今还回响着'站住！站住'的声音。还有其他故事，比如一个女人去了山里就没了踪影，过了五十年后变成浑身长毛的山女回到了村子里；一个孩子被山里的山犬（狼的意思。——帕特里斯注）养大，回到村里和父母生活后，因为村子里吃不到生肉又回到山里去了……诸如此类的故事。据说，这些都不是虚构的，而是真实的事，听多了，我也就不再觉得稀奇。猴子、蛇，还有鹿，总觉得我们一直和各种各样的动物生活在一起。小勇听着可能会觉得有些奇怪，但这些故事对我们来说都是老生常谈了，所以没有什么不满足的。山犬、蛇、鹿都和人说话，跟人猜谜、开玩笑，甚至做老婆、当父母，不是很热闹、很开心吗？"

类似这种故事我也听了许多。而且我小时候也相信自己真的听过"山姥"的声音，相信猴子和蛇都像人一样说话。现在想起来真是不可思议。我在美国挖空心思独自思考关于有森家的过往，说到底不过是为了消磨时间的游戏，但我确实有在认真思考。比起人类世界的变迁，我们更喜欢那个马儿和猴子飞来飞去的世界吧。就像笛子和杏子所说的那样，也许正是出于这样的眷恋，无论在人类的历史长河中发生了什么，最后只有那些与动物们在一起的故事会被我们深信不疑地保留下来。在美国生活了四十年后，我对于人与动物共生共存的热闹世界越发向往，而在这里，马就只是马，猴子也只是普通的猴子。

作为参考，我在这里简单说明一下"山姥"。这是我印象中最清晰的一件事。

所谓"山姥"是指山中女妖，也就是深山老妖婆（山上的老奶奶的意思，住在山里吃人的坏精灵。——帕特里斯注），但是我不知道为什么她的日文名字叫"KAMONKAKA"。"KAKA"是表示女人或妻子的词，正如法语中的"femme"一样，这我能理解，但"KAMON"却不知道是什么意思。在我家乡的语言里,发"N"音的词很多。和服是"KIMONO",草的果实是"KUSANMI"。所以,"KAMONKAKA"可能是"'KAMO'的女人"的意思。但我还是不知道"KAMO"到底是什么意思,是从"神"(读"KAMI")变化而来,还是指故事中出现的"釜"(读"KAMA")呢?

"从前,有个马夫(从事用马搬运行李的职业的人,也叫赶马人。——帕特里斯注)从城里买了很多鱼,让自己的马驮着正要越过山岭。突然,他听见后面传来一阵可怕的声音:'站住……站住……'那声音像是要贯穿整片森林一样。马夫惊觉那是山姥,急忙跑了起来。'站住……站住……我要吃鱼……'山姥的声音越来越近。马夫心想,绝不能被山姥抓住,就把马上的鱼全部扔掉逃跑了。他本以为能趁山姥吃鱼的时候逃掉,可过了一会儿,山姥的声音又追了上来。'站住……站住……我还想吃马……给我吃马……'马夫实在没办法,只好丢下马也不管了,继续往前跑,最后跑进了一所空房子。马夫心想,哎呀,这下终于得救了。他想休息一下,可是睡在火炉周围又不安全,所以就爬到房梁上睡着了。过了一会儿,传来'砰砰砰'的很大声响,从下面传来了山姥的声音:'今天吃了鱼和马,但没能把马夫吃了,我很生气!算了,吃点年糕好了。'马夫这才发现这里是山姥的家,来到了这么可怕的地方,他顿时吓得全身颤抖。山姥一边烤着年糕一边:'今天老鼠吱吱怎么在房梁上这么吵呀,吱吱也想吃年糕了吗?吱吱是喜欢蘸酱油还是蘸味噌呢?(我两个都喜欢,也喜欢年糕。——帕特里斯注)'马夫慌张地答道:'吱吱,酱油。'山姥又说:'那就蘸酱油吧。'然后便给年糕涂上酱油狼吞虎咽起来。吃了一百块年糕后,终于吃不下了。山姥又说:'吱吱,酱油年糕吃完了,嗓子好干呀。'马夫在房梁上回答：'吱吱，喝釜里的水。'山姥取了大釜里的水开始咕噜咕噜地喝了起来，全部喝光之后说：'吱吱，我困了。'马夫回答说：'吱吱，在釜里睡吧。'过了一会儿，釜里传来了山姥的呼噜声。马夫从房梁上悄悄地下来，给釜盖上盖子，往底下填满木柴，点着了火，烧了一整晚。早上打开盖子一看，釜里只剩下一块松脂。"

（我也听妈妈说过好几次马的故事和这个故事。我很喜欢马的故事，但是因为害怕山姥，所以不喜欢山姥的故事。不过，正是因为害怕，所以印象才深刻。妈妈不叫它山姥，而是叫山妖。如今，在人迹罕至的山岭上，山妖与马和马夫一个劲奔跑的样子还像电影一样浮现在我的脑海中。我无法想象山妖的样子，小时候还把妈妈同喊着"站住、站住"的山妖弄混过，有好一阵子都害怕妈妈。还有一点，在妈妈的故事里，山妖在锅里变成了山妖汤，最后被马夫吃掉了。——由纪子记）

（我没有听过马的故事，但听妈妈说过山姥的故事。可是，我一直以为这是住在比利牛斯山的魔女的故事。可能是因为我的母亲完全不了解日本，所以把它改编成了比利牛斯山的版本，但我听了也觉得很可怕。山姥→比利牛斯山魔女蒙卡，马夫→牵着驴的牧羊人，鱼→干酪，年糕→面包，酱油→橄榄油，味噌→蜂蜜，最后的松脂没有变化。松脂在法国也是很重要的燃料之一。——帕特里斯注）

2 信玄堤的小太郎

还有一件重要的事也是我们无论如何也不能忘记的。只要我们聊起有森家，一定会从这个传说说起，对我们而言，它意义非凡。当然，也可以说是父亲刻意让我们有此印象。

那是距今约四百年前，我们的故乡甲州①（现在的山梨县。——帕特里斯注）因是群山环绕的盆地，所以总是洪水泛滥。武田信玄（1521—1573，有名的武士大统领。——帕特里斯注）统治甲州后最重要的一番事业，就是做了在河岸修建石筑堤坝这样的大工程。那座石堤至今被称为信玄堤，深受当地人的喜爱，但因为当时没有任何机械设备，所以征集了许多当地的人出工，这项浩大的工程前后共历时十五年。当时有森家的祖先在这项工程中做出了杰出的贡献，工程结束后受到了信玄的特别嘉奖。

有森家本就是村里很有实力的名主②（允许拥有姓氏的资产阶级农民。——帕特里斯注），所以在施工时派了很多村民当劳力，同时也没有耽误重要的农业作业。这让信玄赞赏有加，之后有森家的社会声誉越发高涨。有森家一直繁荣到祖父那一代。和姐姐们一样，我小时候听了这个故事后毫无疑问也很激动，长大后很长一段时间都为自己是有森家的孩子而骄傲。但到了五十岁后，我开始对此产生了质疑。

首先，在筑堤工程中受到嘉奖的那个人的名字叫小太郎，不知为何，小太郎这个名字不是世世代代传下来，而是隔代传承，并成了我哥哥的名字。我哥哥讨厌自己的名字，说这个名字很老

---

① 甲州，甲斐国的俗称，属东海道。
② 平安时代，名主指占有土地、庄园，使用自己名字登记土地所有权的地主。江户时代，镇、村占有土地的富裕农民担任该地区的行政代表，也叫名主。

气——而当年小太郎在筑堤大工程中究竟做出了怎样的贡献，并没有清楚地流传下来。所谓村中的名主，也不过是父亲的一面之词。父亲晚年喜欢给孩子们讲自己的见解，并总是借机教导我们"要发奋图强，努力学习，帮助他人，不能坏了有森家祖先的名声"。我曾问过父亲："为什么您会知道那么久以前的事情呢？"他只是毫不犹豫地断言："这都是关于有森家的事啊，有什么好奇怪的。"也就是说，所有这些都毫无证据。所谓"小太郎在信玄堤工程中受到了特别嘉奖"，只是爷爷和父亲的一面之词，他们想怎么加工都行。父亲根据自己的喜好，将有森家的传说包装起来讲给孩子们听，那我也同样可以按照我的喜好进行包装。

我一直在思考这个情节极其简单的有森家的传说。我想，筑堤工程的性质可能是关键。筑堤工程需要很多人力和大量石材，为了巩固堤坝还需要种植许多树木。当然，也需要很多马搬运材料。来自山里的资源是不可或缺的。我们都记得，传说中的很久以前，许多马都自由地奔驰在山腹。我不由得把两个传说结合起来思考，这种联想难道毫无意义吗？仔细想来，我们曾听过的其他传说，也无一不与山有关。再把其他不相关的山的传说也无意识地结合起来，我的推理就逐渐有了大致的轮廓：我们的祖先小太郎当时绝不是什么村里的名主，而应该是住在山里，养了许多马，在政治权力管辖不到的地方支配着山地的一介莽夫。也许是猎人、樵夫，也可能是一群马的主人。而关于在筑堤工程中得到了特别的嘉奖，应该是由于其不同寻常的贡献被人注意到了，这么想就说得通了。所谓不同寻常的贡献，也许只是原本对政治权力敬而远之的山上的住民们看到被工程征用的农民们的惨状，不忍心袖手旁观，所以伸出了援手。他们本来就处于武士们的领地之争中，今天投靠这边，明天效忠另一边，充分发挥自己的马匹的作用，扮演隐蔽的间谍角色，甚至还提供兵力。

甲州的金峰山①（海拔2598米。——帕特里斯注）因修验道（以山为神信仰之，在山中进行苦修。——帕特里斯注）而闻名千年。自信玄时代起一直到明治时代，与修验道相结合形成的武装组织"御岳众"更是在甲州当地家喻户晓。在金峰山底下有一座名为御岳的山，山中有一座金樱神社。御岳众虽是神社的信徒，但同时也是信玄的隐藏兵力。还有一则逸事：明治维新的时候，天皇的军队获胜进入甲州游行，御岳众高兴地加入，却发现这支天皇军队完全是假冒的，因此受到世人耻笑。不过具体情况我也记不清了。

……第三年，御岳的御师也来了。

趁乱逃跑，你这个胆小鬼……

祖父母以前经常唱这样的数数歌。我小时候不懂歌词的意思，还以为"御师"是指婴儿的尿布②。长大后，我认为这首歌大概和母亲讲过的御岳众的故事有关。御师是指信仰组织的领袖。

我想说的是，既然御岳众是真实存在的，那么我对于小太郎这个人物的想象也未必是凭空捏造的。

住在山寨里的小太郎拥有优良的马匹，手下都是常年生活在山中的健壮男人。作为山寨老大，小太郎被信玄特地委托协助筑堤的大工程。既然是信玄特意拜托，小太郎自然不会推诿，约定要助一臂之力："经常遭受水患折磨的农民也非常可怜。没问题，就交给我吧。"当然，他提的报酬条件也很高，他让信玄为他在山顶上新建一座金光灿灿的宫殿。不过，光有农民和武士等人力，筑堤工程

---

① 日本百名山之一。
② 日语中的尿布与御师发音一样，都是"おしめ"。——译者注

永远完不成。无论如何，石头对于筑堤是不可缺少的。说到石头，无论是金峰山还是御岳，这附近的山都是岩石山，山上石材应有尽有。（有许多辉石安山岩、花岗岩、石英斑岩。——我之所以能流利地说出这些特殊石头的名字，是因为受到父亲源一郎的影响，他对石头很感兴趣。以前我们家里到处都是石头的标本，父亲对那些石头如数家珍。）当然，不仅是石头，木材也是唾手可得。他们利用马匹和河流将木材运到盆地的河岸。就连砌石筑坝这种技术活，对小太郎及其手下来说都是驾轻就熟。

小太郎和他的手下干劲十足，他们平日里就看不起农民和武士们，所以在这个时候偏执心理更为强烈，更想要充分展示出靠山过活的人们的本事，狠狠地把对方压下去。他们搬运了许多巨石和无数碎石，无论酷暑寒冬，都斗志昂扬地骑着马在河边自由驰骋。就这样过了十五年，工程竣工了。按照约定，小太郎受到了奖赏。十五年对小太郎来说，的确是一段漫长的岁月。刚开始施工的时候，女儿和儿子还很小，不知不觉中都已长大，他们适应并融入了河边村庄的生活。小太郎把奖赏的一部分分给了自己的手下，把老大的位置传给了其中一个人，从此便住在了自己筑起的堤坝旁。他得到了周围广阔的土地，每日都守望着这座堤坝。小太郎了解了农村的生活后，想把儿子和女儿培养成勤劳的村里人。获得了有森这个姓氏[1]与奖赏后，小太郎让贫穷的农民在自己广阔的土地上耕作，再也没有回到山里去。不过，他并没有完全断了与山里的联系，到了孙子的孙子这一代，也有人回到山里去，山里的故事就被流传下了来。有森一族一直把山视作自己真正的故土。……

---

[1] 以前日本社会里的一般百姓没有姓氏，只有一定身份的人才有。也就是说，小太郎他们之前只有名字，因为筑堤坝有功，才被赏赐了"有森"这一姓氏。——译者注

"小勇,你可真是敢想象啊。"

我把以上的推理说给她们听后,笛子轻蔑一笑,这样说道。笛子和杏子对我好不容易做出的推理嗤之以鼻,认为我这个推理听上去就对有森家族怀有恶意,甚至是背叛。两人异口同声说筑堤工程始终都是以农村为主体的,由相当于名主的村领袖们系统性地提供劳动力并施工,所以有森家族的祖先当时一定是村里的重要领导之一。父亲生平极为认真,最讨厌虚头巴脑的事情,所以他保证过的事一定不会错。

我率先做出让步:"当然,我的推理不过是毫无根据的空想。"毕竟是四百年前的事了。我只是想说,从常识上考虑,一个家族从那么久以前就在一个地方,保持同样的地位一直延续下来,不是很难以置信吗?即使名字和传说没有消失而留存下来,是不是也有另外一种可能:一个与四百年前的有森小太郎毫无关联的新家族沿用了有森这个姓氏。毕竟四百年的岁月,真的不是那样简单的。

可即使我这样冷静地说,姐姐们也不肯接受。杏子说:

"我不知道美国是怎样的,但日本的乡下,一个家族五六百年都会待在同一个地方,不会有任何变化,就跟金峰山上的石头一样。一千年也好,两千年也罢,眨眼间就过去了。"

笛子也坚决地说道:

"先是有山有湖,水退去后便成了盆地,然后开始有人定居。有森家族自那时起就在村里平和地生活着,正因为家族历史悠久,所以家里的人才受到尊敬,被选为村长,帮衬着村里的人们。我们从小就是这么听说的。而且有一点我绝对深信不疑,有森家族认真地守护着村子,彼此之间没有纷争,一直在那里与村民们和谐共处。"

笛子明明聪慧过人,竟然会对如此幼稚、不切实际的幻想深信不疑,对此我感到有些吃惊,回答道:

"算了，不管怎么说，这都是很久以前的事了。不过，还有一个更现实的问题是，为什么爷爷要卖掉村里的土地，搬到城里去呢？如此重要的原因，我们却连听都没听说过。如果不是发生了什么相当大的变故，农家怎么会卖掉世世代代传承下来的土地呢？就算是美国农民都会好好地保护自己的土地。而且，我听说爷爷是在明治元年（1868年，日本革命，明治维新开始的年份。——帕特里斯注）结婚的，不管他那时候在多么偏僻的农村，也不可能不知道周遭的混乱吧？封建社会的崩溃给当时身为名主的有森家带来的打击应该非常大才对。但是，这些我们从来都没听说过，爷爷也什么都没说过。还有，家里为什么会有铠甲和头盔？这件事我一直都不明白。那么气派的东西应该是大将的装备。"

说完这些话后，我又想起了小时候常看到的那副铠甲和头盔，不禁叹了口气。在美国，随着年纪变大，我总是会遗憾地想起，如果那些东西还在的话，该是多么值得骄傲的传家宝啊。父亲去世后，我考上了大学，就按照笛子说的，把它们卖给了当铺。笛子对铠甲、头盔之类的东西没有感情，当然，也是因为家里缺钱。两个东西共卖了五十日元（以前的单位，在日元之后还有"分"，后面写了一块点心是五分，一百分是一日元。——帕特里斯注）。虽然对当时的我们来说那是一笔巨款，但现在想起来，当铺老板估计知道我们不懂行，肯定压价了。笛子那会儿也很年轻，而我则还是个不谙世事的学生。

以前每年五月的男孩节（祈祷男孩健康成长的日子。——帕特里斯注），家里都会把铠甲和头盔装饰在外面的客厅。哥哥十五岁还是十六岁那年，穿着铠甲在院子里让父亲给他拍照。同样是男孩子的我，被那副身姿迷得入魂，羡慕得热血澎湃。所以没等到十五岁，十岁的时候，我就不顾家里人的反对，迫不及待地穿上了铠甲和头盔。但当我戴上头盔的那一瞬间，感觉脖子重得都要被压到肩膀里去了，甚至都无法呼吸了。家人急忙帮我取下了头盔，可我还是不死心，哭着要穿铠甲。父亲和哥哥没办法，只好用手托着铠甲，罩在站直的我身上。姐姐们则笑得不亦乐乎。特别是跟我年龄相仿的杏子和樱子，笑声尤其刺耳。我又哭了，脱下铠甲就跑。

"不光是铠甲和头盔哟。"

杏子想起了那段回忆，点头说道。笛子也点点头，继续说道：

"还有枪矛和长刀，以及火绳枪（用绳子点火来发射子弹的古老的枪。——帕特里斯注）。我想这应该是爷爷打发时间的爱好。听照子姐说，南原村的旧房子里有个专门放武器的仓库。如果是真的，可能是因为从前大户农家会从武士那里收存很多武器吧，除此之外想不出其他解释了。"

我和杏子还是头一回听说这件事。杏子很惊讶，我也特别兴奋。

关于信玄堤的小太郎，我并非有意固执己见，但是有森家的武器库不是和我先前拿御岳众打的比方恰好吻合吗？武士不可能把自己重要的武器托付给农家，更何况还是多到要用仓库来装的武器数量，为何要特意放在农家呢？盆地里原先有一座城堡，还有一片武士们居住的土地。我猜测，这个武器库就是供给住在山里、类似御岳众的秘密兵团所用的。当时的有森家从表面上看只是农村的一个大户人家，实则统率着整个兵团，所以才会负责保管这个武器库。这些隐藏的秘密兵力平时不为人所知，可是一旦有需要，就能立即作为强有力的山兵调用出来。谁也不能保证敌人不会从群山的背面发动偷袭。一方面看，山是自然的屏障，另一方面看，也是一堵难以探听敌人动静的巨大隔墙。猎人们使枪的本事确实很厉害，那个组织的战斗力应该相当强大。但令我疑惑的是，在割据混战的阴影笼罩下的江户时代，他们到底能发挥出多少战斗力呢？

就这样，我兴奋地向笛子和杏子说了以上这些推测。

"你的想象力也太好了。"

被杏子一说，我突然觉得很难为情，就不讲话了。接着，笛子说道：

"小勇以前就这样，什么事都喜欢插一手，然后自己一个人闷着头瞎琢磨。他以前还警告比他年龄大得多的我的结婚对象，让他好好疼爱自己的老婆，把人家惹火了。总之，武器库的事情你最好直接问照子姐，否则我无可奉告，因为也可能是我听错了。"

以前我很担心笛子，想着自己是弟弟，就下定决心给笛子的丈夫杉冬吾写了封信。可笛子现在居然用嘲弄的语气对待我的一片真心，让我委实不快。换作其他时候，我早就说回去了。可是，冬吾、照子、父母、哥哥、还有其他两个姐姐都已不在人世，如今有森家只剩下我们三个人。看着笛子和杏子的脸，我突然心头百感交集，什么话都讲不出来了。照子是我们最大的姐姐，比我大二十一岁，比笛子大十四岁。如果照子还活着，就能告诉我们许多我们不知道的事情了，可惜人死不能复生。"如果照子还活着"——照子死后，我们每次谈起以前的事，都一定会发出这样的感叹。父母去世后，作为长女的照子就像我们的母亲一样。

对于笛子的话，我没有任何反应，杏子却像小孩一样开心地说道：

"哎，说起来，不是说御一新（指明治维新。——帕特里斯注）的时候，城里的武士们闹得天翻地覆、拼命地东躲西藏了吗？在哪儿都能听人这么说。有些武士躲在农民家里，就拿铠甲、头盔这些当钱花，用来买些吃的。也许爷爷曾经很慷慨地救助了武士们，所以攒了很多铠甲和枪之类的东西，这些东西又不好处理，才特地建个仓库收起来了。但是放着还是碍事，之后就卖了。一定是这样！"

笛子和我听到杏子爽朗的声音不由得点头。笛子和杏子对这个解释十分满意。嗯，这也是相当合理的解释。可新时代都要到来了，还偷偷藏着那些被赶下统治地位的武士们的旧式武器，这也太看不清时代趋势了吧。还是说，存着这些武器是想趁着明治维新的混乱期发动农民政变？我依然有好多疑问。然而如果不知道仓库到底是什么样子，也很难从正面反驳。可是，一想到爷爷还把那些残存的东西张灯结彩地挂了起来，总觉得好小家子气，又觉得好丢脸。当然这只是我的个人感想。接着，我向笛子和杏子提出请求。

"铠甲和头盔暂且不说，关于祖父我有一点想法，是我在美国的时候想到的，也确实是胡思乱想，不过你们可以听我说一下吗？因为很难有机会能像这样和笛子姐、杏子姐见面。"

笛子和杏子像是故意叹了口气，显然，她们也不能拦着不让我说，当然，听完以后一定会严厉地批评我一番。因为笛子始终认为祖父小太郎是个窝囊废，没能保护好有森家，所以反而有些期待我又会编出怎样可笑的故事来。

牧子、由纪子，小太郎是你们的曾祖父。请允许我在这里写下我这段"可笑的故事"吧。

3 有森小太郎小传

明治元年，即一八六八年，甲州南原村十七岁的有森小太郎结婚了。妻子纱英也十七岁，是镇上一家规模很大的绸缎批发商的女儿。小太郎的父母早逝，十七岁的小太郎已经继承了有森家的家业。为什么父母走得那么早，父母走后小太郎由谁照顾，又是谁帮忙筹办了小太郎和纱英的婚事，小太郎的孙辈们对这些琐事不得而知。因为小太郎本来就不是一个会讲自己故事的人。（话虽如此，比我大七岁的笛子出生时小太郎也已经六十岁了,可能他年轻的时候不一样吧。小太郎的孙辈中年纪最大的是照子,我问过她,她也或多或少告诉了我一些事情。)所以,我们不得不靠自己的想象来填补那个空白背景。

十七岁的小太郎和纱英并排坐在南原村古朴大宅的客厅里。周围端坐着祖父、叔叔婶婶、纱英的父母和其他亲戚等。纱英来自绸缎批发店,两个年轻人穿的衣服应该相当精致。作为结婚的仪式,两人依次向大家敬酒,每个人都喝一点点。小太郎看不清纱英的脸,她的头上戴着一块叫作"角隐"①的别致白布,脸、脖子和手也都涂上了雪白的脂粉。(在日本古代的婚礼上出现的礼仪,我并不熟悉,对打扮得这样纯白的新娘略感不适。也许此时的小太郎也有一些违和感吧。)尽管如此,小太郎已经很熟悉纱英平日的样子了,他喜欢她那不胆怯、爽朗的性格,所以即使结婚仪式上看不到纱英的脸,不能和她说话,也没关系。

小太郎和纱英的婚事定下来时他才十岁,纱英也十岁。那时纱英比小太郎个头更高一些,无论是纱英作为未婚妻来小太郎家玩的时候,还是小太郎去镇上纱英家里的时候,面对稳重如自己姐姐的纱英,小太郎都只能俯首弯腰。(想起这对夫妇晚年的样子,孩提时代两个人的模样就自然而然地浮现了出来:祖父比起祖母更加瘦小,人也更敏感。)到了十二三岁,小太郎终于开始长个子了,他开始意识到纱英是自己的结婚对象。纱英的模样也开始变了,无论说话还是发笑都开始刻意起来,在小太郎看来有些滑稽。此时,小太郎的母亲利生因病去世了,当年正是她希望小太郎能和纱英这样的商人家的女儿结婚,并一手促成了婚约。母亲一死,小太郎就把

---

① 日式婚礼上穿和服的新娘戴的白色蒙头纱。

和纱英结婚的事视作自己最重要的义务，心中也坚定地认为纱英就是母亲留给他的最理想的妻子。小太郎五岁的时候父亲就去世了，母亲利生死后，同住的祖父替小太郎父母照顾他，纱英家也很照顾小太郎，有时会派女帮工到小太郎家，或是让纱英在小太郎家待上一段时间。（小太郎可能有姊妹，但是好像没有兄弟。不过就算有，估计也没能平安长大。另外，从前家庭的亲戚关系本就淡泊，或许小太郎卖掉农村的土地，舍弃农家身份的有森家后，原有的亲戚关系都自动断了吧。）

纱英和小太郎还没到十七岁（在以前的日本，年龄的计算方法和现在不一样。按现在的计算方法来算，大概两个人都是十六岁）就迫不及待要举行结婚仪式。因为纱英是镇上商人家的女儿，所以要学习的东西很多。结婚前的准备也是一样，无论小太郎多想一切从简，可这事关绸缎批发商的体面问题，自然处处都要极其讲究。另一方面，小太郎虽然是农村人，但出身名主家庭，所以也必须去私塾学习各种各样的知识。（当时的名主也是村里的村官，身份相当于美国南部曾经出现过的种植园经营者，即便规模再小，也扮演着小银行般的角色，因此需要相当高的知识水平。）虽说两人哪怕十四五岁结为夫妻也一样，但他们还是等到十七岁那天才举办了一场庄重的婚礼。

正月寒冬的某一天（之所以这么说，是由于二月初，先前提到的令御岳众蒙受耻辱的假天皇军队进入了甲州，而三月真正的天皇军队入城，临时军政府的统治时期开始了，之后斗争也持续了一段时间，所以我推测，祖父母应该是趁混乱开始前结的婚。虽然当时社会已经开始混乱，然而今后究竟会迎来怎样的变化，小太郎他们那时还完全预料不到吧），无聊的仪式拖沓地进行着，十七岁的小太郎回忆起母亲、父亲，想到自己和纱英今后的生活，他的脑海里定是一片空白。父亲去世时小太郎才五岁，所以他几乎没有关于父亲的记忆。但是，他一直记得从母亲口中听说的事情。

小太郎的父亲伊兵卫（这个名字在南原村的墓地中可以确认）听到这桩婚事，多半会翻白眼说："这也太不像话了！"但过个两三天，估计他就会同意。因为伊兵卫也已经感受到了时代的变化。

伊兵卫经常说："我们家是真正的农民。"他还常叹息道："这世道真是没救了。"他厌恶城里的商人们，认为他们是一群唯利是图的奸诈坏蛋。比起在家里计算佃租、税金、经费、贷款（身为地主，管钱肯定是最重要的工作。尽管有森家也会委托像当今专业会计师一样的人员，但在钱的问题上，无论什么时代都不可能放心交给外人），比起参加名主们的集会，为头疼的议题困扰，被迫卷入权力斗争之中（一个村里通常只有一位名主，因此也就是村里的代表。大家每年都会为名主之席争得不可开交。名主家代代都可享受相关特权）等事情，伊兵卫更喜欢开垦土地、拾掇葡萄、带着狗去山里打猎。

在伊兵卫小的时候，法螺贝（海神特里同[①]吹的大海螺。——帕特里斯注）和太鼓的声响总是忽远忽近，山崩（山的一部分坍塌。——帕特里斯注）一样的叫声在夜空中飘荡，四处房屋燃烧的火焰照亮夜空。大人们在家里颤抖着悄声细语，那儿的房子被袭击了，这儿的人被杀了，那群人跑到了南边，又朝西边去了。女人们在哭泣，下一个被杀、被放火的就是这一家。那种恐惧使身体动弹不得。法螺贝的声音、悲鸣声、男人们的叫声、马儿的嘶叫声、人的脚步声，都在家的周围响起。伊兵卫的父亲小太郎[②]已经准备好了交给暴徒的钱，家外面还堆好了从仓库里拿出来的米。终于，

[①] 希腊神话中海王波塞冬的儿子。——译者注
[②] 伊兵卫的父亲也叫小太郎。——译者注

家里的门从外面被打坏了，拿着锄头和板斧的男人们跑了进来。伊兵卫用被褥蒙住头，屏住呼吸，并不知道外面发生了什么。从被窝里爬出来的时候，那群男人已经消失了，家里的女人们哭喊着，大缸被打碎了，柱子上有很深的印痕，衣柜和架子都倾倒在地，但是所幸没有人被杀，也无人流血。那个夜晚，仿佛有两三千匹脱缰的野马践踏过这片土地。

那时候，连续发生了严重的饥荒，贫困的农民相继死去。粮食十分紧缺，可镇上的米店商人们囤积居奇，试图谋求更高的暴利。于是农民们袭击了粮商们的仓库，抢走了大米。随着混乱加剧，城里的暴徒和乞丐也加入了进来，一看到有钱人家就进去抢，甚至伤人放火。大约十天时间里，整个盆地被搅得天翻地覆。这些是伊兵卫后来才听说的。之后，伊兵卫对法螺贝和太鼓的声音以及火焰的热度产生了恐惧，而那种恐惧无论过了多少年都没有消失。那种恐怖无法单单与害怕恶人的情绪相提并论，他甚至睡觉也会做噩梦。

确实，某种东西从根部就开始崩坏了。商人们囤积居奇固然可恶，可是，有森家就能说什么坏事都没有做吗？在商人左右粮价的社会里，无论哪个名主都不能与他们相左。无论是农民还是名主，都各有各的辛苦。大家本应各尽其分，互相帮助。但不知从何时起，有钱人想有更多的钱，掌权者想有更多的权，最后只能逼得贫穷的农民们挥动斧头，烧了有钱人的房子。伊兵卫一家也因此惴惴不安。伊兵卫的父亲既像官员，又像商人。所以，伊兵卫自从二十岁时和利生结了婚，后来又子承父业，他都一直是这样的心态。

伊兵卫很讨厌被推到名主的位置上。虽然不知道他自己有没有发觉这一点，起码妻子利生是这样感觉的。然而，不管他多么讨厌名主这个位置，在过去，职业是不能随便改换的。于是，身为名主，伊兵卫只好尽可能地无欲无求,他不想再让农民们挥舞着斧头暴乱,就只能把自己的利益先放一边，而去关心农民们的生活，除此之外别无他路。

长子小太郎五岁那年，伊兵卫因病去世。利生认为，伊兵卫小时候经历的那场暴乱给他留下了心理阴影，使他变得胆小怕事，这才缩短了他的寿命。有森家开始被周围的名主所孤立，加上伊兵卫死了，小太郎也才五岁，利生一直在思考拯救有森家族的办法，并坚信一定会有出路。

小太郎八岁时，祖母突然卧病在床，发烧得很厉害，一直在呻吟，但病因不明。过了一个月，病情还在恶化，身体瘦到只有原来体重的一半，她只能发出"蛇……""有蛇……"的呻吟声。没过多久，祖母就去世了。守夜时，祖父在座位上念叨："'蛇……''有蛇……'到底是什么意思啊？"有人说，不会是有蛇在作祟吧。大家一边想着怎么可能，一边开始一起寻找蛇的巢穴。果不其然，在院子的松树洞里发现了大蛇。可不管是插棍子进去，还是扔石头、倒热水，蛇都不出来。最后，放入火药点了火，连松树也炸飞了，炸出了三条、五条，一共十二条大蛇，七零八落地掉在地上。（这是小太郎给我们讲的故事之一，因为据说是真实发生过的事情，所以我就觉得，也许被蛇缠上杀死的人就是小太郎的祖母，强行认为这件事就发生在这个时期。）

这下大家才发现原来真有蛇在作祟，但是对祖母来说已经太晚了。祖父因此一蹶不振，利生也隐隐预感到了有森家的结局。可一想到小太郎，她无论如何都要挽救有森家。那时横滨已开港，传闻甲州有些地主开始做起了往国外贩卖蚕丝和水晶的生意，并且获得了成功，南原村也一直在谈论此事。此外，甲州的医生们乘咸临丸[①]

[①] 咸临丸，作为幕府海军持有的军舰，因首次往返太平洋海域而出名。

去美国学习的故事也为人津津乐道。利生深切地认识到，死去的伊兵卫之所以讨厌名主的身份，并不是因为他胆小，而是因为他正确理解了时代的变化。商人和农民看到国外的生意那么好做，自然都想去横滨发展。这样一来，他们原本的身份差异就逐渐淡化了。虽然未来世事如何变迁不得而知，但有森家也必须学习商人们掌握的知识和方法，和商人们一起生存下去。

利生立刻和镇上的绸缎批发商商量，并迅速定下了小太郎与纱英的婚约。她对祖父说："时代即将改变，这是在未雨绸缪。"也许是因为完成这件大事后利生彻底安心了，她在小太郎订婚仅四年后就去世了。

小太郎和纱英终于如利生所愿成了琴瑟和谐的夫妇。小太郎想像父亲伊兵卫一样，尽可能做一个无欲无求的名主，这也得到了纱英家里的支持。两人结为夫妇后，甲府城①就被天皇军队所占据，武士们四散而逃。从前武田信玄时代给武田家效力的武士们直到昨天都还在旁边的田里种地，一得知德川家（江户时代的将军家。甲州是将军的领地。——帕特里斯注）土崩瓦解，一个个都喜出望外地加入了天皇军。富士浅间神社（为平息富士山的火山活动而建造的神社。——帕特里斯注）的御师们和御岳众们也认为属于自己的时代终于来临了，纷纷协助天皇军前往北部地区，同守旧派作战。不过，他们的期望落空了。此外，许多名主都给新政府提供了巨额资助，企盼换得高官职位。不过，对小太郎和纱英来说，比起聚集在新权力周围的骚动，他们第一个孩子的诞生要重要得多。在甲州更名为甲府县的那年，长子源一郎出生了。两年后，甲府县更名为山梨县的那一年，长女英出生了。同时，名主这一古老制度也

---

① 甲府是甲斐国的城邑，甲斐府中的略称。十九世纪日本结束闭关锁国后，明治元年（1868），甲府改名为甲府县，现为山梨县。

被废止了。

那年夏天，小太郎他们听到传闻说，靠近南原村的村子里正在秘密计划一场抗议新制度的暴动。从信玄时代起，甲州当地就一直沿用一套独特的税法。（我不太清楚具体的内容，但据说税金的一部分与粮食市场行情无关，按一定的比例支付，剩下的部分按照米价支付。大概靠这个方法，名主和米商相互勾结，双方更容易谋取利益。如果这真是从信玄时代就开始实施的制度，我想其本意大概是不遵从米价，而是根据每年大米的收成来调节税收。）那项税法被废止了，但农民们并不买账，便开始骚动。因为现有的税法让他们更加痛苦。这大概就是名主们煽动农民引起的骚乱吧。这个村子出三百人，那个村子出八百人，大家手持竹枪和镰刀在寺庙内集结后，前往县政府请愿，要求不要废除旧税法。

小太郎不打算掺和那场骚乱。不管怎样，名主的时代已经结束了，如今名主与农民地位一样，都必须按照新政府的命令，老老实实地缴纳税金。如果说这就是新时代的话，倒也无所谓，并且还能从村里的势力争夺和烦琐事务中解放出来。然而，不久之后，小太郎也几乎被强制要求参加了这场反对运动。不知何时，骚乱的口号变成了："所有名主阶层的农家必须团结一致抗争，为了守护信玄和祖先的名誉。"从祖父再到父亲一代，名主阶层的农家们交情久远，当时只有二十岁的小太郎无法违抗"命令"。

小太郎一边抱怨着不想参与，一边在指定时间带着农民们去到指定地点。农民们聚在一起喝酒，像过节一样敲着钟和太鼓大声地叫喊。盛夏的暑热更让每个人面红耳赤，汗流浃背。小太郎已经开始感到了强烈的不安：父亲小时候经历过的可怕骚动又要开始了吗？如果说和以前的骚动有什么不同的话，那就是这次由名主们打头阵。从前听父亲讲故事时感受到的恐惧又要涌上来了。人们喊着：

"我们走！"趁势鸣钟敲鼓，声音如浪潮激涌般响彻云霄。所有人向甲府的县政府涌去。人群中男人们趁势挥舞着竹枪和镰刀。随着越来越接近城镇，相似的人群不断地汇合，人数不断增加。

小太郎夹杂在人群中，腿都在颤抖，他没想到会发展到这个地步，感觉天旋地转。到了要进城的时候，到处是拿着竹枪、敲着钟的农民。这是小太郎有生以来第一次看到如此多的人。先是前方传来了悲鸣，紧接着，四处都是男人们破口大骂的声音。每个人都涨红了脸，一旦有人叫喊，人群就会此起彼伏地呼应。

小太郎所在的队伍被其他队伍挤得动弹不得。一阵你推我搡，突然人群开始往反方向撤回，没过多久就传来了"我们赢了！""他们收下请愿书了！"的声音。

虽然不了解具体情况如何，但好在没有发生可怕的骚乱。小太郎松了口气，当晚回到了村里。可是第二天早上，他听说镇上粮商的家被砸烧了。这时候他知道还不能放松警惕，于是和年幼的孩子们、纱英，还有祖父一起闭门不出。过了两三天，新政府的陆军进入甲府，逮捕了领头煽动农民造反的名主们。也不知是真是假，据说数千名农民那天晚上在市内闹事，杀害了许多市民。到了秋天，两位名主被处以绞刑，另有一位被斩首。虽然小太郎并不认识他们，但是听了消息后，他忍不住流下眼泪。与其说是同情，不如说是恐惧。与其说是恐惧，不如说是被无可遁逃的悲伤击溃而流下眼泪。他并非对名主的特权恋恋不舍，但也不想去接近新政府。如果小太郎那时已经四五十岁，出于责任，也许他会和那些被杀的名主们一样，拼命保护昔日那个时代。

"我什么也做不了，"小太郎一直跟纱英叹气，"我什么也不懂！"

纱英已经是三岁的源一郎和襁褓中的英的母亲了。两个孩子都很幸运，茁壮地成长着。特别是源一郎，当时才三岁，纱英的父亲就把在横滨买的精美西洋画册送给了他，他也总是读得津津有味。纱英的父母特别高兴，夸奖源一郎一定是个聪明的孩子，生来就能学会自己喜欢的学问。虽然有一身学问，可不知道以后会走上怎样的道路。但是，如果能把学问当作自己的财富，无论今后的社会如何变化，也能独善其身，不会随波逐流。据说，纱英的祖父原本是个一无所有的小贩，但凭借其聪明才智开了现在的店铺。比起财富，更可靠的是才智，这也是今后时代发展的趋势。纱英的哥哥和叔叔在横滨的办公室里工作的同时，开始学习英语。据说马上就要开办不论身份、所有孩子都能就读的学校了。家里人希望不仅是源一郎，英和今后出生的孩子们都应尽可能有一身学问。如果有十个孩子的话，那就会有十门学问的世界。名主时代已经结束，今后土地再增加十倍是不可能的，而且为了孩子们的学问，还应该做好失去有森家所有土地的思想准备。无论是现在的土地，还是今后的孩子们，小太郎都必须下定决心。

纱英已经下定决心。当然，在小太郎的祖父还在世的时候，把有森的土地卖掉这种话，纱英实在说不出口。小太郎自己虽然完全没有强烈的愿望去积极改善当前依靠地租度日的生活，提高生产力，或是创立新事业，但是他不可能轻易同意卖掉祖先的土地。可是，按照纱英的想法，小太郎只有这一条路可走。那也是当年小太郎的母亲利生希望他走的道路，所以纱英只好花时间一点一点地让小太郎接受。

"我们有源一郎和英呢，有什么可难过的哇？只要我们有很多娃，一切总会好起来嘛。"[①]（我不知道纱英这个时候是怎样说这

---

① 此处勇太郎推测自己的祖母纱英可能说的是方言。

句话的。虽然晚年的时候，她和小太郎的说话方式是一样的，但我认为，在纱英年轻的时候，镇上的商人和乡下的农家，他们的说话方式应该会非常不同，不过我现在无法探寻它们之间的区别。严格说来，也许小太郎和伊兵卫当时的说话方式也与我推测的有很大的不同，但我也只能靠晚年的小太郎和英姑姑她们说的话来推测了。）

纱英只是把这些话说给小太郎听，然后一有机会就把从哥哥和叔叔那里听来的关于横滨、东京的风土人情津津有味地讲给小太郎听，还给小太郎看自己开始学习英语字母 ABC 的样子，努力改变小太郎的心意。

第二年，第三个孩子矶出生。三年后，第四个孩子出生了，不过这个孩子四个月后就不幸夭折了。两年后，第五个孩子敏出生了。又隔了三年，他们又生了第六个孩子，可这个孩子也在一岁之前夭折了。这一年，此前由村里管理的三座山被县里当作集体财产夺了过去，村民们不能自由出入原本属于自己的山了。之后山火频发，树木不断地被秘密砍伐。村民们即使看见山火的烟雾也视而不见。埋葬第六个孩子的那一天，山火的烟雾又升起了。

"真是讽刺啊。"

小太郎自言自语道，那天他又流下了眼泪。失去山和孩子的双重打击压得小太郎喘不过气。纱英也颤抖着嘴唇哭了，她暗自在心中发誓："快点放下这片土地吧！这些东西我什么都不要！"她把长大的源一郎和英、矶、敏三个女儿叫过来，对他们说道：

"孩子们，你们一定要好好读书。新学校越来越多，女子学校也建好了。去最新的学校，去东京，就算是美国也没关系，去吧！"

这块墓地正对着南阿尔卑斯山脉①。不知埋葬第六个孩子的时

---

① 在日本，跨越长野县、山梨县和静冈县的连绵山脉通称为"南阿尔卑斯山脉"。

候,或者后来埋葬少女时代去世的第七个孩子时,源一郎是否都这样一边听着纱英的话,一边沿着眼前的一座座山向左望去,掠过甲斐驹岳和北岳的白色山峰,最后视线停留于远在群山背后、隐约露出山顶的富士山呢?(我小时候每次参加葬礼的时候,也都会站在同一个墓地,眺望南阿尔卑斯群山和富士山。去美国以后,有时会回日本扫墓,每次去扫墓的时候,不是只看看墓碑,而是先要确认一下那些白色的山峰,那样才有回到故乡的感觉。我父亲源一郎也一定和我一样,每次有机会都会久久地眺望这些山。源一郎后来倾心于山石、树木和富士山的研究。)

源一郎到了东京并在此结婚,然后把家搬到盛冈[①]。在他有了孩子以后,小太郎卖掉有森家在南原村的最后一块土地,搬到了甲府的北堀町。长寿的祖父去世了,女儿们全都结婚了,儿子只有源一郎一个人活了下来,所以南原村的家里只剩下小太郎和纱英,而且两个人都已年逾五十。对纱英来说,时隔三十五年,她终于又回到了城镇生活。小太郎为了欢迎源一郎一家,在北堀町建了新房。可一家人好不容易要在城里有新房了,小太郎却建了和以前在农村一样的老气横秋的房子。据说当时喜欢新潮的源一郎为此特别生气。在那个过时的房子里,源一郎他们从第三个孩子驹子一直到我为止,一共生了六个孩子。

在离开南原村前的最后一天,小太郎和纱英凝望着白色的群山,一言不发地伫立了良久。(不过,话说回来,从北堀町望过去也差不多,可以看到南阿尔卑斯山脉和富士山。因为当时家里大概用货车花了好几天时间搬运家具和其他财产,所以并不是简单的搬家。不过,现在看来,小太郎他们其实搬得并不远。)那一天,环

---

① 盛冈,日本岩手县中部城市。

绕盆地的群山那再熟悉不过的山脊在天空下闪着耀眼的光芒。（笛子经常抱怨，小小的盆地周围除了山还是山，夏热冬冷，而且去了东京还被当成山猿①对待，这个地方实在太令人讨厌了。我和父亲也时常被"甲州吃不到鱼吧？""海里的鱼你都没见过吧？"之类的问题揶揄。我们在东京受了一肚子委屈，甚至有一段时间觉得故乡令自己蒙羞。但移居美国，在见不着山的平原上生活了十年、二十年后，我才意识到群山环绕的盆地有多么珍贵。之所以这么说，并不是因为那是我的故乡。举个例子，美国的科罗拉多州等地作为风景名胜颇获好评，还有欧洲的瑞士，也是因其景色而享誉海内外。只要有山在，无论是怎样的人，内心的神秘感和惊异之情都会时常被唤醒。）

---

① 山猿，指住在山中的猿猴，引申有"乡巴佬"之意，嘲笑住在深山里的人和乡下人。

……要问富士山的边界在何处，正如美人、君子、凡人的境界各不相同，难以判断。

为厘清此问题，我以为，富士山以其中央喷火口及侧火山喷出之熔岩，又及其飞沙走石所堆积的范围为界，乃为富士山。

（略）

富士山的边界如前所述，其面积约九百零七点六平方千米，即五十八点零八方里[①]。其属山梨县管辖范围为三百零二平方千米，约占总面积的三分之一，其余为静冈县所管辖。……

甲斐国志有言：富士自古称骏河之山，实则其七分为甲州之山。天正五年（1577）武田胜赖[②]浅间明神之愿书中有言"过半甲阳之山也"，然古时如何不得而知，今之行政区划则与之相反，三分之二为静冈县管辖，三分之一为山梨县管辖。实际面积未有计算，然

---

① 里，日本土地区划或距离的单位，1里约等于3.93千米。1方里即1平方里，实际约等于15.44平方千米。——译者注
② 武田胜赖（1546—1582），战国时代至安土桃山时代的甲斐国武将，甲斐武田家第二十代家督。

甲斐国志之属俱述其事之书物今仍可见，故于此一言记之。

越过山顶，东西直线距离三十八千米，即九里二十三余町[①]，南北亦是略同。

富士山其侧线形成对曲[②]曲线，最为殊胜。

富士山不限于一体而以自然之物尽、自然之理高高堆积山体时，有可能联结出对数曲线。

在地形图上制作贯穿富士山山顶的纵断面图，求其侧线上各地点海拔数（以 h 示之），求其对数 $\log^h$，其以比例尺计算联结后存在些许误差，然而大体为一直线，因侧线为对数曲线。而若侧线上各地点中心的水平距离计为 x，则富士山的对数曲线表现为以下公式：

$h=3778e^{-0.00014x}$

此由计算得出。

将富士山的形状比作圆锥或倒挂的白扇太过笼统，凡是圆锥或扇形，其侧线必定是直线，然而富士山的侧线实为曲线，从对数曲线看也绝非圆锥，其形状只能叫作富士山形。

富士山如果是模型所显示的圆锥体，其体积依照公式可简单计算，然对数曲线要以积分法计算。其侧线毫无障碍地自山顶延伸至吉原，至中心的水平距离为两万三千五百米，以 V 记富士山的体积则公式如下：

$$V=\int_0^l 2\pi xh dx = \frac{2\pi a}{b^2} - \{1+e^{bl}(bl-1)\}$$

[①] 町，日本度量衡之尺贯法中的长度单位，1町约等于109米。
[②] 向不同方向延伸，且同时形成的两座弧形列岛或山脉，以一定的角度相接。——译者注

a=3778m 山顶的高度

b=－0.00014

l=23500m

故

V=1030km³=17 立方里

即，富士山的体积为一千零三十立方千米，相当于十七立方里。

……关于富士山顶角的调查，我认为根据实测图画出断面图，再通过两条斜边相交所测出的角度是最正确的标准，这一点应该谁也无法反驳。为此，我在陆地测量部所绘制的 1∶50000 的地图上连接吉原、山顶、小御岳[①]画出了南北断面图，以及从须走[②]至猪之头[③]的东西断面图。

以此来测算顶角，前者得出的结果是 124°，后者更小，为 117°。两者平均值为 120°30′。这就是富士山从南北方向看要比从东西方向看更加尖锐的原因。照片也很好地验证了这一点。从铃川[④]附近拍摄的照片里可以看到，与断面图一致，顶角为 117°，在御殿场口泷原拍摄的照片里，其顶角为 120°，而从其他侧面拍摄的顶角也大都在这两个数值之间，只有从须走拍摄的照片中顶角略大一些，为 135°。此外，从另外十三个地方拍摄的顶角，其平均值正好略大于 120°24′，与通过断面图所测得的值几乎相等。

[①] 位于富士山北部，在富士山之前出现，高度约为 2400 米。现在的富士山是在小御岳和古富士这两座山的基础上反复喷发形成的。——译者注
[②] 须走，富士山东口登山道的基点，位于静冈县东北部。——译者注
[③] 猪之头，位于富士山西部。——译者注
[④] 铃川，位于富士山南部。

富士山自洪积世①开始活动，比箱根、天城②等地的火山活动略晚。……

吉田③与大月④之间的桂川谷与御坂层⑤相互作用，造成地体陷落，伴随着此次陷落，地下岩浆从裂隙中喷出，富士山由此诞生。富士山在洪积世时期进一步活动，在伊豆、箱根等处形成六座火山后，造成了裂隙式喷发（fissure eruption），盐基性熔岩喷出，这些熔岩形成了大片的熔岩台地，构成了今天山下广袤原野的基础，这就是基底熔岩。其后，又形成数次喷发，或是流出熔岩，或是喷出沙砾，相互堆积形成层状，直到今天。

（略）

富士山山体基本形成之后，侧面山体不断喷发，其中尤以西北侧与东南侧的侧面喷发最为频繁，时常喷出熔岩流，飞出沙砾。不过，中央喷火口与地下通路从来没有出现过堵塞现象。至今，山顶东南侧仍有蒸汽洞，这里也成为整座山上唯一一处残留有热气的地方。事实上，今天富士山之所以如此挺拔秀丽，就与中央喷火口的长久畅通密切相关。

（注）以上就是关于富士山形成的假说。不过，非常遗憾，现在这种说法已经被完全推翻了。彼时连地球板块构造学说都没有出现，因此在当时，该假说可谓非常大胆。而现在已有定论，那就是

---

① 洪积世，亦称为更新世（约258万年前—约1.17万年前），地质时代第四纪的早期，冰川作用活跃的时期。——译者注
② 指天城山，位于静冈县伊豆半岛的日本百名山之一。——译者注
③ 现指富士吉田市，位于山梨县东南部、富士五湖地方的中东部。——译者注
④ 大月市，位于山梨县东部。——译者注
⑤ 与富士山北麓相接的御坂山地中的凝灰岩、火山岩所形成的新第三纪的地层。

两千四百万年前，绿色凝灰岩开始变动，形成御坂层，此后在洪积世后期，小御岳和爱鹰山①喷发，古富士火山也开始喷火，形成现在富士山的雏形。之后，到了冲积世②，新富士火山开始活动，由于熔岩流、火山灰层的堆积形成了现在的形状，海拔两千米以上的部分就是新富士火山形成的部分。

（勇太郎记）

4 勇太郎出生的时候——窝囊废与外来人

我出生的时候应该是正值北堀町的有森家人丁最兴旺的时期。当时，受第一次世界大战日本参战及"西伯利亚干涉"③的影响，日本国内出现了严重的通货膨胀，尤其是米价暴涨，在甲府都能见到激烈的农民暴动，其猛烈程度甚至让我回想起我的曾祖父伊兵卫儿时经历过的天保骚动④。那段时间，全国各地频频发生佃耕争议（地主和佃农的矛盾。——帕特里斯注）。据说我三岁那年，横滨一带发生了大地震，遇难人数高达十万，山梨县也受灾严重⑤。我自己却没有丝毫印象，在仅限于自己家和家附近的狭小世界里，我没有感受到一丝不安。说得好听点叫悠然自得，其实不过是每天恣意妄为，不知恐惧为何物罢了。

那时，祖父小太郎与祖母纱英还健在。父亲源一郎五十岁，母亲真四十二岁，虽然生下我之后不再生育了，但两位依然身体强健，

---

① 爱鹰山，静冈县东部、南邻富士山的一座火山。——译者注
② 冲积世，即全新世，最年轻的地质时代。
③ 指1918—1922年，第一次世界大战的协约国派遣军队到西伯利亚干涉俄国革命的行动。——译者注
④ 江户时代后期因接连发生饥荒，天保七年（1836），在甲斐国发生了农民武装暴动事件。
⑤ 应指1923年9月1日发生的关东大地震，地震灾区主要在关东地区南部，波及了静冈县、山梨县、长野县等地，造成了巨大灾难。——译者注

走山路也轻松自如。母亲因为肠胃不良，不能像父亲一样从一座山头走到另一座山头，但是翻山越岭去深山里的温泉也都靠自己步行。现在看来，应该说是腿脚十分强健了。对当时的人们来说，走这点山路恐怕是家常便饭吧。

我是在北堀町的家中出生的第八个孩子，因为老二伊助生下来就夭折了，实际上我排行老七。因为我是家中老幺和次子，所以从小就特别受宠。顺便说明一下，我的名字本来按出生顺序应该是"伊三郎"或是"小次郎"之类的，但由于父亲要图个吉利，就给我起名叫"勇太郎"了。因为父亲相信，起"太郎""一郎"这样的名字，孩子就不会早夭。

我出生的时候，最大的姐姐照子已经同河田善政结了婚，在秩父①生活。三姐驹子只有十五岁，四哥小太郎十一岁，笛子和杏子一个七岁，一个五岁，最小的姐姐樱子只有两岁。光我们家这么多兄弟姐妹就已经足够热闹了，可父亲还收养了他妹妹敏留下的女儿清美同我们一起抚养。敏是他第三个妹妹，三十岁前就去世了。在我哥哥小太郎两岁时，刚满一岁的清美便被与我父亲年龄相差最小的妹妹英抱到了北堀町的家中。听说丈夫早逝、没有孩子的英姑姑本想收清美为养女，因祖父小太郎强烈反对，她只得放弃，从别的亲戚那里过继了和清美情况相似的广治。清美的父亲只留了儿子在身边，很快再婚了，不过这个人也未能长寿。清美的哥哥，也就是这个儿子，似乎也在战争中死去了。这些事情连清美自己都没法直接了解到，我们就更不得而知了。至于广治的事，我们都是从一开始便知道的。不过英姑姑对此讳莫如深，不让我们多嘴，因此，这个秘密也就没有泄露。据说上战场之前，广治才头一次从英姑姑口

---

① 秩父市，位于埼玉县西部的秩父盆地，紧邻山梨县。——译者注

中听到实情，他对养母英说："即使这样，我的妈妈也只有您一个。"说罢，两人牵着手哭了起来。广治从战场上平安归来，但是后来因病去世了。与广治相反，清美从小便知晓自己的身世，因此也就少了许多心酸。

总之，算上清美，当时我们北堀町的家中总共住了十一个人，再加上那时还有一个女工，本来相当宽敞的房子也变得拥挤不堪。我不知道南原村的老房子有多大，不过北堀町的房子已经不是农舍，而是镇上的住宅了。除去起居间和厨房，就是用隔扇隔成的四个正方形大房间、玄关旁边的小房间以及建在厨房天井里边供女工用的阁楼。除此之外，基本就没什么剩余空间了。而我在纳什维尔的房子比北堀町的房子大一倍，现在只有夫妻两人，十分宽敞。尽管如此，以前孩子们还没长大，都住在家中的时候，电视机的声音、钢琴和唱片的声音、孩子的朋友们的声音、脚步声、笑声此起彼伏，无时无刻不是热闹非凡，就感觉自己的房子小了。纳什维尔的房子住四个人已是如此，而北堀町的房子硬是塞进了十一个人，那时究竟是如何利用房间的呢？想来真是不可思议。

首先，日本过去没有单人房间这个概念。只要地方足够让每个人能睡下就行，而白天所有房间基本上都属于公用，所以那时的房子可以看成是一个双重空间。北堀町等分的四个房间当中，北面靠里的房间被称为"里间"，祖父母在那儿就寝。北边靠外的房间叫"寝间"，是父亲、母亲以及还在吃奶的我睡的，樱子好像也睡在那里。杏子、笛子和清美她们三个，有时睡在祖父母的房间，有时睡在南边靠外的房间。那个房间连着"寝间"，我们叫它"套间"。有时，她们也同父母一起睡。南边靠里的房间是客房，铺着榻榻米。据我所知，这里也是父亲的书房。既然是父亲的书房，父亲在这里睡觉也就不稀奇了，孩子们这么多，其中的两三个进入这个房间和父亲一起睡也很有可能。我记得，照子结婚前和还在上学的驹子两人占领了套间。而小太郎开始时同杏子和笛子一块儿睡觉，后来就在玄关边上的小房间一个人睡，优哉游哉。

虽然我们把这个小房间叫作"儿童房"，但其实祖父建房子时本来是想给工读生（学问方面的弟子，也帮老师家里做事。——帕特里斯注）住的。也许是因为长子源一郎意外成了"真正的学者"，祖父想着"学者住的房子里肯定需要这种房间"，于是没同我父亲本人商量便自己决定了下来。实际上，父亲根本没有精力在家招收工读生，于是暂且把它作为自己的书房，不久就腾给孩子们做学习室用了。一开始是年纪较大的照子和驹子两人在用，两人去了套间后，就轮到笛子、小太郎和清美一起在那里学习。小太郎去仙台上高中以后，轮到了杏子。大家就这样按顺序陆续使用这个房间。到了夜里，小太郎则会一个人占据这里。小太郎离家去读书之后，我就可以一个人在这里睡了。话虽如此，小太郎每次从学校放假回来，都会在这个房间睡。笛子和小太郎关系非常要好，每到此时，他俩通常会把这个房间当成两人神圣的学习殿堂，哪怕我睡下了也不管，在房间里又是听小太郎的唱片，又是大声朗读英语诗歌之类的，不亦乐乎。后来，小太郎去世了，而他的离去让我越发觉得小太郎永远是这间儿童房的主人，无人可以取代他。

这个房间靠近玄关的一侧有一扇飘窗，飘窗外面长着一棵硕大的雪松。小太郎初中时曾在这棵树上架了一根竹竿，上面安装着自己组装的天线，他通过这种方式来收听东京的广播。当时甲府还没有转播站，只能像这样自己想办法接收信号。小太郎组装天线时，我只有四五岁，一直给他当"助手"。好不容易弄好的收音机第一次出声的时候，我感动到差点摔了个四脚朝天。这种单纯的喜悦，我在此后的人生中再也没有感受到。考学成功也好，顺利到达美国也罢,那时的感觉与其说是感动,不如称之为解脱或者说放下心来。童年时期的感动没有任何心机或防备。正因如此,所以才格外珍贵吧。

甲府被战火烧成废墟的时候,这棵雪松也被烧得焦黑,却依然屹立在废墟之中。多亏了它,我才得以认出老房子的位置。

房子四周都是葡萄架。正对着走廊的南侧庭院里,有个绿色的葡萄架被我们称作"三尺葡萄"(三尺大概一米,竟然有长一米的葡萄?!——帕特里斯注)。每到葡萄成熟时,铜锣花金龟(一种古铜色硬壳虫的名字。——帕特里斯注)就蜂拥而至,不仅在庭院里,还会飞进房间,一不留神便撞到我们身上,令人心烦。院子里还有很多其他果树:梅子、李子、无花果、柿子、梨子、苹果等,什么都有。那时,采摘果实便是我的工作。采下的果实随后就由母亲做成梅干(盐渍后晒干的梅子,味道酸到让人流泪。——帕特里斯注)、梅酒、李子酱之类的食品。

后面围墙的檐子很长,可以做杂物间。我们在那里养过鸡,还为广治给的鸽子做了个鸽笼,不过,最终还是没能像祖父设想的那样发挥那面墙的作用。毕竟这里是城镇,在与农业没有任何关系的房子里,也就不需要什么杂物间了。

后院的一角有个"男孩乐园"。就是说,那个地方是专门为年幼时的我开辟的。在那里我可以随心所欲,挖洞也好,玩泥巴、堆石头也罢,想干什么就干什么。当然,想种什么草木也没有问题。长子伊助早夭,次子小太郎之后接连出生的都是女儿,十一年之后才终于有了我这个男孩,而且我又是老幺,所以一直被家人宠着。不过,这种宠爱说白了就是特殊待遇,也就意味着我是"窝囊废"[①]

[①] 日语写作"おミソ","おミソのカス"指过滤味噌时留下的残渣。

（这一说法源自"おミソのカス"，意为一个人得不到伙伴认可，不被别人理睬。——帕特里斯注）。这种特殊待遇使我看待什么事物都容易带偏见。就连特地划给我的"男孩乐园"也让我感觉到只有自己一个人被从家族中隔离开来，所以我并不喜欢它，也不愿意承认它。我伙同家里养的狗，不论后院还是前庭，一概不放过，到处挖洞、撒小石子。

比起"男孩乐园"，我更想要一匹马，一直央求母亲："养匹嘟嘟（马）嘛，买匹嘟嘟回来嘛。"我并不认为自己的要求很离谱。只要我说想要什么东西，基本上都能实现。是爷爷告诉我，很久以前，这附近有许多毛色油光发亮的马，我才想要一匹马的，我以为这个要求再正常不过了。而母亲只是笑笑，没有拒绝我，当然也没有同意。我们家在镇上，怎么可能养得了马呢？我不懂这些常识，还是死乞白赖地央求祖父和父亲。父亲做何感想，暂且不论，我们家世世代代务农，然而到了祖父这代却放弃了农业，真不知祖父听到我的话时，心中究竟是何种滋味。如今我一想到这些，便觉痛心疾首。农家生活，哪怕是普普通通的驮马，也一定要在家里养上一两匹。不过祖父只是笑着点点头，摸摸我的头说："孩子，咱们去抓铃虫[①]吧。"就带我出去散步了。于是，我马上满脑子又都是铃虫了。

从大门出去，往北走，在御崎神社前往左拐，渡过相川，有一片开阔的练兵场。既然是练兵场，就会有兵营，也会进行射击训练，不适合住在附近的老人和孩子转悠。而实际上，练兵场占地很广，并非每天都进行射击训练。登上后边的堤坝，远处随风传来悠扬的喇叭声和马匹的嘶鸣声。虽然是"练兵场"，但对我们这些小孩和老人来说，只不过是一片不必特地远行即可享受的宽阔草地罢了。

---

① 日本的一种蟋蟀科昆虫，因鸣叫声似铃声，故称作铃虫。

祖父领着我，也常常带着樱子一起去这个练兵场抓铃虫、金琵琶[①]和蛐蛐，找云雀的蛋和蛇卵，并把它们带回家，不断为家里增添重要的家庭成员。就连客厅里、内部的走廊上都堆满了小鸟笼子、装着昆虫的茶色瓶子、放着鸟蛋和蛇卵的木箱以及养着仙人掌和兰花的花盆，更不用说前庭和后院里了。家里本来已有父亲收集的很多矿物标本，以及他一直以来拍摄用的感光片，此外还有许多书籍。这样一来，不管母亲怎么努力收拾，家里总是乱糟糟的。祖父和父亲都盯着家中每一处缝隙，实在找不到缝隙了，估计就互相盯着对方的收藏，想着把它们挪开，方便摆上自己的物品。在堆积东西这一点上，祖父和父亲非常相似，但也因此常常会产生冲突。

　　至于我自己身上，倒是没怎么发现有这种倾向。当然，我也曾热衷于收集印度艺术或浮世绘作品，只是俗务缠身，不得已才半途而废了。

　　我的思绪又飞回了练兵场的堤坝，脑海中浮现出这样一幅画面：我们越过练兵场的堤坝，樱子和我在祖父两旁站着，风吹得草叶沙沙作响，因想听清昆虫鸣叫、云雀啼鸣，我们屏住呼吸，凝神贯注。那时的我只有三四岁，穿着短衣短裤，紧紧抓着祖父干枯的手。无边无际的练兵场让幼小的我有些心慌。五六岁的樱子梳着娃娃头，穿着和我差不多的衣服。她眉头紧皱，张开掉了门牙的嘴，呼吸着带有青草气息的风儿。祖父吹着风，感觉到草丛间有各种动物的动静，于是也屏住呼吸，若有所思地点了好几下头。

　　"爷爷，有虫子吗？在哪里呀？"

　　我拉着祖父的手问。祖父那满是皱纹的脸冲着我"嘘"了一声，然后又回头看向草丛，迎着风静静地点了点头。樱子也转向我，"嘘"

[①] 蟋蟀科的一种，身体褐黄色，不仅形似小小的金色琵琶，鸣叫声也似琵琶弹出的声音。

地吹气,同时眨巴眨巴那双圆圆的眼睛,脸颊通红。樱子是在捉弄我。又一阵风吹过,草叶一齐摇晃,沙沙声蔓延开来。太阳从天空的云朵中露出小脸,瞬间,青色的山影变得明亮起来。虫儿们、鸟儿们都在某处屏住了呼吸,我们也屏住了呼吸。

那时,祖父和我、樱子三个人在家里形成了一个联盟。我们整天缠着祖父,帮他照顾小鸟,采集喂金袄子(一种蛙,叫声悦耳。——帕特里斯注)用的苍蝇,照看瓶子里的昆虫,给兰花浇水。我们还从祖父那里听来各种各样的故事:衔着炽热岩石飞奔的马的传闻、变成了山中女妖的邻村新娘的传说、蛇的故事、狐狸、貉狸、猴子、猫……当然也有山姥的传闻。山姥出生时只是一个普通的小婴儿,但渐渐地身体变得细长,最终变成一条蛇,被人扔进了山里。听了这样的传闻,当时只有三四岁的我不禁担心自己的身体从此也会变得细长。自己变成狸子、猴子问题倒是不大,变成蛇的话,无论如何都无法接受。蛇没有手足,我要是没了手足的话,就没法牵着别人的手走路了,感觉一瞬间就会被小太郎哥哥、清美、笛子他们踩烂。虽然听祖父讲了这么多奇闻怪谈,我还是对昆虫乃至动物世界感到非常亲切,可以说显然是受到我这位祖父的影响。

晚上睡觉的时候,我也经常钻进祖父的被窝。樱子是女孩,就和祖母一起睡。祖父祖母身体都很瘦小,因此即使身形更加瘦小的我们钻进被褥里,也丝毫不觉拥挤。祖父总是只穿着一条兜裆布(以前日本男性当作内裤使用的窄布条。——帕特里斯注)睡觉。睡衣倒不是没有,只是像床单那样展开来盖在身上。虽然他说裸睡才能保暖,但那是祖父一个人的特权,在母亲的严命之下,不论我们有多羡慕,都决计不能裸睡。祖母也是穿着整齐的睡衣睡觉的。同裸着的祖父一块儿睡觉,的确感觉像抱着一个被柔软的布料包裹着的大汤婆子。兜裆布的周围尤其温暖，我最爱把手或脚塞在那里睡觉。

早上起床后，祖父会去前廊尽头的洗手间，把打好的水倒进茶杯里，鼻子贴到上面，从鼻子吸水进去，再从嘴里吐出来，如此重复五次之多。这是除了祖父谁也没法模仿的晨间仪式。我和樱子反复练习，要么从鼻子吸进来的水又从鼻子里流出去了，要么呛住了，结果一点长进也没有。

我和樱子、祖父三个人结成联盟，对我来说打心眼里高兴。仔细想来，三个无用的家伙聚在一块儿，对家里其他人来说并无妨害——他们私底下大概是这样互相宽慰的吧。听照子和驹子说，祖父稍年轻一些的时候非常顽固不化，很难伺候。我懂事时，祖父已年逾七十，腿脚不便，过去的威严也消失了。那时，祖母和母亲忙于家务，父亲很少在家。我还是婴儿的时候，姐姐们大概都觉得我很可爱，每天闲着没事便逗我玩。但是等我长到两三岁时，姐姐们却每天都围着哥哥小太郎打转，而我和樱子太小，既不会打扑克牌和麻将，野餐泛舟的时候也没法带着去，于是她们干脆把我俩扔在一边不管。两三年之后，樱子不知不觉间也加入了小太郎他们的阵营，窝囊废小孩终于只剩下我一个了。樱子热爱音乐，不管对什么都表现出强烈的好奇心，这正是小太郎喜欢她的地方。

当时小太郎已经是初中生了。姐姐们不玩需要力气的游戏，小太郎则不然，培养了一个又一个新爱好，网球、棒球、滑冰，还会玩到深夜，不管走到哪里都有一群男女朋友围在身边。对我来说，这样的小太郎实在过于活跃，甚至让人感觉有些暴力，我连接近他的念头也不曾动过。想来小太郎也不知该如何应付我这个挨两句批评就要哭出来的胆小鬼，所以干脆对我视而不见。

有一次，我对着家门前的沟渠小便，谁知一脚踩空掉进了沟里，顿时号啕大哭起来。因为是很浅的水沟，本来也能自己站起来爬到外面去，可是我当时在沟里，想着要一直哭到有人来帮我为止。当时家里没人出来，倒是从外边回家的小太郎注意到了在水沟里哭泣的我。当时小太郎的朋友道秀也在。看到他们后，我哭得更大声了。道秀笑着把我扶起来，并把我放到小太郎的背上。我像猿猴一般趴在小太郎的背上，一边闻着他背上的味道，一边继续哭。他的背散发着和祖父、姐姐们都不同的气息，那气味既像李子，又像竹子。

我又想起来另外一些事。

有一次，家人们在笛吹川（流经甲府盆地东侧的一条河流。——帕特里斯注）沿岸的万力林（林子的名字？——帕特里斯注）野餐，那也是我第一次被带去参加家庭野餐。当时，我扛着祖父让给我的钓竿，得意扬扬地走着。我傲视着姐姐们，自信满满地宣称："我一定会钓上来很多鱼。"然而，还没靠近河堤，我的身体就前进不了了，因为钓竿被树枝挂住了。我握紧钓竿，拼命地想往前走，可钓竿只是弯成弓状，而我又弹回原来的位置。在我拼命对付钓竿的这段时间里，母亲和姐姐们在前面走，离我越来越远。我大哭起来，甚至没想起来撒手。钓竿像是蜘蛛精（传说是一种住在山里、长得像蜘蛛的妖精，一触碰女人的肩膀就会诞下几百只小蜘蛛。——帕特里斯注）一样把我抓住了！我吓得小便失禁，像得了脑震荡一般恐惧到发着抖大声哭泣。

小太郎嘴里说着什么，跑回到我身边，马上明白了我陷入"危难"的原因，他先是用力把我的手从钓竿上掰开，接着很轻松地帮我把钓竿从树枝上解脱出来。只是，我已经不愿意再拿钓竿了。小太郎扛着钓竿，我则牵着他的手，一边抽泣，一边追赶母亲她们。

现在回想起来，我都惊讶自己当时怎么那么爱哭。

尽管大家的注意力都集中在开朗又果敢的小太郎身上，但姐姐们还是都尽了作为姐姐的义务，陪伴我，看护我。母亲因为肠胃不良，需要经常去温泉休养，因此，姐姐们有时就得替母亲照料我们这些更小的孩子。

至于驹子，她在我四岁时就去了东京，结婚后便搬到上海了。因此，我只记得她喜欢与小太郎、道秀、清美一起玩扑克牌和歌牌（将日本的古诗做成一百张纸牌来玩的游戏。——帕特里斯注）。游戏中，她经常发出惊呼，还会整个身子扑到榻榻米上。小太郎和驹子性格相近。只要他俩在，家中就会非常热闹。野餐、去河边玩等活动层出不穷，其他家庭成员甚至没有发闷的时间。相较而言，笛子以下包括我在内的姐弟四人性格要更内向一些。

清美与小太郎只差一岁，可能也正因为如此，清美就像小太郎的影子一样，总是跟在他身边，完全不理睬我。不过，小太郎上了初中以后，她开始与他保持距离，转而成了我的玩伴。在那个时代，穷人家的孩子上完小学就得离家参加工作。尽管清美尚不至于如此，但临近孩童时代的终点，她大概也有属于自己的孤独吧。

尽管清美是女孩子，却也不介意与我进行水枪大战，耍刀弄棒（用木棒代替刀子对决的游戏。——帕特里斯注），甚至爬树上房也不在话下。有时，我想骑大马，她就和我一起骑在围墙上，仿佛骑在马上一样，高喊"驾！""吁！"，然后就会因此被祖母大声呵斥。毕竟清美是收养的，所以祖父母对她的管教很严格。

笛子是个书虫，也很喜欢做手工，每年都热衷于制作贺年卡，而我则在她的指挥下给她打下手。因为连祖父母、父母的那部分也得制作，总共要做大概三百多张才算完。而且，用木版单色印刷也就算了，她竟贪婪地想要三色、四色印刷，这对年幼的我来说，简直就是无尽的苦工。杏子和樱子当然也会来帮忙，但不懂得忙里偷闲的我则像是抽到了下下签（偶然运气不好，吃大亏。——帕特里斯注），需要一直做到最后。不过，笛子其实是一位难得的好姐姐，她经常读书给我听，教我剪纸和折纸什么的，还给我造"水族馆"和"动物园"。

杏子从孩提时便是个乐于奉献的女孩，不仅帮我穿衣服，还精心照料我吃饭。尽管和我只差五岁，她却会把我抱在腿上，耐心地为我唱摇篮曲，直至我入眠。自始至终杏子照料我都非常认真，有时甚至奋不顾身。然而在大人的眼里，这样的照顾纯属多余，不过是在溺爱我而已。母亲不喜欢她老是这样把我捧在手心里，责备她很烦人。她却毫无怨言，圆圆的、充满爱意的眼里仍闪烁着光芒，始终微笑着，细心照料祖父等家人。在孩子们中间，她的性格最朴实，面庞却属她最美丽耀眼，仿佛迪士尼电影中的公主。

顺带一提，照子、驹子和樱子都是典型的日式面孔，眼睛细长。驹子是波姬·小丝（20世纪80年代的美国电影女演员。——帕特里斯注）一般的美人，照子和樱子则是费·唐纳薇（比前者稍早期的美国电影女演员。——帕特里斯注）类型的美女。笛子和小太郎的脸非常相似，换句话说，他们都长得像父亲。喜欢学习这点，大概也是从父亲那里继承的。也许笛子自己也意识到了，所以她比任何人都崇拜父亲，排第二名的崇拜对象是小太郎。看到我这么一个不靠谱的弟弟，她心里肯定抱怨，为何自己不是父亲的儿子、小太郎的弟弟呢？

说到我小时候的日常生活，真是十分荒唐，现在想起都会愕然。每天早晨，旁观完祖父"漱口"后，我就和他一起站在神龛前拍手行礼；吃早餐前，我会在参加基督教教会的驹子的指导下和姐姐们齐声念诵"主，我进餐了，阿门"；夜里和母亲一道，在佛坛前双手合十行礼，佛坛前供奉的是幼时夭折的大哥哥以及叔姨的牌位；

临睡觉前，我再次和姐姐们一同祈祷"主啊，明天也请保佑我们，阿门"。只要用甜美的声音呼唤，我就成了摇着尾巴的小狗，不管上哪儿去都是蹦蹦跳跳的。这大概是家里拥有众多兄弟姐妹的老幺共同的命运吧。

话题有点扯远了。不过，在美国社会，我的处境依然变化不大。事实上，到了美国之后，我又深刻体会了一遍什么叫窝囊废的滋味。如果一直待在日本的话，这种感觉恐怕反倒是要忘记了。我不像广子，她在美国出生，十岁前一直接受的是英语教育。而我英文说不利索，又是从战败国日本来的人，在我移居美国后加入的第一所大学里，无论我完成了多少研究，窝囊废终究还是窝囊废，甚至连接收我的研究室也是废物。所有这些都是我在日本时无法想象的。

在当时美国的大学里，法学、经济学专业是最热门的领域，不管是黄种人还是犹太人，在其中都没有容身之处，更不用说黑人了。在化学和物理领域，根据专业不同，虽然也有学者与企业和联邦政府有利益关系，可以毫不吝惜地使用巨额资金，但这些只是极少数的情况。大部分专业都是门庭冷落、无人问津，美国社会的精英们都不屑于对这些领域正眼看一下。也正因此，那个研究室才慷慨地接收了我这样的日本人。甚至可以说聚集在该学会中的教授们，除了犹太人就是日本人。我当时之所以决意来美国，是源于一个非常简单的想法：在连学术领域都被人脉和金钱统治的日本，我是不可能成为世界级学者的。然而来之前，我怎么能想到美国还有种族歧视的问题呢？

我作为一个小窝囊废，加入了一个大窝囊废组织，五十岁之后，我离开了大学，在某个基金会的援助下建了一个民间研究所。我对现有的激光技术进行了改良，因而成功和一家光学设备公司签订了合约。事业上大体是成功了，但是我也没法判断这样是否就足够了。

我在美国多少挣了一些钱，作为美国公民也有资格与当地那些有势力的人站在一起了。即使这样，我仍然无法摆脱"自己是个窝囊废"的意识。这究竟是为什么呢？

例如，无论我在美国多么怀念甲斐驹岳，也没有人能理解。向人们描述生我养我的北堀町的家，他们也只能想象到那种廉价的、涂上美式油漆的房子。相应地，我看见星条旗心里只有郁闷，也不关心历代总统的名字。英语也没有进步，近来反而感觉倒退了。尽管如此，工作上只能用英语，几乎不可能用到日语。前面我曾无意中提到在美国积蓄了一点财富之类的话，其实如果把那些带回日本，那点钱微不足道，毕竟要不是靠着变卖我继承的北堀町的土地的钱做基础，我根本不可能来美国积累这点财富，所以没什么可炫耀的。有森家的土地已经变为美国的一块普通土地，与荒野不过一线之隔。不过，现在我已别无选择，只能守着这块地了。事到如今，即便回到日本，岂止是窝囊废，广子和我也已是外来者（法语"étranger"。——帕特里斯注）。比起外来人，还是做窝囊废活得比较舒坦。

说到这里，我想起英姑姑曾向母亲感叹，在北堀町和外来人结婚是不好的。结果我也和外来人结了婚，并且来了美国，自己也变成了英姑姑口中的外来人。还有我的孩子们，除了外表还是日本人，其他地方已经和外国人没有两样了。他们和附近的那些普通美国人一样，轻描淡写地跟我说想了解自己的祖先之类的话！

5 勇太郎的幼年时期——大菩萨岭

前面扯远了，言归正传。接下来，我继续讲述一下自己毛孩子时期的故事。

我的姐姐太多了，这让小时候的我很难分清自己究竟是男孩还是女孩。非要说是哪一方的话，大概更像女孩子吧。家里人给我穿上姐姐们的衣服，把我捧得老高，说我可爱极了，每次听到这些，我都会非常高兴地跑到母亲的梳妆台前瞧瞧自己的身姿。此外，我还很喜欢看姐姐们在祖母家制作新衣，她们展开一块又一块的反物（制作和服用的卷布。——帕特里斯注），津津有味地聊天。姐姐们和织物融为一体，像群蝶旋舞一般卷入美丽的旋涡中。直到现在我依然喜欢陪妻子和女儿挑选衣服，不过因此也买了很多不必要的东西。

有时，看到姐姐们把我打扮得女性化，父亲感到不安，就会将我带到另一间房子，亲自给我洗澡。不过，对我来说，这澡洗得很难受。在叫作"五右卫门浴桶"的铁制筒形浴缸里头烧开热水，里面铺上木制底板。这是一种非常原始的洗浴形式，在这种浴缸里根本没法放松。底板一旦滑开，脚就会直接碰到铁锅底部而被烫伤。不过，好在我还是个小孩子，能夹在大人的膝间洗澡，这让我有些许安心。

父亲在水中待了没一会儿就出去了，拿了一大块硬肥皂毫不留情地在我头上擦，从脖子开始一直到背部、腹部、双臂、双腿和脚趾都嘎吱嘎吱地打上泡沫。清洗背部时，他会用手指深入我的臀线固定住我的身体，清洗手臂时则用手指环绕我的腋下，使劲锁住。把肥皂均匀地抹在我身上之后，他就从我头顶浇下热水。无论我怎么低头，紧闭双眼，肥皂液都会进入我的眼睛，疼得无法马上睁开。

最后一步是清洗耳背和小鸡鸡。父亲会使劲扯着我的耳垂，用毛巾擦洗我的耳背。那感觉就像耳垂要被撕坏，耳朵周围的皮肤就要裂开一般。清洗小鸡鸡时则是先把前端的包皮翻开——这会儿终于控制了一些力道，他往里边打上肥皂泡，用指尖环绕着清洗。

与其说痛，倒不如说是发痒，想要保持不动真的很难。"鸡鸡，清洁第一；身体，健康第一。"父亲将这话打着节奏说给我听，如同传颂经文。

父亲曾在东京学过一些最先进的学问，因此对健康和卫生非常挑剔。他试图让母亲计算菜品的卡路里，自己给孩子们称重并做记录。为此，父亲还精心制作了一个体重计。首先将两根柱子牢牢地固定在地上，顶上安装一个称大米和蔬菜时使用的弹簧秤，秤的钩子则是用挂着的一圈绳子来代替。孩子们一个一个像坐秋千一样坐到绳圈上。这秤只限于还没上学的小孩子使用。已经上学的话，要做身体检查，会提供大的站式体重秤。当时在家里称体重非常少见，一般要称体重，只能用学校和卫生中心的体重计。所以，即使是这么个"秋千体重计"，父亲把它特地造出来给孩子们称体重，在当时也可谓相当先进了。

父亲很早就买了一台照相机，并在家里的浴室边建了一间暗房，自己冲洗照片。多亏了父亲的照相机，我手边至今仍留有几张自己童年时的照片。那个时代，全家福是要到专门的照相馆去拍的，因此，和现在不同，当时在庭院前轻松拍下的照片是非常贵重的物品。战争期间，樱子把它们和其他行李一同转移了，这些珍贵的照片才没有在空袭中被烧毁。

父亲还用Barriquand牌的理发推子（在Barriquand et Marre公司的产品引入日本后，Barriquand在日本就成了理发推子的代名词。——帕特里斯注）在前廊给我剃头。小太郎以前应该也是同等待遇。小太郎、我、父亲和祖父，我们全都剃着光头。那时候经常生虱子，比起发型，父亲更重视干净清洁。这把推子是KUROGANEYA[①]的产品。（为什么这么微不足道的一件事我还

---

① 总店位于山梨县的家居商店品牌。

能记得呢？明明最近还经常想不起熟人的名字，弄得很尴尬。这当然是由于人的记忆功能分为长期和短期两种，大脑中的其他部分也参与了记忆过程所导致的。但我还是会感觉奇怪，哪怕同为往事，我也只记得其中一些琐碎的日常场景。其他事情，比如驹子结婚、小太郎升高中之类的对家里来说是大事，可是现在我却完全不记得了。）这个推子不好使，容易夹头发，那种痛苦简直像是要把头皮直接剥下来一般，疼痛难忍。每回我尖叫着想要逃跑，父亲便会拿出一颗糖果塞进我嘴里，然后用轻快的声音说："我来给这个乖孩子头上也抹一些糖吧。"边说边用手抚摸着我的头。当我被糖吸引了注意力的当口，他便迅速推起来。父亲当然没有真往我的头上放糖，但是那时我还很小，相信只要头顶一抹上糖，便能保护我免受剃发之苦。

父亲还非常热衷于运动。他在后院建了一根单杠，自己在家的日子，就把孩子们召集起来锻炼身体。夏天我们会去荒川（流经甲府盆地西侧的一条河流。——帕特里斯注）游泳。姐姐们穿着母亲用毛线织成的带腰带的连衣泳裙，男的则穿着兜裆布。我第一次被带去河里游泳时紧紧抱着父亲的背，权当自己也游过泳了。比起游泳，父亲更重视登山。男孩子自不用说，女孩子也得在十五六岁前至少爬几次山。这是父亲一贯的主张。要是完全遵循他的方针，除了无论如何也没法登山的幼儿时期，从十岁开始就得每年都去登山。不过，所幸这一带除了山就是山。比如甲斐驹岳、凤凰三山[1]、富士山、八岳[2]之类的，即使是女儿身的姐姐们，也在父亲或者小太郎，以及后来我的带领下，成功登顶了。

---

[1] 位于南阿尔卑斯山脉东北部三座山的总称，特指地藏岳、观音岳、药师岳，属于日本百名山。
[2] 跨越长野县和山梨县的火山，日本百名山之一。

我第一次爬上甲斐驹岳是十一岁，陪我去的是小太郎、笛子和杏子。第二次则是十五岁，是和樱子两个人一块儿爬的。不过，那次差一点就要登上山顶时，却起了大雾，什么也看不清楚，以至不得不中途折返。樱子的体力似乎用尽了。走在前面的我回头望去，没看见她的身影。因为有雾，什么也看不见，"万一……"我越来越不安，一边喊着"樱子姐——"，一边沿着刚刚下山的道路摸索着重新登上去。终于听见了樱子的声音，"小勇，我在这里！"我总算放下心来，继续往上走，发现樱子蹲在路边。来到她身边，我也休息了一会儿，然后让樱子跟在身后，边鼓励她边开始下山。然而，过了没多久，她的身影又突然消失了。就这样来来回回，当我和樱子从甲斐驹岳上下来时，都已经累得精疲力竭了。

后来，我进入仙台高中的那一年，和照子的长子泉、次子操一块儿爬了甲斐驹岳，那次我们成功登顶了。泉大我一岁，而操比我小三岁。每年学校放长假，泉和操以及他们最小的妹妹红便会从秩父来到甲府的北堀町，在这里度过整个夏天，因此正好成了我当时的玩伴。红出生那年，也就是我们的父亲去世一年，从那时起，照子就时不时带着孩子们来北堀町住。倒不是因为她和她丈夫感情不和，只是多了三个孩子，秩父的单位宿舍变得越发拥挤，同时她也担心北堀町的娘家突然变得冷清。

如此热爱爬山的家族里，唯一的例外是胃不好的母亲。不过，即使是母亲，也会为了强健胃部，经常前往深山中泡温泉，因此也习惯于走山路。即便这样，去南阿尔卑斯西山温泉的路想必也非常难走，因为母亲每次去那里时，总要小太郎当她的登山向导（其实是搬行李的人。——帕特里斯注）。

说到登山向导，在我大约六岁时，我们雇了一位登山向导带我们去增富温泉。这处温泉因水中含镭元素而远近闻名。笛子、杏子、樱子和我跟着母亲一起去那里野餐。一大早我们就离开家,先坐马车到了升仙峡①,之后步行穿过御岳,来到金峰山脚下的黑平②。三个姐姐精力充沛,一直在前面走,我和母亲被落在了后面。这时,母亲叹了一口气,说道:"唉,你爸爸到底还是没来啊,他其实很想一起来的。"听母亲这么说,我吃了一惊,暗自思忖:"噢,原来爸爸不在,妈妈这么提不起劲啊。"这件事直到现在我依然记忆犹新。回想起来,母亲生在盛冈,长在东京,来到甲州后,终日与只了解甲州的祖父母相处,她就是想回娘家,也没有娘家了。不得不说,她的处境实在是非常孤独(正是这个缘故,母亲说的是一口带有甲州腔的东京话)。母亲肠胃不良可能就是压力太大导致的。

过了黑平,我们吃了些饭团(这种食物我在巴黎也常吃,我可喜欢吃了!——帕特里斯注),但是对我来说,乐趣到此就结束了。山路越走越陡,我快要哭出来了,可上山的路依旧望不到头。在绝望感的驱使下,我拉着向导的手哭喊:"请你背我吧!背一下嘛!"向导背着我们的行李,当然对我的哀求装作没听见的样子。笛子把我抱起来,走到离向导稍远的地方,在我耳边小声说道:"不要做缠人精(无理取闹,遭人嫌弃的人),那可不像话哦。再说向导身上很脏的呀,又脏又臭。我们的小鬼头要是变臭了就不好啦。"(因为笛子这个时候在普通小学念书,所以仍在说甲州方言。进了女子学校之后,笛子就开始换成以东京话为基础的日本普通话。不只是笛子,男孩子也开始努力改说普通话。不仅学校要求说普通话,我还听说,到了甲州之外的地方,如果说我们的方言,就会被别人瞧不起,因此我的心头一直有一种恐惧。而恐惧的核心便是以下这个

---

① 位于甲府盆地北侧、荒川上流的溪谷,日本五大名峡之一。
② 黑平町,甲府市最北端的村落,位于金峰山的西南部。

传言：家中最受尊敬的父亲因说话带有甲州腔，在东京时曾受尽嘲笑，还偷偷流泪了。对孩子来说，还有比这更恐怖的事吗？东京是个恐怖的地方——这种观念因此深深植根于我心中。不可思议的是，我从未想过甲州的方言有什么奇怪的，也从未感到愤怒，有的只是一味地感到羞耻，总觉得甲州话就是和智慧与进步毫不相干，如同孩童语言一般。我在上初中以后也掌握了普通话。我从仙台的高中毕业时，说话已经完全没有甲州腔了。但即便如此，让东京的人一听，还是会原形毕露，所以我在东京过得并不开心。搬到美国之后，什么甲州话、关西腔之类的概念，那里一概没有，直接被归入说不好英语的日本人范畴里了。对此，我反倒觉得轻松了。然而，让我时常感到不舒服的是，如今连在美国出生的孩子们都嘲笑我的英语水平。不过，我已经麻木了，不会再为此感到自卑。我在日本出生、长大，自然说不了和那些只了解美国的人一样的英语。我生于日本甲州，因此非常了解普通话这种人造语言的无聊之处。例如，甲州方言"せまじったい"①的意思是"吵闹"，相当于日语普通话中的"うるさい"②和英语中的"noisy"，不过它和这两个词的感觉又都有微妙的区别。"せまじったい"就只能说成"せまじったい"。然而，让我倍感羞愧的是，事实上，我已经不会说甲州话了。即使和笛子、杏子见面，我们也是说普通话。笛子过去是学校的教师，也许正是因为这份骄傲的职业，她始终认为应当完全忘却甲州方言。当然，即使是立场如此坚定的她和我们说话时，也时不时会蹦出几句甲州话来。）

听了笛子的话，遗传了父亲洁癖的我只得放弃打向导的宽实后背的主意。不过，我们当时竟然是如此满不在乎地蔑视为我们搬行

---

① 日语发音是 SEMAJITTAI。——译者注
② 日语发音是 URUSAI。——译者注

李的向导的吗？这个想法在今天根本无法想象，但在当时的日本，身份意识仍旧根深蒂固，贫富差距也十分显著，有些人小学都没上完就被迫出去打工，或是被卖到游郭（买来贫穷的少女，把她们培养成妓女来挣钱的地方。——帕特里斯注），家庭经济条件优渥的高中生则花钱同她们玩乐。世道如此，我也只能眼看着几个这样吃喝嫖赌的同学，哑口无言。其中也有类似茶花女那样的风流韵事，殉情事件在报纸上也屡见不鲜。以前的美国当然也发生过类似的事。但是，在美国，清教徒的思维方式是美式思维的基础，因此，像日本那样公开坦然地承认舞女啦，艺伎啦，还自卖自夸称其为日本文化的一部分，至少这种现象在美国是不可能出现的。

从黑平到木贼岭，一路上仍是难走的登山道。不过，一翻过木贼岭，视野马上开阔起来。迎面可见高耸入云的金峰山和瑞墙山[①]。据说这两座山都由花岗岩组成，蕴藏着丰富的水晶和黄金。金峰山山顶上的岩石叫作五丈岩，是人们信仰的对象。换句话说，这座山是灵山，形状峻峭奇异。仰望金峰山，圣洁而庄严，五丈岩处则如旋涡般凝聚着某种神圣的力量，让人不禁想要双手合十。有别于所谓的宗教，这是一种冲动，作为生命的一种现象，对于自我存在的认识被自然界偶然形成的山体的壮美姿态所唤醒的冲动。我也和姐姐们一起对着金峰山合掌致礼。休息了一会儿之后，我们一扫先前的沮丧和疲惫，愉快地迈开步子继续前行。

实际上，一越过木贼岭，道路就平坦了，森林中的白桦树越来越多，景色突然变得明媚起来。对于在盆地长大的孩子来说，白桦是罕见的，就连当天领队的笛子看见后都不禁兴奋起来，对我们说："虽说现在才十月，不过用白桦树皮做贺年卡，可是非常

[①] 日本百名山之一。

洋气的做法哦。"也许她在哪里看到过白桦树皮做的特产吧。笛子说着便剥下一片手边的白桦树皮，树皮很容易就剥下来了。我们都清楚地知道，笛子每年都对制作贺年卡抱有非同寻常的热情和责任感，因此也丝毫没有犹豫，高高兴兴地和她一起一片一片地剥起白桦树皮来。那时，母亲为何默许了我们的行为，不加阻拦，对此我不得而知。大概是因为母亲不了解树木的知识，认为白桦树皮剥了也无妨吧。向导也什么都没说。

收集了摞起来厚达三十厘米的白桦树皮之后，笛子决定道："够了，不要再剥了。"就在这时，一个穿着地下足袋[①]、一副巡山人模样的男人——说不定只是路过的人，但对小孩子来说，看上去就像是那种可怕的看守——与我们迎面相遇了。"你们怎么能做这么残忍的事呢？！白桦树的树皮一旦被剥掉，可就再也长不出了啊！你们看，多残忍！"来人涨红着脸，连珠炮似的大声喊道。我们大吃一惊，吓得浑身哆嗦，赶紧一个劲地道歉："非常抱歉，真是对不起啊！"他又气鼓鼓地说："就算把白桦树皮放回林子，可是已经剥下来的东西也复原不了啊！"我们只得沮丧地把白桦树皮装进包袱，先前的大好心情已消失得一干二净。特别是笛子，一直沉浸在做了错事的阴影中，走到温泉为止都哭丧着脸，一言不发。随着逐渐临近目的地，我和樱子首先憋不住了，开始你一言我一语地开起玩笑。

勇太郎，你斗不过我，退下！
说这话的人才斗不过我，退下！
樱子，你斗不过我，退下！

[①] 地下足袋，一种劳动时穿的胶皮底袜子。——译者注

说这话的人才斗不过我，退下！①

我俩起初还是偷偷地说笑嬉闹，说着说着就笑出了声，笑得前仰后合。而杏子还是和笛子一样，一直都是无精打采的样子。

漫长的一天过去了，终于到了增富温泉。虽然温泉水很温暾，但旅馆的山鳟鱼味道非常鲜美。

至于前面说到的白桦树皮，到了十二月，笛子想到好不容易才弄到手，能用上总比不用好，就把包袱从壁橱里拿出来，结果那些树皮都已经缩成一团，硬要拉直的话就会断裂，全都没法用了。我们假装没有看到笛子欲哭无泪的表情，只是悄悄地收起白桦树皮，又拿出去年剩下的纸板和千代纸（用木版印有美丽花纹的纸。——帕特里斯注），静静地等待笛子平复心情。瞧，我们做弟弟妹妹的也要为姐姐费心劳神。事实上，笛子经常为我们的迟钝而生气。

我们还陪同母亲去过甲府附近的积翠寺温泉。从那里可以眺望甲府的街道，所以感觉家就近在咫尺，特别安心。

也许是受父亲体能训练的结果，抑或是因为天生体质强健，在我们家不管是父亲还是孩子们，个个都身强力壮。小太郎和笛子擅长跑步，樱子的游泳技术能够媲美专业选手。母亲是这个以体力为傲的家里唯一一个身体不好的人，她肯定希望自己也能早日变得健康，像大家一样锻炼。父亲也希望如此，母亲泡温泉做水疗的事就是他首先提议的。一有机会，他便催促母亲："差不多又该去了。"可能父亲也想让她至少能从每日侍奉丈夫双亲的状态中解脱出来吧，自己经常不在家，妻子更应多多疗养。为此，母亲还做过

---

① 勇太郎与樱子的这段对话改编自山梨县的民间故事《斗嘴斗输了的狐狸》（『言い負け狸』）。——译者注

灸术（一种古老的疗法，将一种草药涂在身上并施以火烤，活络身体经脉。——帕特里斯注），也曾煎过草药喝。然而，六十岁以后，不知是不是身体的新陈代谢有了改变，她一下子变成了健康人。战争期间，镇子上跳广播体操（广播里播放体操的伴奏音乐。——帕特里斯注）时她还带头参加呢。结果，就这么健健康康地活到了六十六岁。反而是体力充沛的父亲，还有小太郎、樱子，都很早便去世了。体力和寿命似乎毫不相干。

小太郎一直喜欢各种运动。读小学的时候热衷于打棒球，到了初中又打网球、踢足球，在高中，据说他在玩橄榄球的同时还钻研起了剑道。到了冬季，则会去滑冰。我上小学后，也常和他一起滑冰。在甲府北边的山村带那，有一个叫大正池的小池塘，我们就在池塘的冰面上穿着带冰刀的木屐滑冰。当时聚集到大正池来滑冰的人很多，热闹非凡，以至于池塘周围都摆起了货摊。小太郎善于交际，因此与他打招呼的声音持续不断，不管男的还是女的，一个接一个地都来找他滑冰、吃关东煮（日本的一种浓汤。——帕特里斯注）。我就纳闷了，我的这位哥哥到底哪儿来这么多朋友。

小太郎是父亲膝下第一个平安长大的男孩，据说父亲在洗儿礼[①]时还用生鸡蛋代替了洗儿汤为他洗澡，足见他有多么珍视小太郎。因此当小太郎告诉父亲自己要滑冰时，父亲当即兴致勃勃地搜集数据，计算在木屐上安装何种刀片才可以在冰面获得更小的阻力来提升速度，并把得出的数据交给认识的铁匠，为小太郎打了一副特制冰刀。棒球棒和网球拍同样是基于父亲的研究成果特别制作的。作为次子，我也从小受到家人宠爱，然而和小太郎的待遇相比，仍

---

① 洗儿礼，一种在婴儿出生后给婴儿沐浴的仪式。——译者注

是无法企及。而且,我上中学时,父亲已不在人世,因而在体育和学习方面自然没法从父亲那里受益了。不过,我倒是一直对父亲的书架、矿石标本箱和暗房兴趣十足,终日观赏他拍摄的富士山、南阿尔卑斯山脉和树林,因此其中的影响亦不可忽略。像"尖端放电"(圣艾尔摩之火[①]。——帕特里斯注)啦,"熔岩海"啦等等,我都记得清清楚楚,偶尔也会唠出几个如魏格纳的"大陆漂移说"和达尔文的"物种起源"之类的词,明明不知个中原理,却仍然沾沾自喜。

七岁时,我患了肌炎,在家休养了一个月左右。我脚疼得厉害,没法走路。父亲背着我去找附近的医生。医生决定马上给我做手术。恰巧当时我的同班同学孩子王(只擅长玩乐,喜欢欺负弱小的小孩。——帕特里斯注)清也在场,看到了我在动手术。或许他在想,如果我哭出来的话,以后可以嘲笑我。没想到医生刚把手术刀扎进我的脚,一道脓血便如泉涌一般射出,还没等我哭出来呢,清已经先哭出了声。看到清哭,我也放声大哭起来。从此以后,唯独在我面前,清不敢吹牛皮、逞威风。十年之后,清去了中国东北,战死了。

手术后,父亲用铁丝网做了一个高约两米的巨大鸟笼放在玄关边。或许这是为了安慰休学一个月的我而想出来的主意,抑或是他以前就想做却一直没做,这次正好我做了手术,所以就给我做了。不论出于什么目的,总之父亲突然制作起鸟笼来,就像是在动物园里看到的那种。父亲在里边放了很多鸟,比如虎皮鹦鹉、十姊妹鸟什么的,一共大约有三十只。这么多鸟聚在一起,叫声分外热闹。外面的野鸟听到这些鸟的叫声也都一股脑涌了过来。一时间,玄关周围聚集了苇莺、绿鸠、三道眉草鹀、白鹡鸰、栗耳鹀、斑鸫等许

[①] 古代海员观察到的一种自然现象,常发生于雷雨天气,在桅杆顶端之类的尖状物上产生如火焰般的蓝白色闪光。"圣艾尔摩"的名字取自水手的守护圣人。

多鸟类，并在家里占有一席之地。喜欢动物的我当然很高兴，但姐姐们和母亲对小鸟神经过敏。祖父也很生气，因为他在自己的小竹笼里养的那些绣眼鸟、黄莺、金丝雀什么的，也都异常兴奋，像是生病了。我回学校那天，父亲的鸟笼被拆掉了，里边的小鸟全都被遣散到了鸟窝。我后悔自己没有走进鸟笼，勇敢地守住小鸟们的避难所，然而为时已晚。对家里人来说如噩梦般的一个月，在我看来却是如美妙的梦、优美的音乐一般转瞬即逝的美好时光。鸟儿们在耳边呼扇着翅膀，身边被各种啼叫声环绕，各色羽毛在四周跃动，它们在我的头顶和被褥上休憩。当然，它们到处拉粪便这个事实，让我也多少有些为难。

像祖父那样出于爱好的养鸟方式，父亲可能看不惯。他大概是想给祖父做示范："瞧，想要养鸟的话就得这么养。"才下决心制作这么一个大鸟笼的吧。只是他却没想到这么一来究竟会造成什么后果。总之，这次尝试以父亲的失败而告终，尽管它曾经给我一个人带来了那么多快乐。

父亲还有一个失败的作品，我们都叫它"大菩萨岭"（山岭的名字，海拔1897米，也是一部非常长的有名小说的名字。——帕特里斯注），而父亲称之为"纳凉台"。这个东西的原理是什么，谁也不理解，父亲也没法给我们解释清楚。

仲夏的一个清晨，父亲让小太郎做他的助手，两人就在后院做木工活，一直忙到第二天晚上。每当家里人有谁问起，父亲和小太郎只是微笑着说："等着吧，要做个好东西。"不过，很难说小太郎对于父亲的真实想法到底理解了多少，在我看来，他是纯粹在向我们这些弟弟妹妹显示自己的优越感罢了。

第二天晚上，我们终于听见父亲的呼唤，屋里的人全都跑到了后院。只见靠近围墙处矗立着一个长椅似的东西。对，就是"矗立"，再没有比这个词更贴切的描述了。它的确是长椅形状，不过椅子腿却有大概两米长，边上架把梯子才能爬得上去。台上并排摆了三把类似学校座椅的小木椅，也感觉像是神乐（一种敬神的舞蹈。——帕特里斯注）的舞台，不过这个台子更高、更窄，而且没有扶手。这究竟是怎样的一个好东西？我们都说不出话来，等着父亲的解释。父亲用手巾揩了揩脖子，得意地说：

"这个做得非常牢固，坐十个人也没问题。你们哪个，随便谁吧，爬上去试试。这么高，坐在上边肯定会感觉非常清凉舒畅，这可是日本第一的纳凉台哦。"

听父亲这么一说，我们基本上了解了父亲的意图，甚至是恍然大悟。天气炎热的时候到山上去，便会感觉凉爽。同样的道理，如果把纳凉台造得高些，自然应该可以避暑吧。父亲一直思想先进，这个纳凉台又是按他的想法造出来的，因此当时所有人都对它的效果深信不疑。小太郎第一个爬上梯子，紧接着笛子和好奇心旺盛的我也爬了上去。一共就三把椅子，我们也知道纳凉台最多只能坐下三个人，所以都乖乖地坐在椅子上。

"呀！能看见富士山啊！"小太郎喊道。

"往下看都会觉得头晕眼花啊。"笛子说。

"好吓人喔！"我说。

然后，我们就陷入了沉默。因为非常想弄清楚纳凉台与地面相比是否真的凉爽，我们闭上眼睛，用心静静感受。谁知不仅丝毫没有凉意，傍晚的高温与潮湿反而让人感觉更加闷热。

我们一言不发，面面相觑地从纳凉台上爬了下来。一直在下边等着我们的杏子、樱子和清美爬上了梯子。如出一辙地，她们三个也是赞叹风景美好，抱怨令人目眩的高度，接着沉默了两三分钟便下来了。接下来是父亲和祖父。祖母和母亲则从一开始就只是笑着看着我们，看样子压根没有要爬上去的想法。

父亲从纳凉台上下来，环视了一圈大伙，总结道："嗯……主要是因为今天没风，但凡有一点儿风，这可就是世上最棒的纳凉台了。以后你们随时都可以来乘凉，不过小心别摔下来。"

此后大约过了十天，出于好奇，我们会上纳凉台玩耍，父亲有时间也会上来。我想，他之所以这样做，完全是为了给自己作品的功效做出哪怕一点点的保证。但是到了夏天结束时，这个纳凉台已被父亲和我们放弃了。因为最终没有人能证明它能给人带来凉爽。在上面也没法放松，因为随时都会踩空，而且这地方太高了，不论是吃西瓜、下象棋，还是看烟火，都不方便。不过，只有清美是例外，不知何时她就会一个人占领那儿，哪怕秋意甚浓，寒风从山上袭来，她也毫不在意，依旧爬上平台，大声唱出她在教会和学校学来的歌曲，朗读读本，或是一边喃喃自语，一边啃着柿子作点心吃，或是舔着从厨房弄来的味噌。她自言自语的内容我听不太懂，但看得出态度非常认真，好像是对在教会和学校听说或学到的东西做自问自答。那时的清美应该正值十五六岁，仍像以往一样有着顽皮的一面，同时开始对人生的种种方面感到怀疑。真正的自我牺牲是什么？妇人的美德又为何物？针织布和毛纺布（两者都是衣服面料的名字。——帕特里斯注）的区别在哪里？世上怎么会分为拥有土地的人和没有土地的人？……

然而，最后连清美也不再靠近父亲的纳凉台了，似乎是想在被人议论前主动告别纳凉台。

虽然我们不再对纳凉台本身感兴趣，但是心中一直有个疑惑：父亲究竟是怎么想出来要造纳凉台的呢？显然父亲的如意算盘已经以失败告终，因此我们也不好直接去问他。父亲自己也假装完全忘记了这件事。直到有一天，小太郎给我们讲了他的伟大发现。他告诉我们，他最近很爱读一本叫《大菩萨岭》的小说，书里边出现了一个纳凉台，和父亲造的纳凉台别无二致。"父亲平时从不读小说，认为这些不过是软文学（不上台面的文学。——帕特里斯注），或许他偷偷地读了这本小说呢。"小太郎一脸得意地说道。除小太郎之外，我们这些孩子都没有读过这种东西，因而都点头赞同："哦？原来是这样啊。"从那以后，我们私底下就把那个没用的纳凉台叫作"大菩萨岭"了。比如"清美又去'大菩萨岭'咯！"或是"爷爷说了，想把'大菩萨岭'推倒，做一个鸟窝！"之类的。

直到我来到美国之后，我才意识到我们所犯的错误。（话虽这么说，那也是因为当时我才不过五六岁，完全没有自己的判断力。）在美国，特别是南方，有一种习惯，就是在房子前面搭个很大的凉台用来避暑。人们爬上小木梯，在凉台上的摇椅或吊床上小憩、饮茶、与客人交谈。换句话说，它起到了一部分茶室的作用。它与玄关相连，所以也能充当土间①。父亲一定是在哪里看到了这种美式房屋的照片，并且心想："日本的纳凉长椅是人和人并坐在一块儿的，而美国的这种凉台则是人和人相对而坐，也就凉意更甚了吧。在凉台上放椅子，再把凉台做高些，如此简单的结构，为何我们到现在都没有想到过呢？"美国的住宅的确设计非常巧妙。想到这里，父亲立即决定在自家也搭建一个一样的凉台。不过遗憾的是，日式房屋和美式房屋构造不同，而且祖父建的这幢房子是老式的，它的玄关是一个独立的房间，风格十分庄重。父亲放弃了将纳凉台的长凳和房子连成一体的想法，转而决定将它修成一个独立的结构。他估计这样的话，它作为纳凉台的功用应该也不会打折扣。

---

① 日式房子内没有铺地板的泥地。

父亲的"大菩萨岭"可能就是这么来的吧。父亲的思想始终是进步的，讨厌拘泥于形式，不喜陈旧的道德和迷信，尊崇合理性。他的想法总是倾向于欧美。如果可能的话，他肯定也会考虑留学吧。在他那个时代，日本的理科远远落后于西方，只能一味地朝西方学习。父亲获得的新视野使他的工作范围得以扩大，也得以收获一些有价值的成果，但是事后看来，总感觉他对西方模仿得太多，有时连不必要的地方也学来了。"大菩萨岭"应该就是其中一例。他还硬是给小太郎买来了留声机（放声装置。——帕特里斯注）。虽然浪费钱，但尚且算不得什么坏事，毕竟我们用起来还是挺享受的。他还会从东京买来那种带羽毛的女士帽子给母亲，而母亲向来只穿和服。他还和英国的传教士混得很熟，结果把传教士一家人都请到家中。光是要招待这些突如其来的外宾，就让祖父母和母亲惊慌失措了，而为了欢迎他们，他竟然还特地购入了一套六人份的银勺和茶杯，这让并不富裕的有森家弥漫着不满的气氛。

我们还听父亲说，美国和欧洲耸立着很多比富士山和南阿尔卑斯山脉还要壮丽的山脉，流淌着许多比笛吹川还宽广千倍的河流，一望无际的平原上遍布着牛羊。喝牛奶、吃牛肉长大的人精力充沛、肤色健康，不管男女，个个都具备极高的素养，过着清洁优雅的生活。他们彼此谈论人生的理想，探讨自然界的新发现。父亲可能不记得自己曾这么和我们说过，但在孩子们的头脑中，父亲提到的那个闪闪发光又不可思议的世界，不知不觉已经沉淀下来。这种幻觉可能是促使我决定移民美国的一个间接原因。即使后来被教导说美国是日本的敌人，美国的空军投下了原子弹，我家的房子也被美国人的燃烧弹烧毁，我对美国的想法都没有改变。厌烦了日军显而易见的愚蠢固然是其中一个原因，但更多的还是因为孩提时代从父亲那里听到的话对我的影响无论如何都无法抹去。

6 勇太郎的幼年结束

虽然我是个没用的窝囊废,但上了小学以后,也开始意识到自己是男孩子。我开始更加亲近小太郎和父亲,而不是祖父。因为我深切地感到,就算我再继续模仿我的祖父和姐姐们,也没有人会为此称赞我。当时,小太郎正在读初中四年级,对我来说,他和大人没什么两样。说到大人,这一时期,在秩父,照子的第三个孩子早早夭折,她因此陷入了抑郁,而在东京的女子大学(当时女性接受高等教育的学校,以与男性上的大学区分开来。——帕特里斯注)学习的驹子则在照子身边帮助她照料孩子们。与此同时,驹子自己也开始谈恋爱,正式考虑婚论嫁了。这么多重要的事情一块儿冒出来,母亲他们肯定感觉心很累,但是这些大人的事离我还是太远了,我甚至不曾关心过。

家里决定,等清美在北堀町的家上完女校后,就让她回到祖母纱英的娘家——做绸缎批发生意的寺尾家。清美和小太郎带着我们,想着"在此之前要玩个痛快",每天都在玩歌牌、21点,打桥牌。就这样,我们度过了无数个开心热闹的日日夜夜。精神亢奋的清美把我这个小屁孩(和我差两岁的樱子也是个小屁孩,但她是小太郎身边的红人,清美大概不太方便对她出手吧)拉进去,在什么都不懂的我的耳边指使我玩游戏,又是要我丢这张牌,又是要我拿那张牌。当我意外取得一场不明所以的胜利时,清美便会抱着我站起来,一边唱"赢咯赢咯,宝宝赢咯!"一边手舞足蹈。当我头晕目眩得哭出来后,清美更兴奋了。

笛子和杏子她们两个人原本不喜欢玩游戏,在此期间却从未缺席,游戏过程中大声叫喊,对输赢也斤斤计较。樱子和小太郎组队,也一副不服输的样子。不过说到玩游戏,还数驹子最起劲,只要她一加入，游戏立马就变得激烈起来。遗憾的是，那时驹子偶尔才会回到北堀町来，也忙于准备婚事，因此很少有机会参与我们的游戏。

清美回寺尾家是为了准备结婚，这件事一半是出于祖母的考虑，一半是因为清美自己的期望。假如清美说想和驹子一样去东京上学的话，可能也会如愿以偿吧。因此，对于清美离开北堀町，我们大可不必展现出特殊的同情。然而，清美和我们之间处境的差异越发明显，或许将来再也不可能弥合这种差异了。在这种想法的萦绕之下，暮去朝来，与清美分别的日子一天天临近了，大家还是感到有些紧张。

（话虽如此，我当时还是小屁孩，并不明白那么多。事到如今，只能这么猜测小太郎、笛子他们的想法。清美只是搬到了同在甲府的另外一幢房子里，而且她搬走之后，也时常回到北堀町和我们一起吃饭，在起居间里休息，仿佛这是理所当然的事，所以我丝毫没有感觉她已经搬到了别处。比起清美来，已经结婚的照子和每逢学校放假才从东京回来的驹子，才与我们相隔甚远。顺便说一句，在我的姐姐当中，接受过高等教育的只有驹子和笛子，父亲的教育方针是无论如何都希望儿子们能上大学，对女儿们则完全是听之任之的态度——想学习就学习，想早些结婚就结婚。这听起来像是父亲轻视女性教育，但父亲绝不会认同那种男女之间的不平等。社会现实是，男人可以随心所欲地娶教育程度低于自己的女人，不会有任何不便。而对女人来说则完全不同，越是向上求学，可选结婚对象的范围就越来越窄。其实，就算不结婚，靠自己的能力也能活得好好的，然而作为家长的父亲没能想通这一点。男人不能生孩子，但女人可以。在父亲的妹妹中，英姑姑和矶姑姑结过一次婚，丈夫去世后，她们才得以发挥出自己的能力：英姑姑成了一位三味线①老师，矶姑姑也从教一个小型缝纫班开始一路努力，最后经营了一家内衣公司。当然不是要学她们的样，也不是说从一开始就想着丈夫早晚会死才去结婚。父亲让女儿们自己选择，之后就只能祈求好运了。应该就是这样的吧。令人意外的是，时至今日，这种情况似乎依然未变，甚至在职业女性众多的美国本质上也存在着同样的问题。不过，当将来某一天生殖医学进一步发展，妇女完全无须亲自生育时，情况也许会发生变化吧。

话题回到我的姐姐们身上。能自由选择自己学校的权利也就到笛子为止了，轮到杏子和樱子的时候，几乎没有选择余地。说得直白些，就是父亲去世后，家里不得不把有限钱财的大头用作我这个男孩的教育经费。因此，杏子和樱子注定只能早早结婚了。一旦经济状况恶化，社会现实便会毫不留情地将个人的自由剥夺了去。"卢沟桥事变"〔1937年，日军侵略中国的战争。——帕特里斯注〕发生后，日本社会明显失去了往日的从容和平静。这两种不幸叠加在杏子和樱子身上，而我则因为两人的牺牲才得以进入大学学习。姐姐们站在各自的立场上支持着我，直到现在，一想到她们，尤其是想到这两位年龄与我相差无几的姐姐时，我都常常难以入眠。我这个弟弟那么自私任性，她们却一直那么善良、那么真诚开朗地笑着照看我，她们是如何做到的呢？）

虽然集姐姐们的千万宠爱于一身，但我还是觉得自己的幼年时期实在是太长了，不管过多少年都还是小屁孩。就在我抛不开这样的自己，以至于快要忘掉自己的成长之时，也就是在我八岁那年，祖母纱英着凉感冒，之后病情恶化成肺炎去世了。在纱英祖母的葬

---

① 日本传统弦乐器，源自中国的三弦琴。——译者注

礼上，祖父小太郎一直待在房间角落里哭泣。"咱们呢，是得了感冒咯。"那天夜里，他说完这句话便病倒了，两天之后也和纱英一样因肺炎撒手归西。两人十七岁结婚，一起生活了大约六十年，是一对仿佛双胞胎一样亲密无间的夫妇。所以，如果是小太郎去世在先，纱英也一定会像小太郎一样，在其后三四天内一同离去。两人这样先后离世，谁也不曾感到惊讶。

葬礼接踵而至，父母忙得不可开交，甚至连悲伤的时间也没有。而我的幼年时代也在这时宣告终结。具体的表现是，没有人再用"宝宝"来称呼我了，连我也不这样自称了。

尽管我非常爱我的祖父，却没有为此感到太过悲伤。不仅如此，我反倒是像过节一样兴奋，周围的热闹让我感到非常开心。南原村的很多人都来了，近亲远亲、有森家还是地主时做佃农的人们也都来了。陌生的女人们接管了厨房，煮饭做菜，好不热闹；陌生的男人们在客厅里喝酒；陌生的孩子们在院子里跑来跑去。葬礼结束后，每个回去的客人都会分到豆沙包（一种源自中国的甜点。——帕特里斯注）。我不清楚这是甲州的风俗，还是只是单纯随意挑选的包子，这种包子大概有两个普通的包子叠在一起那么高，而且馅料（把加糖煮好的红豆研碎而成的东西。——帕特里斯注）也很多。我不喜欢甜食，因此只剥下外皮吃了，留下了七块堆成一团的馅料，为此，从秩父拖家带口赶来的照子狠狠骂了我一顿。关于祖父母的葬礼，我只记得这些了。

祖父母去世后，祖父从前养的鸟儿、杜父鱼和仙人掌全都送给了其他亲戚，家中一下子变得寂寥起来，这时我才实实在在地感受到了祖父的离世。第二年起，不再是"宝宝"的我被父亲带出去工作,扛着父亲拍照用的三脚架把富士五湖①和周边的群山走了个遍。我想,这大概是因为哥哥小太郎去仙台上高中,没法做父亲的助手了,而我已经九岁、快十岁了,终于可以发挥一些作用了,父亲才带我出去的。在我的印象中,祖父母去世之后,北堀町的家里明亮了许多,怡人的风吹了进来,甚至连家里的天花板好像都变高了。

我从未见过父母和祖父母吵架,但正如照子所说,其实他们之间可能只是相互拼命忍耐着,边磨合边住在一起而已。父亲是进步派,而祖父是传统派。父亲和作为外来人的母亲即使嘴上从不承认,但祖父母去世后,我们才第一次感觉到终于解放了,母亲肠胃不良的问题好像也好了。这种解放感的表现之一就是父亲会心血来潮地带我出去工作,或者在离甲府盆地很远的海边租一个房子,让孩子们尽情享受海水浴。无论如何,对我来说,或者可能对全家人来说(结了婚的照子和驹子以及在纱英娘家结婚的清美除外),生命中最快乐、最灿烂的日子,是从祖父母离世之后突然开始的。

"……嗯,从来没有那么高兴过。"

我听到了樱子的声音。她的声音是柔和的女中音。我和樱子大概是在什么时候说了下面这些话呢?是战争结束后我们两个人都去东京生活的时候吗?还是樱子住院我去探望她的时候?

"每当我听见'幸福'这个词的时候,总是会想起那段时光。即便是现在,我不理解的词语还有很多,但我理解了'幸福'的含义,真的好开心。也许这么想不太好,你看,我们不是经常听说嘛,因病痛而濒临死亡的人在弥留之际心情会突然变好,说:'啊,这种时候还磨磨蹭蹭地什么也不做,可就太可惜了,这么好的天气,

---

① 位于山梨县一侧富士山山脚下的五座湖泊,包括本栖湖、精进湖、西湖、河口湖、山中湖,被列入世界文化遗产。

我们去野餐吧！'一下子非常精神地坐起来，然后便像牵引的丝线断了一般咽气了。迄今为止，我们家的人都不是这么死去的，我也不知道这种怪事是不是真的会发生。不过，我觉得，爷爷走的时候，一直以来支撑着我们家的某种很重要的东西也随之消失了。具体我也说不清。但是，爷爷死了之后，我们体会到的那种'幸福'，就像是临终前的病人突然心情变好一样。真的，我们就是这种感觉。我想，所谓'幸福'可能就是这样的吧。我们都很开心，每天一块儿说笑，爸爸、哥哥也都身体很好……喂，小勇，我们之所以那么高兴，是因为以前一直守护着我们家的神啊、天使啊、天狗（传说中住在山里、鼻子很长的神明。——帕特里斯注）之类的神灵不要我们了吧？"

当时自己是怎么回答的，我已经记不得了，但我一定是驳斥了樱子的胡思乱想。人的生死本身没有任何意义。不过，说实话，我自己有时也会为一种奇怪的想法所困扰。不管是年轻时就去世的驹子、小太郎、樱子，还是父亲（父亲是六十一岁时去世的，实在难称年轻，但对我这个现在已经年过七十的人来说，还是不得不认为是早逝），当我回顾这些亲人生命中最后的日子时，发现他们依然是那么开朗快乐，充满幸福感，且受人爱戴，这让我在惊叹之余不由得感受到人的生命的神秘。正是因为对于让人深感痛惜的死亡感到悲伤，当去回望故人生命中最后的日子时，就会觉得那些日子闪烁着特殊的光芒。不过事实是，仅仅这样解释是无法让人满意的。失去了八岁儿子卓也的由纪子也曾给我说过一些类似的感想。

"卓也的死是上天注定的，谁会相信这种荒唐话呢？可是，那个孩子在死前的几个月里，为什么要一直给我和朋友们送礼物？又是为什么要那么卖力地讲笑话、做模仿和魔术表演来让我们开心呢？那段时间我真的感到很幸福啊！"

"可是,你们已经挺好的了。"

这是照子的声音,但不是她年轻时的声音。人到中年之后,照子便开始收着嘴巴笑,非常做作。不仅如此,她连说话方式也变了,说话时舌头在嘴里打卷。也许她原本就有这种特征,但她年轻的时候谁也没怎么在意。毕竟,在有森家,人人都像马一样张大嘴巴哈哈大笑。不,只有祖母纱英是抿着嘴、拘谨地笑的。照子那么笑,或许是受了纱英的影响。

"你们说什么去海边啦,去饭店吃咖喱啦,这些我都听烦了,因为我只有羡慕的分儿,毕竟这些好事从来没有发生在我身上。在我之后出生的小伊助死掉之后,爸爸妈妈都很失落,完全不管我。好不容易等到小驹出生了,她又跟我差了六岁。我出嫁的时候,小驹才十三岁。底下的小家伙们一个接一个地出生,我只有替妈妈照料他们的分儿,他们却没法做我的玩伴。而且,咱们家那位老爷子祖父很吓人。是的,真的很吓人。我是五岁时来到北堀町的,在那之前的冬天,有时会被寄放在南原村的老房子生活,但是这和住在同一屋檐下还是有区别的。在盛冈时,我们住在机关宿舍,那里的孩子那叫一个多如牛毛,不管在别人家还是在自己家,永远都是闹哄哄吵成一片,玩得浑身沾满泥巴。正因为这样,在新房子等着我们的老爷子才会那样大跌眼镜吧。不论是吃饭的时候,还是在走廊走路的时候,永远都会挨批。而且那时候,我和妈妈还说着盛冈方言,他肯定也感觉很不舒服。饮食不同,生活习惯也不一样,我觉得妈妈应该比我更难受。盛冈和甲府离得实在太远了。此外,妈妈生于贫穷武士家族对吧?好像这从一开始就没给老爷子留下什么好印象。我想,对老爷子来说,这种事情会让他回忆起过往的人和事,所以他还是希望忘个一干二净、不去触碰为好。不过,父亲对娶了母亲这事好像还蛮骄傲的。小驹之后,小太郎出生了,从那之后,家里气氛才变得欢快起来。那时老爷子年纪也大了。所以我才说羡慕你们呀，我不仅从来没有同与自己一般大的孩子一起玩耍嬉闹过，还要一直被逼着做一些当妈妈才干的活，结婚之后也没几件称心如意的事。"

"我只知道小勇是个满腹牢骚的人，没想到照子姐也这么爱抱怨呢。"

笛子在一旁插话。这段对话我是在什么时候听到的呢？肯定是照子还活着的时候。是早在二十年前，当时我住在东京都内的宾馆，她们两人来探望我的时候吗？

"照子姐说什么也不能对结婚有怨言吧。毕竟你被父母小心翼翼地保护着，而且善政姐夫还给你写了那么多情书，就连婚嫁准备也数给照子姐办得最用心。我那个时候才四五岁，但我可是记得很清楚呢。祖父办事可能确实有点老套，但是被那么热烈地求婚，结婚之后也被宠着，这种好事除了照子姐之外，可是没人会讨厌哦。"

"结婚什么的，我并不想的啊。我也想像小驹和你一样去东京，想去更高等的学府学习呀，而且善政他就是一个水泥公司的上班族而已，老气横秋、邋里邋遢的。"

笛子这回真生气了，一张嘴便顶了回去。

"像善政姐夫那么齐整、清爽又优秀的人，上哪里找去呀！可能也就聊起天来会有点无聊，然后就是可能和老爷子有点像，有些消极主义。不过，当然了，善政姐夫和老爷子完全不同，善政姐夫总归还是在公司上班的嘛，就算只是混得中规中矩，但也养活了一个家庭，这就挺难能可贵了。说起老爷子，他可是个天生的闲人隐士，没什么好说的。如果他能更努力一点，就不用把土地一点点地卖掉，父亲也不用那么辛苦，我们也可能过得更舒坦一些了。没用的老爷子活了那么久，父亲却那么早就走了，一想到这里，我就心有不甘，忍不住想哭……"

谈到对祖父的看法时，笛子光想着我们自己可怜，已顾不上说得是否得体。她不去憎恶各种不幸本身的不合理性，而是强行把原因归结到祖父这样一个具体的人身上，好让自己能够接受。笛子对祖父的批判也经常波及受祖父疼爱的我身上。她说，祖父的没用以及从中衍生出的自以为是，也可悲地在我身上扎下了根。"没用"①是句土话，意思就是没出息。我是不是自以为是暂且不提，被擅自评价是没用的人就很过分了。（没用的人怎么能决定移民到美国呢？）尽管如此，我也不得不承认这样一个事实：和祖父接触不多的笛子对祖父太过苛责，而我在幼年时期与祖父一同度过了较长时间，对祖父则是满怀敬爱。

也是出于这种敬爱，在我看来，祖父一点一点地变卖掉土地并最终离开南原村的原因，肯定不是如笛子所断言的那么简单。祖父确实热衷于种花养鸟，然而把这一点作为他无能的证据并大加批判，对祖父来说未免太不近人情了。其实，与其说祖父无能，倒不如说他迎接长子源一郎携妻女从盛冈归来之后，就决定完全进入"悠闲隐居"状态，并且切身践行了这一决定。否则，他怎么会把土地卖掉供源一郎上学，把英、矶、敏三个女儿送进各自理想的学校，并且还为她们操心寻找结婚对象呢？

美国有种习俗，不鼓励孩子在经济上依赖父母，甚至子女十八岁后，父母可以向子女索取抚养他们到十八岁所花费的费用。托这个习俗的福，我不必为孩子们的教育费用费心。另一方面，也正因此，令我不禁想到祖父和父亲当初身上的学费负担有多么沉重。然

---

① 日语原文是"ズクナシ"，原为日本长野一带的方言。

而他们为了子女的教育，花钱毫不吝惜。我想，这也许就是有森家过去作为名主的骄傲吧，尽管已经失去了自己的土地。

祖母纱英来自一个商人家庭，对时代的变化非常敏感，她积极提倡要读书学习。源一郎去甲府的师范学校（培养教师的学校。——帕特里斯注）时，她肯定也非常骄傲。南原村以前没有人上过甲府的师范学校（甲府的寺尾家中，纱英的哥哥最早在横滨学英语，后来把他的女儿送去教会女校做寄宿生。在甲府和在南原村，对教育认知的差异好像就有如此不同），有森源一郎考入师范学校这件事在南原村就成了人人议论的大新闻。不过，之后发生的事就连寺尾家都感到非常震惊。从师范学校毕业后，源一郎穿着草鞋离开了南原村的家，越过笹子岭①和小佛岭②，去了东京。随后，他考上了当时新成立的高中，更是进入了东京帝国大学③学习。这样一来，不仅轰动了全村，大家还说村子里要出伟人了。想来，这时源一郎的父母小太郎和纱英大概也不得不做好了觉悟。因为儿子今后会如何飞黄腾达，他们已经无法预测。如此一来，之前老的有森家随时都会消失，毕竟源一郎会振兴新一代的有森家族。

上大学期间，源一郎和真结了婚。彼时，真寄居在东京一个亲戚的家中学习书法和古琴。其间发生了什么，我不得而知，大概是有人把真介绍给了源一郎吧。虽然家道中落，但真毕竟是武士家族的女儿，教养很好，她随身还带着护身刀，一把上了朱漆的美丽短剑。据说真那边的家族中有些人反对她嫁入农民阶层，但那个时候，真的处境已经非常窘迫，以至于这种反对的声音都显得十分滑稽。真身边只剩一个姐姐，所谓娘家已经不复存在。

---

① 山梨县大月市和甲州市交界处的山岭。——译者注
② 东京都与神奈川县交界处的山岭。——译者注
③ 现东京大学。——译者注

源一郎在大学里完成了关于伊豆大岛的博士论文，毕业之后没找到心仪的工作（如果没有很硬的关系就不易找到工作，我毕业的时候也同样如此），就去了真的故乡盛冈，在那边的矿山局里工作。先是照子出生，然后是伊助，不过伊助很快就夭折了。源一郎夫妇带着五岁的照子这一个孩子回到了甲府。换句话说，他们在盛冈只待了五年。至于这次归乡是应小太郎的强烈要求，还是出于源一郎自己的意愿，我不得而知。不过，除了源一郎之外，有森家就只剩下女儿了，总有一天他都必须回去。而且当时的矿山迫使朝鲜人从事非常艰苦的劳动，总是意外事故不断，遇难者层出不穷。由于贫穷，工地上争吵不断，导致杀人事件频发，工人死于病痛也屡见不鲜。源一郎的工作并不是直接接触矿工的监督岗，但当他知道现场的情况之后，可能深感仅凭一己之力想要改善工人的劳动条件无异于痴人说梦，所以整日处于精神高度疲劳的状态。作为政府官员，他的确多少取得了一些政绩，但说到底，自己是一个没有自由的雇员这一事实从未改变过。

源一郎最终还是没有适应做雇员的生活。盛冈也多山，但既然同样是住在山里，肯定还是住在自己的家乡更好些。家乡有自己的房子，父母和妹妹们也都在等着自己回家，那里的山川很熟悉，语言也听着亲切。

由于诸多原因，源一郎最终没能成为南原村的人们所期待的"伟人"。尽管如此，他还是被村里人称作"先生"，回到家乡后，他做了当地山林局的一名顾问。碰巧赶上山梨县要开发旅游业来缓解富士五湖地区和八岳山脚下民众的贫困，因此非常需要源一郎这样的人才。源一郎研究的是家乡的山野，只需要在其间自由自在地漫步，然后提交调查报告就可以了，而这正是他梦寐以求的工作。

在源一郎回乡之际，小太郎把南原村里剩下的土地全部变卖，在北堀町建了一栋新房子。这个时期，他还建了几间用来出租的房屋，收的租金就作为有森家的收入。如果没有这份收入，光靠源一郎领的那点工资，无论如何也不可能供八个孩子上学读书。出租屋的数量在那之后一直在增加，围墙也随之离我们住的房子越来越接近，最后，后院消失了，前庭也消失了。

祖父小太郎的名字，到这里就要从我的故事中消失了。之后出现的小太郎，就是指大我十一岁的小太郎哥哥了。

不过，最后还有一个秘密，我一定要记录下来。这是我和祖父两个人之间的秘密，因此，只有这件事不仅樱子不知道，其他所有人也都不知道。我拼命保守了这个秘密很久，到现在，连我自己都不清楚那是真实发生过的事还是梦境了。

这件事的起因是有轨马车的废止。有轨马车就如字面意思，在铁道上用马拉着车辆走，是一种非常奇怪且不成熟的交通方式，但这种电车的替代手段在我的孩提时代仍在使用。祖父听说将来有一天，有轨马车会被电车取代，拉车的四十多匹马会被送去拍卖。

有一天，祖父对我说："孩子，想不想和爷爷一起去看马？"喜欢马的我自然不会拒绝。祖父接着说："我也想给我们家领养一匹马，可我们做不到啊。"

可能祖父没钱买马，才决定最后坐一次有轨马车吧。像这样稍微出趟远门，算不上什么秘密。然而，祖父肯定从一开始就决定要"绕远路"。这就是为什么尽管樱子和杏子也都想去，但他还是只带了我去。

那是一个初夏的晴天，甲斐驹岳在阳光照射之下闪着耀眼的光芒。要是一直艳阳高照，马粪就会干掉，被风吹得满天飞，一不留神，都没法把头探出车窗外了；要是下起雨来，马粪一溶化，又是臭气熏天。也就是说，不管外边是什么状况，这种有轨马车坐起来都不舒服。不过，在我一个孩子看来，这趟旅程令我感到稀奇又兴奋。从甲府到鳅泽①的距离并不算远，即便如此，坐有轨马车也花了一个多小时。

到了鳅泽，祖父抚摸着停车场里几匹马的口鼻，似是慰劳它们一般，说道："世道真是无情。唉，请原谅我们吧。"说完，祖父便朝山里走去。渡过富士川②后，他步子加快，一路上头也不回地一直往前走。我可不想在陌生的地方和祖父走散，只能一路迈开步子紧紧追赶。终于到了一个地方，房屋不见踪影，道路开始向上爬升。祖父仍旧一言不发，我也没问要去哪里，就这么一直往前走。光是要追上祖父就已经让我筋疲力尽了，根本没有精力开口询问。

我们大汗淋漓，不知道走了多久，感觉是相当长的一段路。中途休息了两次，估计走了有两小时吧，四周的树林消失了，我们来到了一片平缓的草地。芳草如茵，令人想就地躺下，美美地睡个午觉，但祖父仍未停下。我们在随风翻涌的绿浪中登上了一座山峰，祖父这才终于停下了脚步。

"孩子，仔细瞧。马儿在飞奔，在欢快地笑呢。孩子，看清楚了，你现在看到的才是真正的马。对我来说，这也是最后一眼了啊。"

祖父说着就坐在草地上了，我也坐了下来。我浑身冒汗，口干舌燥，但一听祖父的话，又马上来了精神。我用手擦了擦被汗水浸湿的脸，盯着缓缓起伏的草地边缘。绿草之间能看到有几个黑点，十、二十、三十个，不，起码有五十个。它们看起来更像是一群飞鸟，而非奔马。祖父轻嘘了一声，示意我别出声。我就一言不发地盯着那些黑点。汗水不住地流下来，我只能不停地用手擦拭。

---

① 鳅泽町为旧町名，位于山梨县中西部的南巨摩郡，现指富士川町南部地域。——译者注
② 流经长野县、山梨县和静冈县的一条河川，日本三大急流之一。

起初，只能看见遥远的绿色当中一堆黑点一边聚成一个圆环状，一边快速地移动，待我第二次擦去汗水时，那个圆环已变成了一个V字，而且V字的尖头部分正朝我们这边冲来。再擦一次汗的工夫，V字又往旁边偏移了一些，不过眼见黑点变得越来越大，我有些害怕，于是紧紧贴住祖父的两膝。他从后面抱紧我，再次嘘了一声。

黑点已经完全变成了马的模样。V字的前端直直地冲向我们，因此只能看见乌泱泱的一大块黑幕朝我们涌来。群马奔腾，宛如飞翔之姿。虽然在甲州方言中，"跑"就是说成"飞"，但此时，我才第一次亲眼见到一群马是如何"奔跑"着"飞行"的。没错，这群马在草地上飞行。记忆中，我没有听见马蹄声。但我清楚地记得，黑色的群马鬃毛倒竖，奋力地逼近我。连大地也开始震颤。黑马浑身冒着热气，在阳光的照射下璀璨夺目。

我吓得低下头，趴在祖父的腿上，但是祖父马上把我的头托起来。几十匹马就在我们面前不过十米的地方转过弯去。黑色的马群如同滂沱大雨中暴怒的河川，又有山体崩塌滑落之势，更似一阵炫目的旋风。其中有一匹马身形巨大，鬃毛与尾巴的摆动让我看得失神。那匹马忽然间昂首向天，张嘴嘶鸣。一瞬间，我感觉它嘴里射出了某种特殊的光芒。当我揉了揉眼睛，再次抬头想看清楚时，它却早已离开了我的视线。很快，整个马群都离我们远去了。

"孩子，看马的事情跟谁也不能说，这是咱们祖孙俩之间的秘密，到死也不能说哦。"

在回停车场的路上，祖父一直这么叮嘱我。

我还活着，一直守着这个秘密到了这个年纪，现在就算说出来，我想祖父也不会怪罪我吧。在回去的有轨马车上，祖父一直在我耳

边轻轻地哼着下面这首摇篮曲:

> 别说哟,不出声,不让别人哄着你
> 不许说出去,街上的勇太郎
> 说出去的话,就把你扔进鳅泽的河里哟

原来的歌词是"别哭啦,不让哭,不让别人哄着你。不能哭出来,兵营的小孩子。哭出来的话,就把你扔进鳅泽的河里哟",祖父把它略加修改,变成了念给我的咒语,好把这个秘密封印住。

"别说哟,不出声",祖父的低语让幼小的我不知多么害怕,却又让我在恐惧之余感到一丝窃喜。

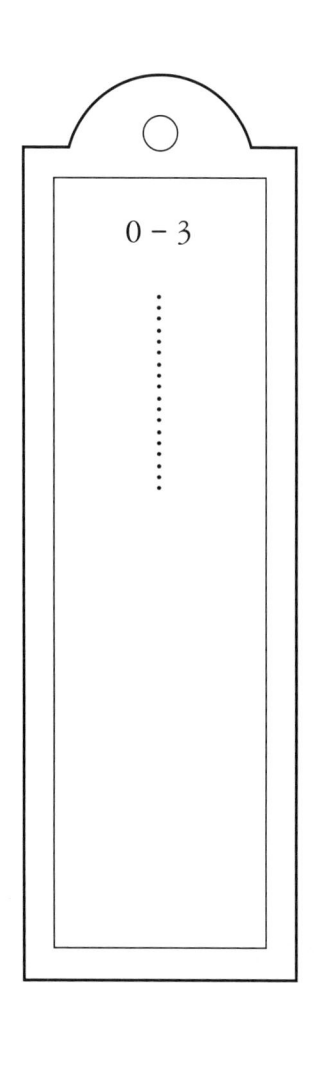

0 – 3

亲爱的帕特里斯·勇平，近来可好？

很抱歉最近没怎么给你写信。反正也晚了，再晚两三天寄到你手里应该也没什么差别，所以我准备邮寄这封信给你。即使是现在，我依然偏爱这种悠闲又古朴的沟通方式。

前面在电话里已经和你说过了，我回到日本之后忙得不可开交，很快就感觉疲惫不堪。也没人和我聊天，有时候想回巴黎了，我就在夜里一个人喝喝烧酒（这种日本酒，你应该知道的吧？）。不管是在巴黎还是在东京，工作内容都没什么变化，大城市的生活大同小异。说白了，只是习惯的问题。现在已经六月了。自从我突然接到返回日本的命令，已经过去了两个月。好不容易半年前开始和你一起去久仁子的别墅读勇太郎先生的回忆录，现在却只能一个人待在东京。啊，真是无聊死了！东京的雨太 triste[①] 了，都快让我流眼泪了。地震也很恐怖。日本真的到处都是火山。倒不如说，日本群岛本身就是在一次次火山喷发中一个接一个冒出来的。哦，对了，听说你过些日子能来日本的大学啦？真想早点见到你啊。明年咱们能见到吗，还是要更久呢？你还得先通过一场很难的考试吧。

[①] 法语，意思是"忧郁的"。

你会考入哪所大学呢？要是在东京就好啦。不管怎样，我对此充满期待。

你还在读那本回忆录吗？你给我影印的副本，我本来想接着读下去的，结果来到这里之后，天天就是整理行李、工作、打扫、工作、工作……眨眼间两个月就过去了。说实话，我现在才开始准备读回忆录后面的部分。真得感谢我们的老前辈久仁子女士，多亏了她，我现在也能读懂那本回忆录了。即便如此，想要快些读完勇太郎先生那软绵绵的字迹，哪怕是日本人的我，也很难做到。就是因为没人为我答疑解惑，遇到不懂的词语只能自己一个一个地去查辞典。我好想同你们一起一直读到最后啊！可是，公司的命令就是这么冷酷无情。

不过，无论再忙，我都不会忘记你拜托我做的事。

两个星期之前，我开始着手调查给你（给你母亲）那本回忆录的人，也就是你母亲的表姐由纪子女士的信息。先说结论吧，这件事真的非常麻烦！

因为只知道她二十多年前的住所，所以在区政府那里没办法查到什么有用的信息，此外，不知道她结婚后的姓氏的话，完全是大海捞针。在日本有被称作户籍制的国民登记制度，他们告诉我说，只需要知道登记号码就有据可循了。但是那种东西我们又不了解，这么一来，好像只能放弃找区政府帮忙查证了。你母亲，或是你在美国的舅舅，无论他们中的哪一个，只要每年一直坚持寄圣诞贺卡的话，也犯不着这么麻烦。唉，作为堂表兄弟姐妹之间的纽带，老一辈早已去世多年，出现这种情况也在所难免。其实我也有一些这样的堂表亲戚，哪怕我们都在日本，有的年纪不相仿，有的不在同一个地区，自然也就断了消息。这很正常。

也就是说，我现在还不知道由纪子女士的墓在哪里。你就这么转告你母亲吧。不过也不是完全没有希望。由纪子的父亲杉冬吾这个人好像在日本有些名气，顺着这个线索调查下去的话，说不定会有些发现（我之前倒是从没听说过这个人）。或者耐心请甲府的地方政府好好找找，兴许也能找到些线索。你是怎么想的呢？如果你母亲的意思是不找到绝不罢休，那我就竭尽全力继续查下去。好在你们现在已经找到了由纪子女士写给你的信和勇太郎先生的那本回忆录。久仁子女士四十年前与法国人结婚，丧夫后仍留在法国。正如由纪子女士所希望的，你正在久仁子女士的帮助下解读这些材料。只要你有这份心就足够了，你母亲和由纪子女士都会感到非常欣慰的。你母亲也不必懊悔为何现在才想起这本回忆录。

不说这些了，换个话题。你来日本的时候，我们一定要一起去看看甲斐驹岳和金峰山哦。这些地方我也完全不认识，我都开始好奇那些山脉是什么样子的了。你母亲应该来不了日本吧。幸好我至少知道有森家墓地所在的寺庙，我们可以去那里看看。

不过，你要是来了日本，别想着到处都会有你认识的人哦。最好默认其他人都是陌生人。毕竟事实就是如此。但是，山川河流哪怕一百多年过去了，也几乎不会有什么大的变化，这一点可以想见。因此我相信，这些山川河流一定能让我们重回勇太郎和小太郎先生曾经所在的那个世界。

如果你明年十月来日本的话，那就还剩下一年多的时间。到那时，想来我们怎么也该把勇太郎先生的回忆录和笛子女士的日记读完了。毕竟读惯了之后，阅读速度也会大大加快。

说不定因为工作关系，我还有机会再去一下你们那里。到了那时候，我一定要去见见久仁子女士。我常常想起她别墅里那个开满玫瑰和紫丁香的美丽庭院。代我向你母亲问好。我还会再打给你的。

好了，报告信就写到这里，下次再联系。

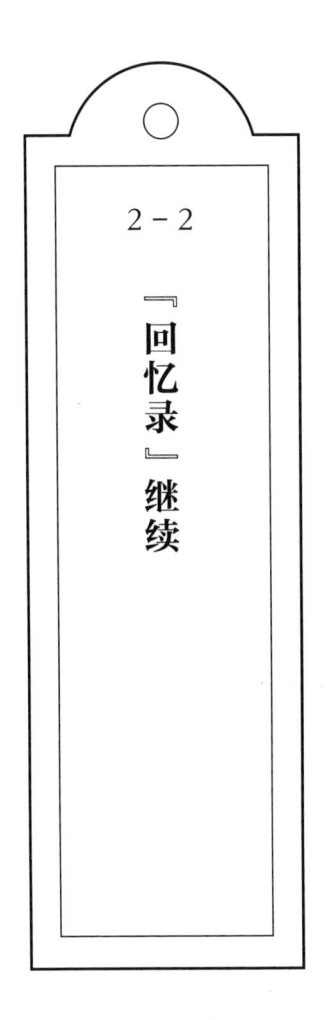

2-2

「回忆录」继续

7　Addio, del Passato!①

（写到这里，我不得不深刻地反省一下之前的记述。

虽然是应由纪子的要求，我才开始写这份回忆录的，但其实由纪子并不是想知道我的成长经历和人生感悟。事实上，不管是我预期的读者牧子，还是机缘巧合偶然读到这本回忆录的其他人，都不可能认同我这种自以为是的行为。毕竟，根据回忆录中的描绘，我俨然是有森家里一个特权加身的中心人物，而且通篇都是我个人的想法。不过，还请读者允许我稍作辩解。每个人都不能脱离自己的立场感知事物，而一个人越是忠于自己的立场，最终只会越发地变得以自我为中心。尤其是当我回顾童年时，视野更是狭窄，因此也只能做一些偏主观的记述。关于我幼年时期的记录，希望读者阅读的时候能够理解这种局限。而关于这之后的记述，为了尽可能地避免这种主观的影响，虽然很难为情，但我还是决定按照十九世纪小说的风格，安排一位"有森有太郎"代替我本人登场。话虽如此，年少的我所不理解的地方还是会原封不动地保留。我会适当加上一

---

① 意大利语，意思是"永别了，过去"。——译者注

些推测，但为了避免信口开河，只能每次写到记忆空白的地方时再去斟酌。

顺便说一下，我之所以在此反省，原因在于妻子广子。昨天晚饭吃得很晚，晚饭后，我像往常一样走向我的橡木书桌，广子却一反常态地用尖刻的声音叫住了我。

"今晚还继续写？不注意的话，身体可是会出问题哟。"

"写这点东西不会生病。"我头也没回，随口应道。

"你不生病，我可要生病了。"

听到这话，我只得停下脚步，心情有点烦躁，心想："哎呀，在这儿浪费时间真划不来，有这时间我都可以写两三页了。"然后回过头问道："你哪儿不舒服吗？"

"对啊，非常不舒服，从来没有这么不舒服过。"

广子依然坐在餐厅的椅子上，餐桌上的老式照明灯发出的黯淡灯光无情地突显了她脸上衰老的痕迹。一瞬间，一种强烈的不安涌上心头。我回到餐桌边，挨着广子坐下。

"怎么了？"

广子低下头，没有作声。我算了一下她的年龄。我七十一岁，那她就是六十二岁。不是还很年轻吗？不过，这个年纪身体开始出现毛病，也不是什么奇怪的事。其实我自己也深受高血压困扰。

"……现在这个季节，正是一年中草木疯长的时期。"

广子终于抬起头开始说话，但我一时没明白她想表达什么。

"虫子也开始多了，没法视而不见、放着不管啊……"

我点了点头。

"你好像完全没有注意到，而我每天一有时间就会拔杂草、修草坪、喷洒杀虫剂什么的。毕竟咱们可不能给邻居添麻烦。昨天，我一个人爬上车库的屋顶，修补了漏水的地方。忙完之后挺了挺腰，突然感觉一阵头晕,差点从屋顶上摔下来。就差那么一点儿,你今天就得给我守灵了。"

我吓了一跳,不由得叫出了声。

"傻瓜,你跟我说不就好了吗?这会儿周围的邻居都要议论我了,说我连那种事都让你去做。"

"邻居怎么评价有那么重要吗?重要的是再这样下去,过不了几天我就要死了。"广子气得脸都变形了,毫无顾忌地说道。

"别说傻话了!为什么不找我帮忙,非要一个人做?"

"还不是因为不想打扰你写东西嘛。再说,这些事本来不就该你自己注意到吗?还非得我求你,请你帮忙才行?你天天窝在桌前写你的大作,家里杂七杂八的事都积一屋子了。二楼托比①的房间窗户打不开了,油漆也没有重新刷过。我们准备在波特兰买新房子的贷款需要变更账户,可是银行里的存款你就放在原来的账户里,不闻也不问。连吃完饭收拾桌子也不见你搭把手,就我们两个吃饭,收拾也花不了几分钟……看着现在的你,我就感觉你好像越来越像以前的日本男人了,这才是让我最难受的。爬屋顶也好,除草也罢,都没让我觉得难受。我是喜欢为了生活去劳动的。可是,你却对我的这种生活状态毫不关心,你这个样子,我再怎么干活,心里也是空落落的。……我以前觉得,和你一起在美国生活最好的一点,就是可以很自然地和你一起干家务,一起带孩子。因为日本的男性在家完全是甩手掌柜,什么都不干,尤其是你那个年代的男人。我们两个人搬到了这边之后,虽然也有受美国习俗影响的原因,但更多的是因为在这边不时时刻刻一起努力的话,我们连活都活不下去。你以前也经常发脾气说日本的男性友人什么也不干。和你在美国的

---

① Tobby,应为登志夫的英文名。——译者注

婚后生活，一直以来我也很感激……但是现在你满脑子装的全是自己的事，家里的事什么也不管，什么也不和我说。我明明和你说了，让你少写点以前的事，可是这一个月来，你哪一天不是连觉都睡不够，天天黏在那张书桌上……也不知道你到底在忙活些什么，到底有多少精彩的回忆要写……看你那着了魔一般的样子，我真是又担心又孤单……"

广子的声音颤抖着。

"说实话，听你说这些之前，我的确什么也没有注意到，这我没什么可辩解的。"我从心底里向广子道歉，"听说由纪子九月会特地来这里一趟。所以，我希望在她来之前能写完，就想着连一分钟也不能浪费。刚开始写作，因为不大习惯，甚至感觉像久违的要备考了一样。而进入这种状态之后，确实我变得对生活不太上心了。白天有工作等着我去处理，说实话，光是处理这些就已经让我焦头烂额了。既然是记录过往，就不想留遗憾。我计划在八月完成，所以这五个月还请你多担待。有什么要我做的，你不要顾虑，尽管开口说。我保证听你的，这一点希望你相信我。"

听我说完这番话，她才终于原谅我。广子从小跟着父母在美国长大，十岁时回到日本，二十二岁时又返回美国，之后一直在美国生活至今。她与我不同，美式思维根深蒂固。在日期间，从德意日三国军事同盟[①]成立到日本战败，这段时间正是最糟糕的时期。因此，广子对日本自然也就没有一丝好感。从广子所说的话来看，她从一开始就对我的"回忆录"感到不适。"回忆录"还要继续写下去，但也不能不顾及妻子的心情。同时，广子的警告也让我有机会重新审视这份"回忆录"本身。也许，我确实像广子和笛子所说的

---

① 日本、德国和意大利于1940年9月27日在柏林结成的三国军事同盟，第二次世界大战轴心国的原型。

那样是个利己主义者,但不能连"回忆录"的内容都变得以自我为中心了。因为要仰赖我的记忆去写,那么就得以我为中心来记述,这一点无论如何也无法避开,即便如此,我也需要尽量在文中少用"我"这个称呼。原因显而易见,我并非世界的中心,在哥哥姐姐们看来,最不熟悉家族情况的就是我这个老幺,我永远只是个不中用的小屁孩。)

> Addio, del passato bei sogni ridenti,
>
> le rose del volto già sono pallenti,
> l'amore d'Alfredo perfino mi manca,
> conforto, sostegno dell' anima stanca.
> ...
> Ah! tutto finì,
> Le gioie, i dolori tra poco avran fine;

> 别了,我的过去,愉快的美梦,
>
> 苍白的面颊,那玫瑰色的红晕,已不见踪影,
> 阿尔弗雷多的爱情,已离我而去,
> 那抚慰、支撑疲惫心灵的爱情。
> ……
> 啊!一切都会结束,
> 一切的欢喜、痛苦,就要迎来结局;

轻快地哼着这段《茶花女》第三幕中令人心碎的咏叹调,有

森小太郎在祖父母离世那年，有生以来第一次离开甲府盆地，去了仙台上高中。一直到初中四年级，小太郎都沉浸在运动中，几乎没怎么学习。但是一到初中五年级，他那副认真学习的样子，简直就像变了个人。大概是长期运动体力充沛，使他能够专注于学习吧。小太郎复习备考期间，儿童房播放的音乐一直都是这部《茶花女》的咏叹调。每天都能听到，不想听也都记住了。从和小太郎在同一间儿童房学习的笛子，到年纪稍小的小学生三人组，也就是杏子、樱子、有太郎，所有人都能有样学样地跟着音乐唱"Addio, del passato"。小太郎还喜欢听舒伯特的《冬之旅》，这首歌后来也成了孩子们特别喜欢唱的歌曲。小太郎去仙台之后，笛子也是听着同一张唱片备考。这么口口相传，"Addio, del passato"的歌声就在北堀町的家里传唱开来了。

（几年之后，在上海结婚生活的驹子一个人回到了北堀町。樱子就用留声机播放那段歌剧，与在一旁的我一齐放声歌唱："Addio, del passato...！"。

"在搞什么鬼啊，你们这些孩子……"

驹子一个人在套间面色通红地喊道。她正躺在母亲真给她准备的床上，看见真闻声而来，忍不住大声哭了出来。

"樱子，有太郎，给我消停点！"

被真训斥后，我们两个只得乖乖闭嘴，关掉留声机，但不明白自己为什么会挨骂。驹子姐姐拖着病体回来，我们只是想唱歌安慰一下她而已，怎么就不行呢？我们百思不得其解。那天夜里，真终于告诉我们驹子为什么哭泣，然后又三令五申地告诫我们，以后绝对不许唱那段歌剧。"Addio, del passato..."是《茶花女》里那位美丽的女主角受尽肺病折磨、行将就木时的哀恸之歌。驹子在上海时，先是一岁的孩子夭折，之后自己又得了肺病，为了疗养，这才一个人回到了甲府。然而，一上来迎接她的却是孩子们的这段歌声："'Addio, del passato...'啊！一切都会结束，一切的欢喜、痛苦，就要迎来结局。"

我和樱子那时才知道，从小太郎开始就被大家传唱的这首歌剧选段的含义，也是从那个时候才知道驹子得了什么病。从那以后，我们两人都对带有一定含义的歌曲心怀畏惧，转而喜欢听钢琴曲和小提琴曲了。）

这些都要归功于小太郎喜欢的意大利歌剧和德国利德[①]，不过和他本人当然无关。小太郎总是在《茶花女》歌声的激励下复习考试，到了深夜，不能再放音乐了，他就拉着朋友出去散步解闷。家里人经常会惊讶地发现，不知何时，小太郎和他的朋友竟然睡在同一床被褥里。尤其是从小学起就是小太郎朋友的道秀哥哥，初中毕业考试那段时间，他几乎每晚都到北堀町来，经常和小太郎两人在后院互相往头上浇凉水，督促彼此学习。两人还会在半夜跑到城址公园，一边欣赏着整个甲府城，一边互相诉说自己对初中毕业后的生活的想法。小太郎想在高中毕业后继续去大学学习天文学或者地球物理学。也是在那年，道秀哥哥接到消息说，人在朝鲜的父亲去世了。因此，他不得不放弃升高中的念头，为了养活依靠自己的母亲和弟弟妹妹，远渡朝鲜开始了工作。在此之前，道秀哥哥一直借住在甲府的亲戚家，靠着父亲寄来的汇款继续学业。对小太郎来说，这位友人的不幸，大概是他人生中第一次近距离地接触"命运"这种东西吧。

当时的朝鲜，在日本强硬的殖民政策之下，饱受苦难的农民和工业劳动者发起了大大小小的租佃斗争和罢工，学生运动也频频发

---

① 一种德国歌曲，通常的形式是配有钢琴伴奏的独唱。

生。后来在中国东北，还发生了"某重大事件"[1]，张作霖被炸死了。当时很多日本人都对移居朝鲜和中国的好处多少有些期待，但是在有森家，由于源一郎对日本统治朝鲜、干涉中国的方针持强烈的否定态度，连家中对时事一无所知的小儿子有太郎都坚决表示绝不愿去朝鲜和中国。也正因此，对于不得不违背自己心愿、只身前去朝鲜赚钱养家的道秀，小太郎和家人都深表同情。所以，道秀即使每天晚上都睡在小太郎的被褥里，小太郎的父母想必也不会多管。

小太郎的父母和祖父原本就对明治以来的新体制有强烈的抵制情绪。日本打开国门之后，人们能够学习外国的知识，这当然是一件好事。但权力斗争也加剧了，为了滋长权力而进行的各种捞金活动都被打上了合法正当的标签。此外，对思想自由的管控也迅速变得严格。关东大地震以来，这种趋势越发明显。当时还是初中生的小太郎对那些接连被追杀的无政府主义者甚至产生了亲近感。东北矿山的朝鲜矿工劳动条件之恶劣令人难以想象，那种严苛残酷，源一郎早在盛冈时就很清楚了。在他的家乡山梨县，那些时常见报的人们，有的在山林中被大树压死，有的在镇上的混战中被逮捕，他们大多数都是迫于贫困从朝鲜来到日本的人，在日本更是拿生命换最低的工资，被贫穷压迫得不成人形。还有许多穷苦的少女被卖作娼妓。一想到这样的现实，对这个新国家的未来，源一郎悲观的忧虑就越发浓厚。即使在学术界，在教源一郎地质学的大学教授里面，也有人是指导朝鲜半岛矿山开采的学者。这些开采活动大大促进了日本对朝鲜的开发。在朝鲜的矿山里，当地的朝鲜人被迫从事相比在日本国内更加悲惨的工作。

---

[1] 1928年6月4日，日本关东军暗杀奉系军阀首领张作霖。因案发于中国辽宁省沈阳市皇姑屯站，史称"皇姑屯事件"。直到第二次世界大战结束，凶手才被披露出来。

"甘粕正彦(一名军人的名字,他曾独断专横地杀死了一对无政府主义者夫妇及其年幼的外甥。该事件就发生于关东大地震之后。——帕特里斯注)[1]可真是野蛮啊,对吧?爸爸你肯定也是这么想的吧?"

当刚上中学的小太郎一脸严肃地开口谈论这些时,源一郎自然是深深地叹了一口气,回答道:"野蛮可不行啊,这么残暴怎么行啊。"

他在心里喃喃自语:"……政治的真面目就是野蛮的。还是看看山峰吧。看看那些在深山中默默生长了几百年的老树,感叹岩石的美丽吧。"

下面是大正十四年(1925)源一郎给本地的报纸写的文章。日本战败之后,这份稿子还保留在笛子手上,笛子后来给弟弟有太郎抄送了一份。

"七八月之交,天光明媚,沿富士山山顶环行,四周群山高低起伏,山谷盆地尽收眼底。景色气象万千,雄伟壮观,观之令人心胸豁然。加之大气稀薄澄澈,气温极低,日光富含紫外线,令皮肤有烧灼之感,故摄影感光片的成像效果与山下的冬景自是不同。云雾缭绕,时隐时现,好不奇妙。此外还有种种奇观,比如影富士[2]、布罗肯幽灵[3],以及令埃德蒙·瑙曼[4](1875年日本聘请的

---

[1] 甘粕事件,又称大杉事件,发生于1923年9月,日本关东大地震半个月后。由于担心无政府主义者会推翻政府,宪兵大尉甘粕正彦在东京有计划地杀害了无政府主义者大杉荣及其家人。此事引起轩然大波,东京市内人心惶惶。
[2] 富士山山脊线形成的影子映射在云海和山脚的风景当中的现象,主要出现在富士山山顶的西侧或东侧和剑峰附近的登山道。这是难得一见的绝景。
[3] 指布罗肯现象,中国人称为"佛光",即气象学中的光环现象。阳光等光源的光线从背后射来,经由阴影一侧的云滴和雾滴发生光的散射,在观看者的影子周围就形成了类似彩虹的光环。
[4] 海因里希·埃德蒙·瑙曼(Heinrich Edmund Naumann,1854—1927),1875—1880年在开成学校及其改组后的旧东京大学任教,对日本的地质学研究做出了重要贡献。

德国地质学学者，在东京帝国大学——当时还是开成学校[①]——教授地质学，他也是将日本划分成南北两部分的'大地沟带'的命名者。源一郎入大学时，他应该已经回国了。——勇太郎记）都惊叹为'任何大师都无法描绘出的绝景'的日出云海，还有所谓的御来迎[②]等。见此奇观异景，当真让人有飘飘欲仙之感。

"身处此境崖，本州最雄伟险峻、占地面积广大，且地理学意义深远的山岳近在眼前，其走势、地形清晰明了，这实在令人舒畅，又极富启发性。"

此外，小太郎前往仙台上高中的那一年，在山梨县汇编的《富士山中的大自然》这本书里也有源一郎的这样一节记述，现摘取如下：

"精进湖是富士五湖中最小的湖泊（湖岸线长五千米，湖面面积零点七五平方千米），最深处仅二十五点五米，三面环绕着险峻的山脉，南侧一面连着青木原树海[③]。这一带山青水明，旖旎的自然风光与当地旅馆的白色墙体交相辉映，让人感觉仿佛置身于瑞士的山水之中。比起日本内陆人，这里更受外来游客青睐。御坂山脉自南方绵延而来，从此处开始转为东西走向。山脉如同精进湖的天然屏风，为湖水挡住了西北风的侵袭。无论来自东方还是南方，倘若在如此清新纯净的空气中荡涤过身心，在这种闲寂深邃、堪称山麓内殿的清幽之地修行、斋戒过的话，谁人不能得以解脱呢？我想，无论在哪个时代，无论是谁起的这个名字，'精进'一定都是当时人们津津乐道的话题。"

---

① 明治时代初期，由东京都的前身东京府设立的洋学研究、教育机关，受文部省管辖。
② 原为佛教用语，佛来迎接之意，也指高山上日出日没时因起雾而折射出的璀璨光影。
③ 位于富士山山脚的西北侧，面积约为 30 平方千米，是一片景色宜人的森林。——译者注

从那时起，源一郎写文章的机会多了起来。他仍旧和以往一样，以富士山为中心，行走在甲州的群山之间，但也许是因为他年近六十，所以越来越多的人来向他约稿，也许他本人也想向大众普及自己所笃信的自然之美的宝贵价值。以前，源一郎几乎闭口不谈时事，他唯一一次提出具体的倡议，就是呼吁国家应该效仿美国国家公园运动，为了保护环境，在日本出台设立国家公园的法令，并将树海、熔岩洞穴等指定为天然纪念物[1]。大概是出于一种"国破山河在"的痛切思索，源一郎才提出了这一倡议吧。

（顺带一提，日本制定《国立公园法》[2]是在一九三一年，源一郎亦是在这一年离开了人世。不过，又过了五年之后，富士山才被指定为全国第九个国家公园。富士山地区本该最早被确立为国家公园，然而第一批中只有濑户内海、云仙天草和雾岛屋久[3]三个地方。我想，当时源一郎对此肯定非常失望。毋庸置疑，甲州的人们一定也是同样的心情。至于南阿尔卑斯山脉，更是一九六四年才终于被确立为国家公园。我不禁怀疑，难道各地政治力量的强弱也要在这种事情上体现出来吗？

再插几句题外话。日本好不容易建立了国家公园，本质上却和美国的国家公园有所不同。在日本，这些国家公园不能作为国有土地，不过是赋予那块地域一个"权威认证"〔有权势的人给家臣的盖章文书。——帕特里斯注〕，视其为一种旅游资源。一九八〇

---

[1] 指动物、植物、地质、矿物等自然物的纪念物，本身拥有独特突出的价值，具有稀少性和代表性的特质。——译者注
[2] 日本的《国立公园法》于1931年10月1日施行，随着1957年10月1日《自然公园法》的颁布，该法被废除。
[3] 根据日本《国立公园法》，1934年指定濑户内海国立公园、云仙国立公园（现云仙天草国立公园）和雾岛国立公园（现雾岛锦江湾国立公园）为日本首批国立公园。——译者注

年前后，我曾经去过河口湖，当看到颜色丑陋的建筑、招牌乱作一团的景象时，毫不夸张地说，悲愤得眼前一黑，差点昏厥。这种情况在美国的国家公园完全不可想象，思来想去，不得不得出一个可悲的结论：在日本，人们始终无法理解保护自然的理念。美国建立广阔的国家公园，一直秉持着初心，对自然界原貌进行细心的保护。我想，虽然美国有很多问题，但唯独这点是值得在全世界夸耀一番的宝贵财富吧。）

　　说回正题。小太郎高中入学前一年，驹子从女子大学毕业后，很快就和在东京认识的久保田稻造结婚，搬去了上海。稻造是造船技师，这次是被公司派往上海。然而，源一郎对驹子的上海之行却高兴不起来，不过，他也找不出什么强有力的理由来反对。稻造的人品也好，家境也罢，抑或是学历，都可谓尽善尽美，连嫁给高工（高等工业学校的略写，日本战败后变为大学的工学部。——帕特里斯注）毕业的河田善政的长女照子也不禁心生妒意。因此，令源一郎耿耿于怀的就只有上海这一点。"当下这个时候去上海，不知道会卷入怎样的事端呢。即使租界内安全，可据说租界外面一步之遥，中国人的骚乱反反复复。这样下去，实在很难相信租界能够继续保持太平。不能向公司申请，让他们想想可以不去上海的方案吗？不晋升也没有关系，你就告诉他们，你不想去大陆[①]吧。"

　　虽然抓着驹子说到了这个份儿上，源一郎自己也完全没指望稻造会遵从他的忠告。在中国大显身手，对那时的日本人来说，就意味着被分配到了最充满希望、最有前景，也是国家最前沿的领域。事实上，被派往上海之后，稻造的生活的确是达到了他在日本国内

---

① 当时日本人所称的"大陆"通常指亚洲大陆，特指中国。

永远无法企及的水平。养着一群用人，租用了一辆汽车，还有专属司机。不过，最吸引驹子的不是这种生活，而始终是青年久保田稻造身上的认真态度，与其说他是工程师，倒不如说他的身上哲学青年的气质更加浓厚。他们在上海能过着这样的生活，无非是靠着作为日本人的政治立场，廉价地驱使当地的中国人才得以实现的，他们自己没有什么可炫耀的。支配者与被支配者的关系越牢固，经济的天平就会越发压倒性地往支配者那一方倾斜。从这个意义上来说，照子每天精打细算地花着丈夫的工资节俭度日，才是真正过着基于现代人权意识的生活。可是此时，善政供职的位于秩父的小水泥公司被并入了一个支撑国家事业的大型组织，因此善政一家人的生活根基当时也开始发生巨变。

总之，无论源一郎多么担忧叹惋，也只能静静地目送驹子去上海，在日本等着她的来信。他期待从驹子的信中多少了解一些上海的形势，然而，驹子自己也不了解租界之外的情况，所以来信的内容全都是关于新婚生活的喜悦和新奇的，因此无法满足他的愿望。尽管如此，中国劳工频繁地发动罢工，上海的公共租界里每天都在谈论蒋介石这个名字，这些情况连远在北堀町的有森家也有所耳闻。

此外，小太郎从仙台寄来的信也让源一郎既欣慰又不安。在仙台的三年里，小太郎在信中没有写过任何让家人担心的话，回家后也不曾开口谈及。但从他每个假期从学校带回北堀町的小册子和书籍来看，不难推测小太郎对共产主义和无政府主义并非漠不关心。仙台一直有自由主义的优良传统，小太郎的高中当然也一定会反抗当时日本政府的思想控制，大家会传阅《赤旗报》[①]与无政府主义

[①] 日本共产党中央委员会发行的机关报。

者的手记，也会有激烈的辩论。

在源一郎看来，学生们抵制当时日本政府、追求思想自由的行为是极其自然的反应。他对小太郎的秘密"收藏"视而不见；当弟弟妹妹们紧张兮兮地把那些"收藏"用包袱布装好，藏进儿童房的壁橱里，他就在一旁微笑着观看这样的团队合作。不过，管控越来越严，甲府的一些小学教师只因为拿着一本疑似"红色"的杂志就被逮捕了。事态发展到了这个地步，源一郎只能在心中默默为小太郎祈祷，希望他不要遇到这种倒霉事。（小太郎本人倒不可能对思想问题进行深入研究，他从源一郎那里继承了一些理科气质。随着时间的推移，小太郎最终还是更愿意思考天体的运动而非政治；比起思考什么是人与人之间的敌意，他还是更喜欢思考爱因斯坦的理论。）

无论如何，驹子和小太郎都带着各自的希望离开了家乡。所谓家乡，似乎只有当你离开了它，它才会开始变得熠熠生辉。

驹子终于乘上了离开日本的客船。当她站在船上眺望着一望无际的海面时，当南阿尔卑斯的群山、富士山的残雪、湛蓝天空下盛开的油菜花和紫云英（"Astragale"，一种红色的小野花。——帕特里斯注）等甲府盆地的美丽春景在她的视野中铺展开来，她一定发自内心感叹，那是多么绚丽多姿，让她着迷啊！当她在上海法租界栽有七叶树、令人陶醉的林荫道上散步时，她该多么眷恋故乡葡萄串的颜色、红头伯劳尖锐的叫声以及荒川那些林立的橡树啊！

驹子去上海一年之后，小太郎去了仙台。小太郎一定也是带着伤感烦闷的心情，怀念故乡山野的翠绿草木，想念樱花、瑞香、风儿与群山吧。仙台是一座迷人的城市。高中时代可能是小太郎生命中最美好的日子。青叶城①也好,广濑川②也罢,都是他真心喜欢的地方。然而,这些地方都不属于他。每当放假时,小太郎就会回到甲府盆地,贪婪地把时间都花在享受那属于他的山野美景之中。

(十一年后,我考入了和小太郎一样的仙台高中,同样思绪万千,心中涌起浓浓的思乡之情。小太郎性格外向,在高中加入了橄榄球部,还喜欢看小说,并时常探讨思想问题,甚至容易忘了学习。而我与他不同,我性格内向,在仙台时也完全是抱着"要做科学研究的心思",全心全意地钻研学习,运动、文学都与我无关。尽管如此,在仙台的三年里,我依然尽情地享受了自己的高中时光。在仙台的时候,有生以来第一次离开故乡,我才发现以前司空见惯的山河、天空与树林是多么美好,那是一种甜美的忧伤,又是一种单纯的青春喜悦。又过去十多年,当我前往美国,坐进飞往夏威夷的螺旋桨飞机时,没想到也体会到了曾经驹子去往上海时的心情。富士山和南阿尔卑斯的群山高耸入云,震撼了我的心灵!这不正是小太郎喜欢唱的《茶花女》歌词里的"愉快的美梦"吗?或者,又像小太郎和我们一直传唱的《冬之旅》之《菩提树》③的歌词:

    Ich musst' auch heute wandern

    Vorbei in tiefer Nacht,

    Da hab' ich noch im Dunkeln

    Die Augen zugemacht.

---

① 即仙台城。位于日本宫城县仙台市青叶区青叶山的城郭平山城,雅称为"青叶城",另有"五城楼"之名,是日本的一处历史遗迹。——译者注
② 流淌于仙台市,属名取川水系,名取川支流的一级河川,是仙台的一条知名清流。——译者注
③ 舒伯特的声乐套曲《冬之旅》中的第五首曲目,歌词讲述了一个失恋的年轻人即将启程之际,回忆起曾经在城镇大门前的菩提树树荫下做过一场美梦。

Und seine Zweige rauschten,
Als riefen sie mir zu:
Komm' her zu mir, Geselle,
Hier find'st du deine Ruh'!

我今日也必须去旅行了，
穿过这深沉的夜。
在那黑暗中，
当我紧闭着双眼，
树枝沙沙声，探入我的耳郭，
像是在呼唤着我：
"回家吧，我的朋友，
这里有属于你的平静安稳。"

就是这故乡的"树枝沙沙声"。

说起来，小太郎记住《菩提树》的歌词之后，热心地向弟弟妹妹解释了歌曲开头的那句"Am Brunnen vor dem Tore"："'Tore'的意思是门，但和我们家屋檐下的木门完全不同，是和神社院落的栅栏门差不多的小木门。正因为如此，在它边上有一座泉、有一棵非常气派的菩提树就一点都不奇怪了。"当时樱子和我还很小，甚至不知道这个词是德语，只是跟着小太郎模仿他的发音。因此，即便听了小太郎的细心解说，也还是不太理解他在说什么，我们只是张大嘴巴，疑惑地看着他的脸。小太郎第一次发现《菩提树》中的门和北堀町的门有所不同时，大概也会因为自己这个重大的发现，忍不住暗自惊叹吧。）

（即使到了晚年，母亲仍然不时地想听这首《冬之旅》。我常常想，难道是因为她一直为自己与舒伯特的生日是同一天而感到骄傲，所以才喜欢这首歌的吗？母亲住院之后，对其他音乐一概不感兴趣，也几乎不和人说话，每天从早到晚编织毛线。但是每年临近生日时，她都会想起舒伯特，喃喃地说想听《冬之旅》。可能母亲一边听着《冬之旅》，一边在想象着小太郎的笑容，回忆着小太郎的声音吧。——由纪子记）

"啧，这两个家伙是怎么了，净写甲府的事情。"

源一郎看看驹子的信，又看看小太郎的信，笑着自言自语。在驹子或小太郎的信送到的当天，晚饭过后，源一郎或者真就会拆开来读。要是信中附了照片，他们便会把照片给全家人传阅。有一天，驹子又寄来了几张照片，一张照片里的驹子抱着她刚出生不久的孩子，另一张照片里的驹子正和稻造坐在餐桌前吃饭。上中学的笛子、杏子，还有上小学的樱子、有太郎交换着看了好几次。那时，穿西式服装在桌边吃面包的样子罕见。驹子的笑容比从前玩纸牌时闹腾的样子也成熟、柔和多了。看着这样的笑脸，弟弟妹妹们都很开心。

驹子的信：

"……小修（孩子的名字）很可爱，稻造对我们母子很好，女佣工作也很努力，可我有时候还是觉得很寂寞。会不会是我太矫情了？没想到看不见山竟然会这么寂寞！这里没有森林，也没有河流，只有淤积的污水美其名曰河流罢了。要是甲府离这儿再近些就好了！我一直盼着去爬带那山（甲府市北部的山，海拔1422米。——帕特里斯注），眺望环绕盆地的群山峻岭，想像小马一样在草坡上自由奔跑。不能在山中行走，再这么下去，我感觉身体都要不对劲了。……"

小太郎的信：

"……我搬到了宿舍楼二楼，房间很舒服。梧桐树叶在窗外沙沙作响，视野开阔，能远远看见甲府的天空。现在的我剃了光头，自己到底在看些什么，脑子里在想些什么呢？借用物理学的术语，'在不可逆绝热过程中，熵总是趋于增加的'，可以说我的脑细胞肯定是分裂得过于混乱，变得不明所以了。现在距我最喜欢的晴朗八月还有挺长一段日子。一到夏天，我就想赶紧回甲府，想在山里漫步，想喝山谷中的泉水，想在荒川里游泳，想吃葡萄……

○　○　○

"有太郎，下次和哥哥我一起去登山吧。咱们干脆挑战一下北岳如何？你都八岁了，已经是大孩子了。不过，还是比较勉强，是吗？要不你还是先去问问爸爸爬哪座山好。

"小笛，你现在在读些什么书呢？我一点也不担心小笛你的学习，去东京读书这件事对你来说再自然不过了。我明年也要开始准备大学入学考试了。如果我们都顺利通过考试，就能在东京见面了。在此之前，你可要好好呼吸一下故乡的空气哦。

"小杏上了中学，还是和以前一样，把小鸟、小猫捡回家照顾吗？也许小杏以后当小鸟医生也不错。不过，小杏是女孩子，以后和兽医结婚会不会比较好？

"玛吉还好吗？有张唱片玛吉应该会喜欢，我已经买了，等夏天就给你带回去。是贝多芬的钢琴曲《月光》。给小笛和小杏带什么礼物，我也会仔细考虑的，放心吧。有太郎的也是！"

小太郎在信里总不忘给弟弟妹妹每个人都写几句话，这部分内容是弟弟妹妹们最期待的。

另外,信中的"玛吉"指的就是樱子。小太郎在读了英国小说《弗洛斯河上的磨坊》(*The Mill on the Floss*)^①后,说其中的女主角玛吉和樱子非常像,从那以后,他就半开玩笑地把樱子叫作"玛吉"了。有太郎后来的女儿日文名叫牧子,既然是在美国长大的孩子,自然需要一个英文名,而她的英文名恰恰也叫玛吉。虽然两个人的名字一样纯属巧合,但牧子·玛吉的父亲有太郎还是不禁心情复杂地感叹,樱子和牧子两人未免也太像了。

《弗洛斯河上的磨坊》中描写的玛吉,一双黑色眼睛总是熠熠生辉,头发浓密得像小马的鬃毛一样,而且她是一个感情丰富、兼具理智的少女。她用情很深,心高气傲。也正因此,她的性格争强好胜,不甘人后,容易受到别人误解。牧子·玛吉也是这样的少女。她坚信自己的价值观,一路奋斗,做保姆工作时受到了所有孩子的欢迎,同学们也都很喜欢她、信赖她。另一方面,因为好强的性格,她在家里又是一个让父母头疼的女孩子。

樱子·玛吉同样有一群朋友包围着,她义无反顾地爱着自己的姐姐和弟弟。有太郎曾被樱子的四五个朋友团团围住,他们一边摸着有太郎的裤子,一边不停地感叹:"这种布料真好,真是高级布料啊!"一直揪着小太郎不放,他被折腾得吃不消。樱子还会把有太郎带到路边的糖果贩子那儿去,给他弄一些糖果类的赠品。比如有一种板状的糖果,中间切出一条鱼的形状,如果把"鱼"完整地取出来,就能获得一块更大的糖果。"鱼尾"部分非常细,抠到那里时,"鱼"多半就会断掉了。卖糖果的人料到前来赌运气的孩子

---

① 十九世纪英国著名女作家乔治·艾略特(1819—1880)的代表作,讲述天资聪颖、积极乐观的女主人公玛吉为了维护爱情牺牲了很多,她在传统社会制度下苦苦挣扎,最终也没能摆脱命运的捉弄。故事反映了当时社会对女性的不公平对待。

们会失败,他就是这么赚钱的。不过,樱子还是巧妙地取出了"鱼",把奖品给了有太郎。尽管樱子也是个孩子,但是她自己什么也不要。樱子和有太郎只相差两岁,虽然有太郎的身高很快就超过了樱子,可是在精神上,樱子却始终比有太郎要成熟得多。大概因为男孩和女孩之间有差别,比起有太郎,樱子受姐姐们的影响更加直接。毕竟,女人有女人的世界。

樱子特别喜欢看书和听音乐,一旦开始读书,就会沉浸其中,什么要紧事和约定都会忘得一干二净。听音乐时,她会被音乐感动得眼含热泪,又或是随着音乐起舞。在周围的人看来,樱子就像是一个多动症小孩。周末,她会带有太郎去城址公园的图书馆。为了在路上不饿肚子,她习惯随身带一些吃的东西,比如有时会带葡萄。当时,图书馆还没有出借书籍的制度,只有尽可能多待在图书馆,才能一直看自己喜欢的书。比有太郎大两岁的樱子已经不看儿童读物了,但有太郎还停留在看小学生文库的阶段。樱子一边目不转睛地读着她借阅的书,一边把一颗颗葡萄送进嘴里。有太郎不想被樱子的速度比下去,也在旁边一个劲儿地吃。

"真让人头疼啊,你们这俩孩子,搞得图书馆里满地都是葡萄皮。"

两人转过身发现,"青井先生"就站在身后瞪着他们,铁青的脸色越发难看(图书馆管理员"青井先生"这个称呼是小太郎看到他的脸色联想到的绰号,有森家的孩子们私底下都这么称呼他)。被"青井先生"斥责后,樱子这才把视线从书本上移开,抬起头看向木桌。不知何时,木桌上的葡萄皮已经堆成了两座小山。

无论在图书馆还是在学校,如果错了,樱子都会老老实实地道歉,但在家中,她性格中好胜的一面就会显现出来,她会和训斥自己的母亲顶嘴,把母亲激怒,还会乱扔脱下来的衣服和笔记本。一个女孩子家，却常常披头散发。母亲有时受不了，就呵斥她："把你的衣服叠好！"樱子就会很不耐烦地顶回去：

"西服就算不叠也不会坏，有什么关系？！"

母亲听到这样的回答，十分惊讶，大声喊道：

"你给我站到门口去！什么时候不犟嘴了，什么时候进来！"

这时樱子就会委屈地撅着嘴巴，眼里浮现出泪光，站到玄关外面去。但没过多久，她就会抬头看着玄关边的雪松，或者望着天空中的浮云，鼻子里哼出歌来。她哼歌的声音越来越大，大到屋里的人都能听见。一会儿是《早春赋》（日本的一首老歌。——帕特里斯注），一会儿是《菩提树》，一会儿又哼起了《野蔷薇》。屋里的母亲感到十分沮丧，长叹一口气。就这样，随着樱子长到十二三岁，她和母亲的关系也变得越来越差。

"你就对妈妈说句对不起，不就好了吗？"有太郎不想看见樱子被母亲责备，好几次劝樱子服软。结果，樱子噘着嘴回答道：

"小有你很乖很聪明，我和你不一样。没办法，我从来都没想过要惹妈妈生气，可她总是生气。"

说到邋遢散漫，实际上小太郎比樱子有过之而无不及。不过，小太郎毕竟不是女孩，不会像樱子那样一天到晚挨训。他早上睡懒觉，而且从来不打扫房间，连书桌都是妹妹们帮忙收拾的，衣服也是妹妹们帮他叠，她们还会特地为他煮鸡蛋，跑去给他买肉。他还偏食，完全不吃牛蒡和乌冬。小太郎不反省自身，但他看到和自己性格相似的樱子作为家里第五个女儿总是挨骂，大概是对她感到同情，有种想要保护她的心情吧。（不管源一郎思想如何进步，如何毫不吝惜地供女儿们读书，心底里却还是认为做家务是女人的职责，身为男人就应该把琐碎的事情交给女人去办。男人粗鲁一点没关系，只要豪爽、大胆地生活就可以了。说白了，还是与过去那种陈旧的男女观念大同小异。源一郎敬爱本居宣长［1730—1801，江户时代的日本古典学者，后来成为持"日本应该回到过去，以天皇为中心"这一观点的民族主义者们的精神依托。——帕特里斯注］，作为科学研究者却又想贯彻理性主义，他的矛盾之处在此暴露无遗。小太郎注定要继承有森家族，这种绝对优势就连孩子们也无人质疑。假如按照孩子们在家中的重要程度排名，首先小太郎排在第一位，接着是我排在与他相隔甚远的第二位，然后是长女照子、驹子、笛子、杏子，最后才是樱子。清美作为祖父母的养女，她是在北堀町长大的，不在这个排名里面。换句话说，尽管有我这个小两岁的弟弟，樱子在家中还是只能屈居最后，处于最不受重视的位置上。）

至于《弗洛斯河上的磨坊》中的玛吉度过了怎样的人生，老实说，她的结局真的很悲惨。经历了一系列磨难之后，她和她最心爱的哥哥一起在洪水中淹死了。小太郎究竟是怎么看待这位玛吉的结局的呢？无论是对玛吉，还是对《茶花女》中的维奥莱塔，小太郎似乎都不关心其中的悲剧性。或许，是他对文学的热爱导致了这种漠不关心的态度。小太郎是一个十足的文学青年，也非常喜爱当时日本的左翼文学。他似乎也为自己是否要做一名文学工作者而迷茫过。不过，小太郎绝不可能在文学这类实体飘忽不定的领域里选择他的职业。报考大学时，他最终选择的道路是学医。做医生的话，就能够代替父亲守护有森家族，也没有背叛自己热爱文学的精神。

有太郎是进入高中以后才读到《弗洛斯河上的磨坊》的。要不是小太郎说过樱子像玛吉，他都不一定会对这种英国小说感兴趣。当有太郎终于读完这部小说时，他为女主角玛吉的不幸感到心痛。小太郎竟然将樱子姐姐和这位不幸至极的玛吉混为一谈，为此，有太郎感到十分生气。玛吉的人生中从未发生过一件好事。她最爱的、为之不断牺牲的哥哥，不过长着一颗完全不值一提的榆木脑袋，他对玛吉的牺牲毫不关心。

然而,许多年后,当有太郎在美国有了牧子,在他自己称呼牧子"玛吉"时,还是为这个久违而熟悉的发音恍惚了片刻,陷入了幸福的回忆之中。

8 黄金时代

对于时年九岁的有太郎来说,最开心的事莫过于与父亲源一郎一起四处远行了。源一郎经常去山里行走,因为有调查任务在身,很多时候不得不扛着照相机。又因为需要测量树木的大小、洞穴的深度之类的,所以他还需要一个助手。当时的照相机不像现在的轻便小巧,而是配有感光玻璃板的沉重设备,再加上三脚架,即便是走惯了山路的源一郎也没办法一个人扛着上山。以前小太郎就经常扛着三脚架和父亲一起去登山。在这之前,源一郎可能也让母校师范学校的学生帮过忙。

源一郎的实地考察范围很广,但毕竟只是一份县里委托的工作,所以他的调查未曾超出山梨县的范围。即便如此,由于考察地点是一望无际的山地地形,而且当时城镇与城镇之间也才刚刚通了小型公交车,若要绕着富士山腹地和南阿尔卑斯山脉走一圈的话,也绝不是一件轻松的事。源一郎坚信自己是对富士山了如指掌的专家。他满满的自信是有底气的。他曾无数次往返富士山,对于富士山,无论其地质、地理,还是动植物的相关信息,他都仔细调查研究过。他还经常把调查结果写成文章,自费出版或者投稿到县政府主办的三份报刊上去。从富士五湖开始,到熔岩流、寄生火山的火山口、喷气孔和熔岩洞穴里的熔岩树型等,这些内容只有集中精力且耐得住性子才能够调查清楚。源一郎撰写的每本书中,基本上都对静冈县境内的富士山避而不谈，只对山梨县这一侧富士山的正面进行描写。这份工作是受山梨县委托，这么做倒也无可厚非，不过，由此也可窥见源一郎的真实想法。诚然，站在山梨县的立场上，若从静冈县一侧观察富士山的话，简直就像从幕后观看舞台剧一样，而舞台剧自然不应从幕后窥视。我把源一郎的部分文章放在了这份回忆录中。有句话说得好，"文如其人"（布丰①的名言："Le style est l'homme même."——帕特里斯注）。我希望从这些报告文章中，也可以多多少少传递出源一郎的为人。

在有太郎的记忆里，父亲只带他去过一次本栖湖和西湖。在他的印象中，并没有走过什么崎岖的山路。从中央线下车后，换乘巴士，再乘船穿过湖面就能抵达本栖湖。本栖湖是富士五湖中最深的湖，湖水也最为清澈透明。有太郎泛舟在天蓝色的湖面上，心中感叹不已。西湖原本与精进湖连为一体，被火山喷发出的熔岩隔断后，变成了一个独立的小湖泊，湖岸边则是一望无际、广袤葱郁的青木原树海。这一带还有许多在熔岩的裂缝中间形成的熔岩洞穴。有太郎和父亲去的是一个被称为蝙蝠穴的洞穴。冬天的时候，大耳蝠、马铁菊头蝠之类的蝙蝠会在这种非常深的洞穴中集体冬眠。有太郎他们会把大耳蝠和在树海里生活的鼩鼱之类的动物作为标本捕捉回家。冬季，这些在冬眠的小动物很容易就能捕获到。不久之后，这些蝙蝠和蝙蝠穴就被国家认定为天然纪念物。在有太郎的记忆里，这些被带回家的动物标本似乎并没有放在北堀町饲养，它们应该被送到东京的相关研究所里去了。（如果当时是在家里养的话，如此喜欢动物的我不可能毫无印象。）

从源一郎出生的故乡南原村溯流而上，就是御岳升仙峡所在之

---

① 乔治-路易·勒克莱尔，布丰伯爵（Georges-Louis Leclerc, Comte de Buffon, 1707—1788），法国知名博物学家、数学家、宇宙学家。

处，源一郎曾多次去此地开展调查。那一带群山巍峨，可以推定很久之前，有森家的先祖曾居住于此（这只是我个人的推断）。它也在明治时代制度变革之前，作为南原村的入会山（由村子共同管理，将森林等资源的使用权进行公平的分配。——帕特里斯注）的群山一带。对源一郎来说，那里就如同儿时自家后院般熟悉。有太郎也跟着父亲一起去过那里，而且还让父亲帮他拍了很多照片。小太郎也曾让父亲拍过不少这样的照片，而姐姐们却从来没有过这样的机会。拍照的目的并不是留作纪念，而是为了凸显岩石或树木的巨大，将人放进去做参照物。毕竟是实地考察，去的地方即便再怎么像自家后院，也遍布着危险，绝不是随随便便就能带女儿们去的。

源一郎还参与过县里古树的调查。古树基本都分布在山林深处，沿途道路崎岖难行，到达那里异常艰辛。古树的主人们听说有人为了调查而来给自己的树木拍照，纷纷前来，争相入镜。住持穿着住持的正装，神官穿着神官的正装，民家则换上带有家徽的和服（一般人在仪式上穿的正装，胸前背后都饰有家徽。——帕特里斯注）、戴着帽子，站在享有盛誉的古树旁，也就是源一郎的照相机面前。当地的人们还送给拿行李的有太郎一些点心和小兔子，以表对他的热烈欢迎。有太郎不喜欢甜食，点心什么的虽是对方的好意，却让他困扰。不过，看到有小动物作为赠礼，他还是特别开心的。

在乘中央线从日野春前往驹岳的途中，他们到访的一户人家甚至将池子里游着的鲤鱼捞上来，用浸湿的报纸包着送给了有太郎。

"哎呀，这可真是太过意不去了。非常感谢。"

"这有什么，没关系的！池子里多着呢。今天是个好日子，这几条鲤鱼就送给您的孩子了！"

大人们这样寒暄着，有太郎则将包着五条鲤鱼的报纸团紧紧地抱在胸前，然后跟着父亲离开了那户人家。

虽说只有五条鲤鱼，但还是挺大一包的，重量也不轻。而且这些鲤鱼都还活着，不停地在有太郎的胸前打挺。源一郎得扛着照相机和三脚架，让他帮忙拿这些鲤鱼是不可能的。而且最重要的是，这是人家专门送给有太郎的礼物，所以有太郎必须亲手把它们带回家去。有太郎就这样坚持了一路。到了日野春站，再乘火车回甲府，这段路又花了一个多小时。等回到家门口时，有太郎已经筋疲力尽了。因为一路上都紧紧地把报纸包袱抱在胸前，有太郎担心鲤鱼会被闷死，他赶忙跑到厨房，大声把母亲真叫了出来。

"妈妈！有人送了我鲤鱼，但是不知道现在是死是活。该怎么办啊？"

听到有太郎的喊声，真赶紧跑到厨房，打量了一下有太郎抱着的报纸团说：

"浴桶里面还有点水，快把鲤鱼放进去。快，从外面绕过去。"

主屋和浴室分别位于走廊的两侧。以前，浴室是一个独立的建筑物，祖父母去世后，起居间的北侧设了走廊。后来，源一郎为了冲印相片，在浴室的旁边又改造了一间带有冲洗台的工作室。这样一来，厨房和浴室就被走廊面对面地隔开了，中间堆放杂物的地方则填满了葡萄架。

有太郎挤出最后一丝力气，飞速穿过葡萄架，跑进浴室，终于将五条鲤鱼平安地放进了浴桶里（以前的浴室必须从外面把木柴搬进来才能烧洗澡水，所以安装有方便从外面直接进出的门）。

"小有！听说有人送了你鲤鱼？"

伴随着一阵脚步声，樱子和杏子从房间里走出来，赶到了浴室。接着，真也来了。

"……这不是死了吗？爸爸还说人家送你的是活鲤鱼呢。"

也难怪樱子这么说。只见五条鲤鱼都张着嘴，尾鳍连动也不动，就这样浮在水面上。别人拿给自己活蹦乱跳的鲤鱼,现在要是全死光了,这跟自己杀死的有什么区别?有太郎这么想着,一声不吭地死死盯着五条一动也不动的鲤鱼。

突然,一柱水花从有太郎的脸旁冲进了浴桶里。紧接着,又是一柱水花。回头一看,杏子不知何时大概出去过一次,从井里打来了水,只见她正往浴桶里倒。

"我只是觉得,这样做说不定能让它们活过来……"

杏子小声地自言自语。话音刚落,其中一条鲤鱼身体突然抖动了一下,然后张大嘴巴,就跟没事似的,漆黑的身体一扭就开始游了起来。紧接着,第二条、第三条……一条条鲤鱼就这样起死回生了。五分钟不到,五条鲤鱼就像什么都没发生过一样,生机勃勃地在浴桶里游了起来。

"哇!不愧是杏子姐姐!如果像刚才那样放着不管的话,说不定真的就死光了。"

"杏子姐姐果然有神通力(创造奇迹的能力。——帕特里斯注)啊!好厉害!"

樱子和有太郎两人对杏子佩服得五体投地,不停地赞叹。杏子似乎也很开心,两只圆圆的大眼睛眯成一条缝,对着樱子和有太郎笑。杏子有神通力这件事,还得追溯到她以前曾救活一只小鸟的时候。那次,杏子不知从哪里捡回了一只快要被冻死的小鸟,一连四五个小时,她一直悉心地用自己的手给小鸟取暖。结果,小鸟竟奇迹般地恢复了活力,向天空飞去。从那以后,全家人都对杏子的这种力量赞不绝口。当然,准确来说,这是一种对生命的慈爱。虽说有森家的孩子们基本上都跟动物很亲近,但像杏子这样将慈爱奉献给动物的人却从未有过。就连有太郎也只是把动物当成自己的玩伴,或者是研究观察的对象罢了。而对杏子来说,无论是小鸟还是鱼儿，又或者是儿童，她都视为平等的生命，不知不觉就会忍不住伸出援手。

鲤鱼们死而复生，杏子和有太郎都感到特别开心和幸福，当晚连澡也没洗就睡了。

第二天一早，有太郎被源一郎叫到了浴室。此时，源一郎已经将三条鲤鱼移到了盆子里。

"我不会把五条鲤鱼都吃掉的，今天就吃这三条吧。剩下的，你放池子里面。"

源一郎的话对有太郎来说不亚于晴天霹雳。然而，源一郎似乎毫不在意，径自抱着装有鲤鱼的盆子走了出去。有太郎慌忙跟上。

"好嘞，开始吧！做鱼的诀窍就是先用力一下子把鱼敲晕，然后再下刀……"

听着从厨房传来的源一郎的声音，有太郎恍惚了一会儿，然后又一个人回到浴室，看着浴桶里仅剩的两条鲤鱼。也许在大人们的眼里，黝黑肥硕的鲤鱼只能变成美味佳肴吧。在源一郎那个时代，鲤鱼对大山里的人们来说可是重要的蛋白质来源。当时，无论是山鸡、鹌鹑、麻雀，还是青蛙、蜂的幼虫，甚至是鹿、野猪、熊，只要捕获到手，人们就能饱餐一顿。不过，这片四面环山的盆地只有普通的河鱼，所以鲤鱼自然而然地成了当地人难得的餐桌美食。

当晚，第一次尝到鲤鱼汤的有太郎忍不住又喝了第二碗。杏子是否也开心地喝了鲤鱼汤，他丝毫不记得了。

鲤鱼之事就此打住。送有太郎鲤鱼的那户人家种着一棵古树，好像是榧树。此外，源一郎他们还去观察了一棵榉树。那棵树虽然树干中空，树龄却长达千年。还有一次，不记得是在哪座山了，他们登上山顶后，发现了一棵奇树。那棵树的树叶像扁柏却并非扁柏，树干像杉树却也不是杉树，总之就是不明真身。

他们还发现了一棵被称为救命树的朴树。据传在明治末期，笛吹川洪水泛滥，附近一带都被淹没了。由于这棵朴树很大，而且长在小山坡上，有一百几十名村民和无数条蛇都爬上这棵树，一起度过了一晚。这棵朴树拯救了村民和蛇的命。即便是蛇，也不想被洪水淹死。村民与蛇在天亮之后，甚至互相产生了一种奇妙的友情。——看着这棵巨树，有太郎也多少相信这个故事应该不是凭空杜撰的，不过，他还是心存疑问：即便如此，一百几十个人爬上去是不是有点过于夸张了？在他看来，那棵树顶多只能爬上五六十个人。

除此之外，他们还找到了一棵名叫天狗松的树。整个山顶上只有那一棵松树，它像是一个标识物一样矗立着，仿佛传说中的天狗真的会来此游玩一般。传说中，因为这是天狗的神树，普通人是绝不能触碰的。可偏偏有人爬上了这棵树，将伸展过长的树枝砍了下来。那人的四肢马上突然麻痹，完全动弹不得，就这样被困在了树上。虽说后来有人帮他爬下了树，但不久之后他就病死了。当地的人们对这样的传说深信不疑。

甲州这个地方古树应该尤其多。事实可能并非如此。日本因为是火山群岛，地势起起伏伏，湖泊河流密布，因此各地树木众多。神社和寺庙里，人们将树木视为神圣之物，所以古树得以很好地保存下来。无论是九州，还是东北地方、北海道，基本上都能发现许多令人赞叹的树木。不过，在对甲州和东京以外的地区不甚了解的有太郎看来，甲州无论是山脉还是古树的数量都是第一。到美国定居之后，无论是那棵不知名的奇树还是天狗松，都让有太郎怀念不已。那也是对小小山区的人们的眷恋，他们始终都在密切地观察树木。虽然美国的自然保护观念比较先进，但他们不会都给每棵古树命名，更谈不上相信它们有灵性。在发达国家，人们是在"以人为本"的价值观中成长的，自然不会在意天狗松之类的东西。

一年夏天，源一郎带有太郎参加了一场由新闻社主办的山中湖野营活动。源一郎受邀参加那次野营的一个环节，要做富士山纪录片的解说工作。他想，既然是野营活动，有太郎应该也会玩得很开心，到时，有太郎不仅会特别高兴，说不定通过这次体验，还能增长不少见识！

那段时间，县里为了实现第一步开发计划，开通了大月到富士吉田的高速电车（也就是现在的普通电车。在那以前，一种叫作"豆电车"的电车行驶在轻便铁路上。印象中，这种"豆电车"和矿车没什么差别，不久后就被公交车抢去了客流），还建设了一些纯西洋风的酒店。源一郎参加的那次山中湖野营似乎是该开发计划庆祝活动的一部分。毕竟主办方是新闻社，准备的节目还是十分丰富的，不仅有源一郎参与解说的纪录片的讲演，还有烟火大会、篝火晚会、野餐和游泳等许多活动。不过，源一郎父子并没有参加所有节目。虽然源一郎作为特邀讲师可以带有太郎免费参加所有活动，但他觉得还是有必要客气一些。再说了，源一郎一个人连着四五天照顾当时还十分幼小的儿子，难免吃不消。而且源一郎本身也不太擅长应付集体活动，正因如此，源一郎本来想进学校当老师的，但他从一开始便打消了这个念头。

在出发去野营之前，源一郎并没有准备小孩子用的东西，而是买来了专业人士用的大型捕虫网、毒瓶、放置蝴蝶尸体的玻璃纸、三角容器，以及制作昆虫标本的木架和哨子等物品。这些东西全都是他为有太郎准备的。源一郎希望借此机会和有太郎真正地进行一次昆虫采集行动。虽然装备齐全，不过那次并没有正儿八经地制作昆虫标本。野营活动中，他们的收获也只是山黄蝶、黑凤蝶、深山锹甲、黑豆娘、碧伟蜓、虎甲虫以及三种天牛（天牛的具体名字根本查不到！——帕特里斯注）罢了。但对有太郎来说，准备如此齐全，已经足够了。正式出发前，有太郎挥动着大大的捕虫网，肩上背着毒瓶和绿色三角容器，就像列车长一样，一边吹哨子一边走着。他感觉自己突然长成了一个值得信赖的大人，连表情都不由得变得正经起来。他昂首挺胸，吹着哨子绕着家里房子到处走，然后就和父亲朝山中湖出发了。

野营地里感觉有三百号人，但实际上也许只有一百人。父子俩和新闻社的人以及当地村民寒暄过后，晚饭之前他们就在周边散步，然后和新闻社工作人员的家属一起点燃篝火做饭。那里也有其他小孩子，但他们都来自东京，而且年龄比有太郎大，所以有太郎没怎么跟他们说话。对于爱撒娇的有太郎来说，黏在父亲身边更开心。晚上开始放映富士山的纪录片，有太郎坐在最前排，认真地听着源一郎的解说。源一郎的说话方式本来就认真而古板，所以他的解说难免让野营的参与者们感到无聊。纪录片之后是当晚的高潮活动——观看美国娱乐电影。有太郎在父亲身边看着看着就睡着了，所以那部美国电影播放了什么内容，他完全没有印象。

第二天，孩子们集中在广场上写自己参加本次野营的感想。接下来有一场对孩子们来说非常重要的活动——他们的感想作文将由信鸽送到东京的新闻社。因为这些孩子基本上都来自东京，所以有太郎担心自己的作文写得条理不清，会不会受到大家的排挤。当然，最后的结果表明他的担心是多余的。非但如此，有太郎还被选为担任放飞信鸽重任的十个孩子中的一个。虽说只是打开笼子的盖子，按理来说并没有什么困难，但是毕竟要当着这么多人的面，而且这是整个活动最高潮的部分，有太郎还是不禁紧张了起来。一旁的源一郎给不知所措的有太郎送上了一个鼓励的笑容。

最终，鸽子们顺利在笼子外成群结队地起飞，在空中绕野营场地盘旋两三圈后，朝东京方向飞去。然而，其中一只鸽子又回到了野营地上空，甚至飞回了笼子里。胆小的有太郎心脏开始狂跳，不知如何是好。刚才还在注视着天空的野营人群中，此起彼伏地传出好奇的讨论声。

"东京是那个方向吧？是要逃往山里吗？"

信鸽离群的现象其实并不罕见。新闻社的人见此情况，不知道从哪里又找来一只信鸽，往天空放飞。这时，刚回笼子里的鸽子也出来了，朝着空中那只还在迷茫徘徊的鸽子飞去。两只信鸽似乎在相互鼓励一般，一起飞往东边的天空，最终消失在人们的视线中。野营者们不禁热烈鼓掌，为两只信鸽送行。有太郎也激动万分，拼命拍手。在山中湖边仰望广阔的天空，两只信鸽的身影如同蜉蝣一般微小。据说它们真的能飞跃丹泽①的山脉，回到东京的新闻社。有太郎对鸽子的智慧和勇气佩服得五体投地。毕竟对当时的有太郎来说，东京可是在无数群山的另一侧，只是他遥远幻想中的一个地方。

下午是捉虫和游泳之类的活动。有太郎还是没有跟其他孩子们玩到一起，不过源一郎也不勉强他，自己陪着有太郎玩了一下午。各种草木、昆虫，以及在林中鸣叫的小鸟的名字，源一郎都一一告诉有太郎。有太郎又一次惊叹于父亲知识的渊博。好几只蝴蝶和蜻蜓是有太郎自己发现并捉到的，只有一只山黄蝶是按照源一郎教的方法捉到的。源一郎不厌其烦地细心指导有太郎，比如用手去拿捉到网里的蝴蝶时，怎样才不会伤到翅膀，如何用三角蜡纸保存好死掉的蝴蝶。

---

① 位于神奈川县西北部、富士山东侧的一片辽阔山地。

"爸爸小时候也做过蝴蝶标本吗？"

听有太郎这么问，源一郎哼哼一笑回答：

"我第一次见到这种白色的网还是高中呢。在那之前，我都是用自己做的网来抓蝴蝶的。时代大不同了啊。"

想来也是，我和父亲源一郎相差五十一岁，有几乎半个世纪的年龄差。实在无法想象父亲的儿童时代。对我来说，在南原村还是地主身份时期的有森家族，如同被封闭在暗箱里一样，根本无从描述。源一郎和我的祖父母是不是也有这样的想法呢？对于母亲真的记忆，我也有相似的感触。当时我们几个孩子几乎没什么机会听母亲讲过去的故事。真出生时，武士阶层已经消亡，或许她一直有些迷茫。她还是会吟诵一些楠木正成（十四世纪初期的有名武士。——帕特里斯注）的长诗歌给我们听，也经常告诉我们她在东京基督教教会里学到的圣经故事。此外，真的琴技十分高超，她曾教照子和驹子学琴。当时能享受到真高水准的琴声，也是我的一大乐趣。

那天晚上，源一郎带着有太郎离开野营地，去了新开业的酒店餐厅。一来，源一郎无论如何都想亲眼看看那家新酒店；二来，解说完纪录片，他的钱包鼓起来不少。

当地的目标不仅是成为日本的观光地，还想把知名度扩展到全世界，所以建了一家面向外国游客的酒店。纯西洋风的白色大型建筑物在当时的日本还算罕见，颇有点瑞士风格。一进入酒店大门，有太郎沾满泥巴的鞋子就踩在了一块柔软的绒地毯上。到处站着穿制服的服务员，就像玩具士兵一样，他们盯着有太郎看。周围的客人清一色都是高大的白人，也不知道来自哪个国家，大家都在大堂或者餐厅里惬意地休息。有太郎的头发上还沾着树叶，而源一郎虽说穿着西装，但和有太郎一起刚穿过树林，也是一身土气，看起来与富丽堂皇的酒店格格不入。有太郎心里有点发虚，担心他们这副模样不能在餐厅就餐。他紧紧抓着父亲的大手不放。

餐厅里十分安静，每张桌子上都点着蜡烛。服务员领着他们到一个靠窗的位置坐下，源一郎马上看起了菜单。那时源一郎究竟点了什么菜，有太郎后来怎么也记不起来了，印象中好像是那种普通的西式晚餐，清炖汤、主菜牛肉配上沙拉之类的。当时的有太郎还没有吃过只用刀叉和勺子的正宗西餐。源一郎好像并不是第一次来这样的餐厅，他不慌不忙地使用餐具，同时细心地指导有太郎该怎么用。

"可能一开始会觉得有点麻烦，不过记住诀窍以后，其实也没什么难的。喝这种汤时，不能像喝味噌汤一样，而是要像吃山梨县的馎饦（甲州的一种炖乌冬面，汤汁要用木勺来喝。——帕特里斯注），用勺子把汤往嘴里送。把勺子这样竖着，然后送进嘴里，一口喝进肚子里。喝的时候不可以有声音哦。如果汤只剩一点的话，就把碗向外倾斜，再用勺子盛来喝。看好咯，然后用餐布迅速把嘴擦干净。这种餐刀可不是雕刻刀，不能胡乱用力，那样的话会弄翻盘子，盘子里面的肉也会飞到外面去。你得小心地轻轻切。首先用叉子把肉压住，然后不弄出声响地切。切好后，蘸一点旁边的酱汁，用叉子迅速把肉往嘴里送，动作太慢的话，酱汁会滴下来。记住，不可以用舌头舔叉子，用完之后马上平放回盘子上，也不能插在肉上面……"

有太郎一边点头，一边一板一眼地学着源一郎的动作。对他来说，与其说这是吃晚餐，不如说更像是在玩一个麻烦的解谜游戏，弄得他完全不记得那天的料理是什么味道了。一位白发老人和一个年轻女子坐在他们隔壁的桌子，时不时瞄向有太郎一眼，微微一笑。有太郎恨不得有个洞钻进去才好。

也不知道那顿晚餐是可怕还是享受，总之吃完后，父子俩就离开了那家酒店。

"真是美味啊！"源一郎感叹道。

"嗯，真是太好吃了！"

有太郎这么回答。他想，应该是味道极好的吧。

酒店外面一片漆黑，伸手不见五指。源一郎却毫不犹豫地在黑暗中大步朝前走，被踏平的熔岩细窄小路上回荡起干涩的脚步声。明明什么都看不见，父亲究竟是如何知道该怎么走的呢？有太郎觉得十分不可思议。他非常担心父亲会撞上野兽，只是屏住呼吸，紧抓着父亲的西装下摆，跟着他在熔岩路上走下去。

第二天，父子俩依依不舍地离开野营地回去了。刚从山中湖回到甲府盆地，酷暑简直要把他们烤化了。

有太郎快乐的暑假就这样悠闲地过去了。可对哥哥小太郎来说，那个夏天每天都在学习，十分辛苦。

那年暑假，小太郎因为要准备大学入学考试，就决定不回甲府了，在宿舍里努力学习。这个决定让甲府的弟弟妹妹们失望之极。因为小太郎在家的时候，家里就会变得非常热闹。小太郎的朋友们时不时串门来访，玩各种游戏，还有他组织的郊游等等。但也正是因为这些诱惑，小太郎才下定决心不回甲府。

仙台的夏天也炎热。海水浴去不了，蝉鸣也烦人，汗水把笔记本都打湿了，学习辛苦到失去食欲……小太郎的来信中净是写的这些。

小太郎这些无尽的诉苦，却也是他刻苦学习的明证。源一郎并没有同情儿子，反而觉得小太郎变得更加值得信赖了。但对真来说，可是心疼得不得了。因为担心小太郎的身体，她给他寄去了自制的果酱、熏制马肉、葡萄、刚缝好的睡衣，以及内衣和衬衫等。在北堀町的家中，无论小太郎多么沉迷运动和文学，再怎么贪睡、吊儿郎当，或者对左翼运动开始感兴趣，父母和弟弟妹妹们都一直信赖他："哥哥一定会没事的，因为是哥哥嘛！"正是因为小太郎非常清楚这份信赖，所以他才能在高中最后一年奋发图强，全身心投入到学习中去吧。对于哥哥这样的学习态度，有太郎觉得自己难以企及。

不久，仙台相继迎来了秋天和冬天。

第二年三月底，甲府北堀町的家里收到了从东京发来的电报——小太郎成功考上了东京帝国大学医学部！收到电报的源一郎先是发出了怪叫，然后冲到了庭院里。他站在庭院正中央仰望天空，然后双手合十。有太郎和樱子还是第一次见到父亲这般姿态，两人都吓呆了。他们也受到了打动，原来考上大学是这么了不起的稀罕事啊！笛子和杏子抱着真泪眼汪汪。

就这样，小太郎决定将来要成为一名医生。有森家今后就要变成医生世家了。还是小学生的有太郎和樱子也能安心学习了。对笛子和杏子来说，自己的家里能有哥哥这么一个强有力的支柱，着实备受鼓舞。对于这个消息，源一郎忍不住想到，自己的人生看来并没有走错路。源一郎的母亲纱英曾告诉过他，有森家族从明治维新时期就开始陷入了莫大的危机。利生将商人的女儿纱英选为自己的儿媳后经常对她说，希望她能继续守护好有森家。利生去世后，有森家越发没落，纱英就将仅存的希望寄托于今后儿女的学识上。但遗憾的是，她只有源一郎一个儿子，因此只能将有森家的命运寄托在源一郎身上。源一郎从小就背负着如此重任。虽然他并不认为自己辜负了这份期望，不过他也没法自豪地认为自己如祖母利生所愿，再次让家族的基石变稳固了。虽说顺利毕业于培养官吏的帝国大学，但源一郎最终没能按照自己的喜好生活,也没能使家产雄厚起来。看来自己能为家里做的,也只能是将希望寄托于儿女的学识上面了。不知不觉中,源一郎的想法也变得同母亲纱英如出一辙。

源一郎非常希望父母能听到他的儿子小太郎考上帝国大学医学部的喜讯。他还想要祖母利生和祖父伊兵卫也听到这个消息。仰望天空、双手合十的源一郎,心中一定是这样的想法吧。

小太郎回到了甲府。家里准备了赤饭(一种庆祝用的饭食,饭里掺有红豆。——帕特里斯注)。源一郎的妹妹,也就是英姑姑和矶姑姑,还有清美都来参加了这场热闹的庆祝会。照子虽然当天未能到场,但几天后也带着两个孩子回娘家来住了一周左右。

"南原村的有森家以后要成为医生世家了呢。"

"那小太郎以后是不是要在村里开业啊?"

"看来得把家里重建一遍才行呢。"

"不管怎么说,以后我们都可以指望小太郎咯。无论有多少病人,都能往家里送啦。"

"小太郎这家伙平时这么讨大家喜欢,看来患者可要门庭若市咯。以后够他小子累的。"

"对我们来说,他就是我们的专属医师啊。"

"无论什么时代,医生都不会失业,真好。"

"我那边的学校干脆也改成护士学校算了,比起当裁缝,还是从医更吃香一点。"

矶姑姑心里这么盘算着。她那时管理着一家缝纫学校,是一家教人如何使用缝纫机的私塾。矶姑姑和英姑姑都很好地继承了纱英的商业头脑,两人都在失去丈夫以后发展成为了不起的实业家。英姑姑那时新开了一家教三味线的学校,是一位德高望重的老师。两位姑姑都认识很多不错的年轻姑娘,于是很快就开始想为小太郎物色新娘人选。

源一郎见状,想打住这两个起劲的妹妹的念头,连忙说:"孩子这不才刚刚开始要学医嘛,以后怎么样还不知道呢!"然后,又转头对小太郎提出忠告:"接下来才是你真正要打起精神努力的时候,要做好充分的心理准备。"他话音雀跃,马上就忍不住笑了出来。小太郎、真和最小的有太郎也不禁受到感染,笑了起来。

(此情此景,我勇太郎是绝不可能忘记的。无论是姑姑们还是父亲说过的话,我都能清晰地回忆起来。但当我试图回想起英姑姑的容貌时,脑海中却只浮现出晚年杏子的脸。在旁边说笑的矶姑姑也是,突然就变成了笛子的样子。当时父亲也在笑,可当我想去回忆父亲的容貌时,浮现出来的不是别人,正是我自己。还有照子和她的丈夫河田善政。杏子的再婚对象铃村平辅也在,那晚他装腔作势地用大拇指和食指捏着黄色玳瑁眼镜的镜腿,不停环视家里。小太郎害羞得一直缩着脖子。可当我在脑海中望向小太郎时,他突然变成了樱子的儿子辉一。那是辉一刚出生时的场面,他那蓝色的眼睛让所有人都惊讶不已。不对不对,这根本不是庆祝小太郎考上大学的那一晚!我得集中注意力再往记忆深处回想。英姑姑的声音、母亲的声音、小太郎的声音……记忆开始一点点清晰起来。是的,那天小太郎是在场的,可我马上又再一次看到了和樱子如出一辙的辉一的脸,他的眼睛也从蓝色变成了黑色。父亲和母亲也不见了。像祖母一样嘬嘴笑的是照子。怎么回事?连地方也变了,不是北堀町的老家,变成了笛子的家!

我已经回忆不起来庆祝小太郎考上大学的那个晚上了。可是我明明记得,有那么一个晚上,大人们说了怎样的话!

六十多年过去了。这么说来,我算不算是记住了很多细节呢?在笛子家聚会的那天,是我移居美国十三年后第一次回日本的时候。自那以来,近三十年过去了。当时,笛子搬进自己心仪的新家也有五年了。六岁时父亲就过世的加寿子继承了母亲笛子的聪明才智,并充分发挥了天赋,作为女性从我的母校东京帝国大学的前身,一所国立大学毕业了。这件事也是可喜可贺。一岁亡母的辉一后来由杏子抚养长大,也茁壮成长为一名高中生,令我们倍感欣慰。和辉一同年的由纪子考上了要穿水手制服的女子高中,清美也身体健康。

对于十三年后重返日本的我来说,没有比这次聚会更让我感到温暖幸福的了。照子添了两个孙子,那时她经常和善政两人出去泡泡温泉什么的,享受着天伦之乐。虽然这期间发生了很多事,但时隔十三年,大家再次相聚一堂,令我充满感慨:每个人只要还活着,就还不至于绝望,就都能把日子过下去。为了身患唐氏综合征的亨,笛子才下决心建了新房。到了三十岁、四十岁,亨都会像小孩子一样。笛子希望他能在那个家里一直安心地住下去。可是新房刚建好的一年后,心脏功能衰弱的亨就去世了。我当时在美国听到这个消息,也为笛子的不幸泪流不止。那以后又过了许多年,虽然笛子依然悲伤,但十三年后的久别重逢对我们所有人来说,都是深深的慰藉。

那时,东京处处盛开着樱花和油菜花,笛子新家的庭院里还飘着树木的芳香,杏花和木兰也竞相绽放。此外,瑞香也开花了,这让我回想起甲府的春天。瑞香……对了!小太郎他最喜欢瑞香了!

以前,一到春天,小太郎就会把不知道从哪里摘来的瑞香花枝放在起居间的矮饭桌上做装饰。没错,就是那时候的瑞香的味道。

记得聚会那天,杏子或清美这么说道:

"哎呀,今天又让我回想起庆祝哥哥考上大学的那个日子了。除了在场的人和当时不同,其他的简直和那天一模一样呢。今天这个阳光、这泥土的气息,还有瑞香、杏花和樱花的芳香。没错,就是这样的日子。那天每个人都特别开心,仿佛要融化在春天的阳光里一样……"

听完这番话,我才意识到,也许自己在记忆中把那天的聚会跟庆祝小太郎上大学的日子混在了一起。仔细想来,这种可能性很大。即便如此,这些毫无疑问都是我自己的记忆。毕竟那天的庆祝日子已经过去了近三十年,这些碎片化的回忆一直维持着我的生机和活力。

四月初的某一天,庭院里开满了粉色的、黄色的、蓝色的花。一阵春风吹过,不知从何处刮来的樱花花瓣飘进屋子里。年幼的由纪子和亨手拿野花跑了进来。

"这些花送给哥哥,祝贺哥哥考上了大学!"

接过野花花束的不是小太郎,而是辉一。

"哇,好漂亮的花!"

这么回答的不是辉一,而是小太郎。杏子和笛子相视一笑。善政和平辅在烟雾缭绕中喝着啤酒,而不抽烟、不喝酒的我则埋头吃着笛子做的什锦寿司。

"笛子的新家造好了,小勇你以后要多回日本哦。"

照子这么对我说。接着,英姑姑说道:

"东京的环境对健康不好,你要多注意身体。"

然后是笛子的声音:

"十三年过去了,小勇你好像一点也没有变化。我还以为你会变得更像美国人呢。"

父亲大声说道:

"他是去学医,还用担心生病吗?"

小太郎回答说:

"话不能这么说,医生也会生病的。"

最后是我的声音：

"就算是美国人，也有形形色色的啊。大学里的同学和美国大兵不能相提并论。"

不知何时，亨坐在了小太郎的腿上。矶姑姑若有所思地盯着辉一的眼睛。笛子和母亲在厨房和客厅忙来忙去。父亲和我两人张着嘴巴笑着……

越来越分不清楚了。乱就乱吧，就这样任思绪飘飞，心情莫名地舒畅。我会这个样子，果然是老了啊。）

依照子的说法，从小被娇生惯养的小太郎考上医学部后，他本人可是开心极了。对于自己可以自由地继续探究学问，别说有什么感激之意了，他还特地穿上了父亲源一郎的上等大衣，在头发上涂上油光闪闪的发蜡，就这么意气风发地出发去东京了。

"那孩子那么油头粉面，算怎么回事啊？难道他想就这样大摇大摆地走在东京街头吗？也太丢人现眼了吧！爸爸，您起码也该管一管吧。最主要的是，那个气味实在是太难闻了！"

在北堀町目送小太郎离开，照子皱着眉头说道。剃着光头的源一郎苦笑着回答：

"也是，这种便宜货可不行，我得给他买更好的。毕竟他现在已经从蛮壳[1]（特指学生故意不修边幅的样子。典型特征是脚穿木屐、腰间挂着脏毛巾。——帕特里斯注）毕业了。"

"可是，光学费和住宿费家里就已经快吃不消了……"

照子像孩子一般噘着嘴抱怨。源一郎听了，哈哈大笑道：

"也是我不对，让照子都担心起我的钱包来了。看来，我得去

---

[1] 日文"蛮壳"（バンカラ），明治时代形容粗野、野蛮之人的词，与洋气相反。

山里淘金了啊。"

源一郎心情大好，照子说什么都无济于事。照子心想，如果驹子在的话就好了，两个人一定能好好灭灭小太郎的气焰。可面对父亲的满脸笑容，照子只好咽下这份不甘心。驹子已经从东京的女子大学毕业，并实现了恋爱结婚，但小时候她和照子两人都接受过十分严格的旧式礼仪教育。和父亲平等对话，这在以前是想都不敢想的。如今两人难得抛开束缚，敞开心扉说话。不过看着小太郎，她不免担心他到底是怎么看待父母对他的爱的。当时照子想，驹子也一定会和她一样气愤，如果驹子在旁边的话就好了。照子心怀不满，带着泉和操两个孩子回了秩父。

那时候驹子在上海，所以没法立马见面。照子和其他人都觉得很可惜。可是，五月份家里意外收到了驹子丈夫久保田稻造的来信。

两人的孩子不幸病逝了。信里还写到，这件事对驹子来说实在打击过大，从那以来她的身体越来越差，经常什么也不吃，只是一边流泪，一边说想回甲府。当地的医生也劝告说，还是回到内地（当时日本人对日本本土、非占领地的称呼。——帕特里斯注）静养一段时间为好。

源一郎立刻对着家人大发雷霆："我早就让她别去上海那种地方！日本人傲慢到要去那种地方，不会有好果子吃的！"

"驹子姐太可怜了……"杏子流着泪小声说。

"爸爸去接驹子姐的话，她一定会很开心的……"笛子小声说道。

"如果能这样就好了……"

源一郎说完后闭着双眼，陷入沉默。真和笛子只能悄悄在一旁看着源一郎。

当时，源一郎还有堆积如山的工作等着他去处理，孩子们的学费也在不断增加。那段时间,源一郎赌上自己的健康,接受了此前从未有过的超负荷工作。他想,在小太郎成为独当一面的医生之前,自己还能再拼一把。那一时期,富士山马上要被指定为国立公园了,源一郎调查过的熔岩洞穴、熔岩树型以及一些树木,也相继被认定为天然纪念物。源一郎经常参与一些国家项目调查,或者接待大学的研究者,有时还要给国外来的火山或地质学者做向导,演讲的机会也增加了,同时,他还得整理多年的调查结果写成书。请他撰写富士山报告的委托也变多了。对于马上迎来花甲之年的源一郎来说,当时是收获人生果实的时候,这让他兴奋不已,使他不知疲倦地投入到相当密集的工作中。

收到稻造的来信后,源一郎做了什么,孩子们不得而知。两个月后,一个阳光灿烂的夏日,驹子回到了北堀町老家。这是她相隔三年后的归乡。驹子脸色苍白,身形消瘦,就连和有太郎一样稚嫩的眼眸里,都闪耀着不可思议的锐利的美。

(多年以后,当我看到克拉纳赫[①]的画时,不禁惊诧万分,这简直就是驹子姐的脸!无论是肤色、细长清秀而又炯炯有神的双眸,还是笔挺的鼻梁,皆是如此。这张脸与战后患病的樱子也特别像。从那以后,我再也无法忘却克拉纳赫画的女性画像了,也做不到好好地鉴赏了。每次看到这幅画,我都似乎听到了驹子和樱子的声音,喉咙像是被什么堵着,呼吸也变得困难。

"……小勇,等我病好了,你得带我去带那山看看,我还想去升仙峡。对了,我们要坐马车去。说好了,一定哦……")

回到甲府安静地住了一段时间后,驹子迅速恢复了健康,脸上也有了笑容。她觉得一个人吃饭太寂寞了,而且分开吃也麻烦,便

[①] 老卢卡斯·克拉纳赫(Lucas Cranach the Elder,约 1472—1553),文艺复兴时期德国画家、木刻和雕刻版画家,擅绘肖像画。

开始时不时地和家里人一起在起居间吃晚饭。有一次,真将炸好的不少天妇罗①(广子外婆以前给我做过,特别好吃!我母亲也会做,但她做得没有那么好。——帕特里斯注)用大盘子盛着,正好放在有太郎面前。驹子看到后,用开朗的声音喊道:

"哇,果然是小有啊,有这特殊待遇!一个人独享整盘天妇罗。"

有太郎听到后吓了一跳,赶紧把盘子往驹子面前推去,一脸认真地说道:

"这是给我们大家的啊,爸爸那份待会儿会用另外的盘子盛过来。"

驹子听后大声笑了起来,其他人也跟着笑了。有太郎这才意识到自己被姐姐摆了一道。驹子与小太郎和樱子一样,想到什么就说什么,脑子转得飞快,非常招人喜欢。不过,她还是有些与众不同的地方,比如,她说自己就喜欢浑身带刺的蓟花,还许愿要试试看乘热气球横跨太平洋之类的。

源一郎坚信,一定有办法可以让驹子完全恢复健康。于是八月的时候,他在静冈海边的村子里租了一间房子,打算让驹子在那里静养,同时安排其他孩子们前去享受海水浴。源一郎也考虑到了因备考学习而疲惫不堪的小太郎的健康。春假以来,小太郎经常腹泻。面对大学里高强度的学习压力,虽然小太郎处理得很好,但是很明显,消耗的体力一直未能完全恢复。

不管什么理由,对出生在山区里的孩子们来说,人生第一次在海边度过夏天,着实是梦寐以求的诱惑。这在有森家也是前所未闻的事情。山林生活也不错,或者说那已经是自己生活的一部分了。而大海是未知的美丽异乡,充满异域风情的光的源头。带着鱼腥味

---

① 一种日本菜肴,在蔬菜、肉类、海鲜等食材上裹面糊后油炸制成。

的微风、沙滩、大海的颜色、起伏的浪潮、海上无垠的天空，一切都是那么令人惊叹。那个时候，从盆地通往海边的铁路刚刚开通，大海就这样突然成了在盆地生活的人们近在咫尺的存在。在此之前，若想要到海边去，只能乘船沿富士川顺流而下，或是换乘有轨马车、公交车才能抵达。就连十七岁的笛子此前也从未见过大海。

源一郎租的平房坐落在海边的松树林里。这座房子看着不像渔家的住处，原来可能是一栋别墅。四个房间中，光照最好的朝南房间被分配给了驹子，源一郎和小太郎住驹子隔壁的小房间，最里面的两个房间则是给真和笛子等四个孩子一起住。不过，那时源一郎的工作仍然非常繁忙，三周的度假时间里，他只在房子里出现过一次。因此，朝南的小房间实际上是小太郎一个人独享的。其实，被安排在哪个房间睡觉，小太郎和四个弟弟妹妹一点儿也不在意，反正他们从早到晚都在外面疯玩。在甲府主动要照顾驹子的杏子也和大家玩到了一块儿。真说："如果来到这里还让杏子照顾驹子的话，我会被你们的爸爸骂的。"所以杏子那三周的时间也完全变回了小孩子，在海边跑来跑去。那时杏子虽然只有十五岁，却经常在图书馆研究看护结核病病人的必要知识，从饮食指导到消毒，她都能一边细心提醒一边操作。甚至来出诊的医生都忍不住夸赞道："杏子简直是天生的护士啊！"恨不得第二天就要把杏子招聘到自己的医院里。

无论是已过二十岁的小太郎，还是迎来了女子高中最后一年的笛子，都和下面三个弟弟妹妹一起在海边耀眼的阳光底下，将身心托付给海风，释放了最原始的孩童天性。他们每天早上起床后，连脸也不洗，就这样光脚冲到海边。捕鱼的人们早就拉起了地拉网（一种捕鱼法，将广撒于大海里的网的两端往岸上收拢。——帕特里斯注）。清晨海边的浪潮还很小，海面泛着柔和的蓝光。笛子捡着在荒川和笛吹川里从未见过的贝壳。小太郎和有太郎追赶着螃蟹和寄居蟹。樱子靠近正在拉网的渔夫们问道："这是什么鱼啊？这海里有章鱼吗？鲸鱼会不会来啊？"杏子则会带回不知从哪里发现的受伤的海鸟。

一天早上，樱子邀请有太郎和杏子一起去帮忙拉地拉网。捕鱼人的队伍里本就有妇女和小孩，因此这些山区来的孩子也没觉得有什么害怕或羞涩的。大家一边齐声喊："一、二、一！"一边拉网。有太郎他们认为自己加入了渔夫们重要的工作，所以做得十分卖力。不久，网里到处都浮现出鱼儿们的身影，而且数量正以惊人的速度增长。渔网收上来时成袋状，里面大量的鱼儿互相交叠，活蹦乱跳的声音不绝于耳。收完渔网后，渔夫们开始挑选体形较大的鱼扔进桶里。小孩子们也开始收集一些体长十厘米左右的小鱼。看来，小孩子可以拿走那些小鱼。山区来的孩子们这么想着，杏子和樱子十分高兴地捡拾小鱼。两人一边捡，一边小声交谈："妈妈一定会很高兴！这么小的鱼要怎么煮来吃呢？"不一会儿，不远处一个渔夫的孩子看到这一幕，大声喊道：

"妈妈！那些小孩要捡走我们的竹荚鱼……"

那一声呼喊使所有渔夫的目光都聚焦在了他们这些山里来的孩子身上。渔夫们的眼神虽说看起来不像在生气，但也绝不是什么和善的目光。那种眼神不带任何情感，仿佛只是等着这些语言不通、来历不明的小家伙们离开一样。有太郎他们见状，只好将手里的小鱼放在沙子上，然后低着头倒退，一溜烟地逃走了。三人都哭丧着脸，感到羞耻的同时，又有一种难以言说的害怕袭上心头。

说起渔夫，他们每天都在海边玩象棋。有一天，小太郎出于好奇申请加入了象棋局，弟弟妹妹们则在一旁观战。然而，小太郎立马就输了一局。

"怎么了,小子?"

"我刚才只是大意了而已,再来一局!"

小太郎又与另一个渔夫对战。那是一位身材瘦小、光脚露到大腿的老人。很快,小太郎再次被将了一军。

"不行了,实在打不过。叔叔们实在太强了。"

小太郎投降后,在场的四五个渔夫都开怀大笑起来,晒得黝黑的脸上堆满了皱纹。于是小太郎就带着弟弟妹妹们回去了。一路上,小太郎咂了好几次嘴,不停地叹气,一句话也没说。弟弟妹妹们感觉到了小太郎的懊恼,也都闭嘴沉默着。在此之前,小太郎一直都瞧不起渔夫们的这种象棋,在他看来,这是十分幼稚的游戏。然而,就在这个幼稚的游戏里,小太郎却输得颜面无存,自尊心被击碎了。他开始忍不住困惑:东京的医学生比渔夫究竟差在哪里?那天以后,小太郎买来象棋的书一直认真研究。驹子身体状况不错的时候,小太郎就会和她一决高下。但无论小太郎再怎么让步,驹子还是会输,她完全不是小太郎的对手。虽然小太郎也经常和大学里的友人一决胜负,但他最难以匹敌的高手还是沙滩上那些其貌不扬的渔夫们。

在海边生活肯定要每天去海里游泳。实际上,因为外海风大浪急,所以除了小太郎以外,其他孩子都只能在岸边玩耍。浪花涌上岸时,身体会浮上来,浪潮退下后,腰腹周围的沙子就像有生命一般随着浪花离去,接着又是一股浪潮涌来。孩子们乐此不疲。有时打来巨大的海浪,孩子们的身体就会立刻被吞噬,在浪中漂来荡去。每到这时,孩子们就会感受到大海的可怕之处。只有在仙台时就对大海已经很熟悉的小太郎离开海岸去游泳,但这时候,他也会马上游回岸边。看来,就算是小太郎也不敢对惊涛骇浪掉以轻心。

那段时间里，大家还会一起远足。

有一天，他们沿着海岸走到了富士川河口。一路上，小太郎引吭高歌，大声地唱了《永别了，过去》等歌曲，妹妹们也和谐地唱起了《登山缆车》(Funiculì, Funiculà)[①]。就这样，大家边走边唱，活力十足。可没过多久，在头顶太阳的暴晒下，有太郎他们一个个开始喊累了。盛夏烈日笼罩下的海边，犹如在煎锅上一般炙热难耐。

小太郎领着弟弟妹妹们来到了一片西瓜田。瓜田里有一间茅草屋，屋前一位用脏污的毛巾盖在头上的老爷爷正在看守西瓜。樱子看到后喊道："我们去弄几个西瓜来吃吧！"自然，无人反对这个提议。

"好，我们去问问那个老爷爷吧。不知道他会要我们多少钱，不过应该没什么大不了的。"

于是小太郎打头，弟弟妹妹们随后，大家一起朝看守小屋走去。在小太郎和老爷爷交涉的过程中，其他孩子在一旁屏息盯着老爷爷的脸。那位老爷爷浑身上下脏兮兮的，眼睛周围还沾着大块的绿色眼屎。不一会儿，孩子们就顺利地拿到一个西瓜离开了。刚离开西瓜田，樱子就忍不住笑出了声："哎呀，真是吓死我了！"

笛子也忍不住笑了："那眼屎太恐怖了，感觉他像从来没洗过脸一样。"

"绿眼睛老爷爷，西瓜田里的绿眼睛老爷爷。"抱着西瓜的小太郎说道。

"绿眼睛！绿眼睛！"有太郎和樱子高声喊道。

"绿眼睛担心碰到偷西瓜的贼，担心来担心去，整个夏天就这样一直紧盯着西瓜田度过了……"

[①] 一首作于1880年的那不勒斯歌曲，为了纪念维苏威火山上第一条缆车索道的开通。

笛子用朗读童话故事的口吻叙述道。小太郎顺着笛子的话继续编了下去：

"对绿眼睛来说，田里的西瓜就是自己可爱的孩子们，比自己真正的家人还要重要。绿眼睛还给一个个西瓜都取了名字。那些名字并不是像太郎、花子之类的普通名字，而是像理查德、玛丽、安和查尔斯这样洋气的名字。今天，绿眼睛不得不与伊丽莎白痛苦地离别。因为西瓜田里来了一群他从未见过的孩子，他们恳求绿眼睛卖给他们一个西瓜……"

四个弟弟妹妹听着小太郎的"故事"，一个个都笑得喘不过气来。

等西瓜田从视野中消失之后，小太郎就在路边用拳头把西瓜砸碎了。这种事简直就是他的拿手好戏。

"快看！这就是绿眼睛的伊丽莎白。一看就很甜。"

"绿眼睛的伊丽莎白真是太好吃了！"

有太郎一边大快朵颐地享用着分给自己的西瓜，一边开心地说。尽管大家手里的西瓜吸收了烈日的热量，散发着热气，但是孩子们都觉得美味无比，吃完后立马就恢复了活力。

"绿——眼睛，绿——眼睛，绿眼睛的西瓜伊丽莎白！"

"绿眼睛的西瓜乔——治！"

"绿眼睛的西瓜克——拉——拉！"

孩子们打着节拍按顺序对唱，不一会儿就到了那天的目的地，灯塔。

那是一座低矮的、被松树林包围着的灯塔，周围伫立着栅栏。因为从栅栏外是进不去里面的，孩子们绕着栅栏转了好几圈。于是他们决定打道回府。踏着松林小道回去的途中，对面走来一个穿着奶油色连衣裙的女孩。只见她梳着两条长长的辫子，年龄和笛子相差无几,看起来十分美丽。

"你也要去灯塔吗?"

小太郎毫不迟疑地上前问道。女孩先是一惊,停下脚步,然后脸微红,点了点头。

"我们也刚从那边回来。不过,里面根本进不去。大白天的,一个人也没有。"

"……我也从来没进去过。昨天我经过这里的时候好像掉了东西,所以想来找找看……"

也许是带着一群孩子的小太郎让她放下了戒心,女孩朝着杏子和樱子微笑着说道。

"你丢了什么?我们也帮你找找吧。"小太郎用越发轻快的口吻问道。

"啊,不用了。那东西很好找的,而且……我的同伴也很快就到了。"

这么说着,女孩朝小太郎鞠了一躬,就急忙朝灯塔方向走去了。女孩光脚穿着白色凉鞋。腰间挂着木屐的小太郎并没有回头看她的背影,只是朝着弟弟妹妹们大声喊道:"好嘞,出发咯!"然后大步朝着女孩的反方向离开了。

(如此平常的场景,作为弟弟的我当时十分惊讶地在一旁看着。在那个时代,男人是不会轻易接近一个完全陌生的年轻女人的,更别说像小太郎那样随便上前搭话了。对于当时还是小孩的我来说,这无疑是一种奇妙又大胆无比的行为。那个女孩也是,只是初次见面,而且独自一人,面对小太郎这样的态度,她不仅没有生气,反而还面带笑容地应答。也许是海边带来的释放感促成了两人之间的对话。后来我结了婚并在美国生活了四十年,也始终没办法做到若无其事地向一位素不相识的女性搭话。我不禁感叹,看来小太郎在这方面有独特天分。对我来说，与人相处本就是一件难事，一开口也只能蹦出一些生硬的或伤人的话来。像我这样的人，人生中在这方面总是吃亏。)

那段时间，我们也离开过海边，前往附近低矮的山丘游玩。山顶就像一个游乐园，上面有小马驹，只要付钱，孩子就可以骑。有太郎十分喜欢马，于是他就央求小太郎让他乘一回小马驹。然而，不知道那天是因为酷暑而没了体力，还是仅仅因为想偷懒，小马驹只是一开始飞奔了一会儿，很快步伐就慢下来了。这和以前同祖父一起见过的马儿差了十万八千里。即便是小马驹，像这样每天被驱使，拿来当孩童的玩耍对象，也难免会意志消沉吧。小太郎在小马驹上边发出"咻！咻！"的声音，催着它又跑起来。

三十年之后，有太郎有时也会带自己的孩子们去华盛顿的公园，让他们骑小马驹。华盛顿的马驹同样也不愿意主动撒开腿跑。有太郎不得不像小太郎那样，在后边追着马驹让它们跑起来。

(瞧，我也曾为了孩子们如此费心，可是无论牧子还是登志夫都抱怨，说我是个冷淡的父亲。这简直是在污蔑我嘛。他们经常责备我，说我不像美国的其他父亲那样经常亲吻孩子，不和孩子们玩投球游戏，在孩子们的生日宴会上也从不精心表演节目，连歌也不唱一首。话是这么说，可是办不到的事情就是办不到啊，再说，我也并不认为这些是做父亲必须具备的条件。过于民主的父亲根本就称不上是父亲。我一直都尽力做好作为一名父亲应做的事，为了牧子，我连三角钢琴都买给她了。但是像亲吻孩子之类的事，我是绝对不会做的。即便是广子，我也不会随意在外人面前牵她的手。这些不符合我的礼仪习惯，而且也不是一个普通父亲的义务。我的两个孩子也真是，只会从表面的事情做判断。就连我的妻子广子不知何时也被美国的风俗给同化了，我不愿意牵她的手，她就用一种看着顽固老头的嫌弃眼神盯着我。难不成，我真的变成了一个不解风情的顽固老头吗？）

阳光灿烂的极乐暑假转眼就结束了。无论对孩子们还是父母来说，那段日子简直可以说是幸福绝顶。

带着被海边阳光晒得黝黑的笑脸，小太郎回到了东京，继续自己的学生生活，驹子则回到北堀町继续疗养生活。就连从来不担心成绩的笛子也开始像一个备考生一样，进入了学习状态。之后一段时间，杏子和笛子就在儿童房里并桌学习，睡觉则在套间。因此，樱子和有太郎就住到了以前祖父母住的里间。

有森家的孩子中，笛子最聪明，她也希望能考上东京的女高师（女子高等师范学校，战后变成了国立女子大学。——帕特里斯注）。而且，不管源一郎觉得多惋惜，笛子都不想学习理科，而是毅然决然地投志于文学。对此，有太郎幼稚地认为，也许笛子是因为女儿身才特意想要避开理科的。而这完全是他不着边际的猜测。笛子之所以做这个决定，是因为受到了哥哥小太郎的影响，她决心成为小太郎在文学方面的一个好同伴。但其实，笛子的头脑过于明晰理智，在艺术方面并不特别擅长。看来她是对哥哥在这方面的天分怀有深深的敬意，才盲目跟从了小太郎。

秋去冬来，正月小太郎刚回到家不久，又再次匆忙赶赴东京。驹子的身体状况也稳定了不少，家人们开始相信，若能一直这样安心调养的话，驹子一定会完全康复。虽然暂时回不了上海，但稻造也应该能理解。

谁知，一月份结束，源一郎突然倒下了。

1-2

用打字机打印的 B4 开附记（1）

在这份"回忆录"中，我第一次接触到了外祖父源一郎的文章，看完后再一次燃起了前往富士山的渴望。我还很想亲眼看看勇太郎舅舅小时候去过的那三个熔岩洞穴。所以从法国回到日本的第二年夏天，我下定决心利用休假时间去了一趟富士五湖。不知道是不是因为离开日本一年后我变得有些冲动了，总之，那份想要亲眼确认一下富士山的念头越发强烈。巴黎地处博斯平原中央，后者是一个广阔的小麦地带。在那里，无论开车开多久，都看不到一座山的影子。对于生长在多山地带的日本列岛的我来说，巴黎的生活总让我感到十分无聊，甚至是忧郁。虽说东京距离富士山也谈不上特别近，但起码在东京朝西远眺，能清晰地看到富士山的影子。

我还是学生的时候，也曾远眺过青木原树海。记得那天十分寒冷，冬夜的天空下，我登上西湖附近一个叫红叶台的眺望台，放空一般注视着被树海环绕的富士山。那时我年仅十八，第一次见识到深绿的树海与碧蓝的天际交接的景象，掠过树海的风在耳边呼啸而过。

看到勇太郎舅舅的"回忆录"，记忆又在我心中翻涌起来。以前前往西湖得从甲府换乘专线巴士才能抵达，但三年前我去的时候，是从河口湖坐高速巴士，再乘出租车到达了预约好的民宿。到达民宿的第二天，民宿里的一个年轻人听了我的想法之后，打算开车送我去。一对六十多岁的夫妇和三个关西女学生也搭上了我这趟游览洞穴的顺风车。在西湖边经营民宿的人们，都是从三十年前因台风引发的水灾而被摧毁的村庄里出来的，之后他们便在树海开拓了新的移居地。在开发成为观光地之前，富士五湖周围的水灾非常多，人们根本无法从事农业，生活艰难。也许正因如此，来民宿住的旅客们基本都会被迫听一听这样的故事。但我入住的那个晚上，没人谈及这个关键的台风话题。

第二天，我第一个去看的是蝙蝠穴。去之前，民宿的年轻人劝我说，那个洞穴很久以前就被封闭起来了，去了也是白去。不过，因为我实在是太想去看看了，即便只能在洞穴外面绕一绕也好，所以还是执着地请求他载我去了。树海里有好几条修好的道路，其中一条路的路边有一个卖烤玉米的小摊点。那附近就是前往蝙蝠穴的道路入口，好像以前这里人流量不少，所以这条路既宽敞又被踩踏得比较平整。卖烤玉米的摊主也对我们说，洞穴里面已经不让进了，即便到了那里，也什么都看不到。

沿着这条路往里走，不时出现一些奇形怪状的熔岩，脚下也逐渐变得崎岖不平。这些熔岩都是八六四年火山大喷发时带出的熔岩流形成的。自"光炎高二十许丈""火焰直逼甲斐国境""草木焦热""土砾石流"以来已过千百年，如今熔岩上覆满了青苔，森林在这里扎根并扩展开来，虬曲盘错的树根树枝上也都长满了青苔。熔岩与熔岩之间、熔岩与树根之间到处都是缝隙，在上面行走十分困难，但幸好我们所到之处还算是能让人通过的道路。边走边观赏周围的树海，我不禁深深体会到了外祖父源一郎的辛劳。那时他来这里做调查，该有多么艰苦啊。

熔岩洞穴其实就是熔岩之间的缝隙偶然扩张变大形成的洞穴，和钟乳洞之类的洞穴有很大差别。那个蝙蝠穴的入口也是意外地小，从外面往里面看的话，根本想象不到它能深入到那种程度。入口被坚固的铁网门锁起来了，抬头往上看，上面的熔岩好像会崩落下来一样。当时勇太郎舅舅来捕捉大耳蝠的时期，基本上没有什么人会到访这里，说不定那时候这里还更安全一些，但后来前来参观游览的人多了起来，蝙蝠濒临灭绝，整个洞穴也开始逐渐崩塌。

其实对我来说，洞穴是有点可怕的，如果可以的话，我并不想进到那种地方。我害怕昏暗狭窄的地方，巴黎的地下墓穴[①]我就怎么都没敢进去。虽说是为了洞穴调查，但源一郎甚至调查到了洞穴的尽头，就连一路上分岔的窄小支洞也没放过。对我来说，他简直就是无所畏惧。想到此，我脑子里只剩下了惊叹。洞穴里除了黑暗，还有头顶上吱吱作响的蝙蝠。虽然勇太郎舅舅在书里也轻描淡写地叙述了自己前往蝙蝠穴的经历，但那时的他年仅八九岁，难道真的一点都不害怕吗？

之后，我们还去了龙宫（人们曾经相信这是存在于海底的一座宫殿。——帕特里斯注）洞穴。通往那里的道路非常漫长，车道上也没有任何路标，不过一路上被来往的人们踩踏得比较结实，而且就像去神社的参拜路一样，道路两旁还挂着稻草绳（一种用来表示神圣场所的绳子，上面到处垂挂着白纸。——帕特里斯注）。洞穴入口在一块熔岩的大凹陷处，下到那里着实花了不少工夫。内部岩壁非常湿润，走在上面，鞋底时不时打滑。入口处有一个小小

[①] 巴黎地下墓穴原为地下采石场，位于法国巴黎十四区的当费尔-罗什罗广场附近。1786年开始，为了解决墓地不足和公共卫生危机的问题，人们将巴黎大部分墓地中的遗骸转移至此，计有600多万具。1874年开始向公众开放，2013年起开辟为博物馆供公众参观。——译者注

的祠堂（像小屋子一样的祭坛，在日本，无论是城镇还是乡下，这种祭坛随处可见。——帕特里斯注），似乎最近才有人来上过香火，烟味和烟雾被困在这个大坑洞里散不出去，像一团云一样飘浮着。据说这里是富士山信奉者的灵场，在古代就十分有名，现在依然有人来此参拜。也许是因为在这里完全看不到富士山，所以对于当时把富士山当作神灵看待的人们来说，这个洞穴就被当成了能一睹山神裙摆的地方。由此可见，富士山上的神明被认为是女性。

这个入口没有被封锁，可以通过祠堂旁边看到洞穴内部，但没人愿意进到祠堂里面去。因为这里曾被古人们视为灵场，大伙不由得感受到入口的这个巨大凹洞具有一种莫名的魔力。

"这里气氛好诡异啊，我想先走了！"

一个关西来的女学生说完后，立马爬上了身后的岩壁。

"这种地方好像有一种排斥无神论者的气氛呢。"

六十多岁的男性这么说着，也和他的妻子离开了入口。

差点就要被落在最后的我慌忙沿着岩壁往外爬，突然被岩壁上突出的岩石绊到，朝前摔倒了。脚下全都是熔岩特有的凹凸不平的岩石，万一掉到下面入口的凹洞里，估计会摔折脖子。这份恐惧让我条件反射似的用两手紧紧扒住岩壁。结果，虽说免受了坠落之苦，但我的右腿和右手撞到了岩石上，还是痛得一时没法动身。同行的人见状，赶忙回头把我带出洞穴，并帮我检查了一下伤情。岩壁非常粗糙，虽然我穿了裤子，但腿上的伤还是像被小刀剜出了一个洞一样。

"天哪，这是神灵的惩罚吧！"

"真是的，就不该来这种地方。"

听到关西女学生们这么说，大家也都确信我之所以摔倒，全是因为富士山在捣鬼。我听后不以为然，一笑了之，但这毕竟和在马路上摔了一跤不同，确实让人感到一种另类的恐惧，吓得我一阵哆嗦。

这个"事故"发生以后，我再也不敢进什么熔岩洞穴了，甚至开始想离开这片树海。但毕竟坚持说要去冰穴的不是别人，正是我自己，所以事到如今再提出改变行程的话，实在有些难以启齿。于是我带着满身疲惫，坐上了开往鸣泽冰穴①的车。

令人惊讶的是，鸣泽冰穴如今似乎成了一个著名的观光地，周围的私家车和旅游巴士车水马龙，冰穴前的收费站排起了长队。据说，从明治时代中期开始，这里就是人们用来储藏蚕种的天然冰箱，后来因丝制品销路不畅以及电冰箱的普及，人们就把这里当作夏天的避暑胜地，当地也做起了相关宣传。

一般来说，观光地过于热闹反而会让人疲惫不堪，但那天是个例外。前面刚刚去过封锁着的蝙蝠穴，在富士山那个充满灵气的龙宫洞穴里也受了伤，所以这些城市里来的游客热闹的样子多少缓解了我们心里的紧张。冰穴里设有铁制梯子和照明系统，里面就像市中心的游乐园一般拥挤，要是中途想停下来一会儿，马上就会被后面的人推着往前走。名副其实，冰穴里果然十分寒冷，脚下、墙壁和头顶上都是冰，但不知是不是因为表面布满了尘埃，显得浑浊不堪，看上去一点也不透明。虽说观感不是很好，但我终于还是成功潜入了一个真正的熔岩洞穴，这趟因自己的异想天开而特意来找寻熔岩洞穴的旅程才算是有了点价值。外祖父源一郎和舅舅勇太郎如果看到冰穴现在这么热闹，恐怕会深深叹一口气吧。而对我来说很遗憾的一点是，自己只不过是参观富士五湖和甲府盆地的一个普通游客罢了。

---

① 位于山梨县南都留郡鸣泽村的一个熔岩洞穴，1929 年被日本文部省指定为天然纪念物。

后来，我还乘车登上了红叶台。学生时代我就来过这里，可是当我再次到了上面，却对这里没有一点印象。当我爬上一栋陈旧的混凝土建筑的屋顶，从那儿远眺富士山和树海时，发觉眼前的景象我确实见到过。二十多年过去了，许多细节早已忘却，很多地方也变了样子，然而哪怕过去三十年，山还是那座山，丝毫未变。是的，就是这个风景！我稍稍安心了一些，却再也没有学生时代的那种感动了。难道说记忆中的风景被我过于美化了吗？我心潮澎湃，难以平静，眺望着远处的富士山。看着看着，突然发现树海那边有无数的洞穴。

"那些像被虫蛀过的地方是什么啊？"

听到我的发问，民宿的那个年轻人用一种"你连这个都不知道？"的口吻回答道：

"那些是高尔夫球场和别墅群啊。从这里可以看到三个……不对，是四个高尔夫球场。嗯，确实看着像被虫蛀了一样。"

"高尔夫球场和别墅群……"

听到这个回答，我什么也说不出来了。

整片树海的绿色不断加深，接着渐变成其他颜色，就这样不断上升，直至山顶，天空以此为圆心三百六十度扩散开来。我平静地眺望着这一切。正因为如此，眼前的风景来得如此炫目，仿佛光芒是从深沉而安静的大地中照射出来，然后又被吸收到天空中去一样。不过，因为到处出现了那些"虫蛀"，风景的魔力也就在那里流失消散了。

我想说，山是亘古不变的，但仅仅过了三十年，眼前的风景就出现了这样的变化。而且富士山实际上是一座年轻的火山，就算明天爆发也不足为奇。这么想着，我又有些心里没底，可我还是再次说服自己，整座山会消失的巨大变化没有个一两百年是不会发生的。我的目光再次转向眼前的山。对于每天都看着大山生活的人们来说，它无时无刻不在变换着表情。就是那样的山，一直守护着住在山脚下的我们。想着想着，我又释然了。山亘古不变，亦时刻在变。大概就是这个道理吧。——由纪子记

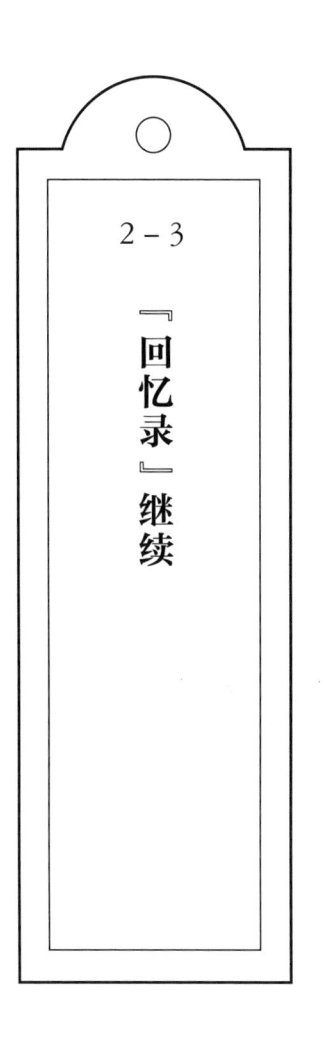

2-3

「回忆录」继续

（节哀）

    富士山山体呈研钵凹陷状，若登顶则可见顶部有研钵状的凹坎。此处即为中央喷火口，人们以佛教之名称其为内院或大内院。此口直径为东西五百二十米，南北五十四米许。东北角处有极深的凹陷，因此该方向上稍长，火山口底部的长轴则呈西南延伸至东北之势，似椭圆状。若从大宫口登山道[①]上山，会从南端和东南端出来；从御殿场登山道[②]上山的话，则会从东侧出来；从吉田口、须走口登山道[③]上山的话，则于东北端出来。从吉田口、须走口登顶，再从石屋背后出来，则喷火口将展现在眼前。剑峰及其北阴处的火山口一侧堆积而成的万年雪，与火山口将壁崩塌而形成的山麓堆积也清晰可见。喷火口底部海拔三千五百五十六米，位于北口及东口

[①] 以富士山本宫浅间大社为起点，经村山浅间神社到达山顶南侧的登山道，现为"富士宫口登山道"。
[②] 以御殿场口新五合目为起点，从静冈县一侧（御殿场市）的富士山东南端通往山顶的登山道。
[③] 吉田口登山道，以北口本宫富士浅间神社为基点通往山顶；须走口登山道，以富士山东麓的东口本宫富士浅间神社为起点，在须走口本八合目与吉田口登山道汇合后，通往山顶东部。

九合目[1]下方。（略）

于中央喷火口内壁的断面可见山顶之构造：熔岩岩磐与砾石层相互重叠，最上部覆有熔岩表层，表层之上仍有砾石层，其上又覆有熔岩层。此状态应是表层常年脱落剥蚀而导致。

顶部西南角为最高点剑峰，第二高则为矗立于北角和西北角的白山岳，再往下依次为北角和东北角的久须志岳，东北角的大日岳、伊豆岳，东南角的成就岳，南角和东南角的驹岳及三岛岳等。这些即为富士八峰，佛家与儒家分别将此八峰喻为莲花之八瓣、芙蓉之八瓣。诸峰均为熔岩中抵抗力最强的表皮包裹而成的突起部分。而熔岩断绝处又成低势，比如东侧伊豆岳与大日岳之间的间隙即为熔岩断绝处。

山顶周围的凸峰，除以上八峰外，西侧剑峰与白山岳之间还有三座，且其高度均不输于前者。因此，将诸峰限制于八座，则与八海[2]无异，均可谓无稽之谈。

（略）

……若带电云触碰到富士山山顶之物质，则会产生电流，就与平地打雷一般，电闪、雷鸣，也有可能同时发生触电。而山顶的云层运动相对于平地更为频繁，因此，打雷，即放电现象亦频繁发生。

（略）

---

[1] 合目，在日本表示登山路的概略单位，到山顶即十合目。
[2] 指忍野八海，位于日本山梨县南都留郡忍野村的8处涌泉群，被指定为日本天然纪念物和世界文化遗产。实际上此地的涌泉群不止8处，以"八海"为名，是基于佛教中尊崇数字八的思想。——译者注

明治二十二年八月十日下午八时，有人在观测中发现，山顶观测站的风向标产生了火焰。当日午后三时四十五分北处和西北处有雷鸣，此后六时十五分，南方涌起雷云，成盖状覆于山顶一半。不久雷云于东方消散，之后又在宝永山附近停滞。午后八时观测站下起冰雹，南方至山顶的一半均被中央雷云覆盖。风向为西北风，风力十分强劲，此时户外能频繁听见呼啸的风声，如同本不应于山顶听闻到的虫鸣一般，但又与风触碰到物体的声音有异，究竟是何种声音，实在难以辨认。此人为了观测风向接近了风向标，定睛一看，发现被白色棉布包裹的铁环，顺风处燃起微弱的火焰，风速越大，火焰越猛，反之则越弱。等到雷云完全消散，火焰也随即消失。火焰最长可达两寸[1]许。当火焰随风力衰弱就要消散之时，就如同电线迸发出的火花一般。风力强劲之时，火花也相继迸发，如同航海中在桅杆上看见的圣艾尔摩之火一样，想来应是放电导致而成。

（略）

富士山山顶的气象情况与平地差异最大，在平地上很难遇到，无风无雨，无寒暑变化，且山顶空气稀薄，因此气压十分低。（略）

本人登至八合目时，突觉一丝头疼，绕山顶一圈后，反应尤为剧烈。于是我立即与同行的城谷理学士说了此事，他说其实他也有相同的情况，中学二年级的犬子（此处当然是指小太郎，不是勇太郎。——勇太郎记）同样有该症状。每个人都面色蜡黄，至小内院[2]时，犬子更是呕吐起来，看来所有人均产生了高原反应。即便

---

[1] 日本度量衡中，1寸约等于3.03厘米。
[2] 富士山山顶有两个火山口，除了山顶中心名为"大内院"的大火山口，还有一个位于山顶西北侧、名为"小内院"的小火山口。

以登山为职业的向导，亦称自己觉得头疼。在山顶转了一圈后，我们参拜了奥宫①，相识的神职见状说道："头痛通常三日左右便可自愈，因此请留下来吧。"可我们并无继续留下的勇气，只是急忙下山，并于当日到达御殿场口六合目，宝永山附近的屋子里。三人立刻恢复了活力，只有本人到了第二天早晨起床后才完全恢复。虽说这间小屋海拔为两千八百一十米左右，但我们头疼的情况已经完全消失了。此处的推定气压为五百八十一毫米汞柱，可我们没有任何高原反应的症状。屋主也与我们说，下山的人都表示有头疼症状，但到了这里后基本上会痊愈。也就是说，哪怕在山顶难受地待上三日，之后也不会有所好转。

（略）

富士山的侧火山又名寄生火山，约有四十四座。除此之外，还有约二十二个侧火山口。据说西西里岛的埃特纳火山上，共有两百四十五座侧火山。我国一百七十座火山之中，没有哪座如富士山一样拥有那么多侧火山。

而且，其中大部分，即二十二座侧火山和十五个火山口均聚集于山体西北侧。以精进口登山道为中心，周围遍布喷气孔、熔岩洞穴、熔岩树型和火山弹②等火山特有的珍奇现象，宛如一座大型自然博物馆。在原始密林的遮蔽下，白昼也昏暗无比。显花、隐

---

① 指富士山本宫浅间大社奥宫，区域范围为富士山八合目以上，也是富士宫口登顶地点，位于山顶南侧。
② 火山喷发时喷出的熔岩在空中飞散时冷却下来而形成的火山岩块，直径大于64毫米，形状各异，有纺锤状、球状、条带状等。——译者注

花①的绿苔繁生，道路被遮挡，石燕在高空翱翔，富士乌鸦在附近啄食，简直如诗中城郭一般。不过，除了沿着登山道前行以外，若要走岔道，却无熟悉地理环境的向导带路，常人根本难以踏入。

沿着精进口登山道上山途中，不远处会看到一些寄生火山，比如大室山、长尾山、片盖山、神座山、背负子、弓射塚、伊贺殿山、天神山、鹿之头、栂尾山、椹山、白山、八轩山、幸助丸、西丸山、永山、栈敷山、小御岳、丸山、东剑、西剑等等。侧火山口中，除了御庭、奥庭的十个之外，还有剑丸尾、出丸尾和青木原丸尾这三个喷发口。熔岩洞穴中，大室山山麓的富士风穴、神座风穴等洞穴，可谓熔岩洞穴中的翘楚。弓射塚东侧约有二十个喷气孔，白山东麓约有九个喷气孔，全部呈一直线排列，令人叹为观止。青木原，尤其是其上方大大小小的树型，似乎随时都有可能坠落，因此无论多么引人入胜，都是一个可望而不可即的神秘险境。

青木原，名副其实，单听名字就让人预想到一片树木葱郁的广阔原野。从西湖、精进湖、本栖湖这三个湖的湖畔，至上方大室山附近都是青木原森林的范围。若从远处观望，则能看见林叶蓁蓁、无边无际的森林样貌。第一位将其称为树海的人，真是找到了最恰当的词语。山麓附近为针阔混交林，其中有山毛榉、榉树、麻栎、舞扇械、山楂叶械、桦木、铁枫树、板屋械、桤叶树、真弓、卫矛、山樱、盐肤木、毛漆树等阔叶树。这些阔叶树于初秋之际变得鲜红，与高尾、日光、盐原②等处相比也别具特色。

---

① 显花植物，开花、结果，通过种子来繁殖的植物群，包括裸子植物和被子植物，如今多改称为种子植物；隐花植物，与显花植物相对的分类群，指没有花结构的植物，不产生种子而以孢子繁殖，如藻类、苔藓和蕨类植物等。
② 高尾、日光和盐原都是日本知名的赏红叶胜地，高尾位于东京都，日光和盐原位于栃木县。

可以想见，每到这一时节，湖边村民们也会男女老幼相伴而行，登上名副其实的红叶台游玩一日，以此治愈一年的劳累。

接近树海仔细观察，能看到除阔叶树以外，还有终年不落叶的赤松、铁杉、冷杉、杜松、全缘冬青、马醉木等，高树矮丛枝繁叶茂，遮天蔽日。树下磊砢耸立，有些覆满厚苔，根枝盘虬相错，使得道路以外的地方难以踏足。即便是走在大路上，亦时常迷失方向，虽随身携带指南针，但受丸尾磁场的影响，有时根本无法准确测出方位。

最接近树海的是丸尾，即熔岩之海。此处矗立着数座高矮不等的寄生火山，如大室山、弓射塚、长尾山等，看起来就如同浮于海上的岛屿一般。

（略）顺便一提，墨西哥的熔岩之海马尔佩斯[1]，可谓是恶汉都会避让三分之处。然而，芙蓉峰[2]乃神州正气之化身，其山麓自然不会有如此不净之处。

9　送葬

为了拍摄南阿尔卑斯山脉的照片，源一郎在一月的最后一个周末登上了爱宕山（海拔428米，位于甲府市东端，是观望南阿尔卑斯山脉的绝佳地点。——帕特里斯注）。出发之前，源一郎问有太郎要不要一起去。因为当时是寒冷的大雪天，十一岁的有太郎只是缩在被炉里一个劲地摇头。

于是，源一郎独自一人扛着照相机和三脚架前往爱宕山，直到

---
[1] 指美国新墨西哥州的马尔佩斯国家纪念地（El Malpais National Monument），该公园的大部分地区都是贫瘠而壮观的火山地貌。——译者注
[2] 富士山的雅称。——译者注

傍晚才回到家。晚饭后，源一郎在被炉旁打了个盹，然后就去了浴室旁边的暗房，打算把当天的照片冲印出来。晚上九点左右，有太郎和樱子回到里间钻进了被窝。没过多久，有太郎听到外面传来了一些奇怪的声音，就像小动物的呻吟声。特别喜欢小动物的有太郎心想，会不会是受了伤的熊迷路了？于是他立刻来到北侧的走廊，激动地打开防雨板朝外望，结果什么也没看到。接着，他又穿过走廊，来到起居间前，再次往外看。这一次，他看到右边黑暗尽头处的浴室里有团亮光。暗房前的走廊也开着灯，一个黑色的人影躺在地上。

霎时，有太郎的尖叫响彻了北堀町的家。真和孩子们都赶到了暗房这边，大家先将源一郎高大沉重的身体抬到起居间。光这一步，就是个大工程。杏子取来庭院里的雪，抹在父亲的额头上。然而，一两个小时过去了，源一郎依然没有苏醒。这时，笛子叫的医生来了。樱子和有太郎被告知："这里没你们什么事，快去睡觉吧。"于是他们回到里间，钻进了被窝。一开始，两人都吓得浑身颤抖，可没过多久就进入了梦乡。

第二天早晨，两人被真叫了起来。朝着刚睡醒仍睡眼惺忪的两人，真说："爸爸他，不行了。"

源一郎冰冷的身躯被转移到了铺席的客厅。按照传统风俗，源一郎的头朝向西边，枕边放着一把短刀。姑姑们到了后，伤心欲绝，清美和寺尾家的人来到后也大哭了一场。家里不绝于耳的哭声和谈话声一直持续到了夜晚。

那天深夜，起床上厕所的有太郎挂念着源一郎躺着的房间，于是悄悄地朝里面看了看。他发现源一郎的身体上有一只黄色的蝴蝶，发着幽光飞舞着。有太郎不自觉地揉了揉惺忪的睡眼。这下，他又看到蝴蝶黄色的翅膀上点缀着鲜艳的红斑。那是山黄蝶！是有太郎在山中湖野营时捕捉到的山黄蝶。（这件事后来我告诉了樱子，她却冷冷地断言："你是做梦了吧？不过，这确实像是你做的梦。"我自己也不敢断定那绝不是梦。但是，那躺在寒冷的房间里、被蜡烛照亮的父亲的冰冷身体，以及在上面飞舞着的山黄蝶身上的鲜艳红斑，我一直无法忘却。对我来说，那山黄蝶身上的红斑就象征着父亲的死亡。）

两天后，以从东京赶回来的小太郎为首，所有家人和亲戚排着队，跟随灵车到了火葬场。当时，这么庞大的队伍也算罕见，附近相识的孩子们都聚集了过来。有太郎感到难为情，便紧贴在驹子身后，用袖子一边擦眼泪一边走。火化结束后，所有参加者两人一组，用竹子和木片将骨灰倒入骨灰坛。为什么是两人一组，为什么要用竹子和木片，有太郎一直不明白其中的缘由。

面对源一郎的突然死亡，有太郎和樱子哭个不停，而真无论是在葬礼期间还是葬礼之后，都没有掉过一滴眼泪，也没说过一句抱怨的话。也许是因为恰好驹子回到了家里，真并没有感到多少不安和焦虑。

那时，有一个叫木村敬二的男孩和有太郎同班（这个班级只有男生。其他还有女生班和男女混合的班级。一个班里六十人左右，没有班主任。代课老师们一个个来了又走，其中有些老师在打击危险思想的行动中被刑警抓走了），他是袜子店掌柜的儿子。他是班长，有太郎是副班长。敬二的父亲在一月初也去世了，那时候，班上的同学们一人筹集一分钱，给他家送了祭奠品。因为敬二家境贫穷，所以同学们都很同情他。但有太郎的父亲去世的时候，班上的同学并没有为有太郎筹集奠仪的钱。也许是因为有太郎家里有出租的房子，和敬二家比起来，父亲过世对家庭经济的打击会少一点。有太郎心里明白这一点，嘴上也没有抱怨什么，但其实他内心还是非常不满：明明悲伤是一样的，这样区别对待也太不公平了吧。

一不小心想起了一些无聊的事。

源一郎离开了这个世界，但春天还是一如既往地来临了。在克服了突如其来的悲伤之后，笛子以优异的成绩考上了东京的女子高等师范学校。四月初，小太郎放完春假回东京时，笛子便在他的陪伴下，搬到了东京的学生宿舍。对笛子来说，因为自己最爱的哥哥小太郎也身在东京，所以基本上没有什么初次离家独自生活的不安。最令人不安的倒是小太郎肩上沉重的负担。父亲突然离世，使得还是学生的小太郎一下子就变成了一家之长。好在小太郎还能凭着房屋租金继续读大学，真也暂时代替小太郎承担着户主的责任，家里因此没发生什么较大的变化。即便如此，一想到今后肩上的重任，小太郎肯定多多少少有一丝畏缩。

送别小太郎和笛子之后的某一天，真带着家里下面三个孩子去了城址公园。那时正值樱花凋谢期，花瓣随风到处飞舞，落在人们的头上、脸上，甚至飘进人们的嘴里。道路两旁种着樱花树的河堤上挤满了赏樱的人。有太郎紧抓着真的袖子，樱子和杏子则牵着手走在路上。

"我是第一次赏花呢。"樱子说道。

"毕竟你们爸爸不喜欢人多的地方。"真回答。

"确实，这儿人也太多了。"杏子嘟囔着。

"但是樱花很漂亮啊！"有太郎叫道。

"嗯，确实很漂亮。盛冈的樱花也很好看，你们照子姐出生之前，我和你们爸爸两个人还去过盛冈赏樱来着。"

"爸爸他并不是不喜欢樱花啊。"樱子起劲道。

"是啊，你们爸爸说过，山里头开着五百年甚至一千年的樱花呢。"

真抬头看了看头顶如织的樱花。花瓣重叠在一起,摇曳飘动着,日光在其间交错跃动。花瓣融入春泥,散发出阵阵花香。

一家人选择尽量人少的地方,坐下来吃从家里带来的饭团。源一郎的葬礼以来,孩子们第一次发出爽朗的笑声。离开城址公园后,发生了一件意外之事。真本想给外出的驹子买些馒头,可无论翻了多少次两边的袖兜,都没找到钱包,胸口和小手提袋也翻了个遍,还是没找到。于是真叹了口气说:"馒头是买不成了,钱包不见了……"

"钱包是掉在哪儿了吗?"杏子提心吊胆地问。

"谁知道呢……说不定被谁偷了去吧……"

"妈妈,钱被偷了吗?"

"一分钱都没了吗?吃的都买不起的话,我们是不是要变成叫花子了?"

樱子和有太郎都哇哇大哭起来。

"没事的,我只在钱包里放了一点点钱。就是印章丢了,有点麻烦……"真对三个孩子微笑着说。

那个时代,大多数孩子不知道银行里可以存钱,他们认为父母的钱包里装着家里所有的钱。连十六岁的杏子都这么想,樱子和有太郎就更绝望了。他们心想,真的钱包没了,另一个拥有钱包的主人源一郎也不在了,这个残酷无比的现实给他们造成了不小的打击。在三个孩子看来,真的那番话不过是在他们面前逞强罢了。第二天、第三天,连续几天家里的生活并没有发生特别的变化,孩子们这才终于安下心来。

樱花、桃花都凋谢后,五月接踵而至。这个月反常地下了雪。源一郎非常熟悉的富士五湖周围都下了大雪,道路禁止通行。

就在出现异常天气的当天,伴随着一声巨响,富士山最大的侧火山宝永山的一部分山体崩塌了。当时出现了宝永山可能会再度喷发的传闻。北堀町家的人都相信,这一系列自然现象一定是富士山为了悼念源一郎而向地面传达的哀悼之意。他们也怀疑,这或许是刚刚离开这个世界的源一郎开的一个玩笑。真和孩子们的脑海里浮现出源一郎和富士山搭着肩,像马儿似的开怀大笑的身影。

一周后,关于宝永山爆发事件,官方做了正式通报。实际上这次只是山顶的剑峰发生了塌方。有森家对于这个消息多少有点失望。

到了夏天,中央线实现了铁路电气化,并且一直通到甲府。

同年九月,"九一八事变"(日军攻击中国东北,占领了主要城市的一场战争。——帕特里斯注)爆发。当时国际联盟强烈要求日本停战,但是战争范围仍在持续扩大。美国政府也谴责日本的攻击行为,与日本的关系日渐趋下。日本国内的法西斯势力开始采取一系列暗杀行动,同时"赤色整肃"[1]也愈演愈烈。"九一八事变"发生后,甲府也发行了许多号外,无论是通过报纸还是学校的消息,都能第一时间获得关于战争的新闻。当人们认为这场事变终于要结束的时候,一两个月之后,日军的攻击又波及了上海。政府开始筹集给士兵的慰问金,孩子们之间模拟战争的游戏开始流行起来。源一郎一直担心的野蛮局势出现了,特别是驹子,因为担心在上海工作的稻造的安危,每天脸色苍白:"我不能让稻造一个人留在那里!"她甚至想回到上海。当然,这个时候驹子不可能靠近战火纷飞的上海。人们相信,这场战争就像小感冒,用不了多久就会好的,然而实际情况并未好转,当大家回过神来的时候,已经糟糕

---

[1] 第二次世界大战前,日本政府检举、流放共产主义者和进步自由主义者的暴力镇压运动。——译者注

透顶了。战争就此扩大范围,十年后,战场终于扩大到了日美之间。那时有太郎刚上小学,国内大多数人虽然觉得这是场情况恶劣的重感冒,但他们还是相信,感冒毕竟只是感冒,没多久就会治愈的。

到了三月份,"伪满洲国"① 成立。大肆祝贺的氛围也传入甲府盆地。当时大多数人并不清楚理解背后的实情,只是被庆祝的氛围影响,心中就产生了希望,觉得说不定这场感冒就要痊愈了。在这一点上,有森家的人也不例外。也就是在那个时候,家里收到了稻造从上海的来信。看到寄信人名字的一瞬间,驹子马上哭了起来。

"稻造他,他还活着。稻造他没死!"

驹子哽咽着给围在身边的真和两个妹妹、弟弟读了来信的内容。

书信的内容却任谁都十分费解。

"……炸弹声、火光、火焰、东跑西窜的支那人② ('chinois',现在日语里的中国人。——帕特里斯注),确实让人看着发慌,但除非是非常大意,日本人是不会被殃及的,请你放心。我不仅没有不安,甚至从来没有像现在这样为自己是日本人而感到骄傲,满心喜悦。我暂时要移居到别处,接下来得忙重要的工作。很遗憾,不能将新地址告诉你,但我还是心怀极大的感激与抱负迈向新住所。为了爱妻你的名誉,请你暂时忍耐一下。也请不要向东京的总公司询问我的事,反正他们不会向你透露一丝信息。总之,你需要在平安的日本恢复健康,请你坚持疗养……"

驹子她们只能从中获得一个确定的信息:虽然不知道之后会有

---

① 伪满洲国(1932 年 3 月 1 日—1945 年 8 月 18 日),日本占领中国东北地区后扶植的傀儡政权。我国及国际社会均对伪满政权不予承认,故其被称作"伪满洲国"或"伪满"。
② "支那"原为古印度佛经中对中国的称呼,九世纪传入日本,后一度变成近代日本对中国的蔑称,现该词已被日本官方禁用,从正规日语中消失。

多久收不到久保田稻造在中国的消息,但起码不需要担心他的安危。稻造是造船工程师,所以基本上能推测出日本海军给他派了什么重要的任务。可是,所在地必须保密什么的,总觉得有些毛骨悚然的森严,让人不禁有一种不祥的预感。

驹子读完信后,明白了信里所写的情况,终于高兴了起来,她对信里的内容没有什么失望气馁的。就算要等一两个月,又或者是半年,那也只不过是一段时间罢了。自己的病情也逐渐好转。像这种国家级别的事态越严重,稻造这样优秀的人就越被国家需要,根本无法拒绝。在某种程度上反倒可以确保稻造的人身安全。

"无论是稻造还是我,只要活下去,两人总能像以前一样继续生活。这时候死掉是最愚蠢的,我可不能死。"

受到驹子这番话的鼓舞,真和弟弟妹妹们也决定暂时放下心中的不祥预感。毕竟,如今身在上海的不是驹子,而是久保田稻造。说是幸运也好,驹子现在绝不可能死在机关枪或炸弹之下。人如果一直心怀忧虑或不安是活不下去的。持续的不安会侵蚀人的生命。毫无根据的希望也好,称不上希望的希望也好,人们会创造出这些希望,将其视为活下去的强烈理由,并且紧紧抓住不放。无论是真还是驹子,抑或是下面的三个孩子,她们都乐观地守护着这份朦胧的希望。

对于家中年龄最小的有太郎来说,当时唯一让他直接感受到痛苦的消息,是春假时从东京归乡的小太郎和笛子带回来的。那位爱因斯坦博士为了让日本停止对中国的攻击,在美国的广播中进行演讲,提议应坚决对日本进行经济封锁。笛子以甲府的商店街为例,对有太郎和樱子解释了经济封锁的含义。假设八佰德①是美国,小

---

① 应指日本一大型商家,后面的小町手艺店代表规模小的商家。

町手艺店是日本的话，那么经济封锁就意味着八佰德说服其他所有商店，要求他们遵守如下规定：谁都不准去小町手艺店里买东西，也不要卖任何东西给小町手艺店。这样一来，小町手艺店马上就会濒临倒闭，结果不得不向八佰德求助。

小太郎十二三岁的时候，爱因斯坦访问了日本，他的相对论当时非常流行。因此小太郎对这位"爱因斯坦叔叔"感到无比亲切，甚至瞒着祖父，把一直养着的狗的名字从此前的"小黑"改成了"阿尔"[①]。从那以后，即便养的狗不是同一条了，"阿尔"这个名字却一直没有变过。在北堀町，小太郎所憧憬的物理学家爱因斯坦，如同犬吠一般一直近在咫尺。

"爱因斯坦说的并没有错。无论怎么看都是日本做了坏事。可是，做了坏事的日本和我们所在的日本是不一样的。这还真是让人头疼。我们根本就没有能力让战争停止。我周围一些宣传反战的学生也接连不断地被逮捕。爱因斯坦根本不知道情况，就因为连带责任，弄得我们所有人都苦不堪言。"

有太郎和樱子听到小太郎提到"连带责任"，叹了口气。看来"爱因斯坦叔叔"因为一些说不清道不明的理由，将他们与日军一同责难了。日本真的对中国做了那么恶劣的事吗？有太郎周围没有人发表过这样的看法。大家都说，是日本为了帮助可怜的中国人，正在驱逐那边的坏人。十二岁的有太郎脑袋一片混乱，唯一令他难过的是自己也单方面被"爱因斯坦叔叔"讨厌了，这对他来说是实实在在的郁闷。

[①] 从阿尔伯特·爱因斯坦（Albert Einstein）的名字"阿尔伯特"（Albert）简化而成"阿尔"（Al）。——译者注

五月份，犬养①首相被法西斯将领杀害。那天也出了号外，甲府盆地处于高度警戒的状态。

在那前后，祖母纱英的娘家寺尾的一位姑姑到访了北堀町。纱英的兄弟全都离世了，她哥哥的长子就继承了寺尾氏本家。清美作为纱英的养女在有森家长大，从女校毕业后搬到了寺尾家，在那边得到资助后的同年二月，她就在横滨结婚了。有森家的真、照子夫妇、小太郎和笛子出席了在横滨举办的结婚典礼。寺尾家介绍的清美的结婚对象是横滨的一名海关官员。

寺尾的这位姑姑比源一郎还要年长，此次来北堀町是为了告诉大家一个消息：清美突然不可思议地逃走了。寺尾家的人认为，清美只是一个年轻女人，也没有其他亲戚，要不就是过段时间会回家，要不就是不久之后会和家里联络，或者说不定还会顺便来北堀町。如果清美来北堀町的话，他们希望届时北堀町这边悄悄地通知寺尾家。话虽如此，毕竟这场变故是因为寺尾家的疏忽造成的，他们对有森家深怀歉意，所以来此恳请原谅。

寺尾家这位姑姑如此郑重的言行，反而让真觉得过意不去，她一边说着"哪里哪里，是我们这边要道歉才对"，一边低头躬身致歉。

当然，这个消息对有森家的孩子们来说也是一个惊吓。不过，回想起孩童时代的清美，又觉得这件事并不奇怪。清美和那个海关官员的结合本身就让人感到意外。清美性格刚毅，是个独立又活泼的女孩。她经常跟在小太郎身边，听他哼诵海涅②的诗歌，听着听着，

---

① 指时任日本首相犬养毅（1855—1932），日本近代政治活动家，与中国方面的联系紧密，与孙中山关系密切。因与日本军部对华政策的矛盾加剧，于1932年5月15日被军部的右翼分子枪杀。
② 克里斯蒂安·约翰·海因里希·海涅（Christian Johann Heinrich Heine, 1797—1856），德国诗人、作家，早期的抒情诗被舒曼和舒伯特等作曲家谱成艺术歌曲，后期的诗歌和散文以讽刺诙谐见长。

清美的眼神会变得锐利而深邃，只是急切地眺望远方的天空，仿佛在寻找什么。

"清美她一定会和在东京的小太郎联系的。"有森家的人得出这个结论后，马上给小太郎寄去了询问信。没过多久，家里就收到了小太郎的回信。打开信后，驹子嘟囔道："小太郎真是一点没变呢，这字迹也太潦草了，汉字也错得一塌糊涂，这家伙究竟是怎么考上大学的？"说着，她代表孩子们把信的内容读了出来。

不出所料，清美去过小太郎的大学。她说要在东京找工作，看起来充满活力。和海关官员结婚的事只字未提，小太郎也没问。小太郎知道清美现在的住址，不过两人有过约定，所以他不能说出来。但是小太郎认为，他一定能说服清美，让她给寺尾家里写封信。

真在回信里告诉小太郎，让他务必转告清美接下来的话：（1）婚姻不可以半途而废，若想离婚，应该办理好离婚手续；（2）为此也得回一趟寺尾家；（3）关于今后的生活，必须和寺尾家的人商量，有必要的话，也可以同有森家商量，但寺尾本家的势力扩展到了横滨和东京，实力上肯定更可靠一些。写下这些后，真就将信寄给了小太郎。

之后，清美在东京一家与寺尾家三儿子有关系的百货商场上班了。看来，她看了小太郎带去的信之后，最终还是听从了真的建议。而关于她逃离婚后生活的缘由，无论是寺尾家还是有森家都无人知晓。但至少并不是因为清美在外面有了别的情人，或者是对丈夫隐瞒了什么可怕的秘密之类的。

暑假时，小太郎和笛子从东京回来后，家里就清美的消息谈论得热火朝天。

"……好像是六月之后吧，她来我这里打过一次招呼，说她能去百货商场上班了，打那以后就再也没来过。我和她约好了会去百货商场看望她,可是实在抽不开身。医学部的事忙得我晕头转向,从早到晚连松口气的时间都没有。周末也是筋疲力尽,光作业就多得要命。所谓超乎想象,说的就是这种吧。"

小太郎这么说道。

"说什么呢?你真是太自以为是了,小太郎!"

驹子她们虽然反驳小太郎,不过谁也没有责问他,说他不可能不知道清美的事。小太郎确实知道清美更详细的情况,他们其实经常见面。但是作为小太郎来说,为了不让家里人不安,或者为了避免现实的一些危险波及家里人,他一点实情也没有透露。直到小太郎去世,笛子和清美见面之后,两人之间的秘密才被揭晓。(话虽这样说,但他们并不是类似于恋爱的关系。对于形同兄妹的两人来说,这种胡乱猜忌过于离谱了。以防万一,我还是想说明一下,希望各位不要在有森家的人身上期待有什么小说般的展开。——但其实仔细想想,我也不能否认清美对小太郎抱有某种强烈的情感。毕竟人与人之间的关系,就连当事者也难以弄明白,其中必定蕴含着暧昧又微妙的神秘感。)

那个暑假的后半段,小太郎患了阑尾炎并引发了腹膜炎,因此他没法在十月之前回到东京的学校了。后来真一直觉得,这次生病也许就是半年后那场严重病情的开端。她总是懊悔,那段时间要是让小太郎好好疗养的话就好了,如果孩子他爸在的话,一定会这么做的。实际上,没有人能在当时的情况下做出这种判断。总之,小太郎十月的时候身体康复了,又开始了繁忙的学业。至少那时,每个人都觉得小太郎已经痊愈,就连他本人也这么想。

与成为职业女性的清美不同,对于来到东京之后的笛子来说,哥哥小太郎就是她唯一的支柱。虽然住进了学校宿舍,但每到周末,笛子都会去小太郎的公寓。小太郎也会去笛子的宿舍。

关于远离北堀町的兄妹俩在东京的故事，我只能通过笛子述说的回忆了解到。因此，我会在下面将笛子讲述过的回忆记录下来。

——根据笛子述说的回忆记录的片段——

"笛子的宿舍里举办了毕业生欢送会。会上的演出中，笛子她们要出演《古老海德堡》（*Alt Heidelberg*）①的戏仿剧。为此，笛子向小太郎借了学生帽。小太郎没有其他帽子了，所以那顶学生帽放在笛子宿舍的那段时间里，小太郎一直没帽子可戴。帽子上的发蜡味很刺鼻，还有点脏，但对笛子来说，那顶别着金色的大学徽章的帽子很有派头，十分值得炫耀。"

"笛子每次去小太郎的公寓，都会帮他整理房间，这是她在北堀町就养成的习惯。小太郎的屋子总是难以形容地杂乱不堪。笛子在仔细整理横七竖八的书本、笔记本和稿纸的同时，总会翻到一些自己感兴趣的东西，这对她来说着实是一种乐趣。对笛子来说，小太郎的公寓就是一座宝藏。像吉野作造（1878—1933，一位主张民主主义的政治学者。——帕特里斯注）、内村鉴三（1861—1930，宗教家。——帕特里斯注）和河上肇（1879—1946，一位研究马克思主义经济学的经济学者。——帕特里斯注）之类的名字，笛子都是在那里记住的。不过，在那里获得的知识，也让笛子觉得自己学校里讲的东西变得索然无味。"

---

① 德国作家威廉·迈尔－弗尔斯特（Wilhelm Meyer-Förster，1862—1934）创作的五幕剧本，改编自1898年他发表的小说《卡尔·海因里希》（*Karl Heinrich*），1901年于柏林首演，讲述了一个催人泪下但风格较明快的纯爱故事。

"有一天，小太郎和笛子去新宿看了场电影。笛子记不清那天看了什么。走出电影院时，已经快到晚上八点了。笛子的宿舍门禁是晚上七点，再怎么赶，回到宿舍也要九点左右。小太郎将脸色苍白的笛子送回了宿舍。当时，女生宿舍的门禁非常严格，住宿生这么长时间的晚归可是一件大事，甚至会闹到要给甲府的家里发电报告知情况的地步。可怕的宿管阿姨守在玄关处，她将笛子一人留在走廊，只把小太郎叫进接待室。笛子在走廊上吓得瑟瑟发抖，她听见屋内传来阵阵笑声，觉得不可思议，于是把耳朵贴到门上，想听清楚里面到底在说什么。虽然听不清说话声，却能听到时不时传来的笑声。笛子简直不敢相信，她甚至听到宿管阿姨也笑了起来。完全不清楚屋内发生了什么，笛子只好在走廊干等了约三十分钟。终于，小太郎从接待室出来了，他只是笑着对笛子说了声'OK'就回去了。后来，宿管阿姨警告笛子说：'念在你是第一次违反门禁，所以这次就算了，但下不为例哦。'就这样，什么惩罚也没有，就放她进去了。

"一周后，笛子又去了小太郎的公寓。小太郎好像等了很久似的，看到笛子后就大笑起来：'你们那个阿姨真是乐死我了。那天晚上她一直在给我介绍她女儿，把笛子你的事都忘得一干二净了。下次再去的话，她该让我看她女儿的照片了。'"

"两人从甲府回东京的时候，中央线车内的通道上，一位四十岁左右的妇人突然呕吐起来。那位妇人身形消瘦，衣着也很简朴。她身边一个伴都没有，一个人在通道上痛苦地呻吟，身体抽搐着不停呕吐。周围的乘客谁也不想被呕吐物弄脏，纷纷从妇人身边起身离开。见此情景，小太郎立刻从座位上起身，将那位妇人抱到自己的座位上来。坐在旁边的笛子看到后吓了一跳，也赶忙站了起来。

小太郎让那位妇人睡在两人的座位上，用水壶里的茶浸湿自己的毛巾，然后用毛巾擦拭妇人的嘴角，接着又湿润了她的额头。解开妇人的外衣衣襟，小太郎把毛巾也放在那里降了降温。'感觉如何？这样能坚持到东京吗？谁能帮我叫乘务员过来，让这位妇人在下一站下车？'

"妇人面色苍白，对小太郎道了谢，回答说自己觉得好些了，然后就这样皱着眉睡了过去。

"失去座位的笛子对小太郎低声说：'这种素不相识的人，叫乘务员过来处理一下就好了呀。'她担心小太郎的手和毛巾擦过妇人嘴角后会染上什么细菌，而且在其他乘客的众目睽睽下，总让她觉得不好意思。最重要的是，小太郎事先没跟她商量能不能把自己的座位让出去。听笛子这么说，小太郎回了她一句：'你个笨蛋。我多少也算是医学生好吧，怎么可能就这样眼睁睁看着病人痛苦呢？再说了，你是个女人，怎么能这么冷漠？多少也学一下我啊。'

"火车到达八王子站①的时候，妇人醒了过来，她想从座位上站起来。小太郎却强行让她睡在座位上。到达新宿站之前，小太郎为了让妇人的心情愉悦，给她讲了许多故事，比如卓别林的电影、甲府家里养的狗，还有他在南阿尔卑斯山脉的西山看到的甲斐犬②和猎人把熊赶跑之类的故事。而关于妇人的来历以及她这趟旅行的目的，小太郎一句也没有问。笛子再一次被小太郎的服务精神惊呆了。"

"某个星期日的早上，小太郎去了一趟笛子的宿舍。两人之前约好去逛神保町（古书店林立的一条知名街道。——帕特里斯注），

---
① 位于东京都。
② 原产于山梨县的一种日本犬，主要用来协助人类狩猎山岳地带的野猪、羚羊等。

然后去植物园。他们一直执着于想在东京寻找到草木的芳香。然而，那天早上，笛子一看到玄关处小太郎的脸，立刻撇嘴哭了起来。小太郎急忙将笛子带到门外。笛子像小孩一样，一边用双手擦拭着止不住的眼泪，一边声音颤抖地和小太郎哭诉：'哥哥，好可怕，太可怕了！我吓得快要窒息了！今早，我听到屋里有男人的声音，被吓醒了。然后，我看到我们的房间里有三个男人，他们打开壁橱后一直在乱翻，门口还站着两个巡警，是便衣刑警！昨天我们屋子里有一个同学不见了，大家都说她好像是因为思想危险被抓走了。今早就有刑警来调查那个同学的东西。我也被他们问了很多事，我说我也只是刚刚和她成为室友而已，什么都不知道。是真的！可是，究竟为什么会发生这种事啊？真的、真的太吓人了！大家一定会接二连三被抓走的！哥哥也会的！我不要，不要发生这种事。'

"笛子双手捂着脸，哭得抽抽搭搭。小太郎抱住笛子的肩膀，在她耳边小声说道：'要好好观察。很少有机会能够经历这种严峻的时代，所以一定要冷静观察，做个彻头彻尾的观察者。你那么冷静，一定能做到的。这就是所谓的智慧。我们还是学生，所以现在更要细心地、聪明地将自己隐藏起来，观察自己能观察到的一切，然后去学习。如果在这种时候疏于学习，最后吃亏的就是自己。这种情况终有一日会结束的，我也会一直在你身边，笛子你就好好放心吧。好吗？相信我。'"

冬天再一次来临。

二月份，一位叫作小林多喜二[①]的社会主义小说家被特高（"la haute police"，"特别高等警察"的缩写，彻底打压左翼思想的

[①] 小林多喜二（1903—1933），日本无产阶级文学小说家，代表作《蟹工船》，1933年被警察逮捕后遭到虐杀。——译者注

特别机关。——帕特里斯注）逮捕后杀害了，小太郎十分喜欢读他的作品。在这之后，为了彻底正当化对中国的侵略行为，日本退出了国际联盟。

三月春假时，小太郎和笛子从东京回到了家乡。恰好有太郎刚考上初中。当时驹子的身体状况比之前差了一点，家里人就把她安排到浴室旁边由暗房改造好的新屋里住。那里就是源一郎倒下的地方，里面大量的感光玻璃板、照片和标本之类的东西，被家里人捐赠给了源一郎的母校师范学校。这间四帖半榻榻米①的屋子经改造一番后，光照充足，而且又朝着起居间，在里面也能看到家人活动的样子，可以说是最适合疗养的房间了。驹子住进去后，就与家人分开，独自一人吃饭，杏子也会经常帮她擦拭身子。

小太郎回到北堀町之后，没多久就吃坏了肚子，连着睡了两三天。当他恢复了以后，突然想起他约好了要给有太郎买中学生戴的帽子。于是，小太郎冒雨带着有太郎去了商业街。两人半开玩笑地边走边说着"下的是春雨，那就淋着雨去吧！"（1920年左右，当时流行一部《月形半平太》的戏剧，其中有这样一段台词。女主角说："月大人，现在下着雨呢……"男主角接着说："下的是春雨，那就淋着雨去吧……"——帕特里斯注）之类的话。这次购物有太郎非常开心，可是那场湿冷的雨成了引发小太郎恶疾的导火索。

当晚小太郎就发烧了，之后这场发烧一直纠缠着小太郎。食欲减退，身体逐渐虚弱，最终在四月末，小太郎住院了。就连病名是什么也不知道，只是不停地发高烧。

刚刚成为中学生的有太郎，随着小太郎拖延的病情，不由得担心起哥哥在儿童房里藏着的那些收藏品。持有共产党的报纸《赤旗

---

① 榻榻米，日式房间里铺的草垫。不同时代和地区，一帖榻榻米的面积也不同，若按现在日本房地产的普遍标准，1帖榻榻米约等于1.62平方米。

报》和一些小册子的人是特高重点逮捕的对象。父亲离世，哥哥住院，母亲因为要照顾哥哥也经常不在家，家里变得人心惶惶，若这时遭到刑警搜查的话，这些秘密的收藏品就会被发现，这样一来，还生着病的小太郎会被逮捕并被杀掉的。又因"连带责任"，家里的其他孩子也不可能平安无事。有太郎甚至都没有和樱子商量过，独自为这一严峻的事态而烦恼担忧。有太郎想，自己不能眼睁睁地看着家里招致灾难，于是在樱子和真去医院的某一天，他趁着杏子去照顾驹子的间隙，将小太郎的那些收藏品拿到后院，一把火给烧光了。后院里有用来烧枯叶和麦秆的洞，在那里无论烧什么，冒出来的烟都不会引人注目，非常安全。

家里可能发生的灾难就这样消失了。但接下来该如何向小太郎坦白此事，就成了有太郎的头等难题。有太郎一个人去了医院。小太郎还是一如既往，因高烧而气喘吁吁。等到真离开病房后，有太郎附在小太郎的耳边轻声说：

"昨天我把哥哥包袱里的那些东西，就是积攒很久的报纸、不用的小学笔记本什么的一起卖掉了。"

有太郎话音未落，小太郎双眼充血，怒视着他，激动地说：

"蠢货！大笨蛋！万一被发现了，怎么办？！"

"一定不会被发现的……"

有太郎无论如何都没有勇气坦承自己把哥哥的收藏品烧掉了。如果说明实情的话，小太郎本来可能会放下心来，然而对于年仅十二岁、见识短浅的有太郎来说，他只觉得若说出事实，对生病的哥哥而言实在过于残酷了。这是小太郎第一次也是最后一次训斥有太郎。因为这件事，后来很长一段时间里，有太郎一直被笛子责骂：

"你这个小屁孩太多管闲事了，你知不知道自己究竟造成了多么无法挽回的后果？！"

不仅如此，小太郎生病期间，有太郎也完全没发挥任何作用。就连真让他去买药，他都能在回到医院之前把药瓶打碎。药瓶又重又难拿，就在他被小石子什么的绊倒的一瞬间，药瓶从手中滑落，摔到了地上。他只好捡起碎掉的瓶子，垂头丧气地回到医院，沾了药水的手也变得苍白。真见状什么也没说，她把有太郎手里的碎瓶子放下后，开始仔细地帮他清洗苍白的双手。那个药水应该是福尔马林。

小太郎非常喜欢狗。有太郎和其他孩子也很喜欢狗，但是小狗们最愿意亲近小太郎。老么有太郎和其他孩子很少受到小狗的尊重。北堀町的家里时常能看见小狗走来走去的身影。好像在南原村的时候，家里经常养着好几只狗，来到北堀町后，祖父小太郎还未年老之时，家里也养过三只狗。养的狗当中，既有流淌着狼的纯正血统的甲斐犬，也有秋田犬。但从有太郎记事起，在家里走来走去的只有一只杂种犬。等到那只狗死了之后，家里又养了一只不知从何处领来的杂种犬。

小太郎住院的那段时间，家里的那只狗是历代阿尔中相貌最寒碜、最没规矩的。就连原本对狗很宽容的源一郎对这只阿尔也没什么好感。

"长得寒碜可能是它可怜的宿命，但脑袋不灵光，就只能说明它缺少作为狗最基本的条件了。"

源一郎这句话也就断定了这只阿尔甚至没有当狗的资格。源一郎还要求给它戴上锁链，至少别让它在附近惹出什么麻烦，于是有太郎就准备给阿尔戴锁链了。在看到锁链的一瞬间，阿尔发出了一声惨叫，直接跑走了。等被有太郎追到走投无路时，阿尔直接抱住了有太郎的身体，以同归于尽之势哀号着，有太郎见状，也就不忍心了。后来，这只阿尔再也没被戴上过锁链。

话说回来，这只阿尔对小太郎也抱有绝对的信任和爱。当真、有太郎和樱子她们准备去医院的时候，阿尔凭直觉察觉到后，也跟了过去，无论怎么赶它，它都会再追上来。就这样，它一直跟到了医院，甚至想进到病房里面。等到谁不小心把房门打开后，阿尔就冲进了病房，欢快地摇着尾巴，前脚攀上病床，饱含爱意地用舌头猛舔小太郎因热气冒汗的脸。而小太郎对这份爱意却苦不堪言。

"……快把这家伙带出去。这气味真是太大了。"

小太郎痛苦地喘息着，甚至看都不看阿尔一眼，就这么说道。于是阿尔马上就被赶出了病房。如此反反复复多次。即便如此，阿尔还是没有放弃，一直耐心又热情地紧盯着病房的门。（这只阿尔在小太郎去世的两年后也病死了，我亲手将它葬在了后院里，同埋葬着前代、前前代阿尔的地方并排，然后用石头做了标记。不久后，笛子从朋友那里领来了一只小柴犬。这只柴犬很快就被戴上了锁链，毕竟家里人都对放养有些吃不消了。两三天后，这只阿尔频繁地发出一些奇怪的叫声。我试着将锁链松开后，它没走几步就撒起尿来，而且持续时间很长。差点忘了狗有一种习性，它是不会在自己领地撒尿的。这只柴犬阿尔什么都吃，就连胡萝卜也照吃不误。等它长得比较大了，我带它出过一次门。但它从不和我一起走。我想，是不是因为它不愿意戴着锁链才这样，于是就帮它解开了。谁知，阿尔一下子就兴奋地冲了出去，我等了半天，它都没有回来。估计它不是迷路了，而是被别人弄走当作自己家的狗了。之前的杂种犬从没有发生过这种事。不久之后，我偶然看到有个人牵着好像这只阿尔的狗。但因为没有任何证据证明它就是阿尔，我也只能一言不发地目送他们离开。这只阿尔的食量非常大，当时是战争年代，获取食物开始变得非常不容易，就算家里继续喂养它，也还是有些困难的。这只阿尔成了北堀町家里养的最后一只狗。）

从那以后，小太郎开始变得滴水难进，全身似火烧般发烫，胸口起伏不断。这条年轻生命的每个细胞、每滴血液，无一不在和死亡搏斗着。虽然说已经知道小太郎患的是粟粒性结核，但即便清楚了病名，医院也没有帮助治疗的手段。

五月末，在家人们的守护下，小太郎咽下了最后一口气，年仅二十四岁。

像是要送别小太郎似的，第二个月发生了一些事。某位学者被以"赤化教授"（即信仰共产主义的教授。——帕特里斯注）之名开除了。以这次京都事件①为导火索，在小太郎的大学里，一些人为了守护研究自由而举行了大型集会。许多学生都被逮捕了。

（为何这般苦不堪言的试炼接连降临？神哪，您究竟在希冀什么？当芸芸众生的我们，也想要像《圣经·旧约》里的约伯那样呼喊询问的话，那么这一年对北堀町的家里来说，就是试炼接连不断的一年。当我想到这些事情的细节时，心情也变得沉重起来。但我没办法省略这部分记忆。而且好好想想，虽说是"有森家接连不断的试炼"，但实际上真正痛苦的应该是母亲和笛子吧。当时的我和樱子怎么说也还只是青少年，年轻的乐观天性守护着我俩的生命力。在那之后，也只有我一直受到了好运的恩惠。那也是母亲和姐姐她们支撑起来的好运。小太郎离开后，她们并没有每天长吁短叹，而是全力支持着没用的我，为了将我抚养成能独当一面的大人，她们各自开始了力所能及的工作。母亲支撑家里的经济，笛子则负责我的学习。

---

① 指1933年发生于京都帝国大学（现京都大学）的思想压制事件，被称为"泷川事件"或"京大事件"，对日本知识分子产生了深远影响。京都帝国大学法学部的泷川幸辰教授因在讲座中发表了涉及共产主义的内容，被当时日本的国会议员判定为无政府主义者而被要求开除。该情况引起了京都帝国大学一众教授的集体抗议，不仅同校学生组织了抗议活动，这场运动还扩展到了东京帝国大学及其他学校。

这里也不能将驹子的故事省略掉。可一想到这，我的心情又变得暗淡起来，手中的笔也变得沉重不堪。不过，没有办法，只好一边叹息一边接着写下去。）

酷暑来临，新盆①（将一年之内死去的人的灵魂接回家里，再送往天国的仪式。——帕特里斯注）也结束了，然而北堀町的家里依然没有恢复生机。笛子从东京回来了，照子也带着三个孩子特地回到家中，在甲府炎热的夏天住了一个月。当时河田一家从秩父搬到了东京郊外的赤羽，因为吞并此前公司的大型化工联合企业给他们提供了新的职工住宅，房子就建在开阔的火药工厂用地上。他们在秩父的时候还算可以，新地方在一个偏僻的乡间，不过感觉离东京更近了。

有一天，气温高达三十八摄氏度以上，天气炎热，一个男人到访了北堀町的家。他自称是身在上海的久保田稻造的信使，有一个重要消息必须当面传达给真和驹子。此人身材高大，脸庞通红，剃着光头。奇怪的是，这么一个高大的男人，脸上却挂着恭维的谄笑，而且不断点头哈腰，这令有森家所有人都感觉异常。照子小心搀扶着生病的驹子，和真三人一起将此人迎到客厅。笛子端来茶，年纪更小的三个弟弟妹妹靠在套间的拉门上，全神贯注地听着客厅里的谈话。

大个子首先自我介绍，说自己和稻造同属一家公司，准备前往上海执行一项特别任务。然后，他说自己手里有一封稻造写给家里的信，是一个刚从上海回来的男人转交给他的，他想请有森家的人读一下信里的内容。于是，照子小声念了起来，但套间里听不清楚

---

① 故人去世后，49 天服丧期之后迎来的第一次盂兰盆节。

她的声音。不久，客厅里传来大个子断断续续的说话声："如今国家处于关键时刻……""久保田君现在被囚禁了，对此我也觉得十分遗憾与悲痛……""建议您怀着爱国之意做出决定……"接着，此人站了起来，独自向玄关走去。真和照子都没有从客厅里出来，笛子急忙去玄关将他送走了。

坚强的驹子没有在家人面前掉一滴眼泪，但从那天起，她的病情明显开始恶化。八月末，驹子的姓从久保田变回了有森，九月中旬某一天，浴室旁边的房间里传来了驹子的惨叫。那是傍晚六点左右。杏子率先冲了过去，立刻把手伸进驹子嘴里，将里面的血块取了出来。然而，这一次，即便是杏子的"神通力"也没能挽救驹子的命。孩子们都被这个咳血的场面吓坏了，只是呆呆地站在房间外。

两天后举行了葬礼，比起小太郎那时，驹子的葬礼要简朴得多。葬礼结束后，全家人在火葬场和躺在棺柩里的驹子进行了最后的告别。驹子面色苍白，如同朝鲜王朝的细腻瓷器一般，美到甚至让人一瞬间忘记了伤痛。

"好好去吧……"

真小声地说了一句。

这时，没想到驹子稍稍睁开了细长而清秀的双眼。

"嗯，我走了……"

好像传来了她微弱的声音。当有太郎听到那个声音时，驹子已经合着双眼，整个棺柩也被运入了火化炉。

（我一直留存着这样的记忆，没有对笛子或是其他任何人提起过。即便说了，她们肯定也会反驳我说："别说了，这样会做噩梦的。"不可思议的是，我对这段记忆并没有感到恐惧。在我的心里，家人的死与一般的死亡不同。即便家人不在了，也不能因此消除他们的存在。我们这些留在世上的家人，有多少次因为听见源一郎或者小太郎的脚步声、笑声而变得激动,甚至追到了房间外面?又有多少次听到了源一郎的呼喊而回应,抑或是听唱片的时候,感觉小太郎就在身边而不自觉地开始搭话?如此说来,失去了卓也的由纪子也曾有过和我同样的感慨。

"不是碰到幽灵的感觉,确实像是在靠近我,从外面跑回来,或者在屋子里走来走去,我能从空气的流动中感受到他的气息。他的声音也会从某处传来,当我回应'怎么啦?'之后,又到处找不到他,回过神来才意识到,'对了,那孩子已经不在了'。他只是让你意识到他开始了另外一种生活方式吧。虽然肉眼看不到,但我知道他肯定就在这里,当然也会在其他地方。若是平时,我可能会说这无非是妄想罢了,但如今的我开始相信这种只能通过气息感受到的某些存在了。")

从火葬场回来后,杏子独自一边哭泣,一边用油纸将驹子养病住的房间封起来,然后拿福尔马林喷雾彻底消毒。其他人都筋疲力尽,没人想到有必要这么快就做这些。不过,正因为之前杏子在专门照顾驹子的时候,总是仔细地进行消毒处理,所以杏子自己和其他家人才没有被这个病感染。

此后,久保田稻造再无任何消息。稻造的双亲虽然健在,但即便是他们也无法联系上他。据说当时稻造一直在暗中活动。

(虽然经历了这些,但母亲在父亲、哥哥和驹子连续三次的葬礼中都未曾掉过一次眼泪。对此,如今我都感到十分惊讶。也许是身为武士家族女性的习惯,又或许是因为女人的本质天生就具备这样的坚强意志。当我看着自己的妻子时,有时不由得就会这么想。我们来到美国后,广子完全不依赖我,从去政府机关办公文到交涉住房事宜,甚至生孩子的准备都是她独自一人处理好的。她靠自己找到工作,在抚养孩子的同时,还强行把不擅交际的我拖去参加家长教师协会和社区的交流活动。即使到今天,孩子们有什么事也都会找广子商量,而我这个怪癖多多的顽固老头则被彻底排除在外。)

(妈妈经常对我说,她的母亲是绝不会在别人面前掉眼泪的。她会说:"所以我是不会哭的,你也不许哭。"但是,妈妈在儿子亨去世的时候,她和照子阿姨都哭了,卓也去世的时候,我也哭得昏天黑地。不过,葬礼和火葬场那样的地方不一样。在那种地方,情绪本身会消失,只剩下精疲力竭的身体在机械地运转着。所以我认为,在别人面前不流泪不一定就是坚强。虽然这么说,但实际上又是如何呢?——由纪子记)

10 有(勇)太郎的中学时代——三味线与钢琴

真失去了丈夫,算上夭折的长子伊助的话,她还失去了三个孩子。即便如此,她的日常生活仍一如既往。无论发生什么,她都不会忘记修整庭院,尤其是一定会给葡萄喷上波尔多液[①]、修剪藤蔓。她依旧会做味噌和果酱。(如今我所居住的纳什维尔乡下与肯塔基州接壤,有时制作波本威士忌的工厂里会飘来煮玉米的香味。那个味道和家里以前做味噌时煮大豆的味道很像,令我不由得回想起以前的时光。用来煮大豆的是一口非常大的锅。将煮好的大豆捣碎后,混合曲子[②]和盐一起放进木桶,放着让它发酵几年,这样就做成了味噌。太平洋战争开始之后,家里做不成味噌了。后来只能把以前的味噌一点一点地吃光。战争结束以后,樱子考虑到我是自己做饭

[①] 一种杀菌剂,可以阻止孢子发芽、防止病菌侵染,主要用于预防和治疗植物病害。——译者注
[②] 把大米、麦子、大豆和糠等蒸过后繁殖出一定的曲菌,用来酿酒或制酱。——译者注

吃，于是将最后一块味噌让给了我。那块味噌已经干透了，香味也消失殆尽。尽管如此，正宗味噌的味道还是和当时市面上用白薯做的替代品有天壤之别。当我一个人用完最后一块味噌时，不禁百感交集，家里都付之一炬了，这东西居然还好好地保存了下来。）

那年过后，为了还在家里的孩子们，真决定再将北堀町的一部分土地租出去。这么做以后，家里庭院变得相当窄小，但租出去的房子合起来有十间。这些收入足够供有太郎上大学以及女儿们结婚用了。只是真似乎有个私心，希望有太郎能在当地的高等工业学校毕业后就尽快结婚。而有太郎希望自己能考上和哥哥一样的高中和大学，笛子也为此努力帮助有太郎，因此真只好放弃这个想法。虽说这个选择违背母愿有些不孝，但对于有太郎的决定，真却没有一丝踌躇，毫不吝啬地给有太郎提供必要的学习费用。此外，为了考上高中，有太郎还要去参加东京的讲习会，而这又得花不少钱。从有太郎上高中到大学，家里的经济负担越发沉重了。

在真的构思下，新的出租屋变成了相当有档次的房子。真聘请了矶姑姑介绍的一位新的木匠师傅。在当时，这是一个果断又有效的决定。在此之前，有森家世世代代聘请的都是同一家老木匠。于是某一天，老木匠带着手下两个木工来到了北堀町的家里大吵大闹，老木匠的架势像火山一般，要从头顶上喷出火焰来了。真将那座"火山"请到客厅，和他说明了家里艰难的情况，然后不停地向对方道歉。听罢，那座"火山"哭了起来，流下了大颗大颗的"岩浆泪"。那位老人为人古板正直，但有一个致命缺陷，技术不好。

真这次聘请的木匠师傅技术就相当不错，只是长着一张非同寻常的长脸。就在他来到家里和真说话的时候，樱子和有太郎谈论道：

"这该有一尺了吧！"

"有一尺，真的！一尺、一尺！"

两人在隔壁的屋子里笑得前仰后合。他俩目测这木匠的脸长大概有一尺。木匠离开时，樱子和有太郎也出去送了送他。此时，木匠向两人投来了一个微妙的笑容。也许他觉得这两个小孩大声吵嚷，缺少管教，多少被吓到了吧。

过年的时候，新出租屋还在装修，从那时开始，初中二年级的有太郎就作为户主代表到处去拜年。租客那边也送来了一箱橘子和一条鲑鱼。那个时代还比较和平。年末捣年糕一职也由有太郎担任。虽然只是初二的学生，但因为他个子高大，举起巨大的木杵完全不在话下。把捣好的年糕沾着萝卜泥吃，简直是无与伦比的美味。一时吃不完的年糕就装在饭桶里保存，但过不了多久就会长绿毛，味道也会变差。正月的料理中，有太郎最喜欢的莫过于真做的名为"泡雪"的点心。那是一种甜点，做法是将搅拌起泡的蛋白淋在红葡萄酒制成的果冻上。

言归正传。建造出租屋的那一年，在英姑姑的强烈推动下，杏子嫁到了遥远的北海道港口城市小樽，与那里为数不多的一位资产家的儿子结婚了。

英姑姑和矶姑姑说："驹子的一周年忌日（按佛教的惯例，人死一年后要在寺庙里为其祈祷。——帕特里斯注）过后，既然家里人都如此心神不定，那除了笛子之外，剩下的女孩还是早点结婚比较好。"当然，如果孩子本人不愿意的话，真也不会首肯，可是杏子立刻点头同意了。从女子学校毕业后，杏子就一直在家里帮忙做家务，也许她自己也觉得这样脸上无光吧。杏子在英姑姑身边学习三味线后，就十分受英姑姑喜爱。不过，这个三味线却让有太郎觉得有些烦躁。

"三味线什么的还是别学了吧，杏子姐也学钢琴不就好了吗？"

但是杏子并没有放弃学习三味线。于是有太郎就对性格柔顺的姐姐"命令"道："你非要学的话，就到浴室里面去练习吧！"听了有太郎的话，杏子就像希望求得有太郎原谅似的，脸上浮现出难以捉摸的微笑，点了点头，随即将自己关在浴室里练习弹三味线。当时未到冬季倒还好，但有太郎明明是弟弟，对待姐姐却残酷得如同一个暴君。有太郎固执地认为，钢琴或者小提琴什么的都可以，但三味线就是不行。对此他也没有一个确切的理由。总之，他就只是说听不惯三味线的声音。在有太郎看来，三味线不过是酒席上才会出现的肤浅的乐器罢了，这样的偏见一直束缚着他。即便如今意识到了自己的这份偏见，但有太郎还是认为三味线这个乐器不合他的胃口。

因为北海道十分寒冷，所以杏子的结婚仪式定在了入冬前的十一月，婚前的准备非常仓促，就连有太郎看了都觉得遗憾。就这样，在英姑姑和河田善政的陪伴下，杏子嫁到了小樽。此前她只与结婚对象在东京见过一次面而已。

关于杏子结婚这件事，有太郎觉得十分荒唐，他已经回想不起详情了。只记得对方的名字好像叫吉川，当时在他父亲经营的银行里工作，除此之外，有太郎忘得一干二净。然而，杏子结婚后只过了半年，也就是第二年的五月份，就在她公公的陪同下回到了北堀町。虽然在回来之前，杏子曾给家里写过信，但这对有太郎来说还是过于突然。他甚至一度怀疑，回来的根本不是杏子本人，就好像杏子后面长出了狐狸尾巴一样。很快，英姑姑也来到家里，对杏子和真赔礼道歉。她说："一切都是我的错。如果我提前到小樽调查清楚就好了。本以为对方家境不错，还读过大学，所以就完全放心了。"真带着安慰的口吻回应道："这不是任何人的过错，要怪只能怪命不好。"虽然听了两人的谈话，有太郎还是完全不清楚在小樽究竟发生了什么事。杏子也闭口不谈自己在小樽的生活。回到家后，杏子就像什么都没发生过一样，只是默默地做家务，今天擦擦走廊的地板，明天换换门窗的糊纸。

很久以后，听照子解释才知道，原来杏子的丈夫患有非常严重的神经衰弱，经常会有一些暴力行为。结果很不幸，杏子的一只耳朵几乎被打坏了，于是对方家里提出了解除婚约。但是，在那十年后，樱子所说的事实"真相"是，对方在结婚前早就有了非正式的妻子，后来因为这个产生纠纷，男人开始破罐子破摔，甚至使用暴力欺负杏子。反正无论真相如何，当初家里人为了杏子着想，在她回来后，大家都装作不知道这六个月在小樽发生了什么。但有一个事实谁也无法掩盖，那就是杏子左耳听力变差了。不过，杏子本人没有因此感到痛苦，似乎这件事对她的生活并没有产生什么影响。

五月份杏子回来的时候，高等工业学校的一位数学老师来到家里寄宿，就住在以前的儿童房。同年，笛子从东京的学校毕业后，当了山梨县女子学校的老师。因为距离甲府太远，通勤不便，所以笛子寄宿在学校东面的小镇上。虽说周末的时候笛子会回甲府，但那时北堀町的家里大部分时间都只有樱子、有太郎和真三人。因此，那位住在以前儿童房里的斋藤老师不仅为真提供了经济上的帮助，也让她多少有些心安。

斋藤老师少言寡语，爱好是散步，怎么看都算不上是一个有趣的人。但对有太郎来说，这就像家里请了一位家庭教师一样，在很大程度上帮助了他的学习。或者，说不定是笛子考虑到有太郎失去了父亲和兄长，特地安排斋藤老师来家里寄宿的。然而，两三年过后，有太郎的成绩却没有预想中的优秀，笛子对此十分失望。有太郎的成绩里，只有体操是"甲"（以前日本衡量成绩的标准是分甲、乙、丙、丁，分别对应现在的 A、B、C、D。——帕特里斯注），其他都是"乙"居多。为此，笛子经常狠狠地训斥有太郎："怎么连数学和英语都拿不到甲？！"笛子认为，小太郎已经不在了，为了消除这份遗憾，有太郎应该更加勤奋学习，她下定决心要替小太郎来督促有太郎。而真与笛子相反，她对有太郎的成绩不闻不问，只是一心关心他的健康，为他编织毛线袜和内衣，还要保证他每天都能有八小时的睡眠时间。

不知道是不是托了斋藤老师的福，上了初中四年级后，有太郎对数学的理解能力提高了，取得的好成绩也让笛子十分满意。后来上到第五年，所幸一次就考上了仙台的一所高中，这家学校的入学率是 3.9∶1。（我居然还记得这么精确的数字！）

另一方面，斋藤老师的存在也让北堀町的家里产生了一些微妙又麻烦的问题。杏子从小樽回到了家里，笛子周末的时候也会回来，因此斋藤老师必须同家里三个年轻的姑娘打交道。不过，由于笛子并不会将斋藤老师这样的人视为异性，所以从一开始，二人就保持着距离。

回到甲府后，杏子立马着手在院子里栽培玫瑰。但栽培的玫瑰远远没到能大量销售的程度，只能赚个零花钱。后来，杏子利用小樽那边给的抚慰金或者说赔偿金，开始去产科学校上课。对于杏子，斋藤老师一开始就很关心。杏子虽然声誉上受到影响，仍然很辛苦，但是她那双圆眼依旧明亮，脸上浮现着惹人怜爱的笑容，看起来还是那个纯洁无瑕的少女。毕竟，杏子才刚满二十一岁。只是杏子心里的那堵墙变高了，她住在以前驹子睡觉的独间，唯一的乐趣就是在浴室里弹奏三味线。因此，在家里，斋藤老师并没有多少机会能和她搭上话。没过多久，斋藤老师的兴趣就转移到了樱子身上。

杏子一心想摆脱"离婚后回娘家"（离婚以后又再次成为娘家里的一员。——帕特里斯注）的污名，所以才想要成为产婆。但她也并未放弃今后成家的愿望。尽管她自觉绝不可能与斋藤老师再婚，可当她听到斋藤老师向樱子求婚这件事之后，心里还是产生了意料之外的失落感。就算二十一岁的杏子心里已经认定了，余生将会只身一人走下去，她仍会想要大喊：不会的，这绝不可能！当时的日本与现在不同，女人若一直独身的话，特别是离了婚的女人，社会的偏见以及经济上、精神上的压力是不容小觑的。

但是，姐妹们和弟弟谁也没把杏子的困境放在心上。本来杏子毫无过错，可是回过神来想，他们一直把杏子当成了家里的累赘。后来杏子从产科学校毕业，拿到了执业证。她和家里人说，想在家门口挂一个不起眼的招牌正式营业，却遭到了家人齐声的强烈反对。

"就算我们家再怎么落魄，也不可以这么丢人，明目张胆地挂出什么产婆招牌。这绝对不行！"

听笛子这么说，樱子也叹了口气说道："对啊，这样做的话，会被周围人说三道四的。"

"再怎么说，我们家也是书香门第。如果哥哥还在的话，早就在家门口挂出光鲜亮丽的'有森医院'招牌了。这样的话，杏子姐倒是也可以在旁边挂个小小的招牌。"有太郎虽然只是初中生，口气却非常狂妄。

"看来是不行吗？"真这会儿站在了杏子这边，嘟囔了一句。然后笛子坚定地否决道：

"虽然这样很对不起杏子，但这件事就是不可以。"

杏子听罢，只是低着头一言不发。

既然招牌挂不上，广告也贴不了，就不可能有人来找杏子接生。

所以，虽然拿到了产婆执业证，杏子还是接不到活。

另一方面，天生性格开放的樱子在与斋藤老师说话的时候，完全不知道顾及姐姐杏子的感受，一直声音很大。就连对斋藤老师没有丝毫尊敬的笛子，也因十八岁的樱子那欢闹的声音心烦意乱。虽说当上了女子学校的老师，但笛子也没有放弃结婚的希望。当时笛子已二十三岁，她有责任照顾有森家更小的孩子们，也就是樱子和有太郎，又加上杏子"离婚后回娘家"的情况，所有这些让她深感郁闷，心里暗暗担忧：这样下去的话，我是绝对没办法结婚的！

不过，看起来无忧无虑的樱子实际上也有自己的心事。樱子开始希望能考上东京音乐学校（日本战败后的国立艺术大学音乐部[①]。——帕特里斯注）。

以前小太郎十分喜欢音乐，多次恳求源一郎给他买钢琴。当他上了大学以后，源一郎一咬牙买了一架二手钢琴。这也是源一郎最后一次买下的大件贵重物品。钢琴买回来后，就一直放在北侧走廊处，樱子爱不释手。跟女子学校的音乐老师上过课之后，樱子就在家里积极地练习钢琴。虽然是长大以后才开始上的课，但樱子的进步很快。其间，要强的笛子也曾尝试弹过几次，可因为没有时间练习，最终连右手的手指都没法在琴键上灵活移动，只得放弃了。有太郎受到好奇心的驱使，也让樱子教他弹。性急的樱子省去了入门的基础教学，直接从小奏鸣曲开始教他，这让有太郎备受打击。

写到这里，顺便提一下，后来笛子自己买了把小提琴，开始自学。看来她也很羡慕樱子能弹得一手好钢琴吧。可惜，学习小提琴的挑战最后也以失败而告终。虽然笛子在学习上脑子很灵光，但若

[①] 1949 年，东京美术学校和东京音乐学校合并为东京艺术大学，该大学为国立大学。

涉及音乐和运动，她却笨拙得让人心疼，甚至连骑自行车都没有学会。之后，笛子又买回来一副滑雪板，还邀请有太郎一起去雾峰（位于长野县的高原地带，海拔1600—1900米。——帕特里斯注）。滑雪板是笛子提供的，却只有有太郎一个人迅速掌握了诀窍，充分体验了一回滑雪的乐趣。而笛子压根就没能在雪面上滑起来，最后只能灰心丧气地离开了滑雪场。那个年代，会滑雪的女性本来就罕见。笛子的性格十分外向，无奈她的手脚太笨拙了。被笛子丢在一旁的小提琴和滑雪板，后来被有太郎拿来用了很久。可惜的是，那副滑雪板在空袭中被烧毁，钢琴也因战争交售（在战争年代，为了制造武器，所有金属制品几乎都被强制上缴。——帕特里斯注）被征走了。

"求你了，让我继续学钢琴吧。我其他什么都不想要，只想以后能读音乐学校。好吗？就让我去吧。"

樱子从女子学校毕业后，每次笛子回到北堀町，她都会缠着笛子。当时家里重大事件的决定权实际上掌握在笛子手里。户主虽然是有太郎，但他还只是个初中生，简单来说就是个小孩子。笛子因为是女子学校的老师，她说话有一定的分量。如果笛子同意，真也不会反对。不过，最终的决定还得经过河田善政的同意才行。当时除了善政，家里已经没有其他可以信赖的男人了。至于英姑姑和矶姑姑，自从杏子婚姻失败以来，她们的建议在北堀町已经失去了信用。

"你已经弹得很好了。樱子你真的有音乐天赋。再弹一次肖邦给我听吧，就是那个序曲。"

笛子说完后，颇有兴致地听樱子演奏了一首。为了获得笛子的首肯，无论她要求弹多少首，樱子都会认真演奏给她听。

"谢谢你，樱子，我已经很满足了。虽说听唱片也不错，但果然还是比不上现场演奏啊。"

笛子微笑着说。见状,樱子从钢琴椅上移到笛子身旁,趁势对她说:

"那你不反对了吧!同意我去读音乐学校了,是吧?笛子姐,是这样吧?"

笛子没有因樱子的兴奋而点头。

"这可不行。樱子,你还是放弃吧。你如果要去女子大学读书的话,我倒没什么话说,音乐学校什么的就算了。"

"可是,我擅长的只有钢琴啊,一直都没有好好学习,根本考不上女子大学啊。除了钢琴,我什么都学不了!"

樱子摆出一副要哭的脸,越发哀求道。即便如此,笛子还是一点同意的意思都没有。

不过,樱子却没有就此轻易放弃她的钢琴梦。后来,她放弃了请求笛子,转而向杏子和有太郎求援。两人为了让樱子高兴,都毫不犹豫地同意去说服笛子。但这两个"援军"的力量实在过于微弱。两人到了笛子那里,先是"离婚后回娘家"的杏子被笛子骂了一通:"你觉得现在是说这种悠闲话的时候吗?你难道不应该好好考虑一下自己的事吗?"杏子噙着泪闭上了嘴。接着,有太郎也被笛子怒视着呵斥道:

"你知道音乐学校是什么地方吗?就这样也想来多管闲事?你也是,给我好好考虑考虑,万一考不上高中该怎么办!"

有太郎不禁缩了缩肩膀。

之后,樱子又向斋藤老师求援。不过,意外的是,斋藤老师拒绝了樱子。他之所以拒绝,是因为他想和樱子结婚。虽说有个爱好钢琴的妻子很不错,但是他等不了樱子从音乐学校毕业才结婚。

河田夫妇为了过新年,年底带着孩子们来了甲府。正月初三,夫妇俩把樱子叫到跟前。真和笛子也坐在一旁。然后，作为家族代表的善政给樱子下了最终决定：

"去音乐学校这件事，我劝你还是放弃吧。现在这个时代，仅凭梦想是没办法生存下去的。今后日本将变成什么样，谁也没法预测。日本人喜爱西洋音乐，跟以西洋音乐为生完全是两码事。一个日本人想要成为一流的西洋音乐家，那就必须去欧洲留学。但很可惜，如今母亲并没有这样的经济实力。而且，现在日本已经从国际联盟退出了，同美国和欧洲断了关系。在如今的日本要学习西洋音乐，从开头就知道是没结果的事。当然了，今后你还是可以继续弹钢琴，只是没有必要特地去音乐学校学习，浪费时间和金钱。我说的话，你明白吗？"

樱子只是一直沉默着。

善政为人宽厚，虽说是工科出身，但兴趣广泛。他会创作短歌①，也会画画。正因如此，他完全能够理解樱子的钢琴梦。对于自己无法帮助樱子实现这个梦想，他也从心里感到十分遗憾。有太郎在套间听到这番谈话，都能理解善政内心的意思，樱子也绝对听得出来。

看着沉默不语的樱子，照子叹了口气，开口道：

"我知道樱子你心里不好受，但想必你也清楚，现在，就连像笛子这样从女高师毕业的人都很难找到工作。虽说笛子好不容易找到了一份工作，但是被调配到了那种乡下地方。如果不是现在这样的时代，她肯定可以在甲府找到一份好工作。还有有太郎也是，他如果能去高等工业学校读书，毕业后当上工程师的话也挺好的。走这条路对他以后更有帮助。不过，这对他来说可能还不够，事到如

---

① 日本和歌的一种形式，由5句、31个音节数构成，格式为"五、七、五、七、七"。——译者注

今也只能让他好好学习，以后上大学读医学或者工程学什么的，总之是个能找到工作的专业就行。这样的话，倒还说得过去……"

突然，樱子哭了起来。照子和其他人见状都没有出声。寒冷的前厅里，只有伏在榻榻米上的樱子的哭声在回响。樱子的身体如同弦乐器一般，发出高亢震耳的哭声。

（当时军队的将领为了"灌输国防思想"，也会到中学和女子学校去。他们站在台上一边挥舞着军刀一边演讲。宣传的主旨是：与敌人对抗保家卫国的不仅是军队，每一位国民也必须放弃富足的生活，戒掉任性自私，所有人团结起来支援军队，以此来保卫国家。中学生们被要求重视团体体操，裤子要绑上绑腿带，并且必须出勤到校。甚至女生裙子的褶皱数也被严格限制。若褶皱数很多，会被视为"损害国防的不良分子"。当时每所学校里都有一个被称为"奉安殿"[①]的、类似小仓库的建筑。里面放着天皇的《教育敕语》[②]。那是明治天皇写的诏书，内容是昭示日本国民教育理念的文章。每逢举办学校典礼，校长都会取出那份写着这篇文章的白纸，在台上大声朗读。其间，学生们必须低着头听。文章的内容都是一些晦涩难懂的词语，学生们大多听不懂什么意思，只是在下面时不时戳一戳旁边的孩子，或者在想别的事，校长的声音变成了耳旁风。当时还有一个规定，在经过奉安殿的时候，哪怕人站在较远处，也必须怀着最大的敬意朝里面敬礼。就是这么一个荒谬规则横行霸道的可笑时代。"自我"的想法是绝不被允许的。因此，那个时候樱子的梦想破灭，也是不得已的事。不过，我总觉得现在的日本也还在上

[①] 第二次世界大战战前、战中，日本的学校内保存天皇、皇后照片和《教育敕语》的建筑。——译者注
[②] 明治天皇所写的关于近代日本教育方针的诏书，以维护天皇制国体，1890年10月发布，1948年6月被废除。文章内容侧重国家主义，被视为日本国民修身和道德教育的基本准则，后在第二次世界大战期间被神圣化，用作军国主义理论依据而与初衷背道而驰。

演着同样的事情。现在去日本，仍随处可见穿着漆黑制服的少男少女团体。在银行里，在百货商场中，这些统一的制服仍未消失。明明已经基本上无人穿和服和木屐了，火盆和水井也已消失殆尽，可为什么学校和银行这些地方的制服仍然一成不变呢？）

"他们都说这个时代、这个时代的，但就因为在这样的时代，我才希望至少能继续学钢琴啊。有太郎你也是，正因为在这样的时代，一定也不想当什么工程师，而是希望能学天文学和数学吧……"

樱子对自己去音乐学校的梦想已经不抱什么希望了。是夜，她来到在套间学习的有太郎身边，和他倾吐胸中无法消解的郁闷。

"……虽然说驹子姐也很可怜，但起码她能在东京学习自己喜欢的专业。我觉得我才是最可怜的那个。我都没有什么可期待的了，以后该怎么活啊？现在心里空荡荡的。唉，真是无聊死了。哥哥还在的话，说不定会站在我这边呢。要不我也像清美那样离家出走去东京吧。不过，我和她情况不一样，即便我离家出走也不会被原谅的。虽然在百货商场工作很时髦，我也挺向往的，但是肯定很辛苦吧。唉，如果我是男孩就好了。有太郎你就完全没有这方面的烦恼呢。我说，下次和我去爬驹岳吧。我咽不下这口气，想去爬爬驹岳。这样我就能成为女登山家呢。啊？你这家伙笑什么？你是不是在想，反正我只是个异想天开的笨蛋罢了，是吗？真是的，凭什么你是优等生啊？我都有点嫉妒你了。唉，真是无聊啊……"

梅雨过后，有太郎遵守与樱子的约定，两人一起去登了一回驹岳。其实，那时有太郎马上要去东京参加夏季学习讲座，学业也变得繁忙起来了，但他还是不忍心把郁郁寡欢的樱子撇在一旁。从女子学校毕业后，樱子没有再继续升学，而是开始闷闷不乐地接受茶道、花道（茶道和花道都有一些复杂的规矩，年轻女性为了学习这些会去小型学校上课。——帕特里斯注）之类的所谓"新娘培训"。

有太郎一心希望，那个小太郎喜爱的、活泼开朗的"玛吉"能快些回归。爬驹岳的那天，樱子在下山的时候不小心摔倒了。看来，樱子要成为女登山家的梦想也破灭了。

杏子没太在意樱子在进行"新娘培训"，她那段时间在英姑姑的三味线辅导班里当助教。其间她挣了一些零花钱，可是对杏子来说，那种辅导班就是年轻女性的社交圈，待在那个地方她并不舒服。不过，后来杏子却意外地在那里找到了适合自己的"工作"。

话说回来，斋藤老师是什么时候和真提出要和樱子结婚来着？好像就是樱子决定放弃去音乐学校的梦想之后。一旦涉及姐姐们的结婚问题，作为弟弟基本插不上嘴。这个秘密消息并没有弄出多大的水花，很快就宣布了正式的婚约。可是，在樱子看来，这个婚约在宣布之前甚至没有人告知过她，而且宣布以后也没有下文。接着，三月份的时候，斋藤老师回了一趟故乡长野县后就销声匿迹了。又过了三个月还是六个月以后，一封信寄到了家里，信里说斋藤老师和故乡的一位女性结婚了。

有一天，樱子从真那里得知了斋藤老师向她求婚一事。真并没有什么理由强烈反对这门婚事。樱子也十分亲近这位年长自己九岁的斋藤老师。虽然他和小太郎是完全两种类型，但樱子还是会依赖他，经常请他帮自己检查作业，或者请他给一些读书或音乐方面的建议。每当樱子做好了一条新裙子，她都会最先让斋藤老师帮忙看一下，问他："怎么样，适合我吗？会不会很奇怪啊？"斋藤老师则会面带笑容地对她说："很可爱啊。"对樱子来说，她很想要一个能撒娇的对象。樱子实际上也非常寂寞。

因此，直到前一年，樱子都还觉得和斋藤老师结婚也不错，不过，前提是她能去音乐学校学习。这个条件对樱子来说是第一位的。

所以，当这个梦想幻灭以后，樱子自然也就无法同意这门婚事了。这是关乎她自尊的问题。"当谈到我要去音乐学校读书这件事的时候，那个人就胆怯了，不支持我，只是沉默着逃避。而且，当我确定去不了音乐学校之后，他就一副终于放下心来的样子向我求婚。这实在是让我失望透顶，我甚至有些看不起他了。"

就这样，樱子拒绝了斋藤老师。既然正式的求婚被拒绝了，斋藤老师也就很难再以借宿为由待在有森家了。所以，后来他不得已回到了故乡。

（不过，以上只是我个人的推测。就连斋藤老师是否提出了求婚这件事，实际上我也不是很清楚。哪怕是后来，我也没能从其他人口中得知确切情况。

"以后我就要代替你哥哥照看你了。"

当我请教斋藤老师数学问题的时候，他和我说过这么一句话。我记得，大概从那时起，我就开始仔细观察斋藤老师和樱子两个人了。我觉得斋藤老师说这番话，就是意味着他以后会和樱子结婚。但实际上，斋藤老师可能只是单纯地想让失去了父兄的我振作起来，才说了这句颇为伤感的陈词滥调吧。

当时实际发生了什么，或者没发生什么，如今已没法探究。对我来说，之所以一直难以忘怀这件十分微妙的事，是因为我发现年长我两岁的樱子不知何时，在年长的男性看来已经是一个成年女性了，完全可以当结婚对象来考虑。对此，我感到无比震惊。那是一种在驹子和杏子身上都没有过的奇妙的惊讶感。樱子不可能一直留在我身边当我的玩伴，但樱子明明还是那个樱子啊。作为十六岁的一个幼稚弟弟，我不想让樱子离开自己，也不想让任何人靠近她。）

关于斋藤老师，还发生过这样一件事。

樱子和有太郎有一个共同的爱好，就是听唱片。两人把小太郎的唱片全听完了，笛子也时不时会从琴行租回一些唱片给他们听。但对两人来说，还是完全不够。于是他们就请求斋藤老师，请他专门借来学校里的唱片。大多是肖邦和贝多芬的曲子。

　　记不清是哪一张唱片了，有太郎某天不小心摔坏了斋藤老师借回来的一张唱片。以前的唱片每一张都很重，而且很容易裂开，因此也十分贵重。

　　对于自己的马虎大意，有太郎非常惊慌，他打算将碎掉的唱片先给樱子看看。

　　"我真不知道该怎么办了，看来只能赔偿了。但这是学校的唱片啊，就算我赔了，也不一定会原谅我吧。再说了，我哪来那么多钱……"

　　樱子把唱片的残骸接了过去，重重地叹了一口气后，果断地说道："小有你别担心，交给我来处理好了。"

　　就在这时，斋藤老师从学校回来了，他发现樱子和有太郎在以前的儿童房，也就是现在他住的屋子里等着他。这间房只有一扇连接玄关的门。两人就这么站着，等着斋藤老师进房。

　　"哟，你们两个都在呢。我回来了。"

　　斋藤老师把包放在房间入口处说道。就在那时，樱子突然坐到榻榻米上，两手撑地，鼻尖贴着榻榻米低下了头。有太郎见状，也慌忙跟着一起跪下。

　　"就在刚才，我犯了一个无法原谅的错误。我不小心将老师从学校借回来的唱片摔成了这样。我知道自己没有能力赔偿，还望老师给我相应的处罚，让我做一些力所能及之事予以补偿。"

　　樱子一口气说完了这一大段话。斋藤老师听后，先是被吓了一跳，什么也没说出口，然后他笑了起来，坐到樱子跟前，轻轻拍了拍她的肩膀。

"樱子，先把头抬起来。怎么可能让你赔偿。没关系，这张唱片很容易就能在甲府买到，明天我去拜托学校的总务科就好了。看你这可怜模样，一定是吓坏了吧。学校里几乎每天都有唱片被摔坏，没人会觉得奇怪。忘了这件事，一起过来吃零食吧。"

这件事就这样出人意料地解决了。有太郎自始至终都没在斋藤老师面前说一句话。就这样，罪魁祸首被转嫁到了樱子头上，有太郎只是装出一副什么都不知道的样子。

（不对。当时的我为什么没能说出摔坏唱片的其实是我呢？都已经初中三年级了，为什么我还是那么幼稚、自私自利呢？那个时候，十八岁的樱子正处于最在意异性对自己看法的年龄。她本人对此什么都没说，而我对于她的这份牺牲连句感谢的话都没能说出口。当时我只想着，果然斋藤老师宠着樱子啊，哎呀呀，这下得救了。

如今再回想起这件事，七十一岁的我真是太厌恶自己的卑怯了。）

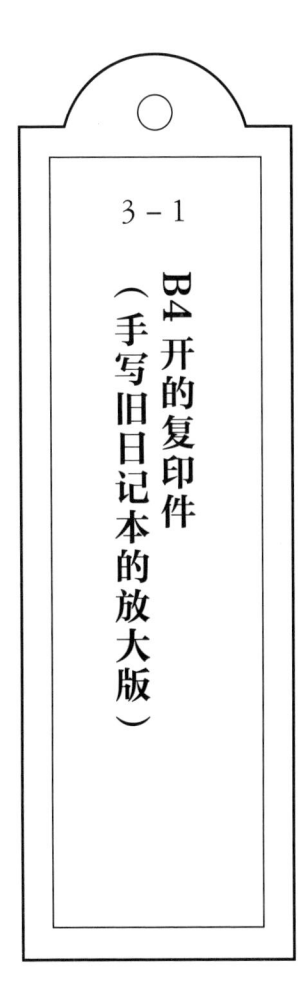

3-1

B4 开的复印件
（手写旧日记本的放大版）

(帕特里斯·勇平改订版)

（我把母亲笛子写的日记装订在这里。因为从她写的内容来看，放在这个地方最容易让人读懂。

这本日记并没有记载年份，但是可以看出内容与杏子从小樽回来的那年，也就是昭和十一年、一九三六年有关。我母亲在女子学校任教过一段时间，之后便和我父亲杉冬吾订婚，在甲府开始了婚后生活。再后来，他们搬到了东京。这本日记也伴随着身为年轻妻子的母亲一起被带了过去。不久后，战争愈演愈烈，东京随时都有被轰炸的危险，于是他们又搬回了甲府。然而甲府的房子已在一场空袭中被烧毁，几乎一无所有的他们只能逃到父亲的故乡青森。战争结束一年多之后的那个年末，父母他们又回到了东京。他们从前在东京居住的那幢小房子没有被战火波及，完好如初地静候着主人的归来。母亲先前丢弃在那里的日记本，恰恰因此而得以保存下来。运回甲府的许多重要物什反而被大火毁于一旦。

我想，也许正因为如此，这个日记本才碰巧留在了母亲手中吧。真实原因只有母亲知晓，不过她两年前已经不在了。父亲的遗物，比如书籍、笔记本、手稿、速写本和颜料盒之类的东西都装在一个茶具箱里，这本日记也在其中。它看上去的确非常老旧，但也是一个非常精美的硬壳笔记本，上面还贴着一块布，原先的颜色应该是天蓝色。里面的纸是素色的，母亲就在这上面，想到什么就用钢笔随心所欲地写下来。可以看出来，母亲在婚前写日记时，多多少少有些装模作样，可后来她对女儿们，也就是我和姐姐，就好像换了个人似的，从不允许我们摆架子。想到这点，我不禁觉得挺好笑的。——由纪子记）

无题

Fueko Arimori[①]

"时间"将两人拆开，
白天平安无事过去了。
没有欢乐也没有悲伤，
到底应该去怨恨谁。

然而，暮色降临了，
看到点点星光的时候，
像躺在病床上的小孩，
心里微微发出呻吟。

《离别》，黑里贝塔·冯·波申格尔[②]

选自《海潮音》，上田敏[③]译

五月，气温快速上升，白天热得人汗津津。

---

① "有森笛子"的日语罗马音。
② 黑里贝塔·冯·波申格尔（Heriberta von Poschinger，1844—1905），德国女诗人。
③ 上田敏(1874—1916)，日本诗人、翻译家、英国文学学者，致力于翻译、介绍外国文学，尤其是西欧象征主义诗歌，《海潮音》（1905）为其著名的翻译诗集。

我收到了清美的来信，现在她好像已经完全摆脱了跟踪和审查。

好在她赶在小菊出生前自首，并一口咬定自己已经不再参与"运动"，应该没事了。要是现在还有眼线在跟踪她的话，那我也会因为和她交往过密而被扣上"赤化教师"的帽子，立场岌岌可危。原本清美是为了保护哥哥的安全才代替他四处活动的，想必特高不会特别留意她。不过，我听到过太多的风言风语，有的说光是在路上捡起反战传单都会被逮捕，这让我惶恐不安。

小菊的身体状况依旧很糟糕，年纪那么小就有哮喘，实在可怜。我有时不禁想，要是哥哥还在世的话，一定会为她找到最佳的治疗方案，可是如果哥哥还在世的话，清美也许就不会生下小菊了……我脑子也糊涂了。"如果哥哥还在世的话……"我总是告诫自己不要有这么愚蠢的幻想了，却还是会忍不住胡思乱想。回甲府的家对我来说是一种折磨。无论我怎么寻找，哥哥都已经不在了。父亲也不在了。就连儿童房都被斋藤霸占了，明明独间就够他这样的男人住了。另一方面，樱子和勇太郎又在空荡荡的房子里大吵大闹。我讨厌勇太郎。他不过是个乳臭未干的初中生，却把自己当成一家之主似的，还去调查租户的房租是不是都收齐了。不像哥哥一样去跟其他男生一起打棒球或网球，总喜欢和我们这群女孩子黏在一起，在我们面前逞威风。他不知道奉献为何物，更别谈什么正义和理想了。"只有无可救药的蠢蛋才会为了理想拼上性命，要是我的话，为了活命什么谎都撒得出来。"这种残酷的话，勇太郎侃侃而谈。谁都不愿意被杀死。不过，整天想着"无论成为多么卑劣的人，只要活着就好"，并且还为此大言不惭，那么作为一个人，这种价值观真的正确吗？

当然，这可能不仅仅是勇太郎一个人的问题。我教的女学生们也是如此，都是十足的现实主义者，她们对什么事情都是事不关己的态度。虽然学习很认真，但总有些肤浅。可能是因为我们之间的代沟实在太大了。或者她们有自己的理由，觉得时代就是这样，能有什么办法呢？

每当我收到清美的来信，或是在东京和她见面时，关于哥哥的回忆就会重新涌上心头，让我陷入悲伤。这之后的晚上也一定会梦见哥哥。梦见自己终于找到了能治好哥哥疾病的药，满心欢喜地到了医院，结果却突然想起哥哥早就死了。梦见自己听到浴室里有声音，进去一看，发现哥哥在里面一边一个劲地往身上浇热水，一边哭着说："明明这样做我死掉的身体就能复活的，怎么还是不行啊……"梦见哥哥在儿童房里学习，我走过去不断喊着："哥哥、哥哥，听不见吗，哥哥？"哥哥却怎么也听不见我的声音。

*

坦白说，我以前就和清美合不来。尽管我们在同一屋檐下长大，但感觉一直是各自在不同的房间做着不同的事情。也许是因为只有清美是祖父母的养女，所以祖母对她特别照顾。不过，她这样寄人篱下，也挺可怜的。她和哥哥只相差一岁，他俩从小就像双胞胎一样。她是哥哥的"跟屁虫"，哥哥的"伴唱"。虽说她总是跟哥哥形影不离，但完全感觉不到她的存在。即使他们两个人待在一起，也好像只有哥哥一个人一样。和清美这样的人真是连吵嘴都吵不起来。她像是我们的姐姐，但又明显不是姐姐；和哥哥像双胞胎一样，可是她又长得一点也不像哥哥。"我和小笛还有小杏你们可不一样哦。你们就只是'妹妹'而已。"清美总爱这样炫耀。她确实不是我们这些妹妹中的一员，她是哥哥的表妹，在户籍上，她又是哥哥的姑姑。

"我只告诉小笛你一个人哦，再过半年左右就要生宝宝了。"

那天是哥哥的一周年忌日。清美在前一天到了甲府，第二天就要回东京，我提出送她去车站。我过两天也会回东京的宿舍，然而在东京反而更难见到她。做法事的时候，哥哥生前的很多同学都来悼念。法事匆忙结束后，我就想利用送她去车站的短暂时间，和她单独说几句话。其实，我只是想向她诉说失去哥哥后心中的不安，我觉得她能理解我的心情。

家门口的满天星点缀着星星点点的小白花。小时候，哥哥和清美经常吸取这种小花的花蜜。他们摘下一朵含在嘴里，吸吮到一点甜头就扔在脚边，然后接着摘。

我俩一直往南走，不一会儿就到了中央线的铁轨。沿着铁轨往车站走了一会儿，只见路边到处开满了艳丽的红色杜鹃花。风一吹过，淡淡的甜香扑面而来又转瞬即逝。晨光中，南阿尔卑斯山脉白雪皑皑的群峰浮现出来。

这时，清美在铁路旁的栅栏前停下了脚步。她抬头望着南阿尔卑斯山脉，突然和我聊起了宝宝的事。刚听到这句话时，我完全懵了，不理解她是什么意思。我盯着身材比我还要娇小、嘴唇上涂着淡淡口红的清美，问道：

"你说的是谁？是照子姐吗？可是完全没看出来呀。"

前一天照子姐一家也来参加哥哥一周年忌日的悼念会了。

清美紧咬着下唇，这是她从前就有的习惯。她用有些生气的口吻回答我，我看到她的门牙沾上了口红的颜色。

"我是说我的孩子要出生了！大概就是今年的十一月。"

说完，清美沿着铁路继续朝车站方向走。直到清美走了十来米

远,我才晃过神,赶紧追上她问道:

"谁这么跟你说的?到底是怎么回事?怎么会有人开这么过分的玩笑?"

我看着穿深蓝色西装的清美,发现她确实丰腴了一些。可是我还是无法想象,她连结婚对象都没有,怎么就怀孕了?虽说她之前结过婚,但刚结婚不久就离婚了,而且那之后都过去三年了。

"是哥哥说的呀,所以肯定不是骗人的。其他人谁也不知道,这是真的。"

清美微笑着说道。从昨晚到现在,她黝黑的脸上第一次浮现愉快的表情。清美的话越来越离谱,听得我不仅云里雾里,甚至开始有点毛骨悚然。

"哥哥什么时候告诉你的?哥哥这个人才不会开这种恶劣的玩笑呢。"

"所以说这不是玩笑,是真的啊。哥哥说,我可以给他生个孩子。"

清美说这话的时候,脸上洋溢着喜悦,我听得鸡皮疙瘩都起来了,当即就想蹲下来大哭一场,但我不想刺激清美。她真是太可怜了。哥哥走后这一年,连我都过得如此空虚寂寞,更不要说她了。再加上秋天的时候,驹子姐姐也过世了,我便活得和鬼魂一样浑浑噩噩,连悲伤的情绪都消失了。可是,当我在东京看到和哥哥同一所大学的学生时,在经过和哥哥一起去过的书店时,还是会突然像冰雪消融一样泪流不止。

"可是,你怎么把孩子带大呢?"

我问道,声音有些颤抖。

"哎呀,这是哥哥的孩子,不用担心。对了,你也要好好的啊,孩子一生下来我就告诉你。在这之前,你不要来找我,因为和我走太近的话，你可能也会有危险。万一我有什么不测，小笛你一定要记住，这是哥哥的孩子，要替我保守这个秘密。"

清美说完这些话后，就一路小跑进车站了。我没留意是否有刑警跟在后面，留在原地的我心情非常糟糕，沿着来时的路往回走了一会儿，看到一堆枕木，一屁股坐了上去。

此后七个月里，关于清美的那些谜团像梦魇一样始终萦绕在我的心头。起初，我想这不过是清美在胡思乱想罢了。如果是这样的话，事情就简单多了。但是我又非常生气，胡思乱想怎么能把哥哥也扯进来呢？还说什么是哥哥的孩子。我不能容许她对哥哥的肉体有什么遐想，一点点也不行。我敢保证，哥哥是一个身心都纯洁的青年。不过，气愤之余又突然想到，清美难道也参加"赤色"活动了吗？我记得听哥哥说过，百货商场的工会运动近来相当活跃，而且他说这话时几乎是带着赞赏的语气。这样一来，清美的怀孕说不定是真的。因为牵扯到思想问题的人往往都追求自由恋爱。

我想再见一次清美，问问她究竟发生了什么，以佐证我的想法。于是我去东京，到了日本桥的一家百货商场。我以为清美还在那里工作。可是，她已经从那家商场辞职，不知道搬到哪里去了。我在一楼的柜台买了一把小梳子就回去了。

*

两年了，我还是没能适应教师生活。每天从学校回到公寓，将就着吃几口索然无味的晚饭后，就已困得睁不开眼睛。相比起东京，甲府是不折不扣的乡下，可是我所在的这个小镇和甲府比起来简直是乡下中的乡下，我班上的女学生们都太土气了！虽然也有几个聪明伶俐的女孩，但整个班级死气沉沉的，毫无生机。这里的老师们也小心翼翼，十分消极，只会用军事化管理的方式来管教学生。东京的学校环境很严格，这是不争的事实，但最起码授课内容非常自由，让我多少能理解学问公正性的真正内涵。说什么"源氏"（指《源氏物语》，写于一千多年前的知名长篇小说。——帕特里斯注）的天皇怎么能与现在的天皇同日而语，必须把"不敬罪"（冒犯天皇的罪名，实际上有许多人因为这种罪被逮捕了。——帕特里斯注）从"源氏"身上去除掉。① 这个世界竟然会变得如此荒唐，这一点一定连哥哥也没有想到。早知时代如此变样，我就不选择当语文老师了。哪怕有学生带着一点点反抗的情绪注视我，我也会倍感欣慰。尽管表面上不能吐露心声，但我一定会向她们不断发出微弱的信号，让这些心思敏锐的同学感受到我的真实想法。我热切地期待能有这么一天。正是这份渴望，支撑着我度过每一天。可现在，就连这个小小的期待，我也指望不上我的学生们。她们只会按照所学的方法循规蹈矩地做给定的课题，不抱半点疑问。实在是无聊透顶！

*

我同时收到了照子姐和杏子的信。

看完信后，我大惊失色，甚至忘记了愤怒。

我深知这不是杏子的错。她也是被英姑姑逼迫着结婚的，而且谁也没料到会落得如此严重的下场。尽管杏子完全是受害者，不过我还是想责备她。真想对她大叫，落得如此下场，全怪你太迟钝了！一想到她被吉川殴打后，会不会还傻里傻气地冲他笑，别说同情了，

---

① 此处的意思是：对"源氏"的天皇可以不尊敬，但是对现在的天皇必须绝对服从，否则就是犯了对天皇的"不敬罪"。作者在此讽刺所谓的忠君爱国思想，在当时的社会氛围下，青年学生常被灌输到没有自己的主见。——译者注

甚至一阵厌恶感涌上我的心头。在耳朵被打聋之前，她究竟承受了多少暴力啊？为什么不早点逃走呢？

信里说，我下次回北堀町时，杏子应该已经从小樽回来了。

"笛子姐，请原谅我这次的意外。除了北堀町，我实在无处可去了，我会尽量不给你添麻烦的，拜托让我暂时住在北堀町一阵子吧。"

杏子这样的文字也让我厌烦，本来就是迫不得已才离婚的，堂堂正正地回来就好了。虽说在外人看来有些丢人，但那也是没办法的事。

自从父亲走后，家里糟糕的事情一件接着一件。父亲去世前，这个家还满是幸福的模样，没让他为我们操心，我觉得这至少也是种安慰。有时我也会想，如果父亲还在的话，是不是就不会发生这些糟糕的事了。当然这种事情想了也是白想，没有任何意义。

照子姐在信里详细写了杏子离婚的来龙去脉，那些内容让人看了恶心，在此就不赘述了。只能说，性瘾泛滥的人，无论是男人还是女人，比其他所有动物都更加不如、更加丑陋。

但愿杏子能早日洗去那些肮脏的记忆。

*

不要哀叹过去的事。

*

杏子始终保持缄默。

母亲，樱子，就连勇太郎也对杏子身上发生的事情闭口不提。

当然，我也是。

沉默。

在学校里，也没人打破沉默。虽然到处都是流言蜚语。

小时候的我从来没有想过自己有一天会陷入这样的沉默。

樱子弹钢琴的声音，勇太郎朗读英语课本的声音，院子里母亲和花匠交谈的声音，杏子细心地打扫着走廊。多么祥和的氛围啊！

只有去年从朋友家领回来的阿尔，总是缠着人带它出去散步，一直发出哀鸣。

去年春天，深得哥哥宠爱的阿尔不知在哪儿吃了不好的东西，口吐白沫死了。从前我也厌烦阿尔，哥哥已经不在了，它却还生龙活虎的。可它真的死了，我才发觉这世上与哥哥有关的事物在一个一个地消失，不由得悲从心生，开始责怪自己为什么没有看好阿尔。

如今，这只新来的阿尔虽然不认识哥哥、父亲和驹子姐姐，却也不知为什么在发出悲鸣。

*

批改试卷，远足，教职工大会。我没想过教员的学校生活会如此单调和匆忙。

"有森老师，您就是那位大名鼎鼎的有森源一郎老师的女儿吗？"昨天，一位理科老师和我搭话，他说他正在读父亲整理的书。

刚来这所学校的时候，校长也问过我同样的问题。那时他说："有森老师的千金能来敝校任职，实在是我们的荣幸。"

听到这样的恭维话，我一点也开心不起来，因为父亲已经不在了。

*

雨连着下了好多天。

在北堀町的家里,杏子在院子中种了玫瑰花幼苗,她平时就在浴室后面搅拌肥料。种玫瑰花无可厚非,但是不可能像杏子梦想的那样,凭种玫瑰花来养活她自己。杏子的想法总是天马行空,这让我很不耐烦。她越是认真地思考,冒出来的想法就越离谱,我有时真想对她大吼一声:"你干脆把院子当番薯地好了!"

勇太郎这次考试的成绩马马虎虎。他的英语和语文很差,让我很头疼。我教育了他一番:"想要进入理想的高中,成绩必须保持在年级前五才行。"樱子答应教他弹钢琴,看着他那副高兴的样子,提高成绩估计是指望不上了。他对杏子种玫瑰花也很感兴趣,会主动去帮忙。还有妈妈平时做味噌和梅干,他也要插手。休息天就到处采集昆虫。勇太郎和哥哥如此大相径庭,让我不得不佩服。

樱子最近说想考上野的音乐学校,将来靠弹钢琴在社会上立足。这个想法真是太离奇了!她完全不知道自己几斤几两。明明是进了女子学校之后,才开始跟着乡下瘸脚的音乐老师学的钢琴,怎么还幻想自己能考上音乐学校呢?要知道,报考音乐学校的那些人里有大把大把都是从三四岁就开始学钢琴,而且大都师从知名钢琴家。

杏子的玫瑰花配上樱子的钢琴,老天把这么两个天马行空的梦想家凑在一起做我妹妹。

当然,樱子的进步还是值得肯定的。或许音乐真的很符合她的天性,这一点我自然了解。所以,我实在难以启齿,去跟她说以她的水平还没资格参加音乐学校的入学考试。更何况,就算樱子达到了相当的技术水平,以我们家现在的条件,也只能让她放弃读音乐学校。这样直说的话太过于残酷。今后供勇太郎一个人的教育还要花不少钱。而且为了有森家族着想，无论如何也要让他读完大学才行。这样算来，还有八年多的时间。另一方面，杏子是一定要再婚的，如果不能再婚，她就要一直待在这个家里了。樱子和我也都想结婚，拥有自己的家庭，我并不打算做一辈子单身女教师。

北堀町的家目前靠着租金收入，生活还算稳定。杏子前段时间结婚，虽然买了很多衣服，不过目前家里的钱给樱子和我分别筹备婚礼还是绰绰有余的。然而，我依然坐立不安。经济不稳定的不安，家族出路的不安，失去文学和学问自由的不安，种种不安不断蔓延，一点点磨灭我心中的希望。

我怎么一下子苍老了！

*

英姑姑的解释

英姑姑有一个徒弟是吉川的亲戚，有一次去小樽时，她无意中向徒弟提起杏子，于是他们便认识了。像杏子这样端庄大方、个性坚强、会照顾人又长得有魅力的姑娘实在太少见了。家世也无可挑剔，只是不幸接连失去了父亲和兄长，情感上有些脆弱。

听了这些话，对方对杏子饶有兴趣。英姑姑也打探了对方的资产和学历，觉得不错，于是就和对方的伯父在东京见了一面。双方深入了解了一下之后，英姑姑越发觉得这对杏子来说是桩好亲事，她便和真、河田商量此事。慎重起见，河田还邀请男方本人及其父亲来东京见一面。对方说自己经常来东京，从家到小樽又太远了，所以最后就决定在东京见面。由于杏子已经和男方本人见过面了，而且结婚的时候河田和英姑姑会去送亲，所以万一有什么问题，最差的情况下，他们也能在婚礼之前把杏子带回娘家。再后来，依英姑姑所见，无论是婚礼前、婚礼进行时还是婚礼后，整个过程都非常顺利，杏子得到了所有人的祝福，一切都无可挑剔。

河田和英姑姑本该在婚事敲定之前去小樽一趟的，但他们没有。这是道歉多少次都无法弥补的。他们打算对杏子的以后负责，我希望他们能担负起这么沉重的责任。

我们的反应

以后再也不想和英姑姑来往了！连她的脸也不想看见！！

*

今早我看到了英语老师大野先生骑自行车来学校。

我顿时想起了哥哥第一次骑自行车时的那场闹剧，不禁莞尔。

那时哥哥九岁或十岁，我五六岁。他不停对父亲的自行车发起挑战。在寒冷的冬天，我远远地看着哥哥，看到他在家门前细长的小路上连人带车摔倒了好几次。这时突然传来了哥哥的呼喊声。

"快叫妈妈来！快点，快去！"

仔细一看，发现哥哥没有坐在车座上，而是直立起身子站在踏板上，缓慢地前行着。趁自行车还没有倒，我赶紧跑回家喊妈妈。

"妈妈！不好了！快来！"

我这样一叫，不仅引出了妈妈，连在家的清美、驹子姐、幼小的杏子，甚至祖父祖母也都慌慌张张地从家里跑了出来。来到门前，每个人都四处张望，只见哥哥坐在歪倒的自行车旁。

"怎么了，小笛？"

妈妈和驹子姐同时问道。

"哥哥他……"

我不知道接下来该说什么。听了我的回答,妈妈和驹子姐深吸一口气,跑到哥哥旁边。

"骨折了吗?骑自行车多危险啊,不逞强就不会这样了嘛。"

祖父小声嘟囔着,祖母在旁边点头。我听了也以为哥哥真的骨折了。但是,看到哥哥一下子扶着自行车站了起来,我们的担心瞬间烟消云散。

接着,哥哥骄傲地展示了他骑自行车的技术,赢得了一家人的一致赞扬。

那辆自行车现在还留在北堀町的家中,勇太郎有时会骑,不过实在太旧了,他一直想要一辆新的。

我决定用自己的工资给勇太郎买辆新的自行车。我想,或许自己也能偶尔骑车到处走走,放松心情呢。在我工作的这个小镇,骑车被学生们看见会很难为情,但在甲府的话就可以随心所欲地骑了。

连我自己也不得不佩服,这真是个好主意。

*

星期六一回到甲府,我就去了自行车店,一咬牙,买了摆在店门口的一辆自行车。买完之后,除了生活费,我真是身无分文了。

"这是我的自行车,小勇你只能在我不在的时候骑。"

我在勇太郎耳边唠叨了好多遍,然后让他教我骑自行车。看到我骑自行车,杏子和樱子都大吃一惊,喊着:"好厉害,好勇敢!"但是,我以前做梦也没想过有一天自己会想骑自行车。

星期天,我终于开始练习骑车。

我来到从前哥哥学骑车的那条家门前的小路,又借来妈妈干农活时穿的衣服,骑上了锃亮的新自行车。勇太郎在后面用两只手扶着,慢慢推着我向前。我把脚放在踏板上,开始用力踩踏板。车速一点点变快,撑在后面跟着跑的勇太郎把两只手移开了。其间,自行车倾斜了一下,我差点摔在地上。

就这样反复练习,三十次、五十次,最后累到走不动路。勇太郎也急了,但还是继续陪我练习,大概是期待着明天他自己能骑上新自行车吧。

我一开始就深知学习骑车不容易,但我相信只要每周日都练习,总能学会。保持这种信念很重要。

至于钢琴,我干脆直接放弃了。且不说读书的时候了,现在一周连练习一次的时间都没有。而且当着樱子和勇太郎的面弹钢琴太伤自尊了,樱子一个人会弹钢琴就够了。但是坦白讲,我也想要自己弹奏乐曲,现在学已经太迟了吧。说起乐器,杏子最近又开始鼓捣三味线了。她的兴趣变化多端,令人捉摸不透。像我们这种既有人弹奏钢琴又有人弹奏三味线的人家,恐怕很难找到第二家了吧。

*

"……关爱他人,心中就会为他人之感恩所困。随波逐流,身不由己;不随波逐流,会被视若狂人。居于何处,如何生活,方可暂且安身,让心灵得到须臾的安宁?"

今天,我让木村久米子朗读取自《方丈记》(十三世纪鸭长明[①]写的随笔。——帕特里斯注)的这段,没想到她读到"暂且"的

[①] 鸭长明(1155—1216),日本歌人、随笔家,"日本三大随笔"之一《方丈记》的作者,在《方丈记》中从个人际遇、天灾人祸出发,揭示世事无常的道理,进而转向内省的隐士心理。

时候开始哽咽，读到"心灵"的时候竟坐下埋头哭了起来。一问，原来是她的未婚夫前段时间在中国的河北省攻打中国军队的时候阵亡了。班上其他学生听了也跟着抽泣起来，连我也联想到哥哥的死，差点忍不住哭出来。可身为老师，在学生面前哭太不像话了。不过，我也实在说不出"光荣战死"这种话来。

"……是这样啊……真让人难过……《方丈记》的内容太消极了，老师也不喜欢，但因为是教材安排的，也没办法舍弃掉。快擦擦眼泪吧。不如咱们来读《伊势物语》①（十世纪的短歌和短篇故事集。——帕特里斯注）吧？读《伊势物语》的话，心情估计会好一些。对，就这样。"

对于我的这一无奈之举，学生们甚至拍手叫好。其实，与其说是他们喜欢读《伊势物语》，不如说只是因为他们觉得可以不用再读《方丈记》了吧。

"你们连战争都不知道是怎么一回事，太软弱了，像什么话！"我读女子学校的时候，老师们就常常这么训诫我们，因为我们是日俄战争之后出生的。没错，我确实不知道战争为何物，但如今，我只有一件事确信无疑，那就是死者的沉默。那些被战争夺去生命的人，他们甚至来不及诅咒战争，只有沉默。死者的家人，明明在悲伤中无法自拔，可憎恨战争的话语却只能烂在心底，唯有沉默。战争的蔓延，便是沉默的蔓延。

*

练习骑车，还是看不到任何希望。

---

① 日本平安时代的歌物语，日本最早的古典文学作品之一，内容主要讲述的是情感、人际诸相等。

*

暑假前，斋藤来找妈妈向我提亲。我当即果断地拒绝了。

"斋藤老师可能不太配得上你，可作为结婚对象还是不错的。虽说驹子和杏子的婚姻都不欢而散了，但是斋藤老师你大可放心，而且你也总不能一个人过一辈子吧。"

妈妈非常惋惜，叹着气对我说。作为母亲，或许她现在最盼望的是让我出嫁吧。不结婚的话，外面的流言蜚语太难听了。虽说我在学校当老师，可是也实在帮不上家里什么忙。如果哥哥和驹子姐还健在的话，或许外人对我现在的评价会好一点。

说实话，听到这番话我还是动摇了的。斋藤老师确实是个好人，踏实、亲切，头脑也聪明。最初父亲在师范学校的熟人林老师提出让斋藤老师来我家寄宿的时候，我就是第一个赞成的。不管是对勇太郎还是樱子，又或者对妈妈来说，他都能帮上忙，顺便还能监督勇太郎的学习。也就是说，我从一开始就很信任他，他也没辜负我的信赖。此时我的脑海里已经浮现出一幅和这位数学老师和睦相处的家庭场景了。

哎呀，可是，我对他完全没有心动的感觉，又怎么能做他的妻子呢？也许是我太自命清高了，但是，除了这份清高，我还剩下什么呢？

所以，我无论如何也不能和他结婚。

*

暑假开始。

斋藤回他的乡下老家了，照子姐带着三个孩子来到了北堀町。

因为年纪最大的泉要考试，照子姐决定一周后和泉两个人回东京，把下面的操和红暂时留在北堀町。操应该会成为勇太郎很好的玩伴，杏子则会照顾好红。北堀町变热闹倒也不是件坏事。

*

马上进入自行车特训。然而还是一点进步都没有，我越来越绝望。妈妈和杏子两个人去嵯峨泡盐温泉了，一去就是四天。从六月开始，妈妈就一直说想带杏子去泡温泉。

*

久保田稻造的消息

照子姐告诉我从善政先生那里听来的事。事到如今，我根本不想听，但难得照子姐告诉我，也就记录在此了。

善政先生曾经跟前来工厂视察的海军军官和公司的社长们一起吃饭。据他所说，久保田现在很"活跃"，在台湾军司令部当特务士官。他在上海的时候想方设法攀上中将、少将等海军里的大人物，后来竟真的成了某位军官的女婿，在海军中混得风生水起，真是令人感慨。他之所以把驹子姐送回日本，就是为了娶军官的女儿做妻子。总之，他见过大世面后被功名利禄蒙了眼，单方面和驹子姐离婚了。他还把这些事隐瞒起来，让一个陌生男子代为送信到北堀町，说自己有重任在身，让驹子姐与他暂时断绝联系，连书信都不要来往。那口气简直就像他自己真的已经当上海军大将了一样。久保田还放话，生病的驹子姐对他来说不过是个累赘。驹子姐不幸患上旁人唯恐避之不及的病，几乎没有治愈的希望，所以久保田要求离婚也是迫不得已，但他的做法实在卑劣之极。说起来，他这样一个酷爱文学和哲学的人，竟然有一天会活跃在军部，实在让我意外。不过，事到如今，驹子姐已经不在人世，他怎么样也无所谓了。

话说回来，久保田在台湾究竟是以怎样一副嘴脸过活的呢？驹子姐的死讯早已传到了久保田家，相信久保田也已经通过某种途径听说了，但他始终无动于衷。难道他已经把驹子姐忘得一干二净了吗？

父亲和哥哥离开得早，不知道这些事，也算是万幸。

*

妈妈和杏子回到了甲府，照子姐也要带着泉回东京。

"清美还好吗？寺尾那边都要担心死了。她从前和小太郎那么亲近，怎么连他的法事都不来参加呢？"

照子姐临走时，在玄关处这样问我。其实，我心里一团乱麻。虽然我觉得已经不必刻意隐瞒清美现在的情况了，但小菊毕竟是私生子，没有得到清美的允许之前，我不能把真相告诉照子姐和寺尾家。我不禁想起去年小菊刚出生的时候，瞒着大家的那种滋味是多么煎熬！

"清美肯定没事的，说不定过几天她就好好地出现在我们面前了。"

听我这么说，照子姐立刻意味深长地瞟了我一眼。

"要是那样就好了……"

我挤出笑容，点了点头。也许照子姐已经发现了什么异样，用这种无言的方式告诉我："清美的事情就拜托你了，你一定要照顾好她。"当然，我一开始就是这么想的，只是，这种无声的默契此刻反而让我的心情更加凝重了。

经过几天的温泉调养，杏子脸色好了许多。

*

我最后还是决定放弃学自行车了，因为每天的练习不过是浪费时间。勇太郎听说我要放弃，立马面露喜色，这让我很生气。于是我补充说：

"不过，杏子和樱子学会骑自行车的话也会方便很多，你就教她俩骑吧，我已经和她们说好了。"

其实，杏子和樱子对骑自行车一点兴趣都没有，她俩还秉承着那套传统观念，认为女人骑自行车不成体统。

*

政府发表了《国体明征》[①]（？——帕特里斯注）声明。

"……吾之国体，依天孙降临时所赐御神敕明示，统治万世一系天皇国，宝祚之隆，与天地俱穷……"这都是什么意思呢？九月开学后，又得教学生们这种看不懂的文章了。像我这样的新人教师无论干什么都畏首畏尾，甚至不敢在学生面前朗读课文，所以总是一个劲地逃避，这样自我安慰："实在不行就辞职好了。"

*

我有事要去东京一趟。妈妈说，正好勇太郎要去东京参加夏期

---

① 日本政府1935年分两次发布，旨在明示日本乃天皇统治的国家。

讲习会，便让我带他一块儿去。虽然不情不愿，但我还是带他去了东京。阔别许久重返东京，我心潮澎湃。先是从新宿出发去了照子姐的家，不过那里交通实在太不方便，每次去市中心都要花好长时间。从前照子姐住在秩父的时候，我来东京只能投宿旅馆，虽然费钱，但住得轻松自在，也很方便。现在即使不情愿，也必须住在照子姐家里了。

从照子姐家出来后，我马上带勇太郎去了本乡[①]。尽管这里会勾起一些关于哥哥的伤心回忆，我还是想带着勇太郎先熟悉一下，毕竟五年后他大概率会在这里读书。可是我俩图书馆和讲堂都不能进去。哥哥生前每天都泡在这个图书馆，他说里面就像墓地一样阴暗。我带着勇太郎参观了一下大学医院的大楼，又去了上野的不忍池，在池之端[②]请他吃了顿咖喱饭后，就回照子姐家了。刚到东京就被照子姐骂了一顿，说我晚上八点了还在外面瞎逛，太不懂事了。可我已经不是学生了，再说，东京到了晚上也灯火通明，这点是我最喜欢的。所以我很想回嘴："稍微多逛一会儿又怎么了？"不过，我什么都没有说。勇太郎才读初中四年级，作为他的表率，我这样确实会带坏他。要是自由自在一个人的话，我想先去看电影呢！对了，还想去听音乐会！还想去看美术展！

善政先生忙到十点后才回家，什么都没说倒头就睡了，他这段时间好像工作很忙。

第二天，讲习会还没开始，于是勇太郎继续跟着我。照子姐回忆说，勇太郎三四岁的时候，她曾带勇太郎来过一次东京，结果他太兴奋了，一直"电车！电车"地大声叫喊，令她尴尬不已。不

[①] 地名，明治时代和昭和时代前期存在的东京府东京市本乡区，1947年东京行政区整并改划，它成为文京区的一部分。该区域内有东京大学。——译者注
[②] 东京都台东区的街名。

过他本人似乎什么都不记得了。如今初中四年级了，感觉勇太郎还像山里野孩子一样，一点也没有变。本来就是山里的野孩子，也没什么可责备的，不过和这样一个呆呆地大张着嘴，不停喊"真厉害！""吓死我了！"的人走在一起，谁都觉得难为情。勇太郎似乎被自己理想大学的庄严震慑到了，第二天逛政府机关街、在建的国会议事堂和皇宫的时候，他的嘴就没合上过。

其间，我果断去了虎门①的文部省，直接进行申诉。我绝不要一直在那种乡下的女子学校教书。暑假前我就想好了，要想调到甲府的话，就必须趁早提出申诉，而且一定要亲自去到虎门，晓之以理，动之以情。父亲和哥哥已经不在了，我要照顾年迈的母亲和弟弟妹妹三人，让我离开甲府一直在其他地方教书，这实在说不过去。我想，去一两次他们或许无动于衷，要是去四五次的话，毕竟官员也是人，总能成功的。

我没指望第一次申诉就能直接通过，所以走在文部省的走廊上时反而觉得很轻松。去那里时，我还带上了乡巴佬气息浓厚的勇太郎，想着能和他一起上演一出母子家庭的悲惨苦情戏，或许会有点用。

结果，最后只是例行公事一样提交了规定的文件，连直接向负责的官员倾诉的机会都没有。要不是我坐在里面，窗口的女人甚至都不会看我一眼。但如果我执意坐着不走的话，肯定会和勇太郎一起被关进拘留所。在那个时代，能当上教师就该谢天谢地了。倘若父亲和哥哥是"光荣战死"的话，说不定还能得到"特殊关照"，但如果"只是病死"，我的诉状肯定会被直接扔进垃圾桶。

我身心疲惫不堪地陪勇太郎游览东京。皇宫里有很多警察和前

---

① 东京都港区的街名。

来参拜的人,我们只是远远地看了一眼。从一桥①走到神保町,我请勇太郎吃了荞麦面和冰激凌。然后,我们逛了书店,我给勇太郎买了两本参考书、一本习题集,我自己在旧书店买了《叶甫盖尼·奥涅金》和茂吉②(1882—1953,短歌诗人。——帕特里斯注)的一本歌集。之后又去了唱片店,买了贝多芬的《F大调浪漫曲》。短短两天,钱已经花得差不多了。

那天夜里,善政先生依然回来得很迟,他现在工作的内容已经从水泥扩展到了弹药方面。我感叹这工作很危险,照子姐也说,她每天早上都在祈祷千万不要发生爆炸事故。

次日起,勇太郎长达十天的夏期讲习会开始了。读中学五年级的泉也参加了这次讲习会,于是两人一大早就一起出门了。我在中午前告别照子姐,不过没有直接回甲府,而是去了荻窪③一趟看望清美。从去年第一次去那里算起,这是第四次。

我在清美的来信中得知小菊已经出生两个月了。这么大的事情,她在信中只是轻描淡写了几句。自从五月和她在甲府见面以来,我一直被她身上的重重谜团困扰,时常在想她到底怎么样了。因为无法和任何人倾诉,越发觉得心里堵得慌。在学校毕业季这么重要的时期,我却陷入了郁郁寡欢。

"两个月前,也就是十月,我顺利生下了一个女孩,体重七百匁④(约2600克。——帕特里斯注)。我给她起名叫小菊,'小'取自小太郎的名字。参加百货商场的工会运动时我被特高盯上,于是被工会解雇了。进退两难之际,我只好为了孩子先去自首,在那

---

① 东京都千代田区的地名。
② 指斋藤茂吉,日本歌人、精神科医生、日本艺术院会员、文化勋章获得者,小说家北杜夫的父亲。
③ 东京都杉并区的街名。
④ 匁,日本旧时重量单位,1匁约等于3.75克。

之后就在一个基督教教会打工。一位信徒老太太腾出自己家的一个房间给我住，我一直住到现在。对待小菊，老太太就和自己的孙女出生了一样高兴，在我打扫教会和做会计工作的时候，她还帮忙照看小菊。我对她的感激之情溢于言表，也为过去的自己深深地感到羞耻。"

收到清美这封信后，我马上给她写了回信。寒假结束后，我就按信上的地址去找她。起初我迷路了，后来终于找到了老太太的家。那是一座被板墙包围的旧平房。院子里树木茂盛，环境祥和，是一个居住的好地方。我暂时为清美和小菊松了口气。但那天是周日，我忘了周日是一周当中教会最忙的一天，家里一个人都没有。我在门前无所事事地等着。小菊才出生三个月，不能带出门太久，我猜想用不了多久清美就会回来。果然，没过多久，就看到清美抱着孩子慢慢走回来了。看到她的身影，我就开始哽咽，说不出话来。

一小时后，老太太山村就会回来和清美交接照顾小菊，清美再去教会工作，因此我们只有一小时的交谈时间，不过事实上，我们聊了一个半小时。

这是我第一次见到小菊。她粉嘟嘟的小脸蛋，长得与清美、哥哥和我都有些像。关于小菊的亲生父亲究竟是谁，虽然难以启齿，我还是硬着头皮问了，毕竟不可能是哥哥。清美也坦诚地做了回答，答案不是我想听到的。清美替哥哥运送册子和募集资金时认识了一位党员，两人发生了恋爱关系。不过后来那个男人由于贪污，退党并逃往了中国。清美在惊慌之际发现自己怀孕了，处境变得进退两难。虽然她当初很热心地参加百货商场的工会运动，但并没有想要成为一名党员，倒是对基督教产生了兴趣。之后的一天，她突然觉得自己的境遇和圣母玛利亚有几分相似。事后她想起来不过是迷信之言。圣母玛利亚未曾和男人发生关系，是以处子之身怀孕的。这样一想，清美相信自己肚子里的孩子一定是哥哥的转世，凭借这份信念，她熬过了那段艰难的时期。如此一来，之后清美向教会求助也就理所当然了。

"可是生下来之后发现是女孩，怎么可能是哥哥的转世呢？于是我的迷信也就不攻自破了。但话说回来，一开始本就是哥哥让我接近基督教的，所以我还是相信，冥冥中是哥哥救了我。哥哥在仙台的时候经常出入教会，小笛你也知道吧？他给了我一本赞美歌集，教会现在还在用。"

我一边看着小菊的小脸蛋，一边听清美诉说，不知不觉眼泪流出来了，不过不是出于悲伤，而是心安、感激的泪水。

我们坐在向阳的檐廊下。在甲府的家中，清美的房间就是朝南的套间，透过玻璃窗，可以看到窗外的柿子树，还有树枝上啼叫的栗耳鹎。

这是去年年初的事。之后不久，我就毕业当了一名女教师，小菊现在也已经一岁十个月了。上次见小菊是最近的春假。整整五个月后，我终于能再见到小菊了！

可是，当我到了荻窪的山村老太太家时，清美和小菊却都不在。山村哭着告诉我，小菊三个星期前住院了，清美每天都去医院照看。我吓了一跳，问道："是哮喘变严重了吗？"山村两只手捂着脸，哽咽道："不是哮喘，是先天性心脏病。心脏出问题根本治不了啊。"

在赶往红十字医院的途中，我极力克制自己不去想任何事，既不往乐观的方向想，也不悲观地去想，毕竟那是小菊的命运，我不能附带上任何自己的想法。我现在要做的，只是去清美和小菊所在的地方，见见她们而已。我热得头晕目眩。电车的窗户开着，热风一阵阵吹进来。衬衫被汗浸湿贴在后背，裙子内侧也一直在流汗。

在挂号处询问到小菊的病房后，我前往二楼的儿童病房。在山村和教会牧师的努力下,小菊才得以住进这家医院。而且小菊作为义诊患者,还免除了住院费。对于教会人士给予的大力协助,不信教的我惊叹不已。不管是红十字会还是基督教教会,其实都有点像共产党,它们都具备不可思议的宽宏大量,不过不知道为什么,我还是喜欢不起来。

小菊被安置在像笼子一样的四方形的床上。她虚弱得嘴唇发黑,但是我一和她说话,摸摸她的头,她就"呀呀"地笑。她眼睛大大的,像个惹人怜爱的洋娃娃。

"笛子,你来啦。"

清美正在窗边晒尿裤,看到我后连忙跑过来。清美原先是一头烫卷了的短发,如今却把头发编成两股麻花辫,看着像女子学校的学生。我想也没想就向她张开双手,将她紧紧拥在怀中,什么都没有说。我想用全身感受清美那熟悉的体温,想回到父亲和哥哥还在世时我们两个人在一起的模样。清美的身体很凉,但是她丰盈的胸部抵着我平坦的胸,那种柔软的感觉让我很安心。

关于小菊的病情,清美反倒安慰起我来:"只要小菊还住在医院,就暂时不会有生命危险。一回到家,小菊就会呼吸困难,体力急剧下降,在医院就不用担心这些。毕竟她还只是个婴儿,可能随着年龄的增长,心脏的缺陷就会自然而然地修复。"

"至于最后究竟会怎样,那就是天意了。一想到这,我就轻松了一点,上帝不会让我们难过的……"

我一言不发,默默听清美说着。

"我会尽量抽时间再来医院的。"走出病房后,我对清美说道,"下个月是驹子姐的三周年忌日,但你应该暂时没法回甲府吧。要是北堀町的大家知道你生下了小菊这么可爱的孩子,一定会很开心的。不过看现在的情况,也很难办了。不如至少让寺尾家知道小菊的事吧？说实话，我感觉自己也快要守不住秘密了。唉，就算是为了小菊……"

"是啊，也许这样比较好……"

清美回答说。她沉思的时候，可以看到鼻翼上的皱纹。从前她没有这样的皱纹。

告别时，我们都轻松地说再见，没有再次拥抱。

从医院出来后，我就乘中央线离开了新宿，到甲府时已经快晚上九点了。

*

去东京一趟把我累得筋疲力尽。红和操很吵闹。我继续听买来的唱片。

*

杏子说她想去产婆学校学习，考取执业证。之前是种玫瑰，现在又想当产婆了！绝不能由着杏子的性子来。我问她："你不想当一名护士吗？"她回答说自己不擅长学习，听力也不好，估计不行，而且她也不想离开甲府。我没有其他的好想法，考取产婆资格证本身也不是什么坏事，所以我和妈妈都同意了。我总觉得有更适合充满活力的年轻女性的工作，没想到因为听力障碍，阻挡了杏子这么多可能性。如果学习不错的话，还可以考虑考进女子师范学校，将来做一名小学老师，可杏子无心学习，这让她更没有其他选择了。

此时，樱子也很明显地表现出自己还是要考音乐学校的心思。她跟我们聊现在已就读于音乐学校的前辈的情况，给我们讲考试的手续，还弹了去年考试的曲子给我们听。反正考不上也白搭，所以我很想对樱子说："你想考就去考呗。"不过这话我又不能说，这让我非常痛苦。可是，樱子从来不体谅我，令我很恼火。

*

听唱片打发时间的时候，我突然心血来潮，很想拉小提琴。之前从来没这种想法，简直不可思议。小提琴便于携带，可以直接带到公寓里练习，还可以给樱子的钢琴伴奏，两全其美。将来勇太郎要是也感兴趣的话，可以让他拉中提琴，这样我们就是姐弟三重奏组合了。这些都是后话。总之，我现在要开始练小提琴，这对我来说并不困难，我的生活也会因此更安宁。虽说有些难为情，但一想到自己拉小提琴的样子，我的心就开始悸动，双颊也微微发热。

*

事不宜迟，我问妈妈借了一笔钱，去甲府唯一一家乐器店里买了一把练习用的小提琴，又按照乐器店的推荐买了一本自学的教程，还学了如何保养小提琴和调音的知识。樱子和杏子以及操和红看到这把新乐器都很兴奋。他们一边七嘴八舌，一边随意把玩着小提琴，我则在一旁提心吊胆。连妈妈也双手摆弄小提琴，惊叹道："好小一把呀！"她把小提琴和平常弹的琴做比较，当然小得多了。杏子说小提琴长得好像三味线。我并不认同她把小提琴和用猫皮做的三味线相提并论。而樱子拿小提琴和钢琴做比较，说小提琴在构造上太原始了，这在我听来非常失礼。说白了，小提琴的四根弦不就是用动物的肠子做成后安装在木箱上，再用马尾摩擦来发出声响的吗？可就是这么简单的结构，能演奏出巴赫的变奏曲和无伴奏奏鸣曲，不是很不可思议吗？三味线的弦是丝线，拨子是象牙做的，而琴身是猫皮做的，所以古琴就是用象牙拨子弹丝线。钢琴的键盘是象牙和黑檀木做的，其中的弦则是铁做的。鼓皮据说是鹿皮或者猴皮，而库页岛那边用的是驯鹿皮。乐器这东西，想想也挺奇特的。与其说钢琴是乐器，不如说是机器更贴切一些。

"你知道的可真多呢！"我说道。樱子得意扬扬地说："那当然啦。"眼看着她马上要把话题转移到音乐学校，我急忙岔开话题："那到时候请你弹钢琴给我伴奏，应该问题不大吧？"樱子笑了，像是戏弄我似的说："好啊，我期待那一天早点到来。"可恶的樱子！

*

我还在为调音头疼时，勇太郎和泉一起从东京回来了。泉打算在甲府待三天，然后带着操和红回东京。

明明只差了一岁，但是泉看着比勇太郎成熟很多。可能这就是长子和老幺的区别吧。看着泉又是逗妹妹红笑又是训斥红的样子，令我想起了哥哥，也再次深深地提醒了我，哥哥已经不在这个世上了。

我问勇太郎讲习会怎么样，结果勇太郎回答："热得人都瘫倒了。"

"我没问你这个！我说的是学习，你有没有好好听课？"

我听了忍不住勃然大怒。勇太郎不耐烦道："该做的我都做了啊，所以才说累瘫了。"

"哼，你就耍嘴皮子最在行。"

"干吗那么说我啊？笛子姐的脸最近越来越难看了哦，成天就会生气。"

我没想到勇太郎会顶嘴。估计是最近在照子姐身边待了一段时间，学坏了。我素来是个非暴力主义者，不过这次实在忍不住了，用力捏住勇太郎的鼻子。

"看我怎么拧断你这匹诺曹的鼻子！"

勇太郎脸涨得通红，眼里噙着泪水。

"不用笛子姐管着，我也会好好学习的。笛子姐你什么都不用担心，只要像从前那样陪大家玩就好了。"

我听了说不出话来，呆呆地站在勇太郎面前。勇太郎的个子已经比我高了，他一定也会像父亲和哥哥一样长得很高吧。我叹了口气，对勇太郎说：

"小勇，让我看看你的手。"

勇太郎一脸茫然，将两手摊开在胸前。我握住他的左手，把自己的右手叠上去。勇太郎的手也已经比我的大了，虽然触感还是和孩子的手一样稚嫩，但不知何时，手指已经这样长了。我又想起了父亲和哥哥的手。说起父亲手大这件事，其实父亲不仅手大脚大，嘴巴也很大，这一点众所周知，甚至不亚于他作为学者的名气。勇太郎以后会长得越来越像父亲和哥哥吧。

"手已经这么大啦……"

我只说了这一句，就走开了。

*

好不容易泉三兄妹齐聚在甲府，我提议像以前一样，大家一起去荒川野餐。三兄妹加上我们四个，再带上妈妈，浩浩荡荡八人的大队伍。泉和勇太郎把杏子和妈妈精心准备的便当扛到白砂河岸，将席子打开。红和操早已换好泳装。泉和勇太郎在家就已经穿好了兜裆布，所以脱了裤子就能下水。杏子和樱子在家里纠结了许久，为了到了地方就能下水，也把泳装穿在了衣服里。我和母亲则在一边看风景。为了保护好红和操，泉和勇太郎带头先下到河里。那天天气很热，从早晨开始，盛夏的太阳就一直照射着盆地，河水在阳光下波光粼粼。过了一会儿，杏子和樱子也摸索着走进河中。四岁的红注意到两人下水了，双手拍打水面，溅起水花，把两人浇湿了。操在一旁给妹妹加油。樱子发出不知是笑声还是悲鸣的尖叫声，开始了反击。红也尖叫着。操偷偷潜入水中抓住樱子的脚，樱子一屁股摔进水中。杏子、勇太郎和泉一齐笑出声来。

我和母亲撑着太阳伞看着在河中嬉闹的孩子们。天上的光，水面跳动的光，岸边草木反射的光，到处都是光，晃得我有些头晕。孩子们的身体也好像一个个在光中消解。在强光中，连杏子也变回了小孩子，放声大笑。终于听到了杏子久违的笑声！

"小勇好像也越来越想着家里人了呢。"

听我这么说，妈妈笑着回答：

"那是，也不看看是谁的孩子，我的孩子全是好孩子……"

这时我想告诉妈妈清美和小菊的事，但思虑再三还是没说出口。清美已经说过，她会亲自告诉寺尾家，那么静候寺尾那边把事情讲给妈妈听，是我对清美的尊重。

"其实，哥哥是那种不会下什么定论的人。如今我自己进了教会才恍然大悟……"

我又想起清美在医院时说的话。

"……哥哥明明那么醉心于基督教的研究，却没有接受洗礼；那么热心从事社会主义和共产主义事业，也参加过几次聚会，但他并没有把它们中的任何一种奉为圭臬。而我仅仅是耳濡目染就轻易对社会主义和基督教着迷了。哥哥就是这样一个有定力的人，他的定力那么强，如今想来令人惊叹不已，这和我从前的想法截然相反。以前在我心目中，哥哥是一个做任何事都非常严谨，绝不会铤而走险的人，但现在我不这样想了。任何思想和宗教都是有界限的，想必哥哥一定是看到了它们的界限吧。"

说完，清美向我展示了哥哥送她的一小本赞美歌集。

"扉页的这首诗是哥哥为我写的。如今我每次读都会感到难过，清纯的少女时代早已离我远去，已经消失殆尽了。"

我一看，是哥哥用潦草的字体写下的海涅的《花之少女》。

> 你像一朵鲜花，这样的
> 可爱、美丽、纯洁；
> 我凝视着你，悲哀
> 悄悄地爬上我的心头。
>
> 我忍不住要将我的双手
> 放在你的额头祈祷，
> 愿上苍保佑你，永远
> 这样的纯洁、美丽、可爱。

我犹豫了一会儿，对清美说：

"当初我从女子学校毕业的时候，哥哥送了我一本约翰·济慈的诗集，扉页上也写着这首诗。哥哥应该到处引用这首诗吧？不管是谁收到这首诗，都会为之着迷的，当然我收到时也是如此。"

清美听了这话马上愣住了，然后迸发出一阵笑声。

"什么嘛！这还真是哥哥一贯的作风，他到底用这首诗打动了多少花季少女啊。真是的,我好不容易感动了这么久。"

在波光粼粼的河水中,孩子们的笑声和尖叫声都化作飞沫在空中四散开来。想起和清美的对话,我忍不住笑出声来。妈妈看到我笑了,也忍不住微笑道:"怎么啦?"

"不知怎么的,突然就很开心。您说,人生究竟是什么呢?"

妈妈哈哈大笑地回答:"这种问题我怎么知道呀。享受当下,就在这里吃便当,别的什么都不要想。好了,快把大家都喊来。"

"人生就是在荒川吃便当吗?"

我问妈妈。然后站起身来大声喊:

"喂!都来吃午饭啦!"

放到河水中冰镇过的葡萄和梨,对于夏天燥热的身体是无上的美味。远处的天空隐约可见群山的影子,身边是草叶摇动的飒飒声和绿油油的田地。四处都是彼岸花和红色的美人蕉,还有从山顶潺潺流下的河水。

下午,我和妈妈也把脚泡在河水中。

正如罗伯特·勃朗宁① 写的诗一般:夏末美好的一天。

*

我现在身体好得很,每天用冷水擦身、打坐,还会做大杉教的拉伸运动,努力和他们做斗争。这里有很多书,他们准许我用钢笔写自传。这里能运动,能洗澡,而且还有人丹(一种放入口中清嘴的银色颗粒。——帕特里斯注)和高峰淀粉酶(一种消化药。——帕特里斯注),每晚都有便当,过得还算悠闲。

---

① 罗伯特·勃朗宁(Robert Browning,1812—1889),英国维多利亚时代代表诗人、剧作家。

和你这样每天早出晚归的无产阶级比起来，在某种程度上我的生活要好多了哦。所以，千万不要为我担心。

一次不经意的失策却换来了幸福（？）的生活。照现在的情况看，好像是可以躲过死刑了，但如果被判处无期徒刑在监狱里度过余生的话，就痛苦了。我可不愿意。如果是有期徒刑，而且有生之年能出狱的话，我情愿受些刑罚；如果是无期徒刑，我倒宁愿直接被判死刑好了。最后究竟会怎样呢？啊哈哈哈！又是秋高气爽的一天……

……世人总觉得，进监狱就好像到了地狱，里面的人都过着极其悲惨的生活。但其实监狱里面也有许多鸡毛蒜皮的小事，甚至会有"笑声"。人这种动物，无论在怎样的境遇中都能汲取养分自娱自乐，还会转而"一笑"。有时实在太寂寞了，邻近牢房的小偷还会学猫哭的声音逗我笑。如果没有这些，人就无法活下去，这句话无论在什么时候都不为过。

夜晚站在厕所的窗边，孤单地怀念青蛙的叫声，这也算是一种诗意吧……

……从今天起，受刑就慢慢提上日程了。还没通知我要去哪里。

今天天气真好啊，因为正值秋分（春分、秋分前后的一周，按照佛教的习惯，这段时间会扫墓。——帕特里斯注）。天空万里无云，反而显得色彩过于浓烈。这样澄澈的天空要是能飘着些许白云就更有感觉了。桧树枝头，一只麻雀拉下了粪便——秋高气爽。

……谢谢你总来看我，连判决这天也来，真是劳烦你了。谢谢你让我看到笑起来那么可爱的香穗。久叔叔马上就要去到纪美看不见的地方了。但是，如果纪美想叔叔的话，可以问问飞到纪美的院子里来的蝴蝶呀、麻雀呀，它们一定会告诉你的。不过，不要问为什么叔叔要到那样的地方去，这是秘密哟。等你长大了，就会慢慢明白的。

　　再见了。吻你。

久

《狱中书信》，和田久太郎[①]

　　我想把这本书送给清美，于是久违地从里间的壁橱深处把它抽出来。我已经不敢再去读这本书了，只能誊写下之前读过还有些印象的部分。把这种书送给清美，说不定反而会触碰到旧伤疤，而且这是哥哥留给我为数不多的遗物，送给清美岂不是太可惜了。想来想去，最后还是决定不送了。

　　哥哥刚进大学的那年冬天，他把这本书寄存在我这里，当时还是学生的我连自己的学习都顾不上，便一头扎进这本书里。真怀念那段时光啊！

　　哥哥平日里还收集了很多有关社会主义和共产主义的资料，但是勇太郎这个笨蛋因为害怕"赤色整肃"，趁着哥哥发高烧，把这些资料几乎都烧掉了。没和我们商量过就擅自做出这么过分的事，实在让我无语。虽然现在说这些都已经是"马后炮"了。只有一些被哥哥放在公寓里的东西，以及藏在我衣服行李中的几本书得以保留下来，哥哥平日所接触的思想也只有通过这些仅存的遗物才能考

[①] 和田久太郎（1893—1928），日本无政府主义者、劳动运动家、俳句诗人。

究了。

大正十三年（1924年。——帕特里斯注），和田久太郎狙杀陆军大将的计划失败，被判处无期徒刑。昭和三年（1928年。——帕特里斯注），三十五岁的和田久太郎在秋田监狱中上吊自杀。哥哥对此人很是仰慕。记得有一次在东京，和哥哥散步的时候路过一家书店，哥哥说："和田久太郎和他的朋友们经常聚在这家书店的二楼，我给你的那本书就是他写的。有一位叫渡边政太郎[①]的甲州人，就在这里指导无政府主义者们。这里可是历史圣地，要好好记住哦。"

读初中的时候，哥哥听说了大杉荣等人被杀的甘粕事件，受到了很大的冲击。就在一年后，大杉的朋友和田久太郎决心为他报仇，计划杀死陆军大将。这种走投无路的决绝心情，引起了哥哥深深的共鸣。无论理由多么义正词严，也绝不能容忍恐怖主义。话虽如此，事实上，杀死大杉一行三人的甘粕在军事法庭上仅仅被判处十年徒刑，而且不到三年就释放了。而和田对陆军大将只造成一块铜币大小的烧伤就被申请死刑，最终被判处无期徒刑。不管怎么想，这都太不公平了。和田的朋友古田大次郎[②]因为过失杀了一名银行职员，次年就被执行绞刑。那时还在读初中的哥哥，对这些种种不公义愤填膺。

我们的资本主义经济正逐渐崩溃。如果依照法律和裁判所建立的经济组织本身出现明显的崩溃征兆，那么所谓的上层建

[①] 渡边政太郎（1873—1918），支持社会主义运动的无政府主义者。
[②] 古田大次郎（1900—1925），日本无政府主义者，大杉荣被虐杀后，他在大阪袭击了一家银行并刺杀了一名银行职员，后与和田久太郎等人谋划暗杀陆军大将的行动，但于1924年9月被逮捕处以绞刑，死后出版的《死之忏悔》（1926）一书即时成为畅销书。

筑也一定会面临变动。而经济上的混乱乃至社会的混乱也一定会反映在法律和审判上。换句话说，在某些方面，政府会因为民众极力施压而慢慢做出让步，而在有些方面则会因为不安而变得更加反动。

社会的风波一定会冲击到法律审判之上，而风波的动荡也尽显于此……

十年后，重读这篇和田写于大正十四年的文章，我的心依旧久久不能平静。

然而，受害者（？）陆军大将在报告上如此写道：

我也觉得此事过于离谱，所以不想蹚这趟浑水。在军事法庭上，甘粕完全不像个男人，话语闪烁其词，这也难怪和田等人会怀疑上我……就连我自己都怀疑甘粕背后有人作祟，但毕竟军事法庭都下判决了，我也不好说什么……

听到如此怯弱的话，和田久太郎感叹道：

他们已经没脸趾高气扬了！喂！影子啊！那些如魍魉般跳动的影子啊！——时代的浪潮在前进，越来越高，越来越强！

他期待着这个时代能朝好的方向变化。而对如今的我来说，这样苦苦的期待让人倍感煎熬。哥哥也一定是怀着这样的期待才与之产生共鸣的吧。那时的军部还仅存这点良心。和现在比起来，那简直是田园牧歌一样的时代。如今这份"体面"已经被《国体明征》

这种恶心的咒语缠身。

但是，这本书与古田的《死之忏悔》打动我的地方略有不同。读到古田先生对妹妹和父亲的感情时，总会让我不知不觉联想到哥哥的声音，陷入悲伤。身为死囚的古田先生哭着说："为了妹妹，即使牺牲真理也无所谓。"而和田先生在狱中写给友人之妻及其年幼女儿的书信是充满温情的。读他的书时，他的笑声也逐渐变成哥哥的欢声笑语回荡在我耳边。这两位"恐怖分子"喜爱创作童谣，执着于野花和小鸟。尤其是和田先生，虽然他的生长环境和人生方向与哥哥完全不同，不过有时读他的文章，总会让我觉得是在读哥哥写的文章一样。与其说哥哥是受到这些人的影响，倒不如说是那个时代创造了这一批怀着共同的理想主义的青年吧。这样想来，如果哥哥再早一些出生，说不定也会变成"恐怖分子"……甚至是死刑犯！尽管哥哥因病而死，带给我的遗憾、痛苦却并没有什么不同！但这种假设太愚蠢了，正因为哥哥与这些人深有同感，他才不会步他们的后尘。

*

泉三兄妹回东京了，明天斋藤老师从长野回甲府，我也要返回女子学校。勇太郎和樱子正忙着整理学校布置的作业，杏子也开始上产婆学校了。夏天终于结束了，不过秋老虎还是很厉害。我有空就会练习小提琴，但现在连调弦都还没学会。有时会拉跑调，发出刺耳的声音，惹得樱子她们在背后生闷气，这一点我也很清楚，感到丢脸。可话说回来，如果不练习，我不就永远也拉不好了吗？

*

　　……噢,我轻快的青春,我们和平分手吧!感谢你给我的欢乐、忧郁,那甜蜜的痛苦,那喧嚣、风雨和宴饮,感谢你带来的一切礼物。无论在我忧惧的日子,还是平静的日子里,我都享受着你,心中不留遗憾。……但是,已经够了!怀着明亮的心踏上崭新的道路吧,为了逝去的春天的美好……
　　……读者啊,你我都沐浴在这冰冷的人世深处。

《叶甫盖尼·奥涅金》,普希金

　　穿军装的人大摇大摆地闯入,
　　我该把他当作什么人?
　　小乌龟躲在洞里悲叹,
　　如同在这时代,我独自一人。

《石泉》,斋藤茂吉

*

　　第二学期开始了。学校还是老样子,老师们打扫校舍、检查作业和服装仪表,忙得不可开交。烈日下,军官长在校园中发表关于《国体明征》的长篇大论。学生们可就遭殃了,有十个人因为身体不舒服被送到了医务室。

*

　　小提琴练习一点长进也没有。我进行了一次《方丈记》的小测验，可学生们似乎过了一个暑假回来全都忘光了，完成得很差。我非常纠结，难道要按照约定直接进到《伊势物语》吗？

*

收到了妈妈的来信。妈妈有些话在甲府时不好当面说，于是写信给我。斋藤老师说："我一直想和笛子结婚，但也明白笛子目前想继续教职工作，而我希望结婚后能回长野的老家生活。这些条件无法折中调和，只好放弃笛子了。但是，我很珍惜和有森家难得的缘分，所以想问问有没有可能让我和樱子走到一起。""笛子不行的话，樱子怎么样？"对于这种态度，妈妈实在无法认同，所以委婉拒绝了。她对斋藤说："您也知道，樱子她还只是个小孩子，现在什么都不懂。我也要为樱子的两位姐姐做打算。"妈妈在信中写道："不知道这样说是否妥当，所以想要征求一下笛子你的意见。"

我认为没必要立刻回信，决定等什么时候回甲府了，再和妈妈商议此事。再怎么瞧不起女人，也得有个限度！既然想把妻子带回老家，在老家附近找一个不就好了？说句没礼貌的话，樱子和斋藤信州[①]老家那些不学无术的旧派姑娘可不一样。而且他为什么直接略过了杏子呢？明明对我们家的事情了如指掌，还能说出这么不近人情的话。哪怕口头提一下杏子，不也是一种礼貌吗？

总之，这件事情由我和妈妈两个人来解决就好了，什么都不要告诉杏子和樱子。还得清楚传达给斋藤我们的意思。既然寄宿在别人家里，就要明白自己的立场。

---

① 长野县的旧称。

*

小提琴还是一点进步也没有。

*

我把《伊势物语》以课外辅导的形式，每周让学生读一次。只招募到了十位参与者，不过这个人数也还过得去。

*

第二学期开始了，也就意味着驹子姐的三周年忌日要到了。家里又开始忙乱起来，不过我也没有什么帮得上忙的。

参加法事的基本上都是家里人，斋藤虽然是外人，也像家人一样参加了。大家对此竟然没有感觉到什么异样，这让我觉得有些奇怪。英姑姑、矶姑姑，还有寺尾的叔伯姑母也来了。我本来期待清美把近况告诉寺尾家，这样我们还能聊一聊，没想到寺尾反倒问我："清美今天会不会来？"妈妈和照子姐也问："清美现在究竟怎么样了？"我不知所措地低下了头。

"上一次见她还是前年小太郎的一周年忌日，已经过去两年多了。"寺尾叹气道，"她好不容易能在百货商场工作，却因为工会运动被解雇，现在一定觉得走投无路吧。"

"对不起，我们都有责任，却什么也做不了……"母亲低下头，对寺尾说。

"清美肯定没事的，她比我靠谱得很，是个踏实稳重的人。"
我无法再沉默下去，忍不住说了这么多。大家的眼神都聚焦到我身上，我连忙补充道：

"虽然我也有些担心，但我相信用不了多久她就会和我们联系的。今年夏天我去了东京一趟，深刻地认识到，假如一个人在东京打拼的话，一眨眼一年就过去了。清美也是个固执的人，她一定是打算一个人在东京立足之后再回甲府见我们吧。"

"说得也是。可起码也联系一下我们吧……"

寺尾家的人一脸狐疑地看着我说。

"总之，小笛你要是和清美联系上了的话，一定要立马告诉寺尾啊，否则太说不过去了。"

照子姐盯着我说。我蜷缩着身子，点点头。

都到这份儿上了，为什么我非得继续帮清美隐瞒她的近况呢？一瞬间，我忘记了清美经受的那些苦难，心里开始埋怨她。反正迟早都会知道的。她明明说过自己会联系寺尾的，怎么迟迟没有行动呢？

吃完饭，收拾好桌子，大家准备各自回房间睡觉的时候，勇太郎突然一脸坏笑地问我："笛子姐，小提琴练得怎么样啦？"

"我当然有在公寓里坚持苦练啦。再看看你，现在学习这么不上心，明年可就要被别人落下了，人家可都在好好用功。"

我本来没想说教，结果火一上来没忍住，又说了这些老掉牙的话。其实，我是真心想做一个能让勇太郎心安的、可依赖的好姐姐，却往往事与愿违。

*

我对一切都失望透顶。一直以来，我都相信学习是最有价值的。为了证明这一点，我考入了女高师，现在成了一名普通的女教师。

总觉得自己被什么骗了。一个女人，学习成绩再好又有什么用呢？如果哥哥在的话，我还能依靠他不断丰富自己的精神世界，无须把职业和身份看得那么重。对我来说，爱哥哥和爱文学就是一码事。我热切地渴望文学的自由。文学正是因为它的自由，才会有那么多忠实的信徒。然而，现在的文学自由正受到各种打压，我不禁茫然，文学自由竟是如此脆弱，甚至开始觉得"文学这种东西不用教也行"这样的说法也有几分道理了。那什么才是要教的呢？好像什么都不需要教。日语、日语，一天到晚被日语包围着。什么男子汉、大和魂、爱国、爱民、国津神[1]、天皇、国防国策、八纮一宇[2]……

我当初怎么不当一名英语老师呢？或者数学、地理老师都可以。

已经晚了，太晚了。

话说回来，我当初又为什么要当老师呢？

*

县网球锦标赛。我们女子学校在第二场中败下阵来。我和学生们大声地加油助威，出乎意料地兴奋，正好借此消愁。我也手痒想打网球了。

*

收到了清美寄来的信。

---

[1] 在日本神话中，国津神是出现在中津国的神明的总称。
[2] 在《日本书纪》中解释为"天下一家"，明治维新之后，尤其是第二次世界大战期间，日本政府将其阐述为日本要统治世界的野心，而日本战败后，该词被日本官方禁止使用了。

小菊夭折了,和驹子姐忌日同一天。
我说不出话来,只能哭泣。

(日记从这里开始就空白了)

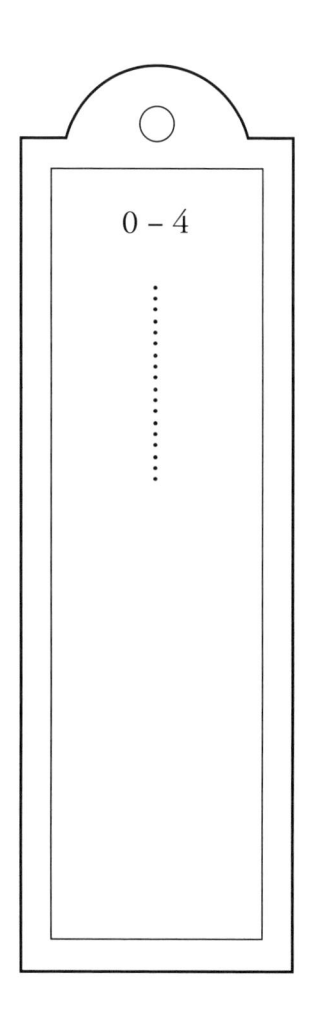

0 – 4

喂？你好呀。你应该认识我吧？我是住在巴黎的久仁子。……对，就是我……生日快乐！……今天是你的生日，对吧？……我记得你好像说过，你的生日是十一月的七五三节①这天。突然想听听你的声音，就给你打电话了。……我这边吗？还是老样子，每天都很冷，老是下雨。东京应该还挺暖和的吧？……这样啊？不过我好怀念七五三节啊。……现在还有女孩子穿着漂亮的和服去神社吗？你回日本也快半年了吧，最近怎么样？……啊，年轻人就是忙。我还想着马上就能再见面了，看样子你没空来巴黎啊。现在坐飞机来巴黎也很方便，不过，除非工作需要，不然你也抽不出时间来一趟吧。我是因为现在懒得动啦。……这样子不行？可是我已经快七十啦，没精力出去走动了。我还是喜欢读读《万叶集》《源氏物语》什么的。年轻的时候怎么也读不懂，现在慢慢品读，心情充实了许多。当然，有时候也会读新书，但是大部分都很无聊。现在我连法语书也喜欢读旧书了。平时读读书啊，修剪修剪花坛啊，散散步啊，和这边的人打个照面、聊聊天什么的。哦，对了，还要和帕特里斯一起读那本回忆录，已经够我忙的啦。难得住在巴黎，但我已

---

① 日本传统节日，男孩三岁、五岁，女孩三岁、七岁时，于 11 月 15 日举行祝贺仪式。

经没精力去看电影和戏剧表演了。……嗯,帕特里斯一切都好。在我这边读回忆录,他可以好好学日语,他的日语长进了不少。……之前他还在抱怨说不想学日语了呢,现在变化可大了。学习语言本来就是这样。……不过,他现在还不清楚接下来要做什么。他妈妈不是生在美国嘛,所以他似乎也想去美国工作。毕竟他也是来我这里读了回忆录之后,才开始对日本有大概的印象,和美国更亲近一些也在情理之中。……至于为什么他妈妈坚持要他学习日语,估计他自己也不清楚吧?……或许等哪天他去日本留学就知道了。……说起来,前段时间我见到他妈妈牧子女士了呢。……她要来巴黎给丈夫扫墓,顺便来了趟我这儿。其实本该在七月假期之前就来扫墓的,不巧那段时间她得了感冒,一直卧病在床,所以这个月月初病一好,她就开着帕特里斯嫂子的车来这儿了。……是呀,听说她体质有点弱,倒也不是什么大病,只是容易感冒、消化不良。不过,和她丈夫刚去世那段时间比起来,她现在状态好多了,读读自己父亲写的回忆录也是乐在其中。……对呀,帕特里斯有时候两个星期一次,有时候一个月一次,会把自己翻译的回忆录原稿带到蒙彼利埃给她看,她高兴得不得了,总是催他:"接下来呢,后面的还没翻完吗?"……可不是嘛!对他来说,翻译可是一项大工程啊。有时候他来我这儿听我讲解,自以为已经懂了,可一到要着手翻译成法语的时候,又不知所云了,然后他就胡乱翻译糊弄过去。……而且,你知道更让我吃惊的是什么吗?牧子对我说,她还想把帕特里斯翻译的回忆录再翻译成英语寄给她哥哥看。她哥哥只懂一点点法语。……虽然我觉得这也是项大工程,不过有目标总归是件好事,我也尽我所能鼓励她了。只是我有点担心,帕特里斯匆匆忙忙把回忆录翻译成法语,她又要把法语翻译成英语,回忆录的内容到底会变成什么样呢?不过也无妨,大意应该是能传达清楚的。……牧子还是留着一头乌黑的头发，怎么说呢，她其实算是比较丰满的那种类型，她说自己年轻的时候还要更胖一些。虽然和我脑海中的形象不太一样，但是我也只想象过她年轻时的样子，现在见到她本人感到意外是理所当然的。……我和她聊着聊着，就好像我们是相识多年的老友一样，彼此情投意合。两个老太太这个样子是不是挺奇怪的？虽说我是在日本出生，她生在美国，但我们的背景都和日本密切相关。我的法国丈夫也早先离世，同为丧夫的妻子，可能更容易有共鸣吧。有时我们两个就在一起，说说法国的养老制度哪里不合理呀，或者批评法国的教育制度。……我们当然只用法语聊天啦，她不可能跟我讲英语，日语也不好。……她还给我看了照片，她和由纪子的合照。……是啊，由纪子女士比我想象的个头要高一些，表情很迷人，让人看着看着就被迷住了。牧子还说我长得很像由纪子，我很吃惊，也不知道是不是真的，但是她对我说过好几次。……勇太郎的照片我也看了，有他新婚时的照片、七十岁生日派对时的照片，还有跟笛子和杏子三人在东京的合照。……勇太郎年轻的时候真的是美男子，我看了都忍不住叫出声来。虽然也有我自己的偏好在里面吧，不过确实长得精致有型，品位也很好，有一种俄罗斯贵族的感觉。……你别笑！我说的是真的。牧子也很引以为豪，说自己爸爸年轻的时候经常被人夸和演员一样。……勇太郎也说过自己的姐姐们都是美女吧？这样看来说不定是真的。小太郎肯定也是个风流倜傥的美男子吧？……是呀，我也很好奇小太郎和姐姐们的长相，问牧子要来看看。但是牧子带来的都是笛子和杏子上了年纪后的照片。……真想看看她们年轻时候的样子啊。说不定她在美国的哥哥那儿会有，反正牧子手头没有。……总之真的很有趣。读着回忆录，感觉自己和里面的人都亲近了不少，看到他们的照片，心脏还会怦怦跳呢。……牧子一直在说，笛子是个亲切慈爱的阿姨。

从前牧子在美国的时候,每年都会收到笛子精心准备的圣诞贺卡,上面写着工整的英文,每篇文字都让她印象深刻。或许是因为笛子从前对文学的喜爱,让她在寄去美国的圣诞贺卡上能够大展身手吧。……有时她还会引用勃朗宁的诗句。……由纪子的想法与牧子恰恰相反,这让牧子至今都有些不满。由纪子认为,勇太郎非常慈爱,是一个很棒的舅舅,而自己的母亲笛子是一个不会袒露真心的、冷漠的人。可牧子认为,笛子才是理想的姑姑,自己的父亲勇太郎是一个拒绝家人关爱的、孤独的人。……是啊,她俩的想法完全相反。……其实笛子和勇太郎姐弟俩像得很嘛。……牧子也很想去趟日本,她还说,明年帕特里斯去日本的时候,要是她能跟着一起去就好了。……我当然十分赞成,但也得考虑她的身体啊,况且帕特里斯没什么时间照顾母亲吧。……啊,你这么说我就放心了。……哎?我也一起去?……我确实……确实好久没回日本了。……可要你同时照顾我们两个路都走不稳的老太太,那也太难为情了……嗯,说得也是,把握好当下,好歹现在还能自己走路。不过,再等等吧,不能这么急着做决定呀。……要是真成行的话,我们这个旅行组合也太奇怪了。……我的家乡在奈良,可是那边已经没有我认识的人了。……你说顺便去奈良玩一下?不去也没关系的。牧子一定很想去甲府吧?……这些问题我得慢慢考虑。……也不急着现在就讨论出结果来,对吧?……嗯,我也是……总之,谢谢你,我会好好考虑的。……我还会给你写信的。你也要写哦。……听到你的声音我很开心。……嗯嗯,那件事我当然会好好考虑的,我答应你。……嗯,再见。……不久后见。……

2–4 「回忆录」继续

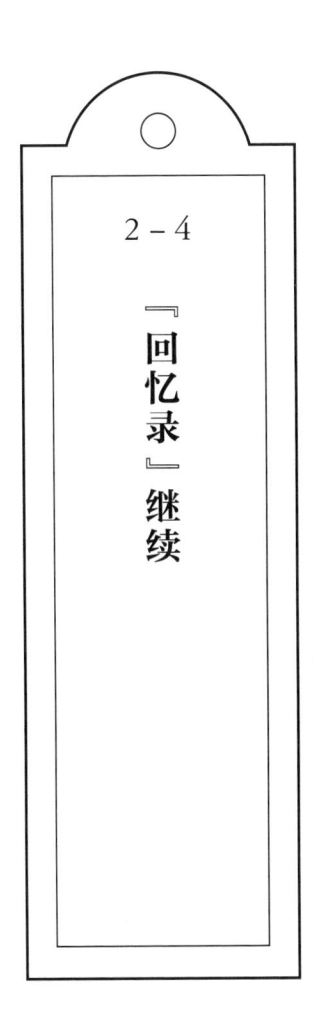

11　樱子的罗曼史

有太郎读初中时，正值浅间山（海拔 2568 米，位于长野县与群马县边界的活火山，1783 年曾发生大喷火，约 2000 人遇难。——帕特里斯注）的爆发期。初二那年春天，次年春天，还有初中第四年的春天，不知为何，一到春天，浅间山就会爆发。终于，在初中最后一学年，也就是第五年的六月份，发生了当时最剧烈的一次爆发。在有太郎的印象中，就像是父亲源一郎每个新学年开始都会送来一份让他好好学习的鼓励一样。

有森家的人原本就有这样的习惯，每次火山爆发或喷火，他们都会当作是源一郎短暂的重生，听到爆发声就如同久违地听到了源一郎的声音。因此，有森家的人一致认为，浅间山的大爆发就是来自源一郎的讯息。对有太郎来说，这是对他备考高中的激励。对樱子来说，这是对她放弃音乐家这条道路的宽慰。对杏子来说，这是父亲在支持她面对接下来的苦难，提醒她不要放弃，不要忘记自己的"神通力"。而对笛子来说，这是父亲在充满希望地告诉她："再过不久，你爱的人就要出现了。"

浅间山六月的大爆发喷射出的气体量为 3.8×10^{11}g，释放的能

量为 1.7×10^{20} erg。

顺带在此记录。在有太郎辛苦备考大学的夏天，伊豆七岛[①]中的三宅岛（有814米高的活火山岛。——帕特里斯注）爆发了，像是为他送来强有力的支援一样。此外，太平洋战争末期在北海道诞生了昭和新山（海拔407米，1943—1945年因土地膨胀挤压而新产生的一座山。——帕特里斯注），仿佛是在怀念有太郎他们的母亲真去世一样。

且不说这些，有太郎参加高中入学考试的那个夏天，连日酷暑，伤寒痢疾肆虐，盆地各地都因为暴雨引发水灾和山体滑坡。而且当时日本与中国的战争正式拉开序幕，"战争"便开始以沉重的姿态在现实的日本社会中迅速蔓延开来。政府大规模征集《爱国行进曲》，"举国一致"之类的词更是随处可见。十二月，由于日本军队占领了中国城市南京，街上举行了大规模的庆祝活动，就连进入备考冲刺阶段的有太郎也不得不加入初中组的灯笼队。

在这样聒噪的氛围下，有太郎顺利考上了哥哥小太郎当年就读的仙台高中。仙台高中在理科方面的实力是公认的。从前有太郎听哥哥讲起仙台高中的事，他就已经毫不犹豫地把仙台高中定为目标了。其实，其中也有对东京的高中敬而远之的想法。源一郎当初在东京就被当成乡下人对待过，所以他不想让自己的儿子也经受这份屈辱。

《国家总动员法》[②]（一项为了确保战争胜利，允许国家最大限度利用公司和国民资源的法律。——帕特里斯注）颁布的那年

[①] 伊豆群岛的别称，包括7座岛屿：伊豆大岛、利岛、新岛、神津岛、三宅岛、御藏岛、八丈岛。
[②] 日本政府1938年5月实施，1945年日本投降后被废除。

春天，樱花依旧像往年一样在盆地盛开。南阿尔卑斯山脉和富士山的白色山峰上残留着积雪，在淡蓝色的天空下时隐时现。粉紫色的樱花、桃花、杏花、油菜花开遍原野。盆地春天的美是如此让人难以忘怀！虽然这里冬冷夏热，但能够酣畅地陶醉在如此绝妙的春色里，居民们应该也能忘却现实吧。

有太郎出发去仙台的前天，和三位姐姐一起去了甲府市郊外的一座寺庙，在寺庙的墓地里赏了花。墓地的尽头是一座小山的斜坡，坡上种着一排排老樱花树，像是为墓地打造的淡粉色顶篷。位于边角的是盆地里一户豪门家族的墓地，像西班牙宅邸里的中庭，让人不禁联想到古巴比伦的空中花园。那里呈现为一个方方正正的广场，比周围高出两三米，赏花时就坐在这里，吃着便当静静地休憩正合适。小太郎刚考上高中的那个春天，也曾经在晚上和朋友一起到这里赏夜樱。有太郎和三位姐姐却不敢来这儿赏夜樱。他们认为，樱花越是美丽，半夜墓地里的亡灵就越有可能会被吸引至此聚会赏花。有太郎和姐姐们怎么也想不明白，小太郎是怎么做到在夜里还能泰然自若地去墓地里的。

笛子认为，虽然小太郎是狂热的浪漫主义者，但他的本质是一个唯物主义者，自然就不会害怕夜晚的墓地。

杏子和樱子则认为，即使遇上亡灵，凭小太郎的本事，也能立刻和它们玩成一片。

有太郎暗自想：也许正是因为小太郎能坦然地和亡灵共处，才注定他年仅二十四岁就早早离世吧？

墓地上矗立着一块巨大的墓碑，上面刻着这个家族第一代先辈的名字。他们是靠出口生丝发家致富的。姐弟四人在墓碑旁铺好报纸各自坐下。小山上飘来一阵歌声，那是山上一所基督教女校的学生在排练《蓝色多瑙河》的大合唱。墓地铺路石的缝隙间生长着蒲公英、酢浆草和三叶草，头顶的樱花微微摇曳。四人先是举杯畅饮了无酒精的葡萄汁，然后开始享用前一晚杏子和樱子准备的寿司卷（用紫菜卷起来的寿司。——帕特里斯注）、楤木（一种树的名字。——帕特里斯注）芽和油菜花炸成的天妇罗与煎鸡蛋。在这个春天的午后时分，四下空无一人，安静得就连蜜蜂的振翅声都能勾起睡意。

"真羡慕小有啊，马上就要开始自由的学生生活了。"

樱子叹了口气说。她被迫放弃了考音乐学校的道路，从女子学校毕业后就不得不去学习茶道和花道等课程。

"高等工业学校的竞争太激烈了。虽说现在军需业景气，学校都想分一杯羹，这也可以理解，可是世风日下，战争结束以后会恢复正常吗？"笛子抬头望着天说道。

"这场战争肯定不会轻易结束的。如今希特勒、墨索里尼已经和日本联手了，这可是世界大战。征兵的规模还在不断扩大，不知道接下来会如何，但我想情况会越来越严重。学生的自由也不知道能被保护到何时，毕竟就连大学教授也接二连三地被逮捕了。"

有太郎皱着眉头悲观地说。这时，杏子小声道：

"要是小有你出了什么事，我就把你偷偷藏到山里去，那样就什么也不用担心啦。"

樱子听了哈哈大笑。

"是呀，要是这个世界继续变糟，我们就一起隐居在山里好了。笛子姐和小有就在山里继续学习，杏子姐和我在一旁弹三味线、唱唱歌，这样的日子也不错。饿了就吃树上的果实，还可以捉河里的鱼与山上的鸟来吃……"

"父亲要是听了，一定会很开心，估计恨不得明天就开始那样的生活。"有太郎也笑着说。

"所以,现在你就放心吧,上了高中可要认真学习。到时候我把我的小提琴送给你,就当是庆祝你入学,你不是一直都想要吗?"

听了笛子的话,有太郎直点头。他等这句话已经很久了。从前他就设想过,总有一天那把小提琴也会和从前那辆自行车和滑雪板一样,成为他的东西,只不过没想到是在这个时刻。

"那么我的庆祝方式是……看电影!明天我带你去看电影吧。"

樱子话音未落,笛子马上插了进来。

"我知道你说的是什么电影,终于在甲府上映了,要不我也一起去吧?正好我也想看。"

樱子假装陷入沉思,嘟囔着说:"我这可是为了庆祝小有考上高中才去的,大家都去算怎么回事嘛。算啦,既然如此,大家一起去吧。杏子姐也一起去吧?不过话说在前头,杏子姐和笛子姐的电影票要自己买哦,我只请小有一个人看。"

"那我也去吧。小樱说的是《丹凤还阳》[①]吧?这部电影我也很久之前就想看了。那么,我的庆祝方式,就是请大家之后吃冰激凌。正好我有点小收入。"

杏子愉快地说。她的提议喜获大家的一致认可。之前,在英姑姑那边,杏子把手贴在一个女人的背部就把她的背痛给治好了。这件事口口相传,杏子的"神通力"名声大噪,"患者"开始陆续出现,杏子的收入就是他们给的酬谢金。杏子当然是极力拒收的,但他们总会把钱偷偷放在玄关,或是把钱包起来塞进她的袖子。英姑姑也劝她说,这是人家的一点心意,于是杏子只好勉强收下。

那天在樱花树下,四人一会儿追蝴蝶,一会儿随手摘下蒲公英,

---

① 《丹凤还阳》(*One Hundred Men and a Girl*),1937 年上映的美国电影。

一会儿齐声唱着"Addio, del passato",又像小孩子一样在墓碑附近玩起捉迷藏,最后拖着疲惫的身体,高高兴兴地回到了北堀町。

第二天,四人去了甲府的市区,按计划看了《丹凤还阳》,随后杏子请大家吃了冰激凌。这部电影讲述的故事是:一个活力少女为了失业的管弦乐团团员父亲,偷偷潜入音乐厅,拜托斯托科夫斯基[①]为他们挥动指挥棒,演奏乐曲。这名少女酷爱唱歌,她天真地唱起莫扎特的《哈利路亚,F大调》、威尔第的《饮酒歌》,还有电影中随处可以听到的李斯特的《匈牙利狂想曲》。这是一部欢乐的音乐电影,虽然情节简单,但充满着美国美好时代的积极乐观。电影配上冰激凌,还有小提琴,回想起来,三位姐姐给有太郎的升学庆祝里都是满满的爱。

(看完《丹凤还阳》,最兴奋的一定是樱子。在我的心中,电影中的少女完全就是樱子的写照。如果樱子和这位少女一样生在相同时代的美国,在相同的环境下成长,她一定也会同样充满活力地到处奔走,跟在管弦乐团后面开心地唱着《哈利路亚》。不管是表情还是动作,她们都太像了。电影中的少女——我忘了她叫什么名字——戴着一顶贝雷帽,上面插着羽毛,宛如在天空中自由翱翔的小鸟一样可爱,也好似勇气满满的音乐仙女。)

尽管"卢沟桥事变"带来的不安还笼罩在心头,有太郎还是满怀幸福地到了仙台。回顾有太郎之后的漫漫人生,再也没有哪个春天比这一年的更加充满希望、令他感动了。怀抱着对学问的热忱,坚定不移地只身离开甲府盆地,踏上仙台这片新土地,这里的街道、校舍、广濑川的河流、远近群山的身影,都唤起了有太郎心中纯粹

[①] 利奥波德·斯托科夫斯基(Leopold Stokowski,1882—1977),出生于英国的美国知名指挥家,以自由的风格著称,其指挥富于激情、音响华美。

的欢喜。而且，这片土地与哥哥小太郎有着很深的渊源，每当遇见还记得小太郎的教授或是旧书店的老板，都会让有太郎兴奋不已。

这里的高中老师有的用法语的数学习题集授课，有的干脆无视教科书的内容，这让有太郎深感佩服。每门功课都让有太郎觉得十分有趣，与此同时，他的实力也在不断提升，就连不擅长的英语有时候也能拿满分。

有位教授推荐了一本数学书，为了买到这本书，有太郎苦苦央求了笛子许久。这本定价高达七日元的书，凭真给的那点零花钱根本买不起。（刚进高中那年寒假买的那本《解析概论》，时隔五十年，如今我仍然悉心珍藏着。这是一部沉甸甸的大开本图书，扉页上写着一句德语："寻找你的宿命。"里面还写着笛子当时为我买这本书的经过。现在盯着这些已经褪色的字迹，当时自己心中对科学的热忱历历在目。那时候的有太郎，是真的把学问当作乐趣来享受的！）翻开这本书的第一页，有太郎便全神贯注地读起来。虽然不是什么值得骄傲的事，但这是有太郎唯一一次逐字逐句地熟读完一整本专业书。"解析开拓""戴德金分割"，这些术语让有太郎着迷到起鸡皮疙瘩。

读完这本书后，有太郎甚至有时会暗自觉得，在一些题目上，自己的方法要比教授教的更加巧妙。笛子给有太郎买的这本书令他受益匪浅，他甚至在大学入学考试时也遇到了选自其中的题目，做起来得心应手。

在仙台读书时，有太郎充分享受着学习带来的快乐，往往凌晨一两点才睡觉。睡前他总会把冷水浇到自己昏昏沉沉的头上降温，就连大冬天也不例外，这样他就能一直睡到早上九点，不用吃早饭就直接从宿舍去教室了。

那是一个还能让学生们残留些许和平与自由的时代，在高中校园里，也能见到留着长发的学生。走访附近的"满洲移民队"（"伪满洲国"成立以后，日本颁布政策将大量国民以开拓之名送往中国东北。起先主要是输送农民，之后开始运送在日本经过训练的十五六岁少年。——帕特里斯注）时，训练所里的军人们嚣张又傲慢地抗议，高中生们集体合唱《笛康叔》（取"笛卡儿""康德""叔本华"三位哲学家名字的首字组合而成的一首民谣歌曲，在当时学生中间颇为流行。——帕特里斯注），大声"喧哗"。教官把这种活动视为高中生的特权，并不当回事，考虑到这群少年的单纯与认真，他们也只是带着哭腔劝学生们："你们这样闹太不像话了！"如果是三年之后，毫无疑问，每个人都会被狠狠地毒打吧。

那些自愿移民的少年们被安排住在一个极其简陋的圆形小屋里，屋内木地板上铺了一层薄薄的毛毯，他们就和毛毯上数不清的跳蚤一起生活。虽然当时高中生的万年床（日本人起床后通常会把被子叠放好，而不叠被子，在地板上保持原样就叫作万年床。——帕特里斯注）上也是垃圾堆积如山，生活环境极不卫生，但看到这样悲惨的环境，这些高中生无一不瞠目结舌。"这就是日本的训练设施吗？"他们大失所望。而日本的领导们居然还得意扬扬地把这些设施展示给德国人看，这样的无知与迟钝实在让人哑口无言。

说起德国人，在有太郎有次暑假回甲府的四天里，纳粹希特勒青年团[①]一行访问了日本，来到山中湖野营地和日本的青少年团体进行日德集体训练，源一郎曾经带着有太郎去过那里。说是集体训练，其实内容不过是登富士山和巡游富士五湖罢了。青年团经过甲

[①] 1936—1945 年纳粹德国通过法律设立的唯一一个青少年组织，规定 10—18 岁的青少年必须加入。最早可追溯至 1922 年，最初的集体活动只是露营、远足等青少年课外教育，后来其内容和意图发生了变化，开始进行体能训练、准军事训练，旨在灌输种族主义的纳粹思想。1945 年纳粹德国投降后，该组织不复存在。

府站时，在街上大喊"德意志万岁"，齐声合唱德国国歌和纳粹歌曲，许多市民只在电影里见过这样的德国金发少年，顿时把他们围得水泄不通，索要签名，引起一阵骚动。

在有太郎心里，这片山中湖野营地本来是父亲源一郎陪伴他的地方，承载着难忘的回忆，如今却惨遭日德法西斯主义践踏。想到这些，有太郎心底对希特勒青年团来访的厌恶油然而生。虽然他对纳粹并不怎么了解，但他们的强势崛起和专制独裁他也早有耳闻。从先前在当地报纸上刊登的照片看，他们的纳粹党党徽、臂章以及右手向前笔直抬起的独特敬礼方式，无一不让有太郎觉得恶心。有太郎也想到，父亲不知道这些事真是太好了。对于厌恶政治的源一郎来说，他挚爱的富士山一带是不能让人类轻易靠近的清静世界。随着时代变迁，终究连那里也没躲过政治的暴力。富士山，这座美丽的圆锥形层状火山，不知何时竟被高高挂上了"伟大日本精神"的招牌。如果源一郎看到这一幕，一定会放声大哭，祈求老天降下大雾把富士五湖团团围住，不许任何人再接近。

有太郎读高中时，也有不少学生持左翼思想。但那时共产党已经解散，不再具备小太郎那个时代理论上的能力了。在有太郎看来，他们所宣扬的说辞，不过是习惯性地自我救赎罢了，没有任何实际作用。正因如此，有太郎一直躲避着那些人，另一方面，他也下定决心不向军部的方针政策靠拢。除此之外，他一个人无法再做出什么更积极的抵抗了。总之，他得出结论：自己的职责便是在允许的范围内最大限度地继续学习。实际上，他也只能这么做。想到母亲真还在甲府的家中等着他，三个姐姐在他这个不靠谱的户主身上寄予的厚望以及为他做出的牺牲，有太郎作为源一郎离世后有森家的一家之主，必须在学问这条道路上做出一番成绩。

像有太郎这样不关心政治，对性也不感兴趣，既不抽烟也不喝酒，只知道埋头读书的人，通常被周围的人称作无聊的书呆子（对只知道为了考试成绩一个劲地学习的学生的蔑称。——帕特里斯注）。但对当时的有太郎来说，学习本身就是快乐。相比于沉浸在《解析整数论》的世界中获得的快乐，那种感官上的刺激不仅索然无味，还浪费时间。

就这样，有太郎穿着真为他织的裤子和袜子，在仙台专心读书。仙台离甲府实在太远了，只有放长假时才能回家一趟，每周末有太郎都只能眼睁睁地看着家在近处的同学回家，但他并不觉得有多难过。人生中第一次品尝到的孤独，对有太郎来说却是一份新鲜的乐趣。这份孤独使他思考诸如"人生是什么""人的价值"之类的哲学问题，这又何尝不是一份宝贵的青春体验。

有太郎在仙台专心致志读书的三年间，老家盆地里的三位姐姐也都各自发生了巨大变化。

首先，有太郎刚去仙台读高中的那年，东京的照子为樱子介绍了一门亲事。笛子二十五岁，樱子二十岁，按常理来说，如果樱子比笛子早结婚的话就太不妥当了。但笛子已经是一名"职业妇女"，无须特意结婚，一个人也能活得好好的，自然也就把她排除在外了。而对于离了婚回娘家的杏子，按照当时的社会风气想要再婚也是不现实的，因此杏子只能和清美一样找份工作，独立生活。

清美那时在基督教教会过着修道生活。（大致是这种性质的生活。虽然她在小太郎的影响下参与了共产党运动，但由于受到了严厉的思想打压，不得已转向了基督教，独自在静寂的生活中继续摸索人生真正的价值。小太郎考上大学以后，在百货商场打工的清美时常去他的宿舍给他送东西。小太郎学业繁忙时，她也会帮忙去神田买一些报纸和杂志，替小太郎分发从党内相关人士那里收到的传单,有时还会帮他在街上到处张贴海报。这些事情都是听笛子说的,虽然有很多地方存在疑点,但综合考量小太郎和清美的关系,可信度还是很高的。其实清美并不是在思想上和小太郎有什么共鸣,她只是一心想做些对小太郎有用的事。而在东京也没其他什么人能让小太郎放下戒心,勉强算是无产阶级的清美作为小太郎的家人,其存在自然让小太郎感到欣慰。知道自己对于小太郎的意义如此,清美非常自豪和喜悦吧。面对笛子,小太郎有着身为兄长必须履行的职责,可面对清美,小太郎既不是哥哥也不是弟弟,而是一个孤单但又充满自信和野心的青年。两人之间的对话恐怕都是些煞风景的话题,也未曾刻意意识到肉体之间的不同吧。因此,同处东京的两人之间,心底应该已经开始有一股甜蜜的暗流在涌动。)之后,她开始在寺尾分家经营的横滨商务公司里做事务员。杏子则继续利用先前的"神通力"当一位女治疗师的助手而非魔术师,收入也在一点点增加。

就这样,樱子的婚事成为北堀町先要解决的头等大事。由于杏子婚姻的失败,她们不再想继续拜托英姑姑、矶姑姑介绍对象了,这件事就落到了照子头上。

照子一家住在赤羽的一片沿川荒地上,那里杂草丛生,栖息着狸猫。松井一家也住在赤羽地区,但所在街区比照子家更加宜居。两家离得并不近,为何关系会如此亲密呢?原来是照子先前从卖货的大婶那里听说了松井一家,就立马前去拜访。尽管她并不擅长社交,在办事方面却是不输给男人的积极行动派。

(这里插一件战后的事。善政为了和朋友创立公司,倾尽了他从之前公司那儿领到的所有退职金。但当时日本正经历严重的通货膨胀,没过多久,公司就破产倒闭,善政因此身心俱疲,也倒下了。然而照子并没有被这场灾难打倒,她卖掉善政珍藏的书画,放开手创立了一家西式裁缝店，筹措生活费。照子在服装设计方面别出心裁，也很懂得招揽女顾客。她从不阿谀奉承，也不完全按照客人的要求一板一眼地制作，而是会像老师一样向客人指出："那样的话款式不好看，咱们改下这里吧。"这种态度反而使照子的生意越做越好，果然女顾客的心理也很奇妙。）

松井家当家的是一位实业家，虽然没什么学问，但他曾经远渡美国，吃过不少苦头，是个紧跟时代的人。照子长期闭塞在赤羽这样的乡下，和外人交往甚少，因此很愉快地和美国归来的松井家开始往来。她看中了松井家的次子达彦，于是聊起了樱子的事。照子判断松井家的氛围很开明，父母都是乐天派，樱子这样随性的活泼女孩应该会被他们理解和接纳。

不知是照子这位"媒人"（介绍结婚对象时负责说好话的人。——帕特里斯注）说的话起作用了，还是被樱子的照片吸引了，松井家的父母很感兴趣，立刻到甲府上门拜访。虽然已经没了父亲和哥哥，但北堀町的那栋房子看着还是很气派的，樱子给人的印象也无可挑剔，松井的父母心满意足地回到东京。

樱子和达彦的婚事很快就谈妥了。照子吩咐在仙台的有太郎暑假回家途中顺道去趟东京，他现在是有森家的一家之主，理应去松井家打个招呼。只见有太郎一副典型的蛮壳打扮，腰间系着一条脏毛巾，学生服下面拖着一双旧木屐，照子看了直皱眉头。她先取下有太郎腰间的毛巾，仔细擦拭学生服，又急忙买了双新的高底木屐。原本照子想给有太郎买双皮鞋的，但她没有那么多钱，又不想给松井家留下不爱干净的印象，于是只好给他买一双新木屐。照子姐难得给自己添置衣物，有太郎不能辜负她的一片好意，所以就老老实实穿上新木屐跟着照子去了松井家。其实，新木屐穿着硌脚，让人看见也难为情，蛮壳的打扮才是有太郎特有的时尚风格。

说是去松井家打招呼，其实就照子一个人在西式客厅里热情地交谈，有太郎则默不作声地坐在沙发上。达彦的脸蛋圆圆的，温和的笑容和他父亲的一模一样。他把比自己小七岁的有太郎当成一个大人对待，始终说着礼貌用语。松井家的房子并不大，整体是西式风格。有太郎对庭院里翠绿的草坪和桌上摆放的红茶、蛋糕饶有兴趣。草坪中央，雕刻成仙鹤形状的喷泉正从喙尖喷水。

但樱子一开始对达彦不太满意。达彦只上过商业学校，这让她感到不满。

"可你不也只上过女校吗？达彦上完商业学校以后就一直在协助他父亲工作，不光学问精通，还掌握许多知识。你只认识哥哥和小有，所以不知不觉拿他和他们做比较了吧，可是这个世界不只是由大学毕业的人构成的。尤其是当今这个时代，实业家有时候更让人安心。你这样抱怨，只会让人觉得你太任性了哦。"

照子的这番话让樱子无法辩驳。她倒不是讨厌达彦的为人，只是他学问不深，和弟弟有太郎所处的世界太不同了，她究竟能否和他和睦相处？这种不安始终无法消除。毕竟自己结婚的对象是将来要帮助有太郎的姐夫，也要成为杏子和笛子的"监护人"。一个只上过商业学校的男人，怎么能保证他有这样的能力呢？有太郎将来大概会成为一名学者，笛子姐也已经是女子学校的老师了。

"达彦这人真不错啊。为人大方，是个合格的人选。而且他那么摩登，一定会很尊重妻子，说不定还会带你去美国呢。我听他说，从前他去美国的时候听过梅纽因[①]的小提琴演奏。"

听有太郎说得这么有把握，樱子暗自希望如此。于是第二天，她对达彦的看法迅速从不满转向肯定。其实不管怎么样，双方家里

---

① 耶胡迪·梅纽因（Yehudi Menuhin，1916—1999），英国知名小提琴家、指挥家，出生于美国。

早就已经谈妥了，就算樱子一个人闹别扭，她和达彦的婚约也已经是板上钉钉。

（这个时代的日本，尽管由个人恋爱发展到结婚的人增加了不少，但多数没有独立生活能力的女性还是会在父母的安排下步入婚姻生活。她们还不了解社会，就算发声也不会被认可。虽然母亲真还有照子姐经常叫樱子"疯丫头"，说她我行我素，可和我那美国出生的女儿牧子比起来，她已经算极其懂礼数、懂事孝顺的了，为了家人可以说是尽心尽力。牧子跟我这个父亲说话根本不懂得用敬语——虽然用美式英语确实不太好表达敬语，不过她也随时随地都在唱反调，到哪儿都盘着腿坐。最重要的是，牧子年过三十了，还丝毫没有要结婚的意思。樱子二十岁就订婚了，哪怕是被认为是晚婚的笛子，二十六岁也结婚了。

这种女性解放当然是可喜可贺的。但是，近年来在美国，当父母要再去寻找其他对象时，他们的孩子会陷入复杂的人际关系之中，父母的责任被分散，自然很难萌生出所谓的家庭亲情。女人们越来越背离自己的母性，将热情投注在自己的事业和收入之中，公然承认自己的性欲而毫不避讳，甚至还把性欲奉为人类非常神圣、重要的东西。自古以来人们常说食欲、睡眠欲、性欲是人类的三大欲望，它们是个体乃至物种的生存本能，如果缺乏这些欲望，人类很快就会灭亡。但是，就拿食欲举例，谁又会真的把食欲奉为人类最神圣、最具有人性的欲望呢？睡眠对人来说是绝对必要的，但老是睡觉身体也会出问题，影响生活。人类的三大欲望，换言之，可以理解为是三大必须节制的要素。像以前那样，一刀切地厌恶性欲，或者肆无忌惮地把某些女人当作男人泄欲的工具，这种认知固然是错误的。听说时至今日，日本社会里还残余着这种认知。

战前的日本，上流阶层和中产阶级的男性并不会把恋爱对象等同为性爱对象。在性爱方面，他们会寻找艺伎之类的娼妓，可越是这样做，他们越会厌恶自己的行为，陷入恶性循环。当然，他们希望能娶自己所爱的、尊敬的女人为妻，但越是尊敬，他就越无法让自己的性欲接近她们。现在回过头来看，这或许是个滑稽的悖论，但实际上，这样的烦恼屡见不鲜。作为妻子的女人们一定也为此而烦恼吧。不过，大多数情况下，这种对性的厌恶感、排斥感会一点点减弱、缓和，双方成为父亲母亲之后，会形成一个有机体般的家庭。

女人们在结婚前，会从母亲那里，或者如果母亲不在了的话，也会从姐姐、阿姨等年长的已婚女性那里获取一些和丈夫这种"行为"有关的建议：不要妨碍丈夫的这种"行为"，也不要反击或是哭泣，而要温柔地默许；起初可能会觉得这样容忍有些难熬，但时间久了就渐渐习惯了，夫妻之间也会逐渐萌生一体同心的情感；还得时常关心对方的身体健康。这些都是我从妻子广子那儿听说的。她没有母亲、阿姨或是姐姐，只能从读女子大学时的朋友的妈妈那儿获取这些建议。我一想到广子早早就收集好了这些信息，为此还特意向别人寻求建议，就忍不住笑了。即使已经有了这些信息，在新婚夫妇的实际生活中还是会有许多困惑，这是无法避免的。

我之所以在这里写下这些，是衷心希望牧子和由纪子知道：从前的婚姻和当代的婚姻是多么不同，尽管有许多弊害，但也有好的一面。对一个人来说，家庭的作用是巨大的，这一点谁都明白。可是，如何构建一个让家庭成员都满意的家庭呢？这个问题极其困难，也很难找到答案。不得不承认，在这一点上，我也只能给自己打六十分。不过，我个人以为，六十分其实还过得去。）

就这样，多少带着一些不满的情绪，樱子正式成为达彦的未婚妻。即使急着结婚，但等一切都准备妥当，也至少要两三个月。有森家有个习惯，每当女儿结婚时，都要让市里的寺尾绸缎批发店送一批布料过来，用来做和服。因为寺尾绸缎批发店是奶奶纱英的娘家，所以价格能便宜不少。寺尾家也深谙此道，每次总能熟练地挑选出适合每个姑娘的花纹布料，用大包袱皮包好送到北堀町。需要备齐的和服数量也是定好的，有夏天和冬天的礼服（葬礼和庆典用的）、社交用的华丽和服、日常耐穿的和服，每样又要分别定制四个季节穿的。樱子很适合大花纹的图案。除了和服，洋装也必不可少。

八月婚约就定下来了，不过为了让有太郎也能出席，婚礼定在了年底。

请他人给自己定做新的和服和洋装，对女人来说是件乐事。受筹备婚礼的喜庆气氛所感染，樱子和达彦见过几次面后，彼此的好感也增加了。然而，十月份时，达彦突然被征召入伍。"卢沟桥事变"，即日本与中国的战争全面爆发后，日本的征兵人数急剧增加。要在中国广阔的土地上作战，需要大量士兵。此外，为了保证军队的优先供给，人们的日常生活中不再提供铁和汽油之类的用品。再后来，商店的货架上就连棉布都找不到了，取而代之的是一种叫作人造纤维的丝织物。这种材质非常易皱，也不经洗。河合荣治郎[①]的书被禁止发行，女人穿的和服上有振袖（像蝴蝶翅膀一样摇摆的长袖子。——帕特里斯注），也会被指责不"爱国"。而樱子就是在这一时期订婚的。好在战争对樱子的婚礼筹备和日常生活只产生了间接影响，但是达彦被征召入伍，她不得不直面战争。没有人能违抗征兵令。

达彦被分配到东京的近卫师团（保护天皇的军队。——帕特

---

① 河合荣治郎（1891—1944），日本经济学家、社会思想家，批判法西斯主义的知识分子。

里斯注），因此樱子能经常去见他。不过，毕竟是从甲府出发，不可能每周都去。而且，樱子每次去见达彦都不是一个人，达彦的母亲总是同行。这样一来，当着达彦母亲的面，樱子连句玩笑话都不能开，非常别扭。身为未婚妻，樱子想尽量给准婆婆留下好印象，因此只能忍受无法和达彦坦诚交谈的痛苦。话虽如此，其实只要能见到面，相视一笑就很开心了。就这样，樱子一边抱怨辛苦，一边继续去探视。

到了冬天，有太郎也跟着两人一起去见达彦。除了馒头和寿司卷，他还带了仙台的特产鱼糕过去。达彦进了军队以后，形体被矫正得很好，脸色看着也更健康了，而有太郎还是一副蛮壳的老样子。听达彦讲养马之类的事，有太郎感觉很微妙。身边的人成为士兵，自己又去探视士兵，这还是第一次。

就在春假里有太郎回到北堀町的某一天，达彦也偶然放了个假来找樱子。

达彦来的前一天，樱子就兴奋地独自在家里走来走去，又是清理走廊，又是擦洗榻榻米，还开始用钢琴弹奏肖邦的《波罗涅兹舞曲》。

"达彦说会一个人来，他母亲来不了。拜托了，小有，你一定要一直陪在我身边哦！我怕我们二人独处我会紧张地晕过去，或者大张着嘴笑得在地上打滚。"樱子认真地拜托有太郎。

"哎呀，怕什么啊，反正结婚以后你们马上就会剥下'画皮'（将想要表现得比真实的自己更好的行为比喻成披上其他动物的皮。——帕特里斯注）。"

听有太郎这样调侃自己，樱子嘟着嘴嘟囔道：

"所以要好好珍惜结婚前的这段时间嘛……"

听到这话，有太郎不由得盯着樱子的脸。显然，樱子已经开始展望和达彦共同生活的新时光了。

当天一大早,真就开始细细梳理樱子的头发,在一番纠结是扎成辫子还是盘成花后,她把杏子精心制作的黄色连翘和白色瑞香的花饰给樱子戴在耳后。然后就是漫长的化妆,最后从一堆结婚用的和服中挑选了颜色最华丽的一件振袖和服给樱子换上。

"感觉好像又要去相亲一样。"有太郎说。

"对女人来说,这可比相亲还要吓人哩。相亲的时候,对方看不上我也没事,可是现在已经订婚了,万一再让对方失望怎么办?在结婚之前,女人一定要不断提高自己在对方心里的分量。"

樱子激动地反驳有太郎,真听完笑了起来。她说:"从逻辑上来说,这样讲也有道理,不过话说得太直白了,听起来怪怪的。"

即便八点就从东京出发,到甲府也已经是午后。要想在晚上七八点前按规定时间回到兵营,最晚三点钟就得离开甲府,因此达彦这次在甲府只能待两个小时左右。樱子计算好时间,走到玄关处等着,突然听见开门的声音,接着传来了坚定的脚步声。

"啊,达彦来了!"

樱子小声说着,脸颊已然涨得绯红。有太郎站起身来迎接达彦,同时看了樱子一眼,突然被二十一岁姐姐的美貌迷住了。在昏暗的玄关里,这张脸与黄色、白色花饰交相辉映,从内而外散发出显眼的光芒,里面凝聚着年轻女子内心的充实与欢喜。

达彦难得的到访就在大家一起吃鳗鱼饭闲聊中匆匆结束了。樱子一开始的担心是多余的,因为从一开始她就没有机会和达彦独处,两个人慢慢交谈。

将达彦送到门口,回到玄关后,真叹了口气,喃喃地说:

"走得也太急啦,什么也没干就回去了。"

好不容易见到未婚夫,却连手都没碰就分开了。尽管真是老一辈人，但还是替樱子感到惋惜。每次两人见面的时候，总有一方的母亲在身边，因此他俩就连指尖相触的机会都没有。

两三天之后，有太郎次日就要回仙台。吃完晚饭后，樱子和有太郎去荒川岸边散步。虽然没有时间像去年一样悠闲地赏花，但至少可以看看河堤上的樱花。堤上只有几棵樱花树，但樱花毕竟是樱花，意境还是在的。由于雪水逐渐融化，河水变得湍急，悦耳的声响回荡在耳边。油菜花和樱花在月下泛着白光。两人沿着河堤向北走了一会儿，又向南原路折返。两人交谈得并不起劲，即便有太郎说起在仙台的事，樱子也只是有一搭没一搭淡淡地听着，一副兴致索然的样子。快走到长松桥的时候，樱子突然坐下，把脸埋在膝盖上。

"怎么啦？肚子疼吗？"

有太郎惊慌失措，也蹲下来靠在樱子身边，战战兢兢地抚摸她的后背。樱子的后背在微微颤抖，仔细听，能听见隐隐的啜泣。

"怎么了？很疼吗？"

过了一会儿，樱子终于抬起头，揉着眼睛，长长叹了口气：

"只是觉得很难过，很难过……"

"原来不是肚子疼啊。"

樱子点了点头，仰面抽泣。迎接达彦时那张美丽的脸庞已经不见了，取而代之的是一张充满稚气、挂着泪珠的脸。

"那为什么哭呢？你在难过什么呀？"

樱子听后，盯着有太郎的脸，眼里依旧噙着泪水答道：

"小有你明天就要回仙台了，是吧？还好不是去军队，所以我并不难过。只是，我想，如果真是那样的话，我该有多痛苦啊。我又想到了达彦。虽然这么说有些难过，但他和小有你真的没法比，如果小有你也去当兵的话，我满脑子一定全是你。可这样说来，我究竟爱不爱达彦呢？我和他结婚真的合适吗？我搞不明白……总觉得一切都不大对劲，可我又说不上来是哪里不对劲，也不知道该怎么解决，总之就是很难过。我这样活着真是太可悲了，认识达彦也很可悲……你说，以后究竟会怎样呢？小有，如果连小有你也死了，我该怎么办啊。"

"放心吧……我不会死的。"有太郎只能傻傻地这样回答。

有太郎意识到，即便是亲生姐弟，在外人看来也是一对年轻男女，于是赶紧站起身来，催促樱子回家。高中生只要晚上和女性单独走在一起，被警察看到的话就会被责骂，运气不好还可能会被逮捕。

"咱们再不回去的话，妈妈要担心了。"

"也是，杏子姐和笛子姐也在等着我们呢。"

樱子点点头，擦干眼泪和我一起往回走。

（这一夜，樱子究竟预感到了什么呢？预感这东西，又有多少可信度？对此虽然因人而异，但我自己在某种程度上还是愿意相信的。一个人的能力，其实往往超出自己意识的范围。人类的脑细胞具有连最先进的计算机也无法赶超的微妙功能。画家出于"偶然"在画布上画出一条线。对于这种"偶然"，计算机无法理解。与此同时，人类还有"预感"能力，它不依赖任何计算和各种数据，仅凭人在生活中的情感经验而产生冲动，可以突然预见未来即将发生什么不好的事情，或者什么值得期待的事情。当然，这种能力也因人而异。杏子的"神通力"也是如此。人类身上既有着精密机械的功能，又有生物之间的爱情，其中的奥妙就连人类自己也无法参透。正因为如此，笛子身患唐氏综合征的孩子亨才会表现出明显的智力发育迟缓和体质虚弱，年仅十五岁就离开人世。从社会层面来看，他似乎是一个毫无意义的存在，但亨完全具备人的情感，因为他有着人类特有的脑细胞和身体构造。作为一个人，亨并没有缺陷，只不过作为一个机器，他身上极小的一部分出现了问题。）

樱子的"预感"应验了。入夏后，达彦所在的连队被派往中国，当初两年义务兵役的约定变成了一纸空谈。如果被派到前线作战，回来就不容易了。尽管樱子并不了解军队的架构，但这点常识大家都懂。

起初偶尔还会收到达彦从中国寄来的信，樱子自不必说，有太郎等人也给战场上的达彦写了很多慰问信。有太郎不知道究竟该写些什么，如果只是写"注意身体""我们这里一切安好"这些陈词滥调又太煞风景了，他便把诸如在仙台的森林中发现的虫子和蝴蝶的生态详细情况都写了进去。

随着战争愈演愈烈，就连这样的书信往来也断绝了。连达彦身在何处，是生是死，都不得而知。

12 笛子的罗曼史

尽管樱子刚定下婚约，战争就悄然临近了，不过有太郎一如既往地在仙台享受着充实的学生生活。在他看来，自己终于踏上了前途光明的科学之路，今后也肯定能沿着这条路一直走下去。渐渐地，有太郎开始对未来充满期待。

达彦被派往中国三个月后的某一天，有太郎难得收到了一封来自笛子的信。此前笛子从未给有太郎写过信，而且这封来信内容冗长，带着一种说不出的滋味。有太郎读起了这封信。笛子的文字优美得体，这反倒令有太郎感觉难以适从。

"……前些日子，我与一位叫杉冬吾的画家订婚了。虽然他现在还名不见经传，但我坚信凭他的才华将来一定能有所作为，我也由衷地崇拜他。对了，你应该不会介意他没什么名气吧。现在我学校里的工作比较忙，所以婚礼姑且定在明年春天……"

接着，笛子详细介绍了杉冬吾的履历，把最近评价他画作的杂志文章都亲手抄写了下来。杉冬吾和小太郎同岁，故乡在青森，同母亲真一样来自东北地方。笛子写到，他与我们有森家确实有缘。她在信中还提到，杉冬吾出身于青森的大地主家庭，在家中排行老五。

有太郎一时间有些错愕，忍不住大声道："见鬼！"配得上笛子的人不是学者就是医生，整个有森家都是这么期盼着的。在看到这封信之前，有太郎也一直这么认为。他从未理解过笛子真实的想法，她热爱艺术，选择攻读文学专业。说到底，有太郎根本就没有设身处地为笛子的婚姻着想过。

仔细想来，笛子是个充满激情的人。如果她像樱子一样会弹钢琴，将自己的激情挥洒出来的话，就不会为这无处宣泄的激情而苦恼了。不幸的是，笛子过于理性，并不具备这样的能力。艺术才能的高低和自我坦诚的程度成正比。笛子的激情在小太郎病逝后不久便逐渐收敛，就连她女子学校教师这一工作也被战时扭曲的沙文主义所束缚。笛子的失望日渐累积，压抑的激情如同雷电降临前的云雨，在悄悄积攒着能量。

可是，没名气的穷酸画家又算怎么回事！真亏她选了这么一个对象！想到这点，有太郎的心再次沉了下来。就算要选画家，也应该选那些留法归国后在上野的美术学校[①]（日本战败后，与音乐学校合并成了艺术大学。——帕特里斯注）担任教授的人，或者是

[①] 指东京美术学校，现东京艺术大学美术学部的前身，第二次世界大战后与东京音乐学校合并。

师从川合玉堂①（1873—1957，日本十分著名的画家。——帕特里斯注）这类艺术大师的人。如果是这样，还能让人安心一些。然而，这个人的履历中分明写着"从上野的美术学校退学后，参加先锋派社团"。有太郎的脑海中只能想象出这么一个男人的形象：身穿俄式衬衫，留着邋遢的长发，满脑子妄想着自己是个天才，实际上却愚蠢笨拙。仙台的高中里就有这种故意摆出画家姿态的学生，让人看着犯恶心。当时普通的高中生就足够不修边幅了，然而和他们比起来还是小巫见大巫。

笛子一直坚信，如果小太郎没有去世的话，一定可以成为第二个森鸥外（1862—1922，医学博士，也是二十世纪前半期日本最受尊敬的小说家之一。——帕特里斯注）。小太郎到底有没有这样的才华要打上一个大大的问号，这一点暂且不提，但由此可以看出，笛子所憧憬的结婚对象应该是身为医生或者理学博士兼有文学素养的人，也就是文理双全，拥有极高才学的男人。

不过，有太郎根本反对不了笛子的婚约。毕竟，笛子并不是在和有太郎商量。笛子不愧是笛子，平时连对真和照子也顶多只是知会她们一下自己的决定而已。也是，在这个家里，笛子最有头脑，最拥有发言权，谁又能做得了她的主呢？但是真的心里肯定十分震惊吧。杉冬吾还是美校生时，用父母给的生活费和艺伎交游恋爱，甚至尝试过殉情。有段时间，他似乎精神抑郁，一度想自杀，生活颓废，绘画事业也荒废了。他想在甲府居住一段时间，回归正常生活。世间没有任何一位母亲会为拥有这种女婿而感到高兴。即便如此，对于这对新人，据说真不仅没有抱怨，甚至还为他们送上了祝福。笛子说过，杉冬吾是真正的天才，想来可能确实如她所说吧。而且

---

① 川合玉堂，近代日本画坛巨匠，擅绘自然风景画。

樱子也是杉冬吾的狂热信徒。既然两个女儿都如此相信他的才华，再加上自己还亲眼看到杂志上刊登的冬吾在二科展（日本主流美术展之一，在此得奖的话，就说明被认可为真正的画家。——帕特里斯注）上的获奖作品，真终于放下了心。就算是真，她原本也具有这种程度的鉴别能力，不然的话，怎么会看上无论是名声还是财富均与自己相差甚远的源一郎当丈夫，并且还一直敬爱着他呢？

"衷心祝贺姐姐订婚。我自认为算是一个艺术爱好者，但是对美术不甚了解，因此对于姐姐的选择稍感意外。十分期待寒假时能与杉冬吾先生会面。"

将上述回信寄给笛子后，在不安的驱使下，有太郎立刻在仙台对杉冬吾展开了调查。为此，他去校图书馆翻遍了此前从未瞧过一眼的美术杂志，请热爱美术的同学为自己讲解美术知识，甚至还到镇上的美术展去一探究竟。由此他掌握了很多关于美术方面的前沿知识，也终于了解到杉冬吾的画立足于美术界的头部，饱受赞美。日本油画界刚从写实派脱离出来，发展到以塞尚、毕加索为首的超现实主义，正在形成以解析现实为目的的新流派。既然如此，美术的发展似乎和数学、物理学概念的发展并无本质上的差别。杉冬吾年轻时期的作品与凡·高相似，而他最近的画则受到了马克斯·恩斯特[①]的影响，同时也发挥出他自己独有的技法，脱离了虚无主义，使画面呈现出一股透明的伤感。以上摘自美术杂志上刊登的赏析文章。虽然有太郎的鉴赏能力十分有限，但他也能感同身受。

年末回乡后，有太郎立刻就被樱子缠住，被迫听她讲述她将笛子和杉冬吾撮合到一起的丰功伟绩。当时，笛子忙于女子学校的事

---

① 马克斯·恩斯特（Max Ernst, 1891—1976），德裔法国画家、雕塑家，达达主义和超现实主义的代表。

抽不出身，还没有回到甲府。真和杏子应该是早就清楚樱子要说什么了，不过依然笑盈盈地听着。

樱子在女校上学期间的友人中，有一位的家里在市区经营一座规模很大的旅馆。那个女孩的哥哥从高等商业学校毕业后进入上野的美校，一开始写写诗，后来受到超现实主义的影响，走上了绘画之路，并和志同道合的朋友组成了一个新团体。虽然是画家，但她哥哥对数字特别敏感，又是知识精英，所以自然而然地成了团体中的领袖人物。他的团体在反抗僵化的权威主义、追寻自由新方法的年轻画家中间一呼百应，举办起了前卫美术展。在二科展获奖、备受瞩目的杉冬吾自然也参加了这场新运动。

此前一年，东京举办了一场主题为"战争美术展"的展览。为了赞美和肯定战争，里面展出的画作描绘的净是战场上的士兵们如何英勇作战、军舰和战斗机如何威猛发力的场景，毫无艺术价值可言。那年秋天，担任美校教授的知名画家们以协助军部为名，去中国战地进行"参观学习"，并将完成的作品提交给军方。那时有太郎已是高中生，他知道政府的言论管控十分严格，但没想到军部竟也染指了美术界。有太郎天真地认为，至少自己知晓名字的那些知名画家应该是值得信任的艺术家。当他听了樱子的话后，不禁为自己之前的无知感到羞愧。据樱子所说，如今这个世道，只有默默无闻的画家才能免于骚扰。也许情况还未糟糕到这一步，但是直到此时有太郎才切身体会到，在法西斯体制下守护表达的自由是何其困难。在这个年代，甚至连"自由""独立""前卫"等词都被视为危险思想。而最能体现这些词语精神的人便是艺术家和学者。于是，法西斯主义的阴暗面便首先体现在从学者身上剥夺研究学问的自由，从艺术家身上剥夺创作艺术的自由。杉冬吾参加的团体也很快就受到了特高的监视。

杉冬吾对参展的执念，令他患上了严重的忧郁症，每天靠酒精度日。他原本肺就不好，陷入那种状态，实在不能期望还有什么体力和气力去正儿八经地作画。

"冬吾先生的心思异常纯粹、细腻，所以才会对如今的世道感到绝望吧。他不知道该怎么办了。更何况，之前他还因为出席左翼思想学习会而被警察逮捕过，好在一天后就被释放出来了。任何时代都会有不公和强权，而艺术家们总能最敏锐地感知到这些，与之抗争，而后被其所伤。更不用说在当今这样的世道，无论如何自处，最终都会落得遍体鳞伤。现在想来，我确实没有资格去上音乐学校。我只是擅长弹钢琴而已，完全没考虑过所谓艺术的自由。艺术家既是哲学家、科学家，也是宗教者，但是他们本人却像孩童一般自由而脆弱，所以当他们通过自己的艺术发现自身与各种复杂离奇事物的矛盾后，就会饱受折磨。凡·高、莫迪利亚尼[①]也好，舒伯特也罢，皆是如此。"

以上是樱子对杉冬吾的"脆弱"所作出的解释。确实，冬吾的脆弱远远超出了有太郎的常识范围。他在生活中自始至终都是一副无能的样子，甚至连热了开窗、冷了关窗都做不到。笛子对他宛如牺牲般的爱竟然被激发到这种程度，反倒让有太郎对冬吾多了几分敬意。

为了让杉冬吾恢复身心健康，伙伴们时不时与其闲聊，深受年轻前卫画家信赖的老画家也给予建议，甲府旅馆老板的儿子收留了冬吾，照顾他的生活起居。那家旅馆由于自家儿子的关系，经常会有画家或小说家前辈留宿，所以服务起画家冬吾来倒也轻车熟路。冬吾一开始住在旅馆的一个独间里休养，后来移居到了市内的出租

[①] 阿梅代奥·莫迪利亚尼（Amedeo Modigliani，1884—1920），意大利画家、雕塑家，以现代风格的肖像画和裸体画著称，其作品在他生前并不受欢迎，死后才备受追捧。

屋中开始练速写，直到最近才重拾起了油画。

樱子听说朋友的哥哥又会绘画又会作诗，好奇的她请求朋友让她见识一下那些不可思议的画作，还把美术杂志也借了过来，好好欣赏了一番。也是在那段时期，她开始着迷于冬吾的画。虽然樱子对绘画不甚了解，但仍能从杉冬吾的画中感受到十分新鲜又充满知性的跃动。所以，当听说冬吾来到了甲府时，樱子怎么也抑制不住自己的好奇心，马上拜托朋友带她去他的下榻处拜访。不过，考虑到两个女生上门不太合适，于是又拉上了朋友还在上初中的弟弟，三个人一起前去。当时正值六月，达彦还在东京接受军队训练。

"樱子姐你明明都已经订婚了，这么做不害臊吗？"有太郎听了樱子的话一阵诧异，不由得脱口而出。

听有太郎这么说，樱子的脸唰地红了，反驳道：

"我一开始向杉先生自我介绍的时候，就把我的情况如实告诉他了，包括自己去年已经订婚，还有未婚夫现在被征兵进了东京部队的事。况且我连他的房间都没进去，在路边通过窗口朝里一望，杉先生的房间便一览无遗。我们当时就站在马路边上同他说话，但因为过于害羞，最后只说了些自己特别喜欢他的画作之类的话。杉先生看起来很开心，还说着'甲府真是出美女啊'之类的恭维话。看到他的头发和鼻子下面还沾着绘画颜料，我们差点笑出声来。"

冬吾不愧是来自本州最北端的人，有些腼腆，说话还带着明显的地方口音，一本正经却又不失幽默感。樱子打一开始就不觉得生分，仿佛对方不是外人一样。用樱子的话来说，他与父亲源一郎有着一样的"味道"。冬吾苍白瘦弱，头发也留得很长。而源一郎则皮肤黝黑、体格壮硕，留着短发。虽然两人的外表天差地别，樱子的直觉却认定他们是同类。顺便一提，有太郎并没有这种感觉。冬吾身形高大，鼻子、嘴巴硕大，确实和有森家的男人们如出一辙。

这也在一定程度上令有太郎对冬吾多了一些亲近感。

初见冬吾后,樱子灵光一闪,想到了一件此前从未设想过的事。她在送别达彦去中国后,偷偷给笛子写了一封信。等了两周,樱子才从笛子那里收到回信。等到学校放假回到甲府,笛子马上挨着樱子耳朵悄声说道:

"你上次说的那件事,怎么样了?"

仅凭这句话,就让樱子为姐姐感到幸福,立刻马不停蹄地拉着她前往杉冬吾的住处。表面看来,笛子似乎总是很冷静,一副对结婚兴致索然的样子,但樱子早就察觉到实际上姐姐的内心正饱受孤独的折磨,热切地期盼着能有一位爱人出现。然而,迄今为止,樱子一直都爱莫能助。毕竟她觉得自己只是妹妹,不应对此指手画脚。不过,这次樱子却仿佛收到了上天启示,一个念头从脑海闪过:杉冬吾和笛子!一想到这两人要是真能成婚,樱子就抑制不住地高兴,在前往旅馆的路上几欲起舞。

此后,事情进展得非常顺利。在和旅馆朋友的母亲商量过后,大家决定先让她去探问一下杉冬吾的意愿。对杉冬吾来说,他之前见过樱子,相亲对象是樱子的亲姐姐,所以他抱有一定的亲切感,对这次相亲也非常上心。于是,双方立刻定下在北堀町的有森家中见面。不过,冬吾在这里没有亲人,最后只好请旅馆朋友的母亲陪他同行。有森家则是笛子、杏子、樱子和真四人出动,前去迎接冬吾。冬吾的双亲早已离世,而他的长兄继承的老家那时也与冬吾断绝了关系,因此没有任何一位亲人出席冬吾后来的婚礼。笛子根本不在乎表面形式,也就完全没有在意这件事,因此对于笛子的婚礼,真也没有过多拘泥于旧式婚礼的条条框框。

"与其说是相亲,不如说更像是一家人一起紧张又兴奋地迎接一位难得的客人。杉先生也紧张得一言不发,大家都不知道到底该聊什么，最后几个人聊了一堆关于爸爸的事。我们把爸爸拍的一些树和山的照片给杉先生看，他兴趣盎然地一张张细细观赏。我们也挺起劲，说着'还有这种哦''连这样的也有'之类的话，把熔岩洞穴的测量图，甚至富士山的地质图都拿出来与他分享。杉先生仿佛着了迷一般，不停地说着'真好啊''原来如此''嗯嗯'。这人也挺怪的，明明是来相亲，这会儿好像已经完全忘记了这回事。妈妈也很开心，放出豪言说，如果能帮到他的话，这些资料随时都可以借给他。别说是相亲了，这话说得好像杉先生已经是自家人了。是吧，妈妈？"

看到樱子征询自己的同意，真开心地笑着点了点头，答道：

"这种人的魅力就在于坦诚。"

这时，杏子也插了一嘴。

"虽说那时候，冬吾先生由于有所顾忌，没给我们画速写，但他平时写生可勤奋了。腰间总是别着一捆纸，走在路上，时不时会取下来，无论是建筑、花草、人物、山川还是天空，看到什么都会画下来，而且速度也不是一般地快。之前给小樱和笛子姐画了很多次，连我也没能逃过。"

杏子羞涩地这么说的时候，真站了起来，递给有太郎十张左右的纸张。这些纸本来是商店的传单或者包装纸，但在背面空白处，简单的笔触精准地勾勒出了笛子、杏子和樱子的侧脸以及她们俯下头去的样子。这是有太郎第一次亲眼看到杉冬吾的画。虽然这话说出来难免让人笑话，但在看到这些素描的一瞬间，有太郎忍不住感叹，画家真的好会画画啊！简洁的线条，一笔、一笔干脆利落地勾勒出了一幅幅跃然于纸上的画作。明明省去了所有细节，但是笛子的理性和激情、杏子的深情、樱子的跃动感，各自的风格都展现得淋漓尽致。之后的日子里，冬吾在甲府时，依然继续以笛子和两位小姨子为模特作画。不过，那些画里只有在美术展上展出过的两幅笛子的肖像画，以及他描绘樱子和自己长女加寿子的代表作《夏日》得以保留下来，剩下的都在空袭中化作了灰烬，真是令人倍感遗憾。

第二天，等到笛子也回到了北堀町，她和真带上有太郎前往冬吾的住处拜访。由于冬吾没有父母在旁，他本人也是不拘泥于世俗形式的画家，所以与樱子去拜访时不同，众人此次见面十分轻松愉快。以前的高中生基本上都觉得自己有成为艺术家的潜质，有太郎也不例外，他自认为能和画家有共同话题，所以没什么紧张的感觉。

不过，笛子和冬吾两人真要结婚的话，今后肯定会遇到贫穷之类的各种困难。事实上，这时的冬吾已经陷入了窘境，连传单都要节约下来当画纸用。因此，有太郎他们去的时候带了礼物给他。有太郎带的是在街上买来的一些用于练字和画画的纸张；笛子带去了溶解颜料的调色油和几支新的画笔，不知是不是她从女子学校的画室里私吞下来的；真则带了一堆食物。对于冬吾经济状况的极度困顿，大家都心知肚明，但不仅是有太郎，就连真也保持着乐观的心态。仔细想想，这样贫穷的冬吾反倒扫除了众人心头的阴霾，这种反应还真是矛盾。但是，这也同时说明，在失去了源一郎和小太郎之后，有森家的成员们内心是多么孤寂，这么多年来，他们不断在寻求超脱于现实生活、能够被称为"梦想"的东西。有森家的女儿们，自驹子以来，每个人的婚姻都充满了不幸。连樱子的未婚夫达彦都被战争带离了她的身边。正是因为处于令人窒息的法西斯社会中，可以说有森家所有成员都犹如浪漫主义者一般（照子则有所不同），由衷地欢迎冬吾这样的人。足见当时世道下，人们有多难寻找到希望。

有太郎第一次见到冬吾时，首先就被他不便的腿脚给震惊到了。冬吾右脚不好，走路相当困难。不，与此相比，更让有太郎感到震惊的是，笛子她们事先竟然谁也没提到过这个情况，表现得毫不介意。无论是笛子的信还是樱子的说明，都没有触及这个事实。和生病不同，残疾虽然不会直接危及性命，但是会引人侧目，而且伴随而来的还有体力较弱的问题。这显然是检验结婚对象是否合适的必要标准，但无论是笛子、樱子还是真，她们都若无其事，避而不谈。既然家里其他人都不在意，自己纠结下去也没有意义。有太郎立刻决定调整好心态，同时也更加敬佩笛子她们的淡定从容。

儿时的冬吾从后山的悬崖跌落，虽然性命无忧，但是伤到了腰部右侧，从那之后，他就失去了控制右脚的自由。虽然冬吾经常被同龄小伙伴欺负，时常也会对自己感到不耐烦，但他生来酷爱画画，所以反而庆幸自己受伤的不是右手，甚至有一种劫后余生的欢喜。对于这些经历，冬吾毫不介意，还笑着与有太郎分享。他开玩笑说，只要自己的眼睛还看得到，右手还能动，那么身体其他部分就只是像装饰品一样的无用之物罢了。

有太郎与杉冬吾一样都很纯粹，为梦想而活着。对于杉冬吾这位前辈，有太郎十分崇敬。杉冬吾的路是美术，自己的路是物理，前者的经历进一步激励了有太郎朝着自己的理想奋斗。大学入学考试前一年，有太郎就已经下定决心要报考物理学专业。杉冬吾的出现不仅给有太郎带来了变化，有森家的年轻人们都变得干劲十足，争先恐后地缠着冬吾。之前笛子总爱摆出一副教师的严肃表情，这种神情已消失殆尽，取而代之的是少女特有的一抹含羞微笑。她有时和冬吾说起《弗洛斯河上的磨坊》中的玛吉与樱子的相似之处，有时则一边谈自己喜爱的牧水（若山牧水，1885—1928，短歌作者。——帕特里斯注）和茂吉，一边侧头端详着冬吾。在他们身旁，樱子边开玩笑边聊起音乐话题。杏子滔滔不绝地把自己接待的那些

"患者们"的烦恼讲给冬吾听。有太郎也似懂非懂地讲述数学中的阿贝尔定理和提出气体论的、已自杀的玻尔兹曼①。

冬吾大概偶尔也会感到这家人很吵吧。他可能会疑惑不解，为什么这帮家伙总是围着他，像小学生一样争先恐后地和他说话。不过，至少在这时，冬吾想必也觉得自己好像一下子多出了热情的弟弟妹妹，被一片亲情簇拥着，大家一起肆无忌惮地开玩笑、聊聊天，一种淡淡的温情便从心底涌起。这种家人间毫无芥蒂的欢快氛围是他在青森的传统老家中从未有过的，令孤独的冬吾暂时感到被治愈。对有森家来说，这种热闹的氛围也是冬吾来了北堀町后才出现的，可以说互相实现了救赎。

新年有森家也和冬吾一起庆祝，之后按照惯例，寺尾家为了帮笛子准备婚礼，开始背着和服的布料出入北堀町。樱子订婚已经过去了一年半。这一年半前后的差别也体现在了婚礼的准备上，与樱子相比，笛子的婚礼显然逊色一些。随着在中国的战事越拖越久，日本国内的通货膨胀日益严重。为了缓解这一情况，政府下令禁止房东涨租金。仅依靠收租生活的有森家陷入了对未来的不安之中。此外，政府还推出了白米禁令，糙米和炭实行配给制。

"把我的和服给笛子姐嘛。"

樱子说完，杏子也给出了同样的提议。杏子离婚后，将和服寄回了北堀町，为了换取生活费，她已经陆续卖掉了一些，不过好像还留有不少好衣服。两人的提议遭到了真和笛子的奚落，被断然拒绝了。"别说这种傻话了，要是爸爸听到了，一定会大发雷霆的。"真和笛子坚定地这么回绝。

反正一开始笛子就是要脱离形式的条条框框和冬吾结婚，本来

---

① 路德维希·玻尔兹曼（Ludwig Boltzmann，1844—1906），奥地利物理学家、哲学家，主要从事热力学、统计力学方面的研究。

就不奢求浮夸的嫁妆。可是，作为母亲，真还是想尽量多做筹备，至少要让她自己满意。三月份，笛子和冬吾的婚礼在东京举办。至于为什么选在东京，这是由于冬吾非常敬仰的一对画家老夫妇住在那里，他拜托他们做证婚人，于是婚礼的地点就定在那位老画家的家中。这场婚礼把实用主义贯彻到了极点。河田善政与照子作为笛子的双亲角色出席，剩下的就只有冬吾的亲密友人了。由于冬吾没有家人到场，婚礼上真和有太郎他们权当是他的家人，参与了整个仪式。

"说实话，第一次听笛子你说要和那个家伙结婚的时候，我吓了一大跳……"

笛子婚礼照上的照子与我印象中的她相重叠，脑海里不禁浮现出她夸张地睁着双眼，七十岁时的样子，完全是老太太的脸庞，眼角和嘴边布满了皱纹，肌肤却依旧洁白，她过往的美貌并未随时间完全消逝。照子七十岁的话，我应该是四十九岁。因为我俩相差了二十一岁。这张面孔是我最后一次见到照子的模样。善政死后，照子的精神变得异常紧张。她十八岁结婚以来第一次享受到了没有丈夫的轻松生活，也许是耽于此乐，反而搞垮了她的身体，没过多久，照子突然撒手人寰。

回想起来，那已经是二十多年前的事了。当时，依照子的提议，我待在日本期间也喊上了笛子和杏子，四个人一起前往南原村的墓地。走过充满回忆的荒川河堤，不一会儿，我们就被河流以及南阿尔卑斯山脉的美景吸引了目光，一起在河堤上坐了下来。蛙鸣在绵绵梅雨的放晴间歇回响着，湿润的空气和每一声蛙鸣都扯出我对遥远过去的乡愁。

这是我们这几个活下来的姐弟第一次，也是最后一次故地重游。

照子对着笛子、杏子和我，继续自言自语道：

"……岂止是吓了一跳，到现在我才说得出口，一开始知道你要和冬吾结婚的时候，我真的哭出来了。我想，笛子你是被逼到了什么程度才会和那种人结婚。确实，我没帮你找到什么好对象。如果冬吾是个日本画画家也就算了，偏偏画什么西洋画，我一窍不通。况且还是小樱牵的线，那不是更不靠谱了吗？我也曾向母亲抱怨过，还让善政去收集一些冬吾的可怕传闻，并且把这些传闻都告诉了笛子你，可你一副完全不介意的样子。"

"照子姐你还干了那种事吗？也太强势了吧。"

我流露出了些许震惊。顽固的笛子和强势的照子，这两人的对手戏毫无疑问充满了看点。

"我只是不想让笛子陷入不幸啊。当时我心里想着，必须给笛子找个更正经一些的对象，要让她回心转意。为此，我到处寻找可以取代冬吾的人，一直找了一个月左右。不过，这些也都成了无用功。"

"我不是一开始就和照子姐你说了吗？做那些是没用的……"笛子冷冷地回应道，"……我们姐妹之中，我是最晚结婚的。见证了大家的婚姻后，我就决定了，自己结婚不会考虑未来到底会不会幸福。毕竟这些没什么意义。就算是现在，我依然不觉得这有什么意义。"

年近半百的笛子和古稀之年的照子，乍看之下几乎像是同龄人。在战后的两三年中，笛子的苦恼与哀伤令她看起来一下子衰老了二十岁。照子与杏子也饱受了不同程度的折磨，但毕竟冬吾在某种意义上是个真正的天才，因此笛子所受的伤也就更深。看着比实际年龄苍老许多的笛子倔强地谈论自己的婚姻，我不禁一阵心酸。

我使劲抠起了被蚊子叮咬的脖子。照子也不断地挠着右臂。

杏子那如同白面包子堆积起来的肥满身子，突然爆发出一阵笑声。

"哈，这话还真是直接啊。不过，笛子姐那段时光看起来确实很幸福啊。我常常和小樱开玩笑说，原来笛子姐也会那样笑眯眯的啊，要是把笛子姐珍藏的书扔进井里，不知道你还笑不笑得出来。我俩还讨论要不要试试看，后来决定还是算了，要是惹恼你就太可怕了。"

"要是你们当时真敢那么做，肯定免不了一场火刑呀。"笛子回答，嘴角浮现出一抹微笑。

杏子再次笑了起来，接过话头。

"我们当时也很开心咧。不管照子姐怎么说，英姑姑和矶姑姑怎么不看好这门亲事，我们却一点儿都不担心。我记得清美也挺高兴，还送了份厚礼，对吧？"

这时，照子突然大声道："那条黑水晶项链！"

"那个年代一出手就这么贵重，清美可真舍得。"

听她们提起这个，我也想起来了，不禁感叹。每次外出要穿正式服装，笛子一定会选那条项链装饰在领口处。

"清美的公司里正好剩下那种东西的库存。近水楼台，清美说她就以原价买下了。"

笛子说着，多少有几分得意。

"小樱当时一脸羡慕，能从清美那里得到那样的结婚礼物，除了笛子姐，也就只有小勇了……"

听杏子这么说，我急忙插嘴解释道："我没收到过啊。在去美国之前，她就只送给广子两条镶有水晶和翡翠的和服绦带作为饯别礼物。"

"那也是对你们的结婚祝福啊，你不是结婚后不久就去了美国吗？"

照子的话引得笛子与杏子连连点头，也一副深表赞同的样子。杏子将鼻梁上快要滑落的老花眼镜扶了一下，对我翻了个白眼，瞪着我说：

"我和小樱是在战败后什么都没有的匮乏时期结婚的。就算是清美，光是给我们捎来一些美国产的黄油、饼干之类的珍贵食品就已经大费周章了。清美真的帮了我们很多，我们却没能为她做什么。"

"毕竟她选择了那种任性妄为的生活方式，挺好的，后来……"说着说着，照子的声音开始变得有些急躁，"……她说她也想参加小笛的婚礼，被我教训了一通。我告诉她，这不是她想象中的那种节庆一般的热闹婚礼。冬吾第一次来家里拜访的时候，碰巧听到了善政和我在激烈地反对笛子和他的婚事。他一言不发，直直地站在门口，脸色铁青，死死地盯着地面，然后突然深深地低下头，如同念经一般对我们说：'我能保证的事，说实话只有一件，那就是绝对不会让笛子后悔与我成婚，只有这一点，我能以自己的画发誓。'……我听后目瞪口呆，艺术家还真是奇怪！但又觉得有些于心不忍，他好像觉得自己已经展现出了最大的诚意。他瘦弱的身子不住地颤抖，让人不禁担心是不是下一秒就会倒下。"

"哎？这件事我还是第一次听说。"

"我也不知道。"杏子对我的话点头道。

笛子倒是什么都没说，不知是不是被蚊子叮得太痒，她的右手不住地挠着腿肚子，一直盯着浓雾笼罩下隐现出来的甲斐驹岳和绵延不绝的群山。其他三人也没有了继续这个话题的兴致，纷纷沉默了下来。五分钟后，笛子轻轻叹了一口气，幽幽开口道：

"……我，没有后悔。"

杏子也小声叹气，接着是照子的一声长叹。

"……我也是。"

最终，我也小声喃喃，叹了口气。

四人再度听着荒川的流水声陷入沉默。周围的蛙声渐渐响了起来。跨越河川飞驰而过的电车声卷入河流的旋涡中，几经兜转，朝着南阿尔卑斯山脉的方向逐渐远去。终于，我们几人默默地站了起来。不管怎么说，都无法继续忍受那些蚊子了。

大约两年之后，照子就离世了。又过去了几年，杏子失去了视觉。杏子的脑海深处一定留存着那天荒川和南阿尔卑斯山脉的光景吧。

1-3 用打字机打印的 B4 开附记（2）

我只去过两次有森家在南原村的墓地。说起来，不知道勇太郎舅舅是否知道，"南原村"和"北堀町"这两个地名已经消失很久了。我连舅舅最后一次去扫墓是什么时候都不清楚，甚至连我母亲是何时去扫墓的也不了解。母亲第一次带我前往南原村的墓地，好像是我七八岁时。那之后，如同勇太郎舅舅在"回忆录"里所写的那样，我们一起去拜访了南原村，如今算来已经过了二十年有余。那次扫墓对母亲来说大概是最后一次吧。房屋也好，土地也罢，就连家人都一个不剩的故乡，已经算不得故乡了。我母亲最不喜欢伤感了，因此她搬到东京之后不再提及故乡的盆地，也就不足为奇了。况且，如果一定要说母亲对故乡的评价的话，她其实更偏向厌恶。"无聊的地方""那里只有令我不快的人"，母亲只会用这些消极的话来概括她对故乡的感情。对于养育自己的家和家人之间的回忆更是绝口不提。不过，山和葡萄田的话题则是例外。因此，母亲跟我提过的山和葡萄田，对我来说印象最深刻。那唯一一次母亲带着我们三个孩子一起归乡扫墓的旅途，也同样令我难忘。

母亲曾对我断言，在这个盆地里出生的人有一个习俗，儿时一定会攀登驹岳。虽然我对这句话的真伪抱有一定的怀疑，但至少在这本"回忆录"里，母亲成长的家庭里似乎的确是这样的。母亲在上女子学校时期也登上过甲斐驹岳，据母亲所说，盆地的孩子们一般都会经历一次学校举办的富士山登山活动。这样想来，如果母亲的话不假，盆地里的居民应该确实都爬过富士山与甲斐驹岳这两座山。或许他们彼此聊到登山这个话题时还会专门较量，除了这两座山之外，自己还征服过哪几座山。

关于登富士山的活动，听说在遍布小石子、被称为"砂走"①的大斜坡上坐着雪橇一样的木板滑下来，这样的方法既刺激又有趣。还有，大家一边像唱歌一样重复着"六根清净，愿山有晴"（希望身心清净、天气放晴）这样的话语，一边半夜开始爬山，这也是登富士山的特殊规矩。这些事我只从母亲那里听说过。至于甲斐驹岳，母亲也只说过要在山中小屋留宿一晚，而快到山顶时会挺难受的。

对母亲来说，登山几乎是她唯一的娱乐方式和运动。去南原村扫墓时，母亲和我们一起爬上了御岳，大概第二年，又带我们去攀爬了山梨县以北方向的入笠山。虽然它只是一座海拔一千九百五十五米的山，无法与海拔两千九百六十七米的甲斐驹岳相比，但母亲想让我们亲眼见识一下从入笠山眺望八岳的景象。然而到达山顶时，我就蹲了下来，早已疲惫至极，兴致全无，即使八岳映入眼帘，心中依然毫无波澜。不过，高中毕业后，我开始再次攀登八岳，多次从不同的路线尝试，可能是因为第一次的景象在幼时的我心中留下了深刻的印象吧。八岳就像它的名字一样，是一座拥有八座山峰的古老火山，与南阿尔卑斯山脉不同，它的正面没有其他山遮挡，因此在山脚抬头就可以看到它高耸入云的雄姿，这也是一种与富士山不同的美。其中最高的山峰是海拔两千八百九十九米的赤岳。

---

① "砂走"是富士登山道的一处名胜，是一段布满松软沙砾的陡坡，在那里行走时脚下很容易打滑。

如果情况允许，母亲肯定想带我们攀登更多的山峰。不过，毕竟要带着一个患有唐氏综合征的男孩，她不得不放弃。后来，这个男孩在十五岁时离世，自那以后，就连"登山"这个词，母亲都不再提起，她好像完全遗忘了一般。但她心里应该一直怀念着那些从盆地眺望到的南阿尔卑斯山脉群峰。

"驹岳的山顶与其他山峰略有不同，呈锐利三角形。山顶白雪皑皑，闪着微光，看起来像是一块晶莹剔透的水晶。凤凰山、间之岳、农鸟岳在旁依次排列。啊，光是想想就心神荡漾。那种威严就如同一道刺入眼中的光辉……我真想再去看一眼，一眼就好，但是，唉。"

在母亲看来，除了别具一格的富士山之外，南阿尔卑斯山脉是日本最美丽、最壮观，也是最重要的山脉。

山坡上，无边无际的葡萄田绵延至远方，这也是母亲记忆中最美、最迷人的风景。那一片宛如绿色海洋、远望着富士山树海的葡萄叶，时不时被热浪卷起。风一吹，白色油亮的叶子背面便翻腾着闪过白光，浪花随即卷过绿色的海洋。葡萄叶沙沙作响的景象就这样留在了母亲的身体里。

母亲突然意识到她的听众是我，瞥了我一眼，眼神中透着不屑，似乎在说："你这种在东京长大的人怎么可能想象得到呢？"

她来了一句："竟然不知道有那样的葡萄田美景，真是太可怜了！"

我也回瞪了母亲一眼，暗自腹诽："既然你这么想的话，以前怎么不多带我们去盆地看看呢？"与此同时，一幅苍翠辽阔又生机勃勃的葡萄田绿景开始在脑海中或明或暗地闪现。

我在法国的时候，不管是去勃艮第还是阿尔萨斯，最先映入眼帘的总是一片片葡萄田。啊，正如母亲所说，藤叶被热浪击打，荡漾起涟漪。这种睹物思人的感觉，令我非常欣喜。

然而，不知为何，幼时母亲带我去扫墓时见过这片葡萄田的记忆，在我脑海中却完全没有。可能是因为我们去盆地之时，已经是藤叶凋零的寒冬时节了吧。虽然墓地和御岳都让我们觉得寒冷刺骨，但我依稀记得自己很享受在流经御岳升仙峡那陡峭岩谷的河流里洗澡。我的记忆就是那么暧昧又模糊。

有森家的墓地就位于流经升仙峡的河流下游处。虽然我只清晰地记得那块刻着有森源一郎名字的四方形大石碑，不过周围当然还有其他一些大小不一的墓碑。在我所数到的范围里，就安息着十多位有森家的成员。这么算来，实际上有二三十名死者聚集在那里吧。

"你们站在这边，朝那边的天空看看。"

母亲对我们三个人说道。当时，姐姐十二三岁，患有唐氏综合征的哥哥十岁，而我只有七八岁，身形却已大过哥哥。按照母亲的要求，我们三人并排站在外祖父有森源一郎的墓碑旁边，抬头望向天空。天空阴云密布，只能看到附近一座座低矮山峰的黑影。不过，母亲难得把我们这些孩子从东京带到这里，不会因为这么一点恶劣条件就放弃炫耀她珍藏的南阿尔卑斯山脉。阴沉的银色天际什么也看不见，她指着其中一个点，给我们讲解："那里就是驹岳，左边稍远一点的是凤凰山的三座山峰，也就是地藏、观音和药师。再左边有座北岳，只是从我们这边看不到。能看见一点点间之岳的顶部，那里重峦叠嶂，农鸟岳、广河内岳、枥形山依次绵延。那就是南阿尔卑斯山脉，我们能像这样从正面观赏它，这里果然是世界上最好的墓地啊。"

我不清楚姐姐和哥哥当时是以怎样的神态注视那片阴天的，只记得自己恍惚间张着嘴，目光一直追逐着母亲所说的那些看不到全貌的山。

母亲有时会带我们去东京的百货商场的楼顶，从那里远眺富士山周边的群山远影。通常都是在傍晚时分，西面的天空被夕阳的余晖照亮，其中山峰绵延的影子深深地烙印在还是孩子的我的眼中。也许那天我站在墓地上仰望那片阴天时，不自觉地在心中描摹起在东京见惯了的山影。

我们一行人用水清洗完墓碑，除掉杂草，而后乘车前往升仙峡，循着山路来到了御岳的金樱神社。而那之后我们是如何下山回到甲府过夜，又是如何在一天之内回到东京的，这些我都一概回想不起来了。除了当时在升仙峡的纪念品商店买了一个小小的水晶装饰品之外，这趟旅行可以说是毫无波澜。我们这几个孩子都不同程度地感到不满。也许是一整天的高强度活动让大家都筋疲力尽了吧。孩子们的不快情绪令母亲也很恼火，而这又让我们几个孩子越发想哭了。

尽管那趟旅行很悲惨，但如今的我庆幸自己当初去了那么一趟。正因为那次旅行，我现在才能感到自己与墓地所在的南原村以及南阿尔卑斯山脉如此亲近。对于没见过外祖父母的我们来说，那次扫墓是至少该有的经历。

我第二次前往南原村扫墓大约是六年前，也就是说，距我小时候第一次去已经过了三十年。就在八年前，我的儿子卓也去世了，之后的一段时间里，我一直在钻牛角尖，成天想着自己会死，我母亲也会死，所有活着的人都难逃一死。我对之前离世的人们有了一种前所未有的亲切感。为了能够更加接近他们，我只身一人前往了南原村的墓地。这大概是因为我知道自己的外祖父母和早先离世的舅舅、舅妈都在那里。学生时代就去世的小太郎舅舅也在那里沉睡。

就这样，我没有告诉母亲或其他任何人，在仲夏的某一天，只身前往甲府。与小时候不同，乘坐特快列车的话，从东京到甲府只需要两个小时左右。从东京一日往返甲府，再也不是艰巨而费力的高强度行程了。

仲夏烈日之下，下午一点钟左右气温攀升到最高时，我站在一块熟悉的大墓碑前。在盆地高温的炙烤下，不仅呼吸变得急促，连头都开始痛了起来。三十九摄氏度的高温在甲府盆地司空见惯。以那样的状态站在墓碑前，看着我从未见过的有森家众多逝者的名字，实在无法产生什么深切的怀念之情。我只是拔掉几根坟墓旁疯长的杂草，在正中间写有外祖父名字的墓碑前双手合十，接着就躲进了附近的树荫下。"那么，接下来干吗呢？"我叹了口气，突然想起了南阿尔卑斯山脉，下意识地朝从前母亲指给我们的天空方向看去。我原本想，仲夏时节，况且还是在如此闷热的晌午，怎么可能看到呢？可是放眼望去，只见一片薄薄的、几乎下一秒就要消逝的影子飘浮在耀眼的白色天空中。也不知这到底是甲斐驹岳的影子，还是凤凰三山的影子。我只是模糊地看见了一层薄影在滚烫的白色天空中浮动，又或许那只是一朵飘过的云。但当我认出它的那一瞬间，我不由自主地叫出了声。我紧张地环顾四周，竖着耳朵仔细倾听。那时，我大概想知道，从天空的光辉中浮现的山影会传来什么声音、发出什么声响吧。

总之，正如母亲所说的那样，有森家的墓地确实正对着南阿尔卑斯山脉，那是我第一次亲眼确认了这一点。不过，令我完全没有预料到的是，当时的自己被感动到都有些呼吸不过来了。我之所以这么激动，倒不是说之前对母亲的话有所怀疑，也不是说有多么向往南阿尔卑斯山脉的景色。时至今日，我仍然不太清楚当时自己为何会有如此强烈的感动袭上心头。

外祖父母有森源一郎和真倒还好，源一郎的父母小太郎和纱英，再上一辈的伊兵卫和利生，以及更久远时代的人们，要将他们都认作是身边亲近之人并不是一件容易的事。经过百年的时间,大地上的居住者的脸庞基本上换了一批。在邂逅山的存在之后,人类的时间被山所吸收,也许这样就能令至多只有百年寿命——实际上更短——的人们感到安心。有像卓也一样八岁就夭折的人,有刚出生就立马离开人世的人,也有一晃眼就活过百年的人。为什么我们要被强加上这种不公平呢?但是,这种程度的小小不公在山的面前变得无足轻重,其身姿提醒了我们一个事实,那就是不管一个人身处怎样的时代,被给予了怎样的生命,人类都有一个共同的命运。

面朝南阿尔卑斯山脉的这片坟墓如今还能继续存在,是因为作为有森家继承人的勇太郎舅舅每年都会从美国给寺院送来一笔墓地管理费。如果勇太郎舅舅出了什么意外,想必广子舅妈也会继续支付下去。但如果连广子阿姨都离世的话,接下来会怎样呢?这个再也不会埋入别人,连管理费都无人支付的坟墓,最终会由寺院整顿,最后作为他人的墓地而重生吧。"墓地重生"!瞧,我这个说法多么奇妙!

勇太郎舅舅的外孙,帕特里斯·勇平,等你成年的时候,南原村的墓地已经变成什么样了呢?我现在无法预测。不过,在我看来,就算是专用于纪念死者,执着于墓地本身也并没有什么意义。就算是坟墓,也不过是生命有限的人类所做的一点小小营生罢了。

即使坟墓消失,与死者有直接联系的人们也全都离世,即便如此,与盆地的人们世世代代相处下来的群山也会继续保持着你在"当下"见到的模样。

如果有一天你也能亲眼见证南阿尔卑斯群山的景色,如果那一天真能到来的话,你应该也会产生同感吧。

这个念头不禁让我雀跃了起来。

与阿尔卑斯山本尊比起来，也许这边的群山只能说是精致又可爱，但在气度和威严的氛围方面，我认为它们并不逊色。如果你对此抱有怀疑，还请去亲眼见证一下！——由纪子记

2-5

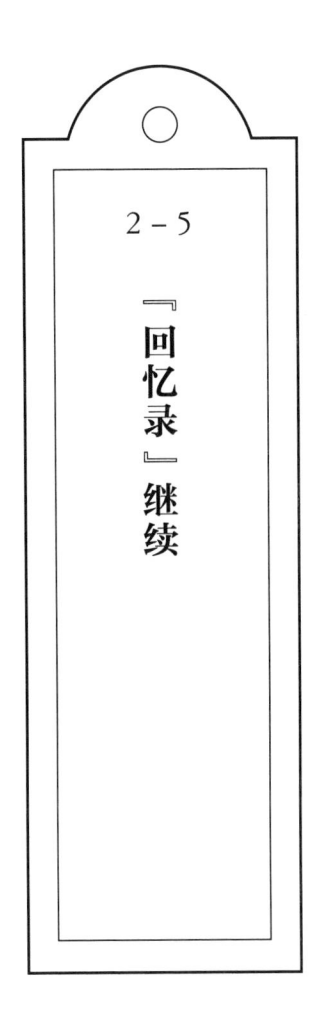

「回忆录」继续

13　厌倦战争

笛子与冬吾的婚礼顺利结束了，但再怎么说也不能让笛子就这样住进冬吾的出租屋里。对冬吾来说，一间画室是必需的。此外，至少还需要一个笛子自己用来放松的房间。刚巧那段时间，冬吾卖出了两幅油画，再加上老家特意寄来了一些生活资金，冬吾的经济状况因此多少有所好转。

春假期间，从仙台回来的有太郎和冬吾一起跑遍了市内，到处寻找价格合适的出租房。此时有森家名下的出租屋都租了出去，而且大家考虑到，如果笛子和冬吾借住在有森家的出租屋，两人之间难免会出现令人膈应的上下关系，所以谁也没有提出这个建议。

他们已经结婚了，寻找房子的时间并不充裕。冬吾本人自不必说，他自然没有那种婚前就找好房子的机敏，但没想到连笛子和真也不曾仔细考虑过这件事。更何况，直到婚礼前不久，冬吾都还在心无杂念地挥动着画笔，所以就算有人想起这事，大概也没什么机会讨论吧。

四月初，春光明媚，木兰花四处绽放，街道上飘溢着瑞香的香味。腿脚不便的冬吾和有太郎好似在享受散步时光一样，迈着悠闲的步伐从北堀町出发，有意穿过周边的一些小巷，绕远路来到一条商店林立的街道。正当两人在考虑接下来向右走还是向左走时，有太郎突然注意到拐角处有一家瓷器店，玻璃门上贴着一则出租屋的广告。上面写着"两间房，六日元"。两人想着条件还不错，就拉开玻璃门走了进去，向里面的老板娘打了声招呼，让她带他们去看看那间出租屋。那是一个皮肤黝黑、一脸穷酸的女人，她毫不客气地上下打量腿脚不便、外表邋遢、一头长发的冬吾，还有一身蛮壳打扮的高中生有太郎，然后才问两人是谁要租房。

"是我和我妻子两个人……"为了展示出诚意，冬吾这么回答道。

"这样啊，那你是做什么工作的？"

冬吾非常耐心地认真回答了这个问题："啊，我以画画为生。租金的话，我能负担。"

"这么说，你是一个画家咯。那我可没法把房子租给你。我只租给在政府机关工作的人或是学校教师。不行不行，你还是去找别家吧。"

有太郎不禁一阵愤慨，对老板娘说道："他付得起房租，而且他还是一位厉害的画家，假以时日一定会出人头地的啊。不是就应该优先租给这样的人吗？"

"算了算了，咱们走吧。"

有太郎的激情演说让冬吾感到有些为难，他轻声叫了一下有太郎就退了出去。此时，瓷器店的老板娘已经对有太郎他们两人视而不见，开始用布擦拭一个碗状瓷器。

"哼，这家伙太过分了！高高在上地说什么官员、老师。没想到还有这种不长眼的东西，完全看不清他人的价值。"

有太郎不停向外宣泄着怒火，在闷闷不乐的冬吾身边不断吐露出对刚才那人的恶毒之词,而冬吾只是默不作声地继续向前走。

过了一会儿,冬吾微微笑了起来,对有太郎说道:"受到这种待遇,看来你是第一次吧。无论怎么心有不甘,面对这种事情都得甘拜下风。不管怎么说,这些人是普罗大众,是满怀国民精神的爱国妇人啊。"

"可恶!就算是这样,也太让人恶心了,瞧不起人也要有个限度吧。"有太郎的怒火还是没能平息。

正如冬吾所指出的那样,有太郎是被宠大的孩子,就算是离家前往仙台,也是作为高中生去的,在某种意义上算是特权阶级。因此无论是在宿舍还是在街上,周围人都饱含敬意和亲切,谨慎地对待他。有太郎不像冬吾,他从未因腿脚不便被羞辱过,也没有过不仰仗权势,仅靠自己维持艰苦生活的经历。他没生过一场真正的大病,也从来没有为金钱困扰过,自然也从来没有陷入过令人绝望的困境,而是无忧无虑地活到了现在。在有太郎看来,区区一家瓷器店的老板娘面对杉冬吾与自己,应当俯身低头,毕恭毕敬地迎接他们才对。这么想来,那时冬吾向有太郎露出隐藏着窘迫与焦躁的苦笑,也就情有可原了。

那天两人寻找出租屋的行动以失败告终,但两天后,就在有太郎一个人去练兵场附近散步时,在路上发现了一张招租广告。房子位于一个僻静的角落,旁边紧挨着一座神社,租金也很合理,只需要六日元五十分。有太郎第一时间就联系了冬吾,这次还带上了笛子一起前去看房。有两个房间,一个有八帖榻榻米大,另一个则是三帖榻榻米,厨房是旧式的,没有铺设地板算是一个缺点。但那个八帖榻榻米的房间朝南,十分敞亮,用来做冬吾的画室再适合不过。笛子也很中意那里,当场就决定租下来。第二天,冬吾立刻搬了进去。又过了一天,笛子用园丁的大板车(一种货车,人力拉动的两轮平板车。——帕特里斯注）将橱柜和柳条行李箱（一种用柳条编织的箱子，用来装衣服等物品。——帕特里斯注）搬到了新家。实在是不能指望冬吾去干这种体力活，不用说，这两天有太郎在搬家大业里挑起了大梁。话虽如此，毕竟冬吾他们没什么家财家当要搬，有太郎也就没吃什么大苦头。只是冬吾有三张马上就要画完的油画，需要一张一张地从原来的出租屋里徒手搬过去，所幸两地之间只有十分钟左右的路程。

笛子与冬吾充满快乐和幸福的新生活就这样开始了。冬吾每天都会恪守时间潜心作画，休息的时候，有时会一边喝茶一边翻着破破烂烂的画集，为笛子解说格吕内瓦尔德[1]和皮萨内洛[2]等人的画作，有时则让笛子朗读他中意的诗或者小说节选，有时讲讲笑话或者听笛子讲话。冬吾外出写生时，只要时间允许，笛子就会带着便当、水壶和自己的读物一同前去。而留笛子一个人在家时，冬吾也一定会担心地提醒笛子，洗衣服、做家务要适度，注意不要累坏身子。就这样，婚后不久，笛子便怀上了第一个孩子，其间备受孕吐的折磨。也是在那段时间，冬吾的画技变得更加精湛，开始埋头绘制一年后在美术展上受到高度赞扬的《悲戚草木》系列。

在弟弟有太郎的眼中，冬吾和笛子已然是一对情投意合的和睦夫妻。两人的家中基本上看不见什么家庭用品，屋子里到处都被冬吾的绘画用品占据了，但对笛子来说，这种与世俗切割、求道般的生活反而很理想，似乎这种贫穷对她而言反倒是一种值得与他人夸耀的生活，就像是学生生活的延续。两人在甲府的新婚生活就这样平静地度过，偶尔也会接待从东京来拜访的画家朋友。每当这种时

---

[1] 马蒂亚斯·格吕内瓦尔德（Matthias Grünewald，约1475—1528），德国画家，晚期哥特艺术大师。
[2] 皮萨内洛（Pisanello，约1395—约1455），文艺复兴早期意大利最杰出的画家之一。

候，冬吾就会立刻在家中设宴招待，觥筹交错间一起交流艺术理论。这些画家有时会住三天，有时则会待上五天。其间晚上笛子就只能一个人睡在里侧三帖榻榻米的房间里，白天她也必须为众人饮酒吃食而到处奔走。好不容易租到的新家到处被烟蒂烫出焦痕，连拉门上都烧出了一个个洞。但对于这种"野人"行径，笛子也只是看作是可爱孩子的恶作剧罢了。

这个暂且不提，笛子能干的主妇模样委实让有太郎感到困惑不解。笛子这么做是基于自己的意愿，所以无论有太郎怎么想，都只是多管闲事。作为女性，笛子拥有当时的最高学历，一直担任教师，这个工作可以说是独立职业妇女的骄傲。凭她自己的工资就买得起滑雪板和唱片，时不时还会给有太郎购买专业书籍。然而，就是这样的笛子，结婚后突然转变成了只能仰仗丈夫收入的小媳妇，每天默默承担照顾丈夫的责任。这让还是高中生的有太郎受到了不小的冲击。以往训斥起有太郎和妹妹们毫不留情的笛子，曾经是家人眼中威严的化身，而面对冬吾却不能自己做主，连五分、十分这点小钱，没有冬吾的允许都使用不了。冬吾又是个生活不能自理的男人，连换衣服都需要别人时不时搭把手，木屐侧翻在地，也要笛子帮他重新整理好再穿上。单从公共水井打水运回家，笛子一天都要来回好几次，此外还要洗衣、做饭，甚至为冬吾擦脚。夏天闷热的时候，还要帮他擦拭身体。夜晚也要为冬吾缝缝补补，直到深夜。就这样日复一日，别说是听喜欢的唱片，她连读书的时间都没有了。

笛子原是一位近代独立女性，有太郎虽然有点惧怕她，但作为弟弟，他也一直对她很尊敬。也正因此，对于笛子婚后的上述变化，他实在难以释怀。对弟弟来说，姐姐的能力、人格，这些都是尤为重要的存在，然而姐姐却把自己的一切交给了结婚对象，想要把自己塞进柳条行李箱里隐藏起来。而且，弟弟的这些心思根本没被姐姐当回事。有太郎不得不接受这样一个事实，那就是夫妻关系要比姐弟关系紧密得多。即便如此，有太郎对姐姐还是放心不下。笛子姐，千万不要那么抹杀自己，也不要输给男人的自私和任性啊——有太郎内心不断默默为笛子祈祷。

（虽说我对笛子背负起旧式妻子的责任感到十分痛心，但也不能说我就由此成了先进的女性解放论者。我没有要求自己的妻子像几位姐姐一样为丈夫献身到那种程度。在美国生活时，我也不主张自己就应该远庖厨，因此会帮忙洗洗碗，做一些简单的便当，或用洗衣机洗衣服。不过，我却一直想当然地认为广子一定会认同我的所有想法，并自以为自己的工作要优先于其他任何事，所以广子辅佐我也是应该的。最近，广子突然开始强调"我做我自己"。听完她的一番言论，我不得不承认，作为丈夫和父亲，自己是多么传统和古板。可是事到如今，我已经无法改变自己在家庭中的地位。虽然尊敬妻子广子，但要我完全信服她的理论并照做，实际上不太可能。

作为弟弟，我希望姐姐们能够获得幸福，希望她们能和结婚前一样，靠自己的能力悠闲地生活，然而我那时还没有意识到男性拥有的特权。

"啊，累死我了！"

记忆中樱子的叫声突然刺痛了我的心。

刚进入大学的那年夏天，在我回东京之前，樱子帮我打包行李到柳条行李箱里。因为要通过铁路运输，必须用绳子牢牢捆住才行。因酷暑热得汗流浃背的樱子一个人竭尽全力勒着绳子，然后大叫了一声："啊，累死我了！"便一下子躺倒在榻榻米上。"我原本就打算最后自己来绑绳子的，你不需要为我做这些。"正当我站在樱子和行李边上不知所措时，在场的母亲却平静地对我说道：

"记好了,女人在累倒之前都要为男人尽心尽力,不然男人就无法在外面安心战斗。"

这话让我大吃一惊,而我只敢对母亲点头称是。女人和男人,就算关系是姐弟、是母子,也必须被这样的法则束缚着生活吗?虽然我很震惊,但还是接受了下来。现在想来,母亲出身于武士家族,她应该并不知道除了武士家族的男女分工之外,还存在其他形式的关系,所以才会说出这样的话吧。而这样的想法与日本当时军国主义的理念不谋而合。因为母亲的深信不疑,即使姐姐们痛恨战争,也仍被母亲说的所谓"女人的责任"深深影响。即使是母亲眼里最为叛逆、最不像女人的樱子也毫不例外,虽然为了弟弟累倒在了榻榻米上,她也绝不让我看出有不满的情绪。最终,樱子从地上起身,用轻快的语调询问我:"接下来我得去做晚饭了,小勇你想吃什么?"

"嗯,我想想……天这么热,还是吃鳗鱼好了。"

虽然当上了大学生,可我还是像个没长大的孩子一样,不假思索地向樱子说出了自己的想法。)

有太郎上高中时放暑假,冬吾、笛子、樱子和有太郎,四个人经常在傍晚时分结伴前往闹市,光顾一下主干道上鳞次栉比的宝石店,不过都只是看看。有时他们会喝杯咖啡,点五分一个的甜甜圈,有时会一路走到武田神社(供奉武田信玄的神社,原是信玄的城堡。——帕特里斯注)。冬吾腿脚不便,笛子的肚子也渐渐大了起来,所以四人尽可能地放缓步伐慢慢走。冬吾更是时不时就会停下脚步,当街对着擦肩而过的老人和商店的门口写生。每当这时,打着阳伞的笛子和樱子就会乖乖地闭嘴,在旁边默默等待。大家各自享受着这段纳晚凉的时间,对冬吾来说是工作间隙难得的放松,对有太郎来说是备考期间的休憩。四个人当中要说谁怀着最单纯的心情在享受，那一定是樱子了。

那时，杏子以笛子结婚为契机离开了北堀町的老家，翻过和田岭（？——帕特里斯注），搬到带那的诹访神社附近。因有求于杏子的"神通力"而聚集起来的"患者"日益增多，一开始还能借英姑姑家来满足"患者"的需求。然而"患者"数量实在增长太快，就连英姑姑也开始表露出困扰的神情。由于杏子早晚都要离开北堀町的家（如果杏子想留在北堀町当然没什么问题，但是那些敬仰杏子的人不分昼夜地前来骚扰，又是敲大门，又是在庭院前踱步，这不禁令杏子对家人感到内疚。她想，要不就前往东京，和这些怪事彻底断绝关系，要不就下定决心，真正全身心地投入按摩师这一职业。笛子结婚之前，杏子一直在心里如此纠结），于是她决定在离甲府稍远处、一座山中的小村庄建立自己的根据地。有一位非常热心的中年妇女支持杏子，她愿意为杏子提供一间位于带那的小屋，因此杏子才会下定决心。

像"爱国妇人会"[1]这种追随法西斯主义的妇女集会十分盛行，而在暗地里，虽然不能宣之于口，但有许多女人当时一直在寻找另外一种场所，那里能够治愈她们作为妻子或母亲的烦恼、痛苦与悲伤。没有妻子会因为丈夫被征兵去参与战争而喜悦，要是自己儿子战死沙场，当然也会悲伤。但是这种人之常情一旦不小心流露出来，就会被当作"非国民"（咒骂对方算不上日本人的恶毒说法。——帕特里斯注）来对待。腰疼、脖子僵硬、手部麻痹，因有这样的症状而聚集到杏子身边的"患者"们，请求杏子为其按摩，相互畅所欲

---

[1] 也称"国防妇人会"，第二次世界大战期间的日本妇女组织，统一的服装是写有会名的白色围裙。该组织曾在战时向军队提供各种服务，一些女性成员被洗脑到甚至不惜献出自己的生命。

言。他们有时还会和着杏子弹三味线的拍子一起欢唱、舞动。

杏子离开北堀町后,家中就只剩下樱子和真了。樱子的未婚夫达彦被派往中国一年了,音信全无。樱子越来越不安,唯有太郎回乡和笛子结婚成家这两件事给她带来了些许安慰。尤其是冬吾,这位新姐夫的到来令她无比高兴。冬吾本来就是她敬仰的画家,而这位画家成了她的姐夫,这对樱子来说更是双重惊喜。所以,就算没什么要紧事,她也几乎每过两天就会去冬吾的画室看看。有时只是去帮笛子洗洗衣服、购置物品,甚至和冬吾招呼都不打就回去了。有时候她也会和冬吾他们尽情畅聊,谈论的内容与复杂的艺术理论相去甚远,都是些儿时趣事、电影之类的话题,从祖父那里听来的山女和马儿的传说。这样毫无负担的闲聊能让冬吾紧绷的神经放松下来,和众人一起开怀大笑,而这正是樱子、当然也是笛子期望看到的景象。

有时冬吾会请樱子去东京帮他购置画材和美术杂志。有时杏子也会悄悄给樱子钱,樱子就会买比冬吾要求的更多的画材带回去。那时油画布和法国产的颜料已经很难买到,冬吾只能以木板代替画布,趁画材店处理不良品的时候再收买下来。为了购买一支颜料,冬吾就得节约用钱,在去澡堂和理发店以及给笛子买新衣服的花费方面都有所节省。但烟酒是例外,只有这两样无论要花多少钱他都不会犹豫。不久之后,清美将手头能提供的有限的颜料都给了冬吾。不过,这也没能持续多久。受日本与英美开战的影响,别说是颜料,就连食物都越来越难以入手。

那时,樱子的"工作"就是每个月前往东京,去一次达彦的家中,在他母亲的指导下,学习礼仪和家务。对达彦的母亲来说,虽然儿子下落不明,但不能因此就把儿子的未婚妻当作外人置之不理。再说,说不定达彦某天突然回来了,那么她必须让樱子保持身为松井家媳妇的自觉。这场每月例行的训练每次都会持续一周左右，就像是在寺庙中苦修一般严格，至少樱子是这么觉得的。每次训练结束后，樱子连开口说话的力气都没有，一回甲府就钻进被褥躺上一整天。在未婚夫不在的婆家，樱子一整天都被监视着，既要在厨房里学习做汤，又要被一股脑地灌输铺床、叠餐巾和茶道的各种礼仪。樱子在自己家中会顶撞母亲，用脚关拉门，而要在婆婆面前隐藏这样的本性让她头疼不已，备受折磨。虽说如此，作为达彦的未婚妻，除了这些"工作"外，不需要再做其他任何事，所以她也应该要感谢松井家对她的照顾。

"明明是留美归来的家庭，却没有半点美国的气息。比我们家还要古板得多，就连鞠一个躬都有一大堆要求。"

一看到有太郎，樱子就开始不停地对训练发牢骚。

对樱子来说，冬吾夫妇住在甲府，有太郎也放暑假回家的这个夏天，一定是一段无比快乐的时光。

北堀町屋外的廊下，他们几个人坐成一排，一起品尝着西瓜。笛子、樱子和有太郎三人把一颗颗黝黑的西瓜籽吐向地面，只有冬吾一个人没有吐。

"冬吾先生连西瓜籽都吃下去吗？要是吞下去的话，会从肚脐里长出西瓜芽哦。"樱子惊讶地说道。

"我这个肚脐可不会哦，它已经变成通烟管道了。"

冬吾腼腆地笑着回答。他原本有些紧张的脸庞，一笑起来就变得像孩童一样纯真善良。

"是吗？我们爸爸对这个还是挺严格的，说西瓜籽很可怕，连梨的渣滓也要我们吐出来。不过，把梨子吐出来很不得体，所以我一直很困扰。"

"嗯，我在仙台这么吐出来后，大家都一脸奇怪地看着我。"

听有太郎说完，冬吾哈哈大笑起来。"那是当然，苹果之类的大家不也都是一整个啃下去的吗？"

盯着地上散乱的西瓜籽，樱子小声说道："哎？这些瓜籽看起来好像音符啊。嗯，so，la，so，fa……不太对……啊，像是盂兰盆节（夏天的节日。——帕特里斯注）的歌一样。……甲州不见山高，慕州而恶远山……"

"真没想到，小樱你居然能听出来西瓜籽谱出的歌曲。"冬吾由衷地感叹道。

这时，笛子有意在旁补充道："……倦远山眷乡里，风吹满耳叶响。……这不是什么盂兰盆节的歌，而是白秋（北原白秋，1885—1942，诗人。——帕特里斯注）的诗哦。"

"倦城镇，而眷枭儿。"樱子接过笛子的话头继续道。

"枭儿？"

冬吾一脸困惑地问，有太郎自告奋勇地为其解答："就是猫头鹰。我们这边讲到小巧的东西都会在后面加上一个'儿'。蜥蜴就是蜥儿，青蛙就是蛙儿，蝴蝶就是蝶儿。"

"倦战争，而眷蝶儿。"

笛子微笑着插了句嘴。冬吾笑得身子都晃动起来了，唱起了自己故乡的歌谣。

"那么这个怎么样？你们刚说我是猫、是猫。猫怎么脚穿木屐，手拄拐杖，身着白浴衣走来呢？哈，院子里有喵喵喵！"[①]

"哇，好奇怪的歌！"樱子和笛子笑得浑身乱颤。

"津轻的猫都会跟着这首歌起舞。"

听冬吾这么说，笛子和樱子再次笑得花枝乱颤。

---

① 本书中的人物在唱地方歌曲、朗诵诗歌时会用地方方言，日语听起来很有趣。

"他居然唱什么'喵喵喵'！"

"不过，要是和谁提起看到过这支猫咪舞蹈的话，就会被猫灭口哦。"

冬吾故意压低声音，煞有其事地解释道。笛子和樱子两人这才止住笑声，对视了一下。

有太郎突然想起，以前从祖父那里听到过一句像咒语的歌词"别说哟，不出声"。"别说哟，不出声……说出去的话，就把你扔进鳅泽的河里哟。"

火光一闪，冬吾又点燃一支香烟。吃完西瓜之后，这已经是第几支了呢？

"冬吾先生你一直在抽。一下子吸那么多烟，不会搞坏身子吗？"

有太郎不禁坦率地说。接着有太郎的话，樱子好似要调侃冬吾一样，爽朗地说：

"冬吾先生的手指因为抽烟都变黄了，再加上沾了些颜料，看着就很抽象。"

冬吾看了看自己夹着香烟的手指，高声笑了出来。

"还真是，都染黄了。吸烟当然是不吸为好，但到了我这种程度，想戒也戒不掉了。"

本来有太郎就此结束这个话题就万事大吉了，但他自作聪明地认为自己应该为冬吾和笛子着想，站出来给一些忠告，于是他又将话题继续了下去。

"真的是戒不了了？花在香烟上的钱也不可小觑吧。酒也是这样，每天都喝的话也会搞坏身子。还有说法认为，酒精会使人的大脑退化。"

"真是的，小有你……"笛子盯着有太郎嘟囔道。

冬吾再一次高声笑了出来。

"又是酒又是烟的,所以画家才让人困扰,你是想说这个吧?有太郎天使,您就放过我吧。就算天使和恶魔一直相互怒视,也解决不了任何问题。酒也不是那么一无是处的玩意。再说,我也不是每天都喝酒,还是有在忍耐的。"

"明明自己什么都不懂,还煞有介事地在这里说教。你这个冒失的笨蛋!"

笛子再也无法忍受下去,厉声训斥有太郎。樱子也一脸困惑,轻声说:"听说在俄罗斯那样寒冷的地方,人们都要喝烈酒来暖身子,否则就可能冻死。冬吾先生是在津轻长大的,难怪那么能喝酒。"

有太郎也终于意识到自己已完全落了下风,面对年长自己十一岁的冬吾,自己根本不是他的对手,现在想应付过去都没法子了。而对冬吾来说,不管有太郎说了什么,他根本不放在心上,脸上一副阳光灿烂的表情,仿佛当成是麻雀在旁啼叫,转头就和樱子聊起自己从没去过的俄罗斯。因此有太郎没机会为自己的失言道歉了。

关于冬吾的酒和烟,过了几年之后,有太郎才终于明白那是创作者的特殊必备品。在香烟只能靠分配才买得到的时期,为了表示对冬吾的支持,有太郎将自己的份额全都给了冬吾。为了创作,有些人必要有一些能刺激精神、激发灵感的东西。仅凭周围人的激励和一间理想的画室,并不足以完成创作。《解析概论》这本曾经感动了有太郎的书,它的作者也是依靠酒精的助力才写完的,而有太郎直到进入大学以后才知道这回事。

但是,冬吾这边却对有太郎的"忠告"迟迟无法释怀。当有太郎把分配给自己的香烟送给他时,他开玩笑道:"哦,是香烟啊,这香烟我怎么好意思抽嘛。"然后放声大笑,这笑声并不单纯。冬吾连和路过的猫对视一下都会浑身颤抖,他很畏惧猫会作祟,嘴里不停冒出"我什么坏事都没做过，不要恨我"，一整个星期都闷闷不乐，备受折磨。冬吾的内心就是有如此超出常识范围的胆小和脆弱。而有太郎就是有太郎，终其一生都学不来委婉的表达，净会伤害别人。

以前，冬吾还会约有太郎一起出去喝酒，说是"男人之间的交往"。自那之后，他就再也没约过有太郎了。冬吾与人聊天时一定会喝酒，这么看来，有太郎在他眼中可能已经连"人"都算不上了，最多只能算是紧跟着自己妻子笛子的"小舅子"吧。

（那年我忙着备考大学，暑假回了一趟甲府，不过冬天就留在了仙台埋头学习。因此，说实话，我只能用短短一个暑假的时间来检验笛子的婚姻是否可靠。可是，据经常去冬吾的画室看他作画的樱子姐所说，冬吾和笛子之间的和睦关系无可置疑。二人明明是在条件最差的情况下结成的夫妻，却是我们家中最幸福圆满的一对。真和樱子曾这么感叹，我也就相信了她们的判断。后来发生了不幸的事，但那也不应该认为是夫妻间的问题。然而，对于他们的女儿，你，由纪子，我必须特别强调一点。由纪子，你的父亲和母亲自始至终都深深地信赖彼此，理解着对方。

在与英美开战的前夜，在那个周围满是战争氛围的年代，冬吾与笛子结为了夫妻。而在日本无条件投降，战争结束后仅仅两年，冬吾便撒手人寰。如果世道再稍微安稳一点的话，说不定就不会发生这种不幸了。不过，我不能否定自己的心中也涌动着一个不可思议的想法，也许正是那样的时代才造就了他们这对特别的夫妻。冬吾与笛子，两个人一直携手同心，共同对抗那个容不下"独立"与"自由"的时代。他们的日子自结婚起就过得十分紧巴，随着战争愈演愈烈，冬吾开始将内心的呐喊化作自己的画，而笛子也将自己的生命托付给那一声声呐喊。作为一名女性，她祈祷自己能与冬吾共享安稳的日常,却又不知如何才能做到。她的精神被冬吾画中的纯粹支撑着,与冬吾一同扛起常人难以忍受的重压,继续前行。

笛子和冬吾就是这样一对夫妇。而后战争结束,冬吾的创作变得自由,作品终于得以高价卖出,可是就在这样的当口,冬吾却去世了。随着冬吾的死亡,这对夫妻的使命就此终结。想到这里,我的脑海中突然冒出了"passion"这个词。"passion",也就是热情,如果这个单词是大写,在基督教中也代表"受难"。可能有人会嘲笑我的想法,认为过于夸张。可是,艺术的本质与基督教的受难是不是有一些相通之处呢?对此,作为艺术外行的我忍不住会这么想。

由纪子,杉冬吾在我看来正是一个具有"passion"精神的人。彼时尚且年轻的我也许未能像笛子和樱子那样理解他,但待在他身边,我一直打从心底敬佩他。)

上了年纪之后,有太郎时不时会情不自禁地设想如果冬吾和笛子一直留在甲府的话会如何之类的毫无意义的事。就算二人的命运不会就此发生巨变,但至少他们的乡村生活可以多持续一段时间,说不定冬吾的工作也会有转机呢?虽说冬吾就像云母一般脆弱,但这种脆弱也包含着对平稳日常的排斥。如果一直生活在安逸之中,那么由脆弱带来的紧张感、危机意识也会随之消逝。话虽如此,实际上,二人在甲府的生活也并非一帆风顺。

次年,笛子在北堀町的家中平安诞下了第一个孩子,加寿子。那段日子,樱子表现得非常积极,整天用她那不熟练的手法照顾婴儿。笛子终日卧床休养期间,冬吾白天在自己家中工作,夜晚则赶来北堀町陪母女二人过夜。而正在那时,巨大的"灾祸"降临到了离开甲府的杏子头上。为了救她,笛子只得抱着加寿子四处奔走。真与樱子脸上的笑容也都消失得无影无踪。与此同时,冬吾也在同年突然开始受到军方的威胁。

在某本美术杂志的一月刊上登载了一篇文章,内容是陆军军官们与美术评论家们的座谈会讲话。军人们的发言挑衅意味十足,傲慢无礼。说什么"画一些像是疯子才会画的圆形和三角形,简直就是在胡闹""如今关系到国家存亡,竟然还讲个人主义和自由主义,岂有此理,要忘却个人的生活,去表达与时局相符合的思想""要是不乖乖听话,就别给他们颜料和画布,也不允许办展览,教训这群人还不容易吗?"那个时代,这样的发言出现在其他杂志、报纸上可以说很正常。但是就连本应该保护、栽培冬吾他们这些画家的普通美术杂志,也都开始卑屈地向军人的发言低头,这个事实给了冬吾他们当头一棒。这是针对前卫美术家们的赤裸裸的"威胁"。

就在前一年,与冬吾关系要好的一位诗人兼画家的美术评论家因生活贫困,罹患肺病而去世。冬吾的一大精神支柱随之崩塌。此前二人经常会在东京对饮泡盛(冲绳的"eau-de-vie"[①]。——帕特里斯注),冬吾也总会借他的藏书阅读。冬吾与朋友们打算将他遗留下来的速写和原稿收集起来,在东京开一场遗作展。为此,冬吾前往东京的次数就多了起来。与此同时,另一位冬吾非常尊敬的前辈画家被当作流浪汉对待,死在了郊区的慈善医院里。虽说不愿意为军队服务的自由艺术家不会被直接杀死,但他们赖以生存的场所会被掠夺殆尽,他们的尊严就在军人们的"哄笑"中被践踏得粉碎。

进入春天后,甲府的家人们解决了杏子遇到的问题,有太郎即将考大学。就在此时,冬吾的一位留法归来的领袖被逮捕了,理由是"超现实主义是非常危险的思想"。此次事件正好发生在前卫画家们开展览会之前。为了使画展如期举办,主办方只能将展览作品

---

① 法语,指蒸馏酒、烧酒。泡盛酒是一种用大米蒸馏而成的烈酒。

调整了一下，改变标题，并主动发表了一篇表达"爱国精神"和"美术报国"的声明。杉冬吾的作品也被更改了标题后才展出。

一本美术杂志的四月刊上刊登了冬吾的友人松本竣介（1912—1948。——帕特里斯注）的文章，它实际上是美术家公开发表的最后一篇纯美的宣言[1]。同年十二月，日本与美国开战，所有真正意义上的文字、真正意义上的颜色以及真正意义上的声音全都被强行舍弃，整个国家如雪崩一般，在一条不归路上狂奔。

松本竣介的文章中让有太郎印象最为深刻的，是他对军人的肤浅发言"画一些像是疯子才会画的圆形和三角形"所做的反驳。"你们都在骂疯子，但疯子才是最悲惨的，他们是人类当中最大、最痛苦的牺牲者。"这无疑将法西斯主义的一个根本，也就是歧视思想给揭露了出来。接着他又写道："不管怎么高喊国家、民族，如果其中不包含全人类，那么就不会产生艺术的普遍价值。"他还断言道："我们的年轻画家在极端困境中仍然坚持创作，因为这样做我们才能一步步地成为真正的人。"

"没错，他说得太对了！"

虽然不知道冬吾有没有发出这样的呐喊，但至少在这种想法的驱使下，冬吾决定趁着开美术展的时机搬离甲府，开始在东京生活。不管樱子露出多么悲伤的表情，冬吾的决心都没有因此产生动摇。

---

[1] 日本西洋画家松本竣介在1941年4月，即太平洋战争爆发的8个月前，在名为"みづゑ"（MIZUE）的美术杂志上发表了题为《活着的画家》的文章，抗议军方干涉美术创作。

大泽是位于富士山周边的一座辐射状山谷，所谓的八百八泽[1]之一。说起八百八泽之首，毫无疑问是大泽。沿顶部剑峰的北侧向西面的原野倾泻而下，长度约三里，一直延伸至人穴[2]与上井出[3]之间的间远原[4]，末端呈河滩状，经常暴发洪水。

大泽上部宽度大约是三町，但从如今的中段开始急剧变窄，只有五十间[5]左右。站在大泽顶部向下俯瞰，如同目睹传说中的无限地狱、奈落之底[6]一般。就算趴在岩石上想要仔细观察一番，也会由于恐怖至极，无法长久直视。

如今，站在中段北端从侧面观察大泽，能看到熔岩与沙砾层层相叠形成的悬崖峭壁，数十丈[7]绝壁正在逐渐崩塌。有时还能见到所谓的岩石瀑布：沙砾与石块不断从上方滑落至谷底，下面有些许已经掉落下去的残壁。据说一旦遇上暴风雨，大块的飞石如奔马临

---

[1] 八百八泽，形容富士山地区有无数山谷的说法。
[2] 人穴，富士山喷发形成的一个熔岩洞穴，位于静冈县富士宫市。此处应指该洞穴所在的人穴村。
[3] 指上井出村，位于现在的富士宫市北部。
[4] 间远原，上井出村北侧的一片平原。
[5] 间，日本度量衡之尺贯法中的长度单位，1间约等于1.82米。
[6] 奈落之底，佛经中形容永远无法解脱的无间地狱。
[7] 丈，日本度量衡之尺贯法中的长度单位，1丈约等于3.03米。

空，震耳欲聋的轰鸣声甚至会一直传到人穴村。中段附近虽然也能趁石崩停止的时候通过，但如果从北面开始爬，由于风景过于骇人，也登不上去。就算是不修行的无神论者，从此谷南端爬上来，只是一瞥山谷下方缭绕而上的云雾、从上方落下的沙砾，也会忍不住叨念六根清净。行人继续向前走，前面的人留下的脚印顷刻间就会被沙石掩埋，后行者只能紧跟着领路的向导一步步用力踩出的脚印前行。当然，行人没有余力观赏旁边的风景，脚下数间开外就是数十尺[①]岩盘构成的石瀑深坑，一个不注意脚滑，就会掉入其中，恐被挫骨扬灰。在恐惧的驱使下，不禁加快脚步，不一会儿就能到达北侧的岩盘地，如获新生之感即刻充满心间。

14　去东京

东京！

　　为什么一定要去东京呢？恐怕谁都没有回头细想过这个问题。每个人都有各自的理由。父亲源一郎是为了追求学问，母亲真是为了投靠唯一的亲人，而驹子、小太郎、笛子都是为了求学，杉冬吾则是去上东京的美术学校。源一郎和真最终还是留在了甲府，驹子与小太郎也都命终绝于甲府。长寿的笛子与冬吾在甲府度过了一段新婚生活，后来就搬到了东京。在冬吾看来，由于战争的影响，美术界正濒临毁灭，他无法安心待在甲府坐视不理。杏子也遭遇了意外的苦难，不得不在东京的品川开始一个人生活。另外，有太郎考上了大学，也开始在东京寄宿。最终只有樱子和真两个人寂寞地守在甲府的家中。

[①] 尺，日本度量衡之尺贯法中的长度单位，1尺约等于30.3厘米。

有太郎对东京始终都没有亲近感，但是他也确实将自己的希望寄托在了东京这个地方。对有太郎来说，东京意味着通往学问之路的梦想。其中也蕴含了源一郎和小太郎的梦想，以及驹子和笛子的青春。笛子随冬吾一同搬往东京后，那里又融入了冬吾倾注于绘画事业的热情与祝祷。"一定要考上东京的大学"，有太郎对于自己的信念坚定不移。

有太郎无法否认都市的魅力。在东京，时间的流动速度似乎比甲府快了十倍。人们无论是走路还是谈话永远都匆匆忙忙。尽管这座城市的面积比甲府大一百倍，但是挤满了房子，生活在那里的人数是甲府人口的几百倍。来自各地的人们怀揣各自的梦想来到这里，或尝尽幻灭的痛苦，或体会一时的快乐。既有人在人生道路上迷失，以天为被，以地为床，也有人在欢愉的灯红酒绿中，完全成为肉体欲望的奴隶。都市的狂欢也是无名者的狂欢。走在熙熙攘攘的人群中，得以喘息片刻，忘却自己为何人。没有人认识自己，也无人了解甲府或北堀町。自己可能是世界级的小提琴演奏家，也说不定是像施韦泽博士[①]那样在非洲演奏风琴的伟大的医学博士，抑或是来自京都的佛像手艺人，或是从中国远渡而来的昆虫收集家。转瞬间，一个个美梦膨起，又迅速破灭，消逝不见。

然而，都市也相应地让人疲惫。一旦置身于人群中，就必须拨开所有人的无数美梦才能前行。那种感觉，就像是同时在看一百部电影，令人身心俱疲。有太郎害怕这种疲劳感，所以他在东京的时候也极少前往人流量大的地方。平日里只来往于大学、宿舍、笛子的家和照子的家。如果有稍长一些的假期就回到甲府，帮真劈劈柴、

---

① 阿尔贝特·施韦泽（Albert Schweitzer，1875—1965），法国哲学家、管风琴家、人道主义者和医生，1913年去到法属非洲，主要靠巴赫作品演奏会的收入长期为当地人民提供医疗服务，后因"敬畏生命"的哲学思想获得1952年的诺贝尔和平奖。

砸砸炭。因此，虽说有太郎在东京上学，他却从未适应都市生活。

（直到现在，只要一到纽约之类的大城市，我就紧张不已，甚至会身体不适。所以只能尽量少去看望住在纽约的登志夫。幸好，美国大学的周边基本上都很安静，才不至于令我徒增疲惫。我一开始住在华盛顿的郊外，后来在波士顿郊区住了一阵子，再到现在居住的纳什维尔郊区，仔细想来，自己一直只在郊区兜兜转转。虽说现在不得不习惯乘车与坐飞机，但我这四十年的时光基本上与都市的喧嚣无缘。该说我骨子里仍是乡下人吧，不过，我自己对于这一点还挺满足的。即使是现在，我仍会在美国的乡间小道上观察蜥蜴和鼹鼠。）

说起来，有太郎对于自己考大学的成绩并没有抱太大希望。照子家在赤羽，有太郎考试期间就住在她家，一考完就回到甲府静候考试结果的通知。虽然他对数学还算有自信，但是担心英语和语文的分数。随着收电报的日子临近，不管樱子怎么盛情邀请，有太郎都不愿踏出家门一步。就算是笛子抱着婴儿过来玩，有太郎也连偷瞄一眼婴儿脸蛋的兴致都没有。他原先打算重新开始练习之前因备考而中断的小提琴演奏，把小提琴从仙台当宝贝似的带了回来，但直到最后都没把它从箱子中拿出来过。

有太郎就算再不懂事，也能体谅家里的情况。他想，万一物理这第一志愿落榜了，干脆放弃上大学，连第二志愿都不考虑。不问过去，不论将来，就赌这仅此一次的机会。真一直期待有太郎能尽早回到北堀町，帮衬家里的经济，然后顺利结婚，让她抱上孙子。樱子虽然还住在北堀町，但只要达彦从战场上回来，她就必须立刻结婚并搬到东京的松井家里。再说，那时的战局变得越来越耸人听闻。日本与德国、意大利的法西斯政党相勾结，已经无法避免要与美国、英国对立了。在日本国内，战争的影响也在不断地扩大，物资枯竭，征兵人数和战死人数日益攀升。就算有太郎顺利考入大学，也不能保证他的研究生活不会被战争所波及。就算大学注定要变成残垣断壁，整个日本被战火淹没，有太郎也希望这样的局面再推迟五年，至少不能让自己没法完成心心念念的物理学习就死去。

从东京发来的电报终于抵达北堀町的那天，有太郎白天都窝在被褥里，缩成忧郁的一团。

"电报！"

一听到邮递员的喊声，有太郎整个人从被褥中弹起，直冲向门口。他一接过电报纸，就由于极度紧张，眩晕感一股脑袭来，一屁股跌坐到了地面上。他就连打开那张纸的勇气都没有。

"小有，电报来了？"

樱子与杏子探出身子到门口，真也站在她俩后面。

"小有，怎么了？"

樱子再次问道，有太郎颤抖着将手中的电报递了过去。

"樱子姐你帮我看吧。我好像紧张得快不行了。如果落选了，你就什么都别说，从这里走开。"

樱子点了点头，打开那封电报。有太郎双手抱头，蹲在门口的地面上。

"小有！恭喜你！你考上了！"

听樱子这么喊，有太郎仿佛全身被泼了滚烫的开水，一边怪叫着，一边从樱子手中拽过电报，亲眼确认了"合格"两个字，然后噙着泪，深吸了一口气。

"妈妈，我考上了！"面对笑容满面的真，有太郎说道，"我考上了！太好了！太好了！"

他一边叫喊着，一边把娇小的真紧紧拥入怀中。虽然真被搂得一阵吃痛,但还是轻轻拍着有太郎的背,以示祝贺之意。不过,她大概也想到自己与有太郎共同生活的愿望又远去了,心中也一阵叹息吧。

樱子赶紧将这份喜讯跑去告诉笛子。笛子也马上赶到北堀町,拉着有太郎的手,兴奋地连连喊道:"太好了,太好了!"她一定是为有森家的未来有了保障而松了口气。笛子一直坚持认为,有太郎必须拥有东京帝国大学出身的名分,就像父亲和哥哥一样。

过了十天左右,有太郎的升学派对在北堀町举办。就连上了年纪的英姑姑和矶姑姑也来了。照子和清美却没到场,英姑姑的养子广治也因为被征兵入伍没能前来。与当初小太郎那会儿比起来,这时候摆出的料理中除了赤饭之外,就没什么出彩的了。而且与小太郎的医学专业不同,有太郎的物理专业在长辈们眼里似乎并没有那么靠谱。反而是笛子刚出生的宝宝和冬吾更引人瞩目。冬吾一个人喝着酒,醉了之后吼唱着义太夫(一般和着三味线歌唱,像民谣一样的歌。——帕特里斯注),还向众人滑稽地展示津轻方言①。不过,毕竟这场派对的主角是有太郎,在大家欢声笑语的簇拥下,他还是重新感受到了激励。

就这样,有太郎的东京生活正式拉开了序幕。一开始他住在赤羽的照子家,但那里离学校实在太远,最后还是请真的一位家住目白②、姓佐佐木的远房亲戚帮忙,让有太郎过去寄宿一段时间。

仿佛追寻有太郎的步伐一般,笛子和冬吾也在东京的江古田③找到了房子,在那里开始了新生活。冬吾有许多画家朋友住在附近,

---

① 津轻地方位于日本东北部青森县的西部地区,该地区方言相较于标准日本语,无论是词汇还是发音都有明显的差异。
② 地名,位于东京都丰岛区。
③ 地名,指东京都的中野区东北部和练马区东南部一带。

再者，他以前有一段时间安身在池袋后面的美术家聚集区，对他来说，那里原本就是倍感亲近的地方。虽说聚集区里带画室的住宅对冬吾来说充满吸引力，但是在那群只会绘画的"野人"中间抚养婴儿实在是不靠谱。不过，他自己又没有宽裕的资金建立一间画室，最后只能租下这个平淡无奇的房子。

这次的房子有两个房间，一间六帖榻榻米大，另一间四帖半榻榻米大小的是起居间，平日里冬吾就把六帖榻榻米大小的房间当作画室。房子位于一条小巷深处，周围都是密密匝匝的小房子。冬吾他们住的这个房子背面是某位陆军中将的豪宅庭院，从冬吾这边看过去，可以看到一片绚丽的玫瑰园。这座宅邸似乎不断撩拨起笛子的羡慕之情，但在日本无条件投降的那天，宅邸的主人——那位陆军中将，不知是用手枪还是军刀，亲手了结了自己的性命。自那之后，每当谈及留在世间的中将的家人，笛子都会吐露出一些近乎夸张的同情之词。

当时，笛子家附近完全算是穷乡僻壤，甚至比甲府那种小镇还要不方便。对此，笛子颇为失望。不过，比河田家在赤羽住的职工住宅要好一些，虽然在房子大小上还是后者更胜一筹。或许正是因为位于郊区，两家的房子才在空袭中逃过一劫，到了战后也能继续居住。只有住在郊区才有这种好处，否则要在日本战败后的东京找到新的住房，简直是难于上青天。

位于江古田的这间小出租屋，由于有太郎、樱子、杏子的不断打搅，最终令冬吾都萌生出了想要逃离的想法。

不过，在谈论东京的生活之前，首先必须在此交代一下杏子所遭遇的第二次"不幸"。杏子的第一次"不幸"，自然是她在小樽经历的那段婚姻。而这第二次"不幸"是何时发生的，实际上有太郎并不知详情。有太郎考上大学的时候，杏子已经回到了北堀町的家中。从那之后，不知何时起，有太郎和杏子经常在东京见面。如此推算下来，杏子遭遇第二次"不幸"的时间应该是在那年冬季。翌年十二月，日本与英美两国正式开战。但是在此之前，日本早就以战争这一目标为准绳，全方位严格管控全国上下。不仅杉冬吾所处的美术界不被允许自由表达，就连带那之类的山村中，那些以杏子为中心聚集起来的妇女、老人组成的谨小慎微的团体也无法幸免于难。接下来的内容基本上是从笛子和樱子那里听来的。

杏子起初在带那居住的小屋怎么看都只是一个杂物间。说起冬天的严寒，池子里储藏着的天然冰能撑到夏季，有农家会把这些冰运到甲府做买卖。上游的蓄水池形成的冰面上，滑冰爱好者齐聚一堂。而这就是带那的严冬。夏季，杏子还能悠闲地在这个杂物间里安身，那些因仰慕杏子追随而来的人们也在周围用草席搭起临时小屋，一群人度过一个个不眠之夜。然而九十月份的时候，开始出现一些担忧杏子的声音。那时，杏子身边已经有两位女性辅佐左右，她们与其说是杏子的弟子，不如说更像是助手。

附近的人前来拜访杏子都自带便当，就算是留宿也最多打搅一晚就回去，因此无须杏子多费心思。但是那些远道而来，只为见杏子一面的人则会逗留一周乃至十天。杏子绝不会将那些人赶回去，只要小屋里还能腾出空间，就会让他们在屋中留宿，小屋住满的话，就请他们在用草席搭的临时小屋里将就一下。更麻烦的是众人的饮食问题。人们给杏子送来的谢礼，有蔬菜、乌冬面粉、味噌、装在笼子里的鸡和鹌鹑，有时还会有兔子和小野猪，小屋外好不热闹。食材份量没什么问题，可是需要有人将这些食材烹制成菜肴。人数多的时候攀升至二三十人，为这么多人烹饪非同寻常的困难。一开始站出来的是一位年轻女子，她住进杏子的小屋后，在屋外用石头垒起一个炉灶,又不知从哪里调来了一口大锅,就这样当起了大厨。这位女子小时候曾被严重烧伤,这样的身体状况扼杀了她结婚的可能。不久之后,出现了第二位大厨,炉灶和锅子的数量也相应增加。这次则是一位有两个孩子的中年妇女,听说她丈夫是朝鲜人,在山里工作时意外去世,她想回老家却回不去了,此前就一直在高级饭馆或者酒馆的后厨工作。杏子他们觉得,这样经验丰富的厨师来给大家做饭实在是大材小用。

彼时,带那还没有多少农家,也很少有人专程为了一睹风景而到访。正因如此,造访此处后就会感觉自己好像发现了意想不到、不为人知的仙境。虽说这里离甲府很近,但中间隔了一道险峻的山峰。沿着羊肠小道拨开一片片树丛,累到上气不接下气,就能到达带那。接着,映入眼帘的就是沐浴在柔和阳光下、静静伫立着的农家院落,看到这幅美景,任谁都会大舒一口气,被这片山村的宁静祥和所治愈。

不过,这里毕竟不是什么仙境,既有农家的烟火,也有巡逻的警察,时不时还能看到在为战争做准备的邻组①(以几户人家为一个单位,用于传达来自政府的命令和组织空袭避难训练等。——帕特里斯注)以及赶赴军队的青年。

杏子的小屋在远离村子的一个小池塘旁,因此无论来多少"患者",理应都不会给村子带来什么直接的麻烦。但是,一旦聚集的人群超过了一定范围,难免会遭到当地居民的忌惮,令他们有所警惕。来找杏子的人当中,不仅有女性,还有因害怕作祟而前来求助的老人,被酒精和药品等腐蚀身心的男子,以及被女人们一同带来的小孩。在等待杏子进行那堪比心理治疗的按摩期间,这群人产生

---

① 第二次世界大战期间,日本政府为了便于控制人民而建立的一种地区基层组织,以10户左右为一组,战后废止。

了一种同志之间的融洽。大家三人一群，五人一伙，组成几个聊天的小圈子，这个谈谈自己的经历，那个说说不知出处的传闻，连各自老家流传下来的传说也搬了出来，渐渐地，大家变得熟络了起来，甚至开始载歌载舞。

杏子每天的"工作"直到傍晚才会结束。杏子毕竟是一个年轻姑娘，时而放松一下紧绷的神经对她来说是必要的。于是，众人一起热热闹闹地吃完晚饭后，杏子就会取出自己的三味线，饶有兴致地弹奏起来，其他会弹三味线的妇女也加入演奏中。早就准备好横笛的男人开始了吹奏。尺八也加入了进来，小提琴、口琴也不甘示弱。还有人敲着锅子、拍着木箱，随音乐打起拍子。当场大展歌喉的人们开始跳起民间舞蹈。悠扬的歌声想必是这些人仿照自己家乡的民谣即兴改编出来的吧。

  哦呀嘞哟——
  骂咱们（春蛋）都是蠢蛋
  哈呀，说得倒是不错
  听着咱们（春蛋）歌的家伙啊
  哈呀，更是个蠢蛋

好像是唱了不少这样的歌。（"春蛋"是原来的歌词，我只想得起来这个部分。）

  来吧来吧，嘿咻，嘿咻
  女人要砍树，女人要伐木
  还要去赶猴，莫法子哦（没办法呀）
  哎哟咻，嘿嘿咻

溪树蛙大声叫哦，沿着荒川（釜无）朝下走吧
撞钟大声响哦，下面就是罗汉寺（七里岩）
哎哟咻，嘿嘿咻

就这样，人们随性地改编著名的缘故节①。（这首也是，除此以外的我已经想不太起来了。祖父母在世的时候，我经常听到这样的歌。）

夏日的夜晚，月光皎洁，人们眼里闪烁着池水的银光，嘴里哼唱着一首首民谣，在草地上翩翩起舞。无论是杏子还是聚集在此的其他人，都尽情享受着这一欢快时刻。也有人一开始难以融入这种氛围，远远地背对着大家，不过，随着时间的流逝，这些人不知不觉也加入人群之中，脸上浮现出笑容，为大家打起拍子来。

一天夜里，腿脚不便的冬吾在笛子的带领下越过山岭，出现在了这个池塘边上。据笛子和樱子所说，他似乎是按捺不住强烈的好奇心才前来一探究竟的。晚风习习，每靠近池塘一步，三味线与口琴的声音就更清晰地传入冬吾的耳中。那是一种完全没有统一性的合奏，却带着几分如孩童笑声般的活泼烂漫。终于，他透过树木的婆娑暗影，捕捉到了几个跃动的人影，紧接着歌声便清晰地传来。银色的月光下，树木、人影都化成深靛色，歌声、乐声也与月光融为一体欢腾喧嚣着。鱼儿也跃出池面，仿佛在随着音乐歌唱。这三十多人似乎已不是人类，而像是懂人话的鬼（传说中的一种鬼怪，头上长角，有蓝皮、红皮、黑皮三种。——帕特里斯注），又像是成群结队的各种动物。有老态龙钟的猴子，有稚气未脱的青鬼，

---

① 一种民谣，主要在日本山梨县的峡北地区传唱，风格朴素，曲调忧伤，情感深沉。

有亭亭玉立的鹿，还有狐狸和女赤鬼。大家都簇拥在一起，气喘吁吁地在树木间起舞、歌唱。

"笛子姐、冬吾先生！你们竟然来这里了。"

杏子一边大声喊着，一边朝两人跑过来。杏子真实的声音一下子把他们拉回到了现实。两人被领到小屋前，众人说着"我们这儿只有这些"，端出了浊酒（一种自制的混浊米酒。——帕特里斯注）和鸡肉招待他们。冬吾一个人喝着浊酒，抽着烟，马上为眼前起舞的人们画起了速写。冬吾三两下就完成了一幅，紧接着马上翻出一张新纸，转头描绘新的对象。接二连三的绘画途中，冬吾眼底那抹深靛色的黑暗中再次浮现出小青鬼、狐狸和猴子的舞姿。月光、池水也都在此刻放声歌唱。

因为笛子与冬吾的到来，杏子全力弹起了三味线，琴声比平时更为高亢。一小时后，她将三味线放在膝盖上，对众人拍掌示意，说道："那么，今天就到此为止吧，大家都辛苦了。"

一声令下，池塘边马上恢复了山野的寂静。人影不再晃动，乐器的声音与人们的嘈杂声也消失殆尽。头顶的夜幕重重地从密林枝头垂下，风声不断回响，直至远方。

"您辛苦了。"

"祝您好梦。"

"今天也给您添麻烦了。"

众人纷纷轻声向杏子致谢告别，一眨眼的工夫，就已经不见人影。话说冬吾，刚才还在一杯杯地痛饮浊酒，如今已是头晕眼花，被杏子和笛子两人合力抬回小屋后，就张着嘴睡着了。小屋里还睡着一个带着婴儿的年轻女人、两位老妇和一个男人。

为了不打扰他们的睡眠，杏子与笛子走到屋外，蹲在门口压低声音聊了起来。

"太好了,看到你这么有精神。来这边一趟不容易,不过我一直担心你过得好不好……"

杏子轻声回应笛子:"谢谢你,笛子姐。今晚我好开心。现在的生活没有任何困难,每天能过上这样的日子已经令我感激不尽。不过,今天一见到笛子姐,我就更加高兴了。从小到大我都不谙世间疾苦,接触到聚集在这里的人们之后,才了解到许多重要的事。但是,听到这么多悲惨的故事,我时常会不知所措,有时候难受得和大家一起抱头痛哭。每当这时,我心里就想,如果笛子姐在身边的话,应该就安心多了。当然,我就是这么随便一说,笛子姐你别放在心上。毕竟,大家各有各自的工作。一和笛子姐说话,我就有点想撒娇呢,还会不由自主地回忆起小时候的事。小樱也会来这里,但她也没办法长待。毕竟我在这里做的事也算不得工作。"

笛子低声说道:"你在做的是很了不起的工作啊。这个工作只有小杏你才能做到。我们现在对你刮目相看了。我当过学校的老师,知道被人依赖有多难办。我们很想帮你出把力,但是没有这个余力。要是爸爸还在世的话,一定能帮你找到比这里更好的据点,大哥大概也没问题。小杏,你一个人就能做到这个程度,已经很了不起了。被这么多人敬仰,一定很辛苦吧。就是因为这个世道如此,才会有更多人聚集到你身边。不过,以后怎么办呢?现在是夏天,没什么大碍,但是冬天可是很冷的,必须多建几间小屋,或者去寺庙借住才行。"

杏子点了点头小声说着,声音越来越小。

"我也没什么头绪……不过,这里不是我一个人做决定,而是有什么事大家一起商量。我只是照大家的建议开展活动,所以挺轻松的。等过了秋天入冬以后,这里一定会和现在大不一样吧。到时候会怎样,现在谁也说不好。说不定哪天我的使命就到此为止了。

真到那时,虽然对不起妈妈,我也只能再回到北堀町了。"

"那倒也是……毕竟,比起让我们操心,杏子你更适合被大家守护着,在夜里开心地弹弹三味线……"

听到笛子这么说,杏子脸上浮现出温柔的笑容。她看了看笛子,然后环视着睡在小屋周围的人们。微笑的杏子宛若一个小女孩,上穿一件印花衬衫,下着轻衫(扎腿式劳动裤裙),长发则束成一股垂在脑后。

小屋里传来冬吾的呼噜声,那声响大到仿佛引起了地面振动。高空中回响着猫头鹰的叫声,皎洁的月亮静静地洒着银光。明明感觉不到有风吹拂,树木的枝头却在沙沙作响。

第二天一早,冬吾和笛子与众人吃完早餐后,在聒噪的蝉声中下山返回甲府。二人走到山道时已日上三竿,虽然是原路返回,但回去的山路却更加累人。对冬吾的腿脚来说,下坡行走更加困难,回程路上,大部分时间都要靠笛子搀扶。回到甲府的家后,冬吾如释重负,立刻在院子里洗了一个澡,大白天就睡了一觉,晚饭时才醒来,然后喝了点酒,再次倒头睡去。

冬吾好不容易从带那带回来的速写被扎成一捆,一直堆放在房间的角落里。笛子和杏子后来都把这些速写忘了。但是五年后,战争结束时,冬吾却突然以这堆速写为原型,开始创作名为《森》的大作。之前战争期间,为了逃避战火,冬吾回到故乡津轻。在那里,他再次邂逅了与带那那个夜晚相似的风景,此时,他以深邃的靛青为基调,一口气画好了这幅大作。整幅画饱含悲戚之情,但又有希望如月光般蔓延至色彩的深处。(津轻好像有一群被称作依托巫[①]的女人,她们能够召唤死者灵魂,并将信息传达给现世之人。想必

---

① 依托巫,音译自日文"イタコ",日本东北地方北部的灵媒巫女。从事这种职业的通常是视力低下的妇女,如今这一民俗正在逐渐消失。

冬吾在故乡见到的，就是以这些女人为中心的集会吧。如果问笛子的话应该能获知实情，可事到如今来不及了。笛子现在得了阿尔茨海默病，看来我这一生都与津轻无缘了。不过，仔细想来，关于自己父亲的故乡，由纪子应该了解不少。虽说冬吾死后，他们一家就与冬吾老家断了联系，但作为冬吾的孩子，她应该会对父亲的根源有浓厚的兴趣。笛子在津轻的那段时间倒是十分清闲，看她那么热忱地研究当地的民俗，想来应该把研究成果告诉了加寿子和由纪子吧。我记得她好像也教给我很多相关的知识，但我除了记得依托巫和津轻方言里"イ"的发音很特别[1]之外，其余的全都忘记了。）

（正如勇太郎舅舅所推测的一样，我高中毕业之后就瞒着母亲，一个人造访了父亲的故乡。当时正值盛夏，在津轻半岛的最北端，海水冰凉深邃的蓝色与岩石尖上款冬的明黄交相辉映，令我至今印象深刻。不过，我只记得这些。至于父亲的两位哥哥，也就是我的伯父们，我也只在东京分别见过他们一面。那时的我只敢躲在母亲背后，没能与两位伯父直接进行交流，所以也就没有留下什么清晰的印象。至于生活在东京的几位堂兄弟姐妹，虽然也见过几次，但是由于岁数相差太大，我只当他们是远亲。母亲曾告诉过我一种叫什么"婴儿笼"的房间，好像是里面模仿了放婴儿的圆筐，不过那里不是一般地冷，任谁都不想住进去。她有可能还和我讲过其他当地特色，不过我全忘光了。总之，关于父亲的故乡，我的记忆里只剩这些了。

就我个人感受而言，父亲和母亲的故乡如果只是去观光的话，很难产生亲近感。只有认识了每天眺望着当地风景长大的人，才会

---

[1] 在津轻方言中，日语"イ"的发音不是标准音 i，而是像英语中的 we。

感受到它们的特别,开始真正地体会到那里是父母的故乡。也就是说,所谓的"故乡"并不只是一个地点,而是贯穿了一个人生命的"回忆"。——由纪子记)

杏子的按摩治疗实质上就是野营生活,一群无辜又饱受苦难的人一起度过。但是夏天过后,周围村民的抱怨传到了杏子这里,此后连警察也出面劝说,希望大家就此解散。在解散之前,每次按摩治疗都有警察在场,杏子与"患者们"的交流机会也被尽数剥夺了。

反正一换季,他们都不可能继续住在小屋里了,露宿野外更是痴人说梦。当着警察的面,"患者们"又是和和气气地请他们吃美食,又是时不时恭维他们几句。然而在警察听不到的地方,他们会三五成群地小声嘀咕着什么。

某天,杏子等人突然间消失得无影无踪,只剩下那间小屋和石头堆成的两个灶头。警察都气昏了,但为时已晚。为了寻找杏子等人的下落,从甲府抽调过来好几个警察。直到十二月份,他们都一无所获。被调来的警力越来越多,一月份已经派出了三十人,但仍未发现杏子他们的踪影。终于,地方警局开始在山间采取拉网式搜查,由五十人组成的搜查队配上警犬浩浩荡荡地向山里进发。

杏子等人的藏身之处在哪里呢?起初,他们躲进金樱神社的后山,然后继续向深山进发,翻过木贼岭后,在金峰山山麓的河边发现了一处洞穴,于是准备在那里过冬。洞穴能保持住内部的温度,倒是意外地暖和。不管是动物冬眠,还是以前的修行者冬天进山苦修,大都会选择洞穴,因此,在洞穴里不至于冻死。杏子一行人中就有不少人在山中生活过,所以大家要是在洞穴里生活,倒也算不上悲惨。众人在洞口处装上了结实的大门,地上用干草铺了厚厚一层。洞外,灶头和厕所也一应俱全。当然,洞穴周围的伪装工作也没有怠慢。在世人眼里，杏子这群人已经被误解为所谓的游击队，因此望风放哨的人也必不可少。不过，跨过那排用于伪装的木篱笆，就会发现他们的生活与在带那时别无二致。还是会有"患者"抱着鸡和南瓜远道而来，到了夜里，原来的音乐会如期上演，当然人数不比从前。虽然严寒和降雪天气使得他们无法在户外星空下载歌载舞了，但大家的热情丝毫不减。事实上，由于在洞穴中所有人都挤在一块儿睡觉，比起夏季在露天池畔时，大家的关系反倒更加亲密了。

众人起初都是以杏子的按摩治疗为目的聚集起来的，然而在这个事事皆与战争挂钩的节点，这群先前遭受非人待遇的可怜人齐聚在金峰山的洞穴中，他们身上的亡命色彩也变得愈加浓烈。许多人离开洞穴就无其他容身之所了。杏子的想法很简单，那就是不管以什么形式，只要有人向她求助，她就想要去帮助对方。这样做对她自己来说没什么意义，她只是无法对那些向她涌来的求助声置之不理，仅仅如此罢了。这个世上有人在撕心裂肺地叫喊，乞求援助。他们的声音是那么无助，他们的呼吸是那么痛苦。杏子用她圆圆的大眼睛见证着这一切，露出白雪公主般的微笑。

"唉，真伤脑筋。我也不知道该怎么办才好，总之，先尽情地大哭一场，再好好睡一觉吧。睡眠是很重要的，要是睡不着，那就唱歌吧。不能一个人把事憋在心里。不会唱歌的话，就自己讲讲故事吧，自己小时候的故事，快乐的故事，都行……"

杏子的这些话语仿佛在有太郎的耳畔回响。

不久之后，严冬降临了，寒冷的天气甚至能冻结枯木。为了不产生太多烟雾，众人只能在洞穴里一点一点地烧着炭团（将煤炭的粉末聚成球状的燃料。——帕特里斯注），幸好他们来时带足了狐狸和狸子的毛皮，还有几条鹅毛被褥。因风雪无法外出的日子里，他们就用洞口处的炉子代替外面的灶头。只有厕所搬不进洞内，众人就在靠近洞口处搭了一间小木屋，并用石头把木屋围起来做成门厅状，在它旁边盖了一间带小门的厕所。那个门厅正好用于储存食物和燃料。

虽说大家一直都在接受按摩治疗，但还是会有人身体出现不适。不过，幸好只有两人身子出了问题。既然出现了病人，就不能置之不理。大家赶制出来一个雪橇，把病人抬在上面，杏子和另一个人一道陪同，来到山脚下的金樱神社。在那里，她把病人托付给一位可以信任的支持者。病人再从那里被一辆大板车拉到甲府的医院里。住院费是杏子支付的，这点钱杏子手头还是有的。据说两位病人与杏子分别时十分不舍，哭着迟迟不愿放开她的手。

"不要那么任性，婆婆，山里的冬天对您两位还是太勉强了。等到了春天，身子骨好些了，再来我这里吧。春天马上就到了。"

不过，杏子等人的山间生活没能迎来春天。

某一天，暴风雪停歇，天空放晴了，远处传来此起彼伏的犬吠声。一只、两只，估摸着有超过十四只。杏子他们将洞穴的大门牢牢紧闭，所有人在洞中紧紧靠在一起。或许只是周围进山打猎的猎人。不过，如果是猎人的话，应该清楚杏子他们的事，会安抚猎犬让它们不要叫。狗叫声更加凶猛，甚至可以听到狗用身体撞击洞穴大门的声响，此时，外面传来了人声。

"快开门，所有人都滚出来。别磨磨蹭蹭地。"

杏子做好心理准备，打开门第一个走了出去。与她设想的如出一辙，一群警察与警卫团（由居民代表组建的、按警察对待的组织。——帕特里斯注）的男人嘴里呼着白气站在那里，气势汹汹地瞪着她。

"暴风雪刚刚过境，那一刻的天空蓝得深邃而透彻，让我几欲落泪，不由得愣了神。"后来笛子听杏子这么描述道，"紧接着，地上的积雪也开始低语！树梢绽放出水晶般的光芒。冬季的雪山不掺杂一丝污秽，是世上最洁净的地方。天空那深邃的蓝，都叫人心里有些发毛。"

尽管被警察粗暴地拉扯着，被周围人怒吼着，被警犬的狂吠包围着，杏子当时却完全沉醉于冬季的景色之中。

杏子被安上了诸多罪名。"妨碍医疗罪""诱拐罪"以及"违反治安维持法① 罪"，说不定还有"不敬罪"② 等着她。最后留在洞中的十个人则以"共犯罪"之名，遭受了一周左右的牢狱之灾。作为"主谋"的杏子显然不会被轻易释放。毕竟她可是"在举国上下都应该齐心协力为国防的非常时期，欺瞒善良的国民，将他们引向歧途，还自称是能治愈疾病的教祖，实乃行迹可怖的亡国之徒"，如果没人管她的话，她就要被关个一两年了。更不幸的是，当时恰巧有一个通过手势布教的新兴宗教在全国范围内盛行，已经成了国家的重点监管对象，而杏子的按摩治疗被认为是其模仿者。实际上，杏子从没有模仿过谁，一群人无非是按身边人的期望自然而然聚集在一起罢了。

真和笛子听闻这个"不幸"消息后，立刻展开了行动。她们不是只会懦弱地等在原地忧虑的女人。樱子赶去东京，河田夫妇和清美碰面，大家一起商讨对策。由于有太郎在仙台马上就要考大学了，笛子就主张暂时不要告诉他。所以，直到有太郎在北堀町拿到录取通知书那天，他都被蒙在鼓里。哪怕在北堀町家中看到了杏子，由

---

① 《治安维持法》是日本1925年颁布的法律，旨在取缔否定国体和私有财产制的运动，该法律1945年被废除。
② 不敬罪针对的是损害皇室一族、宗教圣地、坟墓的名誉尊严的不敬行为。

于有太郎满脑子都在担心自己的考试成绩，当时也只当她是暂停了在带那的"工作"。

大学入学仪式过后，有太郎开始了他在东京的生活。这时，笛子把他叫到她在江古田的家中，将发生在杏子身上的"不幸"以及众人的"救援行动"如实告诉了他。关于那段洞穴生活，就是杏子告诉笛子的。

考上了大学而飘飘然的有太郎听闻此事，不禁冷汗直流，心里一阵后怕，直到听说问题已经顺利解决，这才放下心来。"小杏才没有干坏事，只是如今的世道太疯狂了。"笛子竭力辩解，但抛开逻辑不谈，囚犯就是囚犯。有太郎有一瞬间觉得自己的光辉未来会被无情地夺走，变成如过街老鼠、人人都要扔一块石头的犯人家属。说到囚犯，有太郎就只能想到这样的形象：全身被粗麻绳捆住，头被深底的草笠（一种像倒过来的筐子一样的帽子。——帕特里斯注）套着，严冬时也只能穿一件粗糙的浴衣，像亡灵一样被迫在街上游行。儿时见到的这种囚犯形象，已然成为有太郎心中恐怖和悲惨的象征。

笛子尽可能将一切都告诉了有太郎，那次谈话结束后就再也没有提过了。有太郎的升学庆祝宴上也没有任何人提及这个话题。杏子能这样平安无事地出席家族宴会，就足以令家里所有人满足和高兴了。

杏子被逮捕时正值寒冬二月（也可能是一月）。笛子抱着刚出生的孩子，立刻和真一起走访了每个她们认为可能有一点政治权力的熟人，这之中既有市长夫人，也有师范学校的校长。矶姑姑与县副知事的母亲有私交，英姑姑认识原陆军大将的女儿。小太郎曾经的朋友成了军医，樱子和真也一同前去上门拜访。在东京的河田善政前往海军本部，将这件事告诉了来工厂视察的军官。

所有能用上的资源都动用了，但是无论哪条关系都没有起多少作用。杏子的事被当地报社当作重大事件大肆报道，所以警方坚持要以儆效尤。救援杏子的行动接连受阻，走进了死胡同，所有的尝试都只是徒增众人叹气的次数而已。

不过，天无绝人之路，从大家意想不到的地方，一张珍贵"王牌"降临到有森家。那就是来自冬吾的一个提议。大家一开始都认为冬吾只是一个无名的穷画家，实在不指望他能起什么作用，所以之前在这件事上并没有求助过冬吾。但是对冬吾来说，带那那晚的音乐会实在令他难以忘怀，因此他一直在观察笛子和樱子的行动，默默思考如何才能救出杏子。作为画家，冬吾也曾被军部明目张胆地"胁迫"过，他对杏子被捕感同身受，无法置身事外。

一天，冬吾穿着一件破了洞的鸢衣（披肩大衣的意思，因为形似名为鸢的鸟，所以叫作鸢衣。——帕特里斯注）来到北堀町找真。笛子正好也在，她正在给孩子哺乳，她和樱子两人也提出一起参加讨论。在起居间坐下来之后，冬吾面色凝重地开口说道："请你们耐心听完我接下来的提议。

"我大哥曾经在内阁担任次官。虽然他现在因被指责非法选举不再担任公职，但仍和政治家有联系，他和当今的内务大臣、陆军大臣私交甚好，应该也认识首相。如果以我大哥的名义请求特赦的话，可能会有些效果。虽说杏子与他关系很远，但毕竟事关亲人，再说这件事原本就没有什么犯罪要素……"

据冬吾所说，由于他以往的"不检点"行为，他与人在故乡的长兄杉隆一之间几乎已经断绝了联系。不过，冬吾娶了女子学校的教师，也就是笛子为妻，这让隆一的态度多少开始软化，每个月都会给冬吾寄来生活费。这大概也是他对笛子和她家人十分信任的表现。下面这话说起来可能有点奇怪。冬吾好不容易和一位正经女性成婚，过上了踏踏实实的生活，老家那边刚放下心来，笛子的妹妹却要沦为阶下囚了。如果冬吾老家那边为此感到不安的话，即使有怨言，想必也还是会出手相助的。隆一还没与笛子正式见过面，更别说杏子了，说不定他连杏子叫什么都不清楚。不过，冬吾在结婚时把笛子的户籍信息和照片寄回了老家，还详细地介绍了源一郎和小太郎的情况。就算隆一对笛子的娘家没有任何兴趣，像他这样在政界打拼多年的男人对发生在自家人身上的事一定很敏感，也有很强的责任心。总之，无论如何都值得一试。结果也有可能很糟，万一到时候隆一对有森家说出一些难听话，完全不施予援手，还请大家原谅——冬吾曾这样提醒过。隆一对于弟弟的妻子，也就是弟媳的麻烦会采取怎样的行动，只能去碰碰运气。冬吾打算抛却自己的尊严和倔强，试着去请求长兄施以援手。

有森家之前就听说冬吾老家是大地主，在青森很有权势。此外，笛子还听说，冬吾的父亲因纳税金额巨大而当上了贵族院的议员，冬吾的长兄也涉足政界。不过，有森家只当他们是农村的豪门望族，听过就忘了。冬吾也从来没有详细地提及自己的长兄，他谈及的都是诸如卖豆腐赚了些小钱的曾祖父通过放债发了财，当地农民的惨状，老家有许多亲戚同住，根本没有家的氛围，以及他们的一家之主就好比是公司的董事长之类的事。

没想到冬吾的哥哥认识当今的首相和大臣，无论是笛子、樱子还是真都大吃一惊。起初她们被震惊得合不上嘴，紧接着噙着泪水，一个接一个地向冬吾鞠躬致谢："一切都拜托您了。我们明白，冬吾先生您的立场很尴尬，却要为了我们忍辱负重。您的这番心意我们真不知如何报答才好。"

冬吾苍白的面庞露出难色，对真说道："报答什么的我真的担当不起。其实，我早就想到了我大哥，却因为自尊心迟迟没有开口，所以我也无法原谅自己的卑怯。"

"怎么会……我们能做的也就只有向您道谢了……杏子她太可怜了……"

真的额头紧紧贴在榻榻米上，声音里饱含痛苦。一旁的樱子也低着头双手掩面。

最后，冬吾也深深低下头，说道："这件事还请替我保密，我到底是个怯懦的男人。"

冬吾和长兄隆一之间的关系也挺别扭。冬吾过去特意向伙伴们隐瞒隆一的存在，而且因为生活费仰仗大哥，冬吾对隆一还有些畏惧。不过，他们兄弟之间似乎并没有相互憎恶。知道大哥从县知事爬上了大臣的位置，冬吾心里多少也会感到自豪吧。隆一也是，他好像十分赞赏冬吾的画。但是，不管怎么说，他俩所处的世界相差太大。冬吾有冬吾的名声，隆一也有隆一的面子，两人都有自己的执着。在这件事上，隆一帮了有森家一次，但除了笛子以外，隆一本人后来并没有与有森家的任何成员见过面。冬吾的葬礼也是，隆一并没有出席，只是叫秘书前来留下了一笔钱。也可能是因为冬吾的死带有丑闻性质，招来了太多记者和摄像师，他才不露面的。

真和笛子立刻遵从冬吾的建议写了一封信。冬吾也将自己写的信与两人那封近乎全是悲鸣的信放进同一个信封，寄给了隆一。冬吾的信上到底写了什么？谁也不得而知。

正如日本的一个谚语叫"一声鹤鸣"（麻雀或乌鸦，也就是普通人再怎么胡叫都不会有人看过来，但只要鹤，也就是握有权力的人一喊，就能引起人们的关注。——帕特里斯注），之后不久（大概过了两周吧），杏子被列入保护观察人员回到了北堀町的家中。真她们几个人都恪守与冬吾的约定，连姑姑们和河田夫妇都不了解内情。可谓是"别说哟，不出声"的秘密了，所以无论是杏子自己还是有太郎，当然包括冬吾，所有人之后都对此事闭口不谈。就连杏子所遭遇的"不幸"本身，大家都三缄其口，最终整件事都被忘却了。如果不旧事重提，那么不管是怎样的事情，最终都会被逐渐遗忘。

（战后我就离开了日本，在今天之前，一直没有机会回忆杏子的这次"不幸"，因为当初和杉冬吾有过约定。不过，现在冬吾、隆一、杏子，所有相关的人大都已经不在人世，把这个秘密告诉由纪子和牧子应该没什么问题。抱着这种想法，我才提笔写下了杏子的"不幸"。）

在有太郎看来，回到北堀町的杏子还是和往常一样活泼。虽然身形消瘦了一些，但那无忧无虑的笑容依旧，她一如既往地把家里的走廊擦得锃亮，细心地打理那些植物。不过，她的心中一定留下了一段相当耻辱的回忆吧。当杏子从监狱走出来见到真和笛子的那一刻，她无言地留下了泪水，不住地向两人深深鞠躬。最终笛子一阵烦躁，忍不住斥责她："别这样，你才辛苦受累了，挺起胸膛来！"

虽然不知道杏子的保护观察期有多久、被要求做了什么，但不管怎样，那年夏天杏子就搬到了东京，开始了独居生活。有太郎率先前往东京的大学，而后冬吾一家搬到了江古田，关于杏子此后的生活，笛子和清美商量了一番。清美表示，她已离家独立生活，没什么后顾之忧，她可以担任杏子的担保人。要杏子继续留在盆地，对她来说实在是过于残酷，毕竟杏子已经成了当地的知名人物，当然都是些坏名声。孩子们中间甚至传起了揶揄杏子的歌。

　　按摩女巫，按摩女巫
　　深山里，陪熊玩……

虽然都是这种无聊的歌，可站在歌曲主角的立场上去想，无论传唱的是怎样的歌，听上去都令人难以释怀。

清美隶属的寺尾商会位于横滨，她利用了公司与海军的一些关系，以寺尾商会临时工的名义，在品川的海军相关部门给杏子找了份工作。工作内容就是卷卷绷带、剪一些纱布和线之类的手术必需品。当时的社会，就算是女人也必须在危险的机械厂工作，所以这已经算得上是不错的工作了。清美还替杏子找了一间小公寓作为员工宿舍给她居住。

虽然杏子对这份工作并不十分感兴趣，但还是对清美为自己能在东京展开新生活所做的一切表达了感谢。就这样，杏子只带着一点行李就离开了甲府。

15　前夜——石之声

那年夏季的盆地犹如火炉，樱子不知在心里咒骂过多少次。自从樱子没了上音乐学校的目标后，她就开始三天打鱼、两天晒网，无论是钢琴课、茶道课、花道课、还是真劝她去上的古琴课，她都是糊弄过去的。每天就这样百无聊赖地虚度时光，撑同一把遮阳伞，走同一条路，走得浑身是汗就回家。强烈的日光搅得她一阵头晕目眩，盛夏的鲜花也艳丽得有些晃眼。为什么夏天的花儿都长得这么艳俗呢？这种厌烦之情不由得让樱子蹙起了双眉。在耀眼的白光下，一团小小的黑影紧紧贴在樱子的脚后。樱子低头盯着那团影子，忽地悲从心起，叹了一口气。最近她总是叹气，几乎已经成了习惯。

"啊，真无聊，为什么只有我还留在这种地方啊？太没意思了。"

回想起去年夏日的快乐时光，樱子忍不住再次叹气。紧接着，她心底泛起一丝对冬吾的怨恨,当初就是冬吾带笛子抛下樱子前往了东京。反正是画画,在这儿不是也能画吗?她想,要是他们留在这里,自己还能在旁用心协助。

樱子突然想到,弟弟有太郎还有三天就要回北堀町过暑假了。

"不过,只有小有会回到这里。这次小有回来,我一定要和他一起去爬金峰山。也不知道小有的小提琴练得怎么样了,现在能不能跟上我的钢琴,要是能一起合奏就好了。去游泳池也不错,我一个人去有点不好意思,要是和小有两个人就没问题了……"

想到这里,樱子马上来了精神,她加快步伐,一路小跑回到了北堀町的家中。

"我回来了。妈妈,你在哪儿呢?"

樱子把包袱皮裹着的乐谱扔在门口,一边解开白色无袖衬衫上的纽扣,一边把头探进起居间,寻找无果后又转向厨房,这才发现真在厨房后的院子里收衣服。樱子转头回到起居间把衬衫和裙子脱下,换上了一套贴身单衣("chemise de femme",在日本特指白色棉制衣服。——帕特里斯注),然后来到面朝后院的走廊上。

"妈妈,我回来了。那件是哥哥的浴衣吧,是要给小有穿吗?"

真转过头瞪着樱子。

"你穿得像什么?太不像样了。"

"怎么了嘛,天气这么热,单穿一件衬衫也感觉浑身黏糊糊的。我马上就去冲澡。不说这个了,小有三天后就要回来了,是吗?他到家大概要傍晚了吧,得提前把西瓜冰好才行。很久没爬山了,我还想和小有一起去登山呢。"

真走到杵在走廊上的樱子身旁,叠着晒干的衣物,仍一脸不满地嘟囔着。

"这次应该没那个闲工夫了,他好像只能待一周。"

樱子的脸瞬间涨得通红，只听她大叫了一声。

"不像话！你别吵啊。有太郎今天来了明信片，说他最多只能在家待一周。这也没办法啊。"

"骗人！小有是在骗妈妈吧。那张明信片在哪儿呢？"

真倒是一脸平静，看着樱子激动的样子连连咋舌。

"有太郎可和你不一样，他要忙学业，哪有空撒么无聊的谎……明信片就放在那边的柜子上面，你想看的话就去看吧。"

虽然樱子对母亲所言感到恼火，但此时和她顶嘴只会让事情变得更糟，于是樱子一言不发地乖乖回到起居间去找明信片。就像真说的那样，一张明信片正躺在一个四层矮柜上。樱子小心地拿起它，逐字逐句地仔细看。有太郎的字还是一如既往地丑。"真"写得像"直"一样，对自己的姓名住址倒是吝惜笔墨，只写了"来自目白的有"这几个字。翻到背面，也只有一段像是电报一样的简短文字。

"返家时间如前。但不能长待，只住一周。急呈。近期炎热，请注意身体。我一切都好，再见。"

这段文字樱子反反复复看了四五遍，乃至明信片留白部分上面的细小污渍都没逃过她的双眼，但樱子还是没能发现任何一丝暗号。她连去冲澡的兴致都没了，就这样拿着明信片坐在起居间里，一动不动。

三天后，有太郎顶着盆地的高温，气喘吁吁地回到北堀町，一拉开大门就看到樱子那气鼓鼓的脸。真倒是开心地招呼着有太郎，但是樱子一直挂着这副表情，完全不搭理他。直到有太郎冲完澡，在起居间稍作休息，樱子都没有一点要开口的意思。有太郎只得自己开口问她："樱子姐，你怎么了，是不是生病了？"樱子瞪着有太郎好一会儿，而后突然一副泫然欲泣的样子低头不语。这时，真说道：

"谁让你说什么只能在家里待一周的，你樱子姐知道后失望到了现在。真是的，怎么只住一周啊……"

有太郎还没来得及说什么，低着头的樱子终于开了口。

"……我还在想，你好不容易考完了试，今年夏天我们终于可以一起优哉游哉了。哥哥当年不也陪我们玩了一整个夏天吗？"

面对两人的抗议，有太郎顿时慌了手脚。

"现在已经和当年大不相同了。你也看报纸了吧，说不定马上就要和美国开战了。最近坊间到处流传着美国的坏话。我好不容易考进大学，但是最近的形势总让我寝食难安。虽然我不愿这么想，但要是真的与美国开战，谁也不知道日本最后会变成什么样子。也可能是我担心过度了，但我想趁现在尽可能地把能学到的都学到。时间宝贵，我已经决定了，既然进了大学，那就一定要成为独当一面的物理学家。万一发展到与美国开战，为了不让自己后悔，我必须现在就提前打好基础。我甚至有这样一种感觉，只要自己死抓着物理不放，那么日本和美国之间的战争就靠近不了我。这种想法挺蠢的……我肯定是急昏头了。但是，如今日本到处都是渴望和美国开战的人。中学入学考试的学科测试不是都被废止了吗？小学现在也变成了国民学校①，都在劝学生不要继续学习，应该应征入伍。每当我在大学的研究室里做实验、运算直到深夜，总感觉背后有什么不对劲的东西从窗口、天花板上偷看我。即便如此，我也不能放弃学习……"

有太郎说到一半时，樱子就已经抬起了头，她蹙着眉头，一脸关切地望着弟弟。等有太郎停下后，樱子大叹了一口气。

---

① 日本 1941 年设立的国民学校制度，将小学、初中统归为国民学校，旨在培养具有强烈国家主义、奉戴《教育敕语》的国民，该教育制度现已废止。

"啊，打仗什么的真讨厌。不管我在这里等多久，达彦都不回来。要是和美国开战，就更等不到他了……阿澄、小铃和小多美她们都成家了。我都二十三岁了，如今只剩我还待在家里，整天无所事事……"

阿澄、小铃她们是樱子读女校时的好友，以前常来北堀町玩。几个人不知道在讨论些什么趣事，总是在客厅里笑成一团。如今这些好友都已嫁为人妻、为人母了。有人离开了甲府，也有人留了下来，只是她们肯定很难回到过去了。

松井达彦已经失联了一年半。虽然迄今为止，樱子一直恪守未婚妻的本分，定期前往东京的松井家中进行"新娘培训"，但这场婚约长跑越拉越长，培训的真实感逐渐淡化，对如今的樱子而言，她只是每两三个月就去东京一次，顺便拜访松井家，确认一下达彦的消息而已。有太郎也曾经听到过这样的故事。男方入伍前急急忙忙成婚，年轻夫妇没过几天新婚生活就被迫别离。真和达彦的父母就为樱子和达彦没能在分别前结婚而后悔不已。

妻子和未婚妻，两者的身份有云泥之别。作为妻子的女人一般会成为丈夫家庭的一员离开自己的娘家，妻子产下孩子后，也是将孩子作为丈夫家的成员抚养长大。至少，这样的做法在战前的日本是根深蒂固的。然而，无论过多久，樱子的身份都还是真的第五个女儿，她连未婚夫达彦的手指都没碰过，自然不可能怀上孩子。听多了朋友们关于照顾婴儿有多麻烦的抱怨，就算她不想对此有所厌恶，也难免心生芥蒂。而那些已婚的朋友也不知道该如何安慰樱子是好。樱子在被半强迫地赶去上的茶道、花道和古琴课上又交不到什么新朋友。以前关系很熟的钢琴老师已经嫁到了静冈县，她和新来的老师之间还有些生分。说到底，樱子早就不再是去学这种东西的年纪了。

樱子在甲府的交友状况可谓是四面楚歌,北堀町的家中也只有她和真两个人,达彦一如既往音讯全无。这种状态下,樱子不可能不感到孤独。(人与人之间想要心意相通,就必须有一个共同的立场。虽然这句话把人类形容得既孤单又乏味,但说到底,人类就是这样一种客观的存在,或许连我们的主观想象力也无法跨越这个桎梏。)

有太郎没有办法,那个夏天把在家的时间从七天延长到了十天,陪真去了她一直想去的长野的善光寺①,当然也少不了樱子。三人享受了一次一日游。这次旅行既是为了感谢上天保佑有太郎考取了大学,也算是庆祝杏子的"不幸"顺利解决。樱子的心情一定也稍有好转。

有太郎还在仙台时,真就和他说过,她今生无论如何都想去参观一次善光寺和伊势神宫②(日本最具权威的神社,供奉守护天皇一族的神灵。——帕特里斯注)。真对盆地里各地的温泉都颇为心怡,但结婚以后一直没机会重启自己的观光爱好。源一郎带着孩子们去富士五湖时,真也因为体弱多病,只能留在北堀町看家。可以说以前的家庭主妇基本上都过着这样的生活,但是真已经年逾六十,主妇的生活马上要熬出头了,自然会逐渐冒出想去参观善光寺和伊势神宫的小小念头。甚至可以说,和年轻时相比,真的身体变得更加硬朗了。话说回来,为什么是善光寺和伊势神宫呢?伊势神宫还不难解释,但善光寺就令人费解了。实际上甲府也有一座善光寺,是武田信玄造的。当时他正以信州(长野的旧名。——帕特里斯注)为战场与人开战,为了不让信州的善光寺完全毁于战火,

---

① 供奉有据传是日本最古老的"一光三尊阿弥陀如来",该佛像是平日不开放参观的"秘佛"。自古以来,许多日本人都认为一生至少要参拜一次善光寺。
② 位于日本三重县伊势市的知名神社,自古以来便是日本人的信仰中心。

才在甲府建了新的善光寺，并把信州供奉的正佛请了过来。所以，甲府的善光寺并不是伪造，两边的善光寺都是真迹。但后来那具正佛又被送回了信州，因此要是把信州的善光寺比作 A 的话，那么在甲州的这座就是 A' 了。真已经看习惯了 A' 这座善光寺的庄严，那么作为 A 的善光寺又会有一幅怎样壮观的景象呢？想来，真的脑海里一直有这样想象吧。

樱子也因这趟短途旅行稍微恢复了一些干劲。出发前一天晚上她就开始准备便当，当天一大早，三人准时出发。

首先乘中央线抵达小渊泽[①]，在那里换乘小海线，顺利进入了信州。虽没有过去的马车铁道那么简陋，但这条线路也相当朴素，乘上去心中挺没底的。抵达小诸[②]后再次换乘，到达长野时日已偏西。三人几经讨论，还是决定在车厢里吃完便当。虽然之前就听说过小海线，但三人都是第一次乘坐。这条线路才开通不到十年，轨道两侧的草原仍旧绿意盎然。真和樱子一脸惬意地将窗外的绿色尽收眼底，享受着这趟无须徒步的郊游。然而这趟旅行最关键的善光寺，时至今日，有太郎已经记不太清了。甲府的夏天酷热，长野也是如此，前来参拜的人又很多，光是要注意不走散就已经让三人筋疲力尽了，更别说寺庙里根本找不到能驻足休息的地方。昏暗狭小的小屋里关着一头严重缺乏运动的白牛，它身上的肤色显得十分暗沉。甲州的寺庙里也供奉着一匹神马（进献给神灵的马。——帕特里斯注），所以三人都理解不了这里进献的为什么是牛。返程时，按樱子的提议，乘坐了篠之井线。想要通过车窗一览信州诹访湖[③]的美景，篠之井线无疑是不二之选。

[①] 山梨县西北部的一个城镇，位处长野县的县界。
[②] 位于长野县东部的一个城镇。
[③] 长野县最大的湖泊，位于长野县中部的诹访盆地。

先不谈信州善光寺之旅的感想，至少在那个夏天，有太郎帮真达成了参观善光寺的目标，这令日后的有太郎宽慰不少。那年年末，没想到正如有太郎所担心的那样，日本与美国正式开战，整个日本都不适合游山玩水了。两年之后，有太郎从大学毕业。在加入海军部队的前夕，他试探性地询问母亲："妈妈，要不要去参观伊势神宫？"努力一下的话，还是有办法可以去的，而且在参军前去伊势神宫参拜的人不在少数。表面上是去起誓要为国勇猛作战，但大家的内心深处应该都在为自己祈祷，希望能活着回来，希望战争早点结束。然而，真给有太郎的回答却是摇头。

"伊势什么的，现在已经无所谓了……"

真这样呢喃的时候，心中是不是已经开始质疑伊势神宫的威光呢？

有太郎在故乡度过的这段短暂暑假结束了，樱子也跟他一起去了东京。她说是想去看看笛子家的新生儿，正好也还没拜访过杏子的新家，而且也差不多该到松井家露面了。虽然有太郎听出这些理由有几分牵强，但一想到樱子独自留在甲府的孤独，他只好答应下来，还邀请她一起到照子姐家拜访。

"既然你们两个一起去，那就把这些分一下拎过去吧。"

这么说着，真把好几袋蔬菜和大米塞给了两人。杏子、笛子、照子还有佐佐木家，每家都有份。

满满当当的食物重到压得两人喘不过气。抵达东京后，他俩先去了赤羽的照子家。樱子这次在东京，就决定借住在照子家。横穿过河畔的荒地，来到几栋突兀的职工住宅楼，两人几经寻找，终于在其中一栋前停下了脚步。门窗敞开的铺席客厅里，比有太郎年长一岁的泉和比有太郎年轻两岁的操正在蹩脚地下着象棋。烈日当头，院子里年仅九岁的红和照子一起在给不知是叫小洛还是小黑的狗洗澡。客厅里泉和操的身影让有太郎和樱子想起了曾经的小太郎。不仅如此，照子家中三个孩子各自玩闹的场景，也许也令樱子和有太郎两人深深地感怀过往北堀町家中的景象。从院子进去的两个人在和照子打招呼之前，陷入一阵恍惚，两人互相会心一笑，算不上是苦笑，而是出于一种小小的惊讶和艳羡之情，"啊，这里有这里的生活啊"。

那天，有太郎在照子家吃完晚饭就独自回目白的宿舍了，最终没能和忙于工作的善政见上一面，只听了照子一个人源源不断的抱怨。照子告诉他俩，她听善政说，日本和美国开战只是时间问题了。可是如此的话，高等工业学校即将毕业的泉免不了要被征兵。要是之前让泉上高中、考大学，说不定还能逃离战争的旋涡。当初善政说以后是高等工业学校毕业生的时代，就是相信了他的话，才变成现在这样。谁愿意把辛苦拉扯大的儿子送到战场上去啊。"小有你真幸福啊，真是个幸运的孩子。"

"这不是还没开战吗？只能听天由命，没有办法啊。"

泉继承了照子的美貌，他皱了皱如女性般纤细的眉头，冷冷地斥责了照子的焦虑和抱怨。操则长得与泉非常不同，皮肤黝黑的他倒是一脸无所谓，默默地吃着芋头天妇罗。操刚上高等工业学校一年级，所以他暂时不会面临征兵问题。但要说他完全不紧张也是不可能的。从泉和操两兄弟对待战争的冷静中，有太郎不禁察觉到其实他们与自己一样，内心都潜藏着深深的不安。那天晚上，有太郎没能和年龄相仿的泉与操说上多少话就离开了，等有太郎再次和他们碰面，已经是第二年春天送泉出征的时候了。

第二天，樱子接连去了笛子的住处和杏子在品川的房间，为她们送去食物。第三天，她和泉、操、红三人一起去银座的百货商店闲逛了一天。剩下的日子里，樱子约有太郎一起去看过电影，而大部分时间则是跑到笛子家。毕竟，那里有她敬爱的冬吾先生，还有小婴儿加寿子，在樱子看来，加寿子几乎已经成了她自己的孩子。而且面对笛子，樱子也可以畅所欲言地抱怨。就这样，樱子在东京痛快地放松了一把，然后一身轻松地一个人回甲府去了。

樱子这次尝到了甜头，此后时不时就会跑去东京游玩。对樱子来说，东京是一个多么无忧无虑的地方啊！她能够开心地见到喜欢的人们。

然而，回到东京后，有太郎遇到了一个麻烦。他寄宿的佐佐木家的独养女儿完婚后要在家里同居，所以没办法继续收留有太郎了。有太郎原本寄宿在那里就不太自在，所以他愉快地决定搬出来。不过，对于寻找新住处，他毫无头绪。在此之前，他对东京的住宅市场没有任何概念。

目白距离江古田不远，散个步就能走一个来回，所以有太郎去笛子家很方便。但是目白离他的大学太远。对于在乡下长大的有太郎来说，他实在是不适应换乘电车上学，所以每天都是徒步从目白走到本乡，不过，路上花费近两个小时实在太折磨人了。况且，随着佐佐木家女儿的婚礼临近，整个家里变得越来越吵闹。

那年春天，樱子曾代表真前去佐佐木家问候，感谢他们收留弟弟有太郎。虽然樱子只年长有太郎两岁，但完全可以算作有太郎的监护人。在拜访佐佐木家之前，樱子就像先前说的那样，拎着真给她的食物先去了一趟笛子家。这一趟下来，樱子手上抱的从食物变成了婴儿加寿子。笛子刚搬到东京，整理房间和办理手续等种种琐事让她忙不过来。对笛子来说，这时候出现一个替她照顾婴儿的保姆肯定是恰到好处。

五月刚刚出头，天气已经相当闷热。一月底出生的加寿子被细心照料了四个月。四个月大的婴儿，只有长时间抱过的人才能明白那种微妙的重量是什么感觉。樱子就这样抱着加寿子，拎着从甲府带来的土特产向目白走去。虽说江古田离目白不算远，但要抱个婴儿走过去也绝不轻松。等樱子走到佐佐木家门口的时候，她的脸颊已经涨得通红，看得叫人着实心疼。

门口处，佐佐木家的太太和女儿以及有太郎都出来迎接樱子。手里抱着加寿子的樱子腾不出手去擦脸上的汗，呼吸也来不及调整一下，就紧张地向他们深深鞠了个躬。加寿子被她抱在胸口，整个头随之向后倒去。

"……我家有太郎是个不谙世事、不懂礼数的人，还请你们多多包涵。我母亲真让我代她向各位致谢。要是有太郎有什么做得不周到的地方，请不要客气，替我们多加管教。"

樱子一边喘着气，一边说着如上"开场白"（舞台演员向观众打招呼的话。——帕特里斯注），而后再次郑重地鞠躬。加寿子的头也一同再次向后倒去。

"……那么，我就先告辞了。"

樱子直起身就要从敞开着的玄关往门外走。佐佐木太太赶紧挽留，劝她喝杯茶再走也不迟。

"您看您还抱着孩子，一脸疲惫的样子，不如进屋休息一下吧。"

不过，樱子好像被真特别叮嘱过，并不打算进门。

"谢谢您的好意。这是我姐姐的孩子，姐姐很忙，我在替她照顾孩子的时候就上门打搅，已经十分失礼了。这孩子一饿就哭个不停，我根本拿她没有办法。真的十分抱歉，我得赶紧回去了。给您添麻烦了，还请您多多关照有太郎。"

在此之前,有太郎一直呆呆地在旁边听她们说话,这时才意识到自己应该从樱子怀里把加寿子抱过来的。本来樱子刚到佐佐木家门口时,自己就接过加寿子的话还更好一些。但是,刚上大学的有太郎做事显然不会考虑得那么周全。一般只有自己的孩子出生后,男人才会明白婴儿到底有多重。

有太郎和佐佐木太太打了声招呼后,立刻去追刚离开的樱子,送上自己姗姗来迟的帮助,从樱子手上接过加寿子。

"哇,整条手臂完全没知觉了。要是小有你没赶来帮忙,我还想着是不是只能把小加寿放在地上休息一会儿呢。"

仿佛怕被佐佐木家听到一样,樱子凑到有太郎耳边轻声说道。樱子的脸颊涨得通红,小小的汗珠闪闪发光。有太郎一脸抱歉,一路上抱着加寿子把樱子送回了江古田。也是在那时,有太郎第一次发现婴儿就像是一团带着特殊气味的热气。加寿子在有太郎的怀里静静地睡了一路。

有太郎把加寿子交给笛子后就返回了目白。当晚,在佐佐木家的餐桌上,那位女儿吃着饭聊了起来。

"今天来我们家的那位有太郎的姐姐,好像不是很习惯带小孩啊。那个婴儿好可怜啊,她一直竖着抱那孩子,每次她鞠躬的时候,我都担心孩子的头会不会折了。抱婴儿就应该这样横着抱呀。"

佐佐木家的独生女把筷子放下,用两只手得意地演示起抱婴儿的正确姿势。订下婚约的她早就事先研究起了该如何抱婴儿、如何哺乳等等。佐佐木太太看着女儿学得这么用心,满意地笑了笑,可当她瞄到一旁低着头沉默不语的有太郎后,立刻转移了话题。她从真寄来的信里也了解到了一些关于樱子的事情。

这时候,有太郎心中不禁为樱子哭泣。为何樱子要落到帮笛子带孩子的窘境。要是当初樱子和达彦平安完婚的话,现在在松井家,她的孩子也许已经比加寿子还大了，那她照顾婴儿的手法也应该像个母亲一样娴熟得多。正是因为这一可能性被无限期延后，樱子才将她无处宣泄的爱投射到加寿子身上吧。抱着姐姐孩子的樱子看起来是那么不习惯、那么笨拙，甚至有些滑稽。如果要笑樱子的话，那就尽管笑吧。有太郎第一次意识到，原来少女的笑容也会有看起来如此丑陋的时候。

不久后，有太郎前往笛子家，委婉地给出提醒。

"……樱子姐还算是单身，你有事出门就把孩子塞给她，也太难为她了吧。"

笛子这次倒是意外地诚恳，点点头回答道：

"你是说上次那件事吗？我当时也反对小樱抱孩子过去，但她说没事没事，就把孩子抱走了。她还说，平时没机会见到，所以想尽可能在东京的时候多和加寿子待一会儿。她好像忘记了，加寿子现在可比刚出生时重了不少。最后，还要麻烦你把加寿子给送回来。我想，那次之后她应该也尝到苦头了吧。不过，我也能理解小樱的心情。"

"嗯，毕竟樱子姐一直就很喜欢小加寿嘛。"

有太郎还是没将佐佐木家批评的那些话告诉笛子，只能笑着掩饰了过去。

寄宿生活刚开始就发生了这件小事，这让有太郎始终无法融入佐佐木家。他们家女儿的未婚夫经常上门拜访，家里总是传出小两口玩闹的笑声。有时有太郎还会被强行拉出来会会这位未婚夫。在这样的环境下，他根本没法专心学习。

虽然有太郎下定决心要换住处，但他并不清楚到底该从何找起，只好先去找笛子。照子倒也能提供帮助，但依她的性格，恐怕二话不说就会把有太郎绑到自己家去。所以，有太郎想等真正走投无路的时候再向照子求助。

笛子嘴上信誓旦旦地说得尽快给有太郎找新住处，但实际上她自己上学时只住过学生宿舍，也不了解东京租房的实际情况。"要不问问哥哥之前寄宿过的人家？或者向你的大学同班同学问问？"就在两人讨论这些不切实际的方案时，一身浴衣装扮的冬吾正好回来了。明明还是晌午，他却已经一副醉醺醺的样子，身后还跟着一个送他回来的健壮青年。

"这不是有太郎吗？发生什么事了？你们怎么好像都一脸严肃啊？"

原本没想麻烦冬吾，但既然对方这么问了，有太郎只好把找住处的事全盘托出。没想到，跟着冬吾回来的那位青年听到后，立刻告诉有太郎他知道一个还算不错的地方。那个地方就位于有太郎就读的大学附近，价格也很实惠。听说是农学书籍出版社为大学的农学部学生建造的学生公寓。出版社的社长与那位青年同为山形县出身，出于对同乡的关照，才允许身为美校生的青年住进了这栋公寓。现在他已经搬到池袋去了。虽然有太郎是理学部的人，但只要青年帮忙引荐一下，大概也能获得对方首肯。要是能再找一位农学部的老师，请他帮忙写封介绍信的话，就万无一失了。

有太郎听罢，一心想千万不能错过这个机会，赶紧起身保证自己能立刻准备好介绍信。实际上，他连一位农学部的教授都不认识。

有太郎为了这封介绍信费了不少周折（先是拜托自己的物理专业导师，而后去农学部寻找导师介绍给自己的教授，却哪里都找不到。好不容易逮到一个看起来是教授的人，却失望地发现对方只是来校办事的从业人员。总算找到了那位教授，对方也欣然答应，但左等右等，对方总是没空撰写，再三催促下，介绍信才终于拿到手。

总之，要花的功夫超出了有太郎的预期），不过他最终还是成功入住了这栋农学生专用的公寓。

季节轮转，树叶逐渐染黄。

笛子作为监护人，最先跑来视察这栋公寓，顺带和公寓阿姨打好了招呼。

之后，樱子带了些真让她捎来的点心（至少看上去应该是点心）到公寓拜访。这次樱子倒是没有抱加寿子来，大概是因为公寓阿姨是一位"old miss"（过去形容三四十岁还没有结婚的女性所使用的蔑称。——帕特里斯注），樱子表现得轻松自如。她先和阿姨打了声招呼，老生常谈地说："我这个弟弟不成器，还请您多多关照。"便上楼参观有太郎的新房间。房间位于二楼，室内面积有六帖榻榻米大，房间尽头有扇窗户。从窗口望下去能看见农学部的银杏树和隔壁寺庙里的墓地。

"这房间不错啊，在墓地边上倒也清静。比杏子姐那儿要好多了，她那个房间从窗口只能看到一些建筑工地。"樱子把头伸出窗外，继续评价道，"不过，杏子姐的公寓有两间房，也很优雅。唉，看了你们几个人的住处，我也想像你们一样住宿舍了。啊，真羡慕啊……"

樱子说着说着，突然没了兴致，垂头丧气地在窗边坐了下来。有太郎见状，出门去走廊尽头的盥洗室接了杯水递给樱子。樱子将水一饮而尽，脸上焕发出顽皮的笑容，盯着有太郎。谨慎的有太郎赶紧打起十二分的精神，等姐姐开口。

"……我呀，最近在甲府开始学习摄影了。"

"摄影？"有太郎不假思索的反问脱口而出。

"对啊，摄影。你可别笑，我好像在这方面还挺有天赋的。我从爸爸的那堆照相机里挑了一部最新的，还找来了一本叫《摄影术入门》的书，现在正在照着学。说起来，那本书还是在哥哥那里找到的，以前哥哥不也喜欢摄影吗？他不是还一直和道秀两个人在暗房里比谁拍出来的照片更好吗？我仔细翻了一下，那时洗照片的机器和药水都还留着，要用的话只要我用零花钱买点新药水就好了……怎么了嘛，你怎么一脸'你好像很闲'的表情啊？虽然我确实是在打发时间，但好歹也是有自己的品位的。小有你还笑，好啊，过段时间我就会拿出能惊艳你的杰作。说不定我能成为一介女摄影师呢。"

起初有太郎顾及樱子的感受，努力克制自己的笑意，不过在他看来，樱子的语气听上去就像是开了个玩笑。樱子在身边找到了打发时间的新玩意儿，而且摄影也不会伤害到任何人，就算只是一时兴起，只要能让她稍微放松一下，也是件好事。

两周后的周日，杏子也来参观有太郎的房间了。她八成是听了樱子的描述后，才想来亲眼看看的。杏子同样拜托公寓阿姨，请她多多照顾弟弟，还将随手带去的鱼干塞给对方。要是接下来照子和清美两人也来凑热闹的话，恐怕公寓阿姨一定会很惊讶，心想这位有森有太郎到底有几个姐姐啊？不过，好在照子和清美并不怎么关心有太郎的新住处，从未露过面。

"要不要一起吃这个？这是清美送给我的。"

一进有太郎的房间，杏子就从手提包里取出一个用蓝纸包装起来的小盒子。

"这是点心？好小一盒啊。"

一打开这个纸盒，有太郎就瞪圆了双眼。里面摆着的居然是法国产的巧克力。当时，就算是国产巧克力，都因为难以买到原材料可可而在市面上逐渐消失了。银座附近可能还有一些天价的进口巧克力，但不管怎么说，这都是平时与有太郎无缘的零食。

有太郎和杏子在窗边坐下，一边眺望着窗外即将变为金黄的银杏叶，一边让甜甜的巧克力一点一点地在舌尖上融化，片刻的幸福时光降临到这个房间。银杏叶闪着金光，加上舌尖巧克力的那抹甜，两人就这样坐着，好似沐浴在一片金黄色的闪耀之中。

"……东京这里的树叶要比山里晚一个月变黄。这个时节，山里的景色应该很美了吧。我居然能像这样住在东京，总感觉好像大梦一场。不过，现在已经完全适应了。这人啊，不管遇到什么变化，最后都能适应下来。我也渐渐交到了一些新朋友，最近也慢慢开始明白，无论在哪里都有很多人受苦。我这人没吃过什么苦，现在什么事都依靠清美帮忙。清美她的生活似乎过得很富足，但每天都那么忙，我很担心她的身子哪天就垮了。也不知道她成天在做些什么，总之就是没什么机会好好见上一面。一般都是她派人来我这里，把物品都置办好，给我捎来一封信。她和笛子姐也是这样的。有时候好不容易见上一面，清美总是说：'只有趁现在，只有趁现在。'我完全不知道她到底指的是什么，不过听久了，连我自己都开始有了这种焦虑感，会自言自语'只有趁现在，只有趁现在'。大概'只有趁现在'，才能从清美那里收到这样的巧克力吧。"

杏子盯着手头剩下的巧克力，浮现出一抹微笑。那一刻，杏子虽然未施粉黛，但她的笑容里却透露出一种端庄，让整个房间都明亮了起来。眼前的杏子怎么看都不像是曾躲进过冬天的深山、蹲过监狱的人。对于这位无论经历过多少风雨，都能继续保持稳重而迷人的微笑的姐姐，有太郎感到非常不可思议，忍不住盯着她看。

只有趁现在，只有趁现在。
这句低语也占据了当时有太郎的心。
有太郎的担忧正一步一步朝坏的方向变为现实。九月就有政府通知下达，要求在大学里举行军事演练。终于，学术界也被卷入了这场"军队游戏"，有太郎还没来得及失望，到了十月，大学的学制就被压缩到了两年半。有太郎才入学不到半年，他离毕业就只剩下两年时间了。而在他毕业之后，兵役正在等着他。此前，学生们拥有不被征兵的特权，可是为了强行增加士兵的数量，日本政府更改了学校制度，大幅削减了学生们的在读时间。好不容易考上心心念念的物理专业，只读两年半就要被扫地出门，不仅是有太郎，这对任何学生来说都是一次残酷的打击。倒不是说他们想要叛国，只是对难得的学习机会，没人会乐意看见它因为学业设置本身的问题而被践踏。大学方面为了弥补被削减的学制时间，取消了所有的长假来赶进度。受此影响，学生们每天都像是要准备考试一般，被高强度的学习任务追赶着，同时还要被毕业后就无路可退的恐惧所支配。自然，有太郎也不例外。

不过，那时只有樱子和冬吾两个人没有被"只有趁现在"的焦虑所束缚，他俩的心中也许不断重复着："不会太久，不会太久。"过不了多久，会有转机的；过不了多久，会变好的。

正如樱子向有太郎透露的那样，她为了打发时间开始自学摄影。她不仅要拍，还要把照片亲自洗出来。和现在便利的时代不同，当时这需要相当高的专业知识水平和技术。（不过，变成全自动的简单操作，并不意味着就没有坏处了。我之所以这么说，是因为我自己就有一台这样的日本产相机，它不需要我做任何多余的操作，对新手也十分友好。每当家里来客人，或是出门旅游时，我都会大肆浪费胶卷，最后只是多了一堆被冠以照片之名的废品。能轻松上手，也就意味着容易分心；能简单操作，意味着无底线的容许。我虽然是物理学者，但一直对家用电器的迭代抱有成见。例如，这些回忆录都是我手写的，英文的文章是我用以前的打字机敲出来的。如今的那些传真机、文字处理机，都别想进我的家门，我就是这样一个思想守旧又固执的老头。）

一开始，樱子尝试拍摄了院子里的一些花草树木，以此来积攒洗照片的经验。原本樱子的头脑就比有太郎聪明得多，没过多久她就掌握了要领，背着沉重的箱式相机，从北堀町附近开始，渐渐把镜头对准荒川、城址公园和武田神社。但仅仅拍风景，洗出来的照片却出乎意料地显得有些单薄，少了一丝韵味。"等着看我的杰作哦！"既然已经对有太郎和冬吾放出豪言，那么就必须拿出能让自己满意的作品。那两人可能对樱子的照片没抱什么期待，但她也绝不能因此而松懈。

作为摄影初学者，樱子遇到了第一个难题。虽然自己已经掌握了一定的技术，但是拍什么？这个问题才是樱子体现自己"思考"的真正考验。樱子仔细回顾了之前随意拍摄的一些照片，其中人物照片少得可怜。原因有二：其一，将镜头对准陌生人这件事，樱子有些抗拒；其二，按照樱子的野心，她认为这种照片大多缺乏艺术性。花草树木的照片有许多都不错，可是花花草草深受季节的影响，现在已经是十一月，入冬之后，留给樱子的就只剩下荒野和枯木了。风景照也同样容易落入俗套，拍出来的效果平平无奇，不符合预期，也毫无独创性。樱子拿起几张手边的风景照仔细观摩。有河滩的照片，也有路边的照片。这些照片里，有裸露在河水中的大大小小的石子，也有供奉在路边的石头道祖神（保佑行人平安的神明。——帕特里斯注）。石头的阴影具有一种出乎意料的美感。照片上的石头看上去既柔软又轻盈，甚至能从这些石头的表情中听到它们不一样的歌声。那一刻，亡故的源一郎好像在樱子的耳畔细语：

"世间再没有比石头更有趣的东西了。我们能从石头凿刻的时间中窥见地球的激情、热血、美丽、神秘乃至一切。石头，无时无刻不在向我们传达着这个世界的秘密。"

翌日，樱子开始往返于河滩和附近的村落。石头、石头，还是石头。樱子的镜头朝向了每一块与她邂逅的石头。她这才意识到，至今为止自己到底被多么美丽多彩的石头包围着，到处都有石头注视着自己。就算不特意去升仙峡、金峰山那种地方寻找奇岩怪石，身边的石头也都一直在悄悄地歌唱。石头的歌声和源一郎的声音交织在一起，传入樱子的耳中。

（在盆地的北部，道祖神多用球形石头堆砌而成。有在石台上供奉一个大石球的，也有用好几个小石球堆起来的。后来我才惊讶地得知，其他地方的道祖神并没有这种奇怪造型。这也说明，在这一地区的居民看来，球形石头是常态。这附近以金峰山为中心，形成了一片花岗岩产地，以前因富含金矿、水晶，也就是石英而广为人知，所以这里之前应该居住着许多石工，而石球也许就是石工们的图腾。石工的加工技术，特别是研磨水晶等技术大概是从韩国传来的。那之后，这些技术就被石工们当作秘技保留了下来。时至今日，宝石研磨都是甲府重要的传统工业。有种说法认为，正是通过这种研磨技术，战时才制作出了石英电枢。有森家代代相传的"信玄堤的小太郎"，就是因为在采石、运输还有砌石的工程上留下了丰功伟绩。——上述纯属个人推测，并非世间共识。总之，甲府盆地与石头的缘分不浅，但在当地却因为石头随处可见，反而被居民们忽视。）

时间来到十一月底。樱子把精选出来的石头相片塞进小太郎用过的公文包中，用包袱皮裹上几层后紧紧抱在胸口，一路上细心保护，就这样来到了东京。不必多说，这自然是为了让冬吾和有太郎好好见识一下她的杰作。那天，有太郎和杏子遵从樱子下达的"指令"，一同赶往江古田。要是展示成果时自己尊敬的冬吾缺席的话就没有意义了，所以樱子事先写好了信，恳求冬吾当天一定要待在家里。因此，当天冬吾难得没跑到外边到处喝酒，而是晚上留在家里和笛子的弟弟妹妹一起吃晚餐。

那个时期，食材已经变得短缺，但靠着樱子从甲府带来的乌冬面粉，以及笛子找附近农家买来的蔬菜，几个人总算是把晚饭给对付过去了。终于，到了樱子展示照片的时候。

樱子默不作声地将打印成六寸大小的照片一张一张拿出来，摆到榻榻米上。就像是在摆放歌牌一样，第一列规规整整地摆好十张，第二列紧接其后，也整齐地躺在榻榻米上。二十张照片，一张不多，一张不少。樱子一摆好照片，就退到了房间的角落。第一个起身的是冬吾，他凑上前去，两手撑地，几乎要把整个身子贴上去一般，从每张照片的正上方仔细观看，口中冒出"嗯，噢，嚄"之类的感叹。全部看过一遍后，微微欠身的冬吾露出认真的表情，对樱子说道：

"小樱，你能拍出这样的照片，我甚至有些嫉妒你了。"

樱子的脸先是变得惨白，忽地涨得通红，一时间一句话都说不出来。

冬吾再次把注意力放在照片上，他拿起最感兴趣的一张，手上又拿起另一张对比，好一会儿才放回榻榻米上，然后又拿起了一张。见此情形，先前矜持的有太郎这才伸长脖子，打量起了照片。杏子和笛子也都挪动身子，靠近那两列照片。只需一眼，就能明显感受到每张照片透露出来的那种专业性。其中有些照片看不出拍的是什么东西，也有些立刻就可以说出拍的是哪里的道祖神。总之，三人看出来了，所有照片的主题都是石头。

一开始，有太郎他们还煞有其事地鉴赏着这些照片，不过，由于冬吾一个人沉迷于其中，没有搭理他们，不一会儿，有太郎和杏子就开始悄悄讨论了起来。"这个是什么石头啊？""是不是庭院里的景观石啊？""这要是景观石也太扁了。"冬吾倒是处变不惊，仍一言不发。渐渐地，有太郎几个人不再拘谨，声音逐渐大了起来。"这张就是那个村三岔路口边上的道祖神。""让我看看。啊，你一说我也觉得是。不过，那座道祖神下面有这样的石台吗？""不对不对，这是那个村的……"

"小有你们好吵啊。为什么要在意那些细枝末节呢？好奇的话，直接问我好了。"

面对这帮不懂"艺术"的姐弟，樱子终于忍无可忍，有些自傲地亲自过来讲解。她将每张照片的内容快速梳理了一遍，"这是荒川的石头""这是哪个村子的道祖神""这个是武田神社的石墙"。

"原来如此啊。这些普普通通的石头像这样拍下来后，竟然别有一番韵味……只不过，小樱啊，你还是别带着照相机往外到处跑了。最近，冬吾身边经常传来不太平的消息，有些人明明只是在外写生，就被宪兵没收了画作，甚至还被逮捕了。"

看着眼前已经沉浸在"艺术家"气氛里的樱子，笛子虽难以启齿，但还是说出了最为现实的忧虑。此话一出，前一刻还沉迷于石头照片的冬吾，突然像个胆小鬼一样，用一种胆怯的声音开口道："她说得没错，小樱，这很危险。带着照相机在外面晃来晃去，很可能会被怀疑是间谍。一旦被认定为间谍，就离死刑不远了。我刚刚忘了这茬，仔细想想，如今这个世道，没有什么比在外面拍照更危险的了。虽然很可惜，但现在还是别外出摄影了。绝不能把照相机带出家门。就算你们老家再偏僻，可毕竟这世道容不下一粒沙子啊。"

"冬吾现在也不外出写生了，毕竟不知道会惹出什么事端。最近就只画些足不出户就能完成的画。"

笛子言尽于此，用无言的沉默表达出她对樱子的同情。有太郎和杏子也默不作声，只是蜷缩起了身体。考虑到樱子的心情，谁都想全力支持她的兴趣。但就当时的情况而言，拿着照相机只身一人在外面走来走去，确实过于危险。樱子竟然现在能平安无事地坐在这里，这也令有太郎他们为她的幸运松了口气。要是轮到樱子因间谍嫌疑被捕，可不能再奢望像杏子那时候一样，有冬吾的大哥施以援手了。

樱子的身体像石像一样僵住了。隔壁房间里加寿子的哭声打破了这场寂静。笛子把她抱起来，就这么站着开始哄。换作平时，樱子早就从笛子怀里抢过加寿子，自顾自地逗她了。但这次，就算是加寿子的哭闹也吸引不了樱子的注意力。

杏子握住樱子的双手，向她搭话："我们差不多该回去了，让小有送送你吧。"

听到这话，樱子仿佛被杏子递来的手拯救了一样，终于站了起来。有太郎也急忙起身，帮忙收拾樱子的照片。

"这些照片能不能先放在我这边？我还想仔细看看，还可以当作我绘画的参考。放心，之后一定会还给你的。"

听到冬吾这么说，樱子有些惊讶，盯着冬吾看了好一阵才默默点了点头。她的眼泪开始抑制不住地在眼眶里打转。

樱子的摄影史遗憾地就此告终。接下来的十二月初，日本与美国的战争终于爆发，"艺术照片"彻底失去了容身之所。三年后，冬吾他们从东京疏散到甲府时，樱子的那些照片也跟着冬吾的画一起带了回去，没想到反而因此在空袭中被毁于一旦。至于相机，则在更早之前就和钢琴一起上交给了军方。樱子这么做或许是因为笛子写信告诉她，全部上交更好一些。而樱子自己也像是自暴自弃了，向真断言自己不需要钢琴，也不需要照相机。

当时几乎所有人都为战争的到来而兴奋，全力盯着自己身边有没有不肯协助战争的"非国民"。在有森家，笛子嫁给了一个形迹可疑的画家，杏子因为"按摩女巫"的事被逮捕过。因此，家里绝不能再出现什么落人口实的事了。那时的有森家与十年前源一郎刚去世时相比，已是天翻地覆。但是有森家还有有太郎在，就算是为了有太郎，真和身为军人未婚妻的樱子也要暂时守护好有森家的声誉。

虽然樱子的照片不幸在这片大地上消失了，但是冬吾的作品让它们的生命得以再次绽放。从战时到战后，冬吾一直在创作他的系列小作品《石》。该系列的第一幅作品在冬吾的个人展上展出过后，就献给了樱子。画中的石头充满静谧的生命力，仿佛还会传出魔法般的美妙歌声，这一切无一不是樱子给予冬吾的灵感。这幅画至今应该仍被小心地装饰在松井家的会客室里。

0 – 5

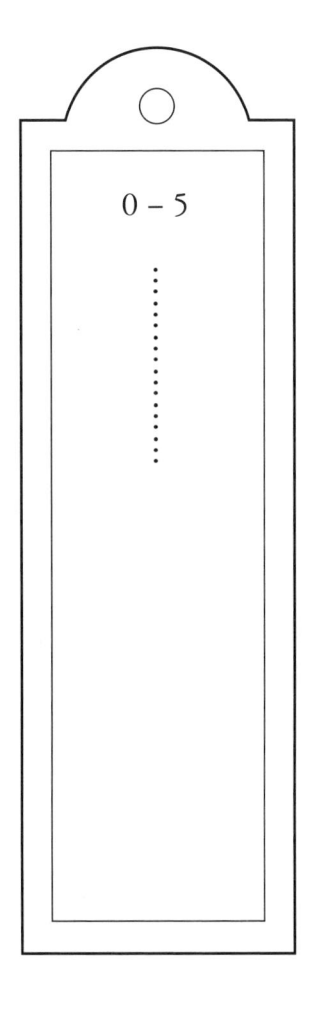

勇平（我已经喜欢上这么称呼你了！），承蒙你前段时间的关照，在此衷心感激。

我去年四月回的日本，从那时算起，我已经离开巴黎十个月了。而这次在巴黎再会，实在愉快！如今的巴黎与我当初离开时相差无几，没什么大变化。当然，你也是，住在别墅的久仁子女士也是，大家都和以前一样。

也是，仅仅十个月的时间，巴黎怎么可能会改头换面呢？不过，我在日本的那段时间，东京正处在激烈的转变之中，所以我不禁担心巴黎会变成什么样。当然，巴黎确实也在不断发生着巨变，但它至少仍固执地保留着原貌。现在每条街道都洋溢着一种像在博物馆里的"旧式街道"氛围，就算想改变也很难吧。虽然这些街道可能规划不合理、交通不方便，甚至十分冷清，令人疲倦，但对我来说，它们是那么熟悉又迷人！

我二十三岁来到巴黎，二十八岁离开，在这里度过了五年时光。前几年的身份是学生（也是在这期间，我认识了你），后几年则是作为日企员工在这里打拼。直到这次短暂的日本之行过后，我才切身体会到这五年的光阴有多宝贵，其中包含了我多少复杂的情感。我想，这五年光阴在我心中的分量肯定会越来越重，并且永远会成为我人生之路上的灯塔，为我照亮前方。

这次回到巴黎，在街上到处游走，我仿佛化身成这座城市的魅影，悄无声息地品味了它的每个角落。哪怕我过世了，大家仍旧每日照样生活；哪怕我过世了，这座城市也不会有任何改变。杂货店的叔叔还是会忧郁地守着自己的小店，市场上的干酪店和鱼店里传出的叫卖声也一如既往。广场上坏掉的喷泉还是没有修好，就连俯卧在咖啡店前的大狗都似曾相识。这样的一成不变令我感到有点难为情。为了让自己安下心来，我只会悄悄关注这些熟悉的地方。

我亲爱的朋友，帕特里斯·勇平，你也已经和以前的勇平不一样了。（对了，记得替我向米米问好，我很高兴认识她这个朋友！）你和米米现在住的新房子，就房租来说，简直好到令人难以置信。真羡慕你们啊！不过，听说你们今年九月就要搬到日本，难得找到那么好的房子也只能放弃了。啊，要不我替你们住下去好了！

我在法国有不少朋友，他们中有的和恋人分手后带着孩子两个人生活，有的从巴黎移居到了布拉格，有的是日本人，时隔多年后在日本和我重聚。每个人都经历过世事变迁，想必久仁子女士和你母亲亦不例外。

这十天过得真是太匆忙了！这个人想见，那个人也想见；这里想去，那里也想去。看来，要想追回五年的光阴，十天时间还是太紧张了。不过，我还是很庆幸自己趁这次新年假期去了趟巴黎。毕竟，等你以后搬到日本来了，我去巴黎的理由就又少了一个。

巴黎的严寒甚至能让塞纳河冰封。与之相比，东京就暖和多了。巴黎的居民都在担心照这样下去，夏天会不会也挺冷。

话说回来，久仁子女士和你的母亲（不知能否直接称呼牧子女士？）关系那么要好，真是意外惊喜。没想到久仁子女士会亲自去一趟蒙彼利埃住在牧子女士那里；牧子女士也是，去巴黎时直接就住进了久仁子女士的别墅里！前段时间，久仁子女士还跟我说，她想在大家去日本前，先粗略地把日本相关的知识都告诉你母亲。她们好像还约好从日本回来后，要互相教对方英语和日语。不得不佩服这两位女士的积极上进！久仁子女士比你母亲还年长五六岁，不过两人的心态可真年轻！我们也不能输给她们呀！

之前就听你提起过勇太郎先生，这次终于看到他和由纪子女士的照片了。正如久仁子女士所说，勇太郎先生确实是一位俄式（还是西班牙式来着？）美男子，而且他和你，帕特里斯·勇平，简直像是一个模子里刻出来的。你母亲有没有提过你和你外公长得很像？之前还听你说，你在美国的舅舅找到了几张以前的照片，不知道那些照片现在有没有寄到你手上。我也好想尽早看到那些照片啊。

不知道你们关于勇太郎先生回忆录的"读书会"进展如何？八月底你们就要来日本了，无论如何都要在那之前读完。听说你们现在理解起来要比刚开始时轻松多了，进度也越来越快，那样的话，时间上应该绰绰有余。

总之，我非常期待你们来日本！去年之前，我完全想象不到会有这么多人结伴来日本旅行！这既是久仁子女士时隔二十年之久的日本之旅，也是你们的初次日本之行。法国日裔的久仁子女士，入籍法国的美国日裔牧子女士，牧子女士的儿子帕特里斯·勇平，墨西哥人米米，加上我这个日本人，我们几个人要一起去南阿尔卑斯山脉的西山温泉过夜，还要去见识一下富士山的熔岩洞穴。光是想想就觉得不可思议！

关于这趟旅行的具体计划，还要和大家继续商量后才能最终敲定。买票和预订旅馆这些小事就交给我吧。毕竟我是日本人，总要尽点地主之谊。

说起来，你来日本的首要目标还是学习吧，所以千万别整天想着玩。不过，你愿意来仙台的大学留学真是太好了！

仙台是个非常美丽的地方，最重要的是，我们的小太郎先生和勇太郎先生的母校也都在那里。他们在那里度过了一段相当于现在大学一二年级的高中生活，享受过自由自在学习的美好时光。勇平，他们一定会在天堂守望着你在日本的学生生活，为你加油鼓劲的。虽然米米上的语言学校在东京，不过你也不必感到失望。东京和仙台相距不远，再说还有我在东京照应呢！虽然可怜的我工作一直很忙，但我一定会尽力的。（说不定我还有机会给你们介绍一个特别的人！）

余言后叙。

最后，请允许我再次向你们致谢，感谢你们如此周到的招待。我还要向你献上我的敬佩之意，没想到你的日语已经这么好了。（米米现在的水平只能说是未来可期吧，不过，既然她也开始去久仁子女士的别墅里解读那本回忆录了，肯定过不了多久就能发生蜕变。）

从巴黎回来后，我充满了干劲！

记得代我向牧子女士问好。虽然这次没能见上面，但通过你和久仁子女士，当然还有勇太郎先生的回忆录，我总觉得自己已经和她十分熟悉了。

期待早日欢聚。